Hannah Rosenbaum und ihre Schwester Ada stranden 1939 in New Yorks berüchtigtem Aufnahmelager Ellis Island – getrennt vom Rest ihrer Familie, die mit einem anderen Schiff aus Deutschland fliehen musste. Die Schwestern werden schließlich von einer Tante aufgenommen und können das Aufnahmelager verlassen. Noch auf dem Weg setzen bei Ada, die ungewollt schwanger ist, frühzeitige Wehen ein. Hannah kann ihre Nichte nur retten, weil sie sie in die Hände von Dr. Couney gibt, der eine Station für Frühgeborene leitet. Während Ada kein Interesse an ihrem Kind zeigt, kümmert sich Hannah rührend um ihre Nichte. Dabei erhält sie unverhofft die Chance, wieder als Krankenschwester zu arbeiten – bei Dr. Couney. Die beiden Schwestern versuchen, in dieser neuen Welt Fuß zu fassen, doch die Sorge um ihre Eltern und den kleinen Bruder bleibt. Werden sie sich in New York wiedersehen? Und kann Hannah ihren Traum, Ärztin zu werden, verwirklichen?

Eva Neiss, geboren 1977, hat einen Magister in Literaturwissenschaften und einen Bachelor in Psychologie. Während ihres Studiums und jahrelanger journalistischer Arbeit entdeckte sie ihre Liebe zum ausgiebigen Recherchieren und Erkunden von gesellschaftlichen Zusammenhängen. Leider kam zwischen all den Fakten das Erfinden von Geschichten zu kurz, weshalb sie sich dazu entschloss, beide Leidenschaften beim Schreiben historischer Romane zu verbinden. Heute lebt Eva Neiss glücklich zwischen Fiktion und Wirklichkeit sowie mit Mann und Sohn im Süden Hamburgs.

Weitere Informationen finden Sie auf www.fischerverlage.de

EVA NEISS

DAS LEBEN IN UNSEREN HÄNDEN

Historischer Roman

FISCHER Taschenbuch

Aus Verantwortung für die Umwelt hat sich der S. Fischer Verlag
zu einer nachhaltigen Buchproduktion verpflichtet. Der bewusste Umgang
mit unseren Ressourcen, der Schutz unseres Klimas und
der Natur gehören zu unseren obersten Unternehmenszielen.

Gemeinsam mit unseren Partnern und Lieferanten setzen wir uns
für eine klimaneutrale Buchproduktion ein, die den Erwerb von
Klimazertifikaten zur Kompensation des CO_2-Ausstoßes einschließt.
Weitere Informationen finden Sie unter:
www.klimaneutralerverlag.de

Originalausgabe
Erschienen bei FISCHER Taschenbuch
Frankfurt am Main, Februar 2022

© 2022 S. Fischer Verlag GmbH, Hedderichstr. 114,
D-60596 Frankfurt am Main

Redaktion: Ilona Jaeger

Inhaltswarnung:
Im historischen Kontext des Romans verwenden die Figuren auch
zum Teil antisemitische, rassistische, sexistische und ableistische Wörter
und Konzepte, die von der Mehrheitsgesellschaft größtenteils
unreflektiert genutzt wurden.

Satz: Fotosatz Amann, Memmingen
Druck und Bindung: GGP Media GmbH, Pößneck
Printed in Germany
ISBN 978-3-596-70623-5

TEIL 1

Eine neue Welt

KAPITEL 1
Ellis Island, New York, Mai 1939

Hätte jemand Hannah vor ihrer Abreise gefragt, wie sie sich ihre neue Heimat vorstellte, wäre ihr keine Antwort eingefallen. Die Bilder in ihrem Kopf waren zu verschwommen, um sie in Worte zu fassen. Doch eines hätte sie, ohne zu zögern, ausgeschlossen: dass ihr neues Leben seinen Anfang hinter Gittern nehmen würde. Aber genau das war geschehen. Mit zusammengekniffenen Augen schaute sie auf die Flaggen mit den Sternen und Streifen über ihr, während eine höhnische Stimme in ihrem Kopf raunte: *Willkommen im Niemandsland.*

Sie saß fest. Die letzten sechs Wochen hatte sie in einem Gemäuer auf einer winzigen Insel verbracht. Auf den ersten Blick erinnerte es an einen französischen Palast, den man durch drei imposante Torbögen betrat. Sein roter Backstein wurde von den üppigen Verzierungen aus Kalk und Granit nahezu komplett verdeckt.

Im Innern des prächtigen Baus sah es weit weniger vielversprechend aus. Abend für Abend wurden sie ab halb acht zusammen mit einem Dutzend fremder Frauen und Kinder in die Schlafsäle verbannt. Dann wurden die Türen verschlossen und erst am nächsten Morgen um halb sieben mit dem Weckruf »Zeit aufzustehen!« wieder geöffnet. Und die Tage verbrachten sie eingepfercht mit Hunderten von weiteren Menschen im Aufenthaltssaal.

Hannah hätte all die glorreichen Erzählungen über Amerika längst als Märchen abgetan, hätte man ihr nicht schon die Wolkenkratzer unter die Nase gerieben, wie man dem Hund einen Knochen vorhält. Gemeinsam mit ihrer Schwester Ada hatte sie auf dem Deck des Schiffes gestanden und die Silhouette Manhattans mit den Augen verschlungen. Dort entließ man die Reisenden der ersten und der zweiten Klasse in die Freiheit. Auch die Passagiere der dritten Klasse und des Zwischendecks verließen das Schiff, nur dass auf sie eine Fähre wartete, um sie schnellstmöglich abzutransportieren.

»Wir fahren nach Ellis Island«, hatte einer der Beamten angekündigt –, und ein Mitreisender erwiderte leise: »Die Insel der Tränen«. Niemand hatte die Schwestern gewarnt. Sie hatten auf das versprochene goldene Tor gehofft, das ihnen eine neue Welt eröffnen würde. Seither bezahlte Hannah den winzigen Moment der Trunkenheit, den sie angesichts der Stadt empfunden hatte, mit einem anhaltenden Kater. Die trostlose Anlage im Hudson River war kaum größer als ein Stadtpark. Jedes Gefühl der Zugehörigkeit zu einer realen Welt jenseits des Wassers löste sich im Laufe der verlorenen Stunden im Wartesaal auf. Es gab nichts zu tun, außer abzuwarten, ob man sie für wert oder unwert erachtete, Amerikaner zu werden.

Nachdenklich betrachtete Hannah ihre Schwester. Sie folgte Adas Blick entlang der endlosen Tischreihen und überfüllten Bänke, empor zu den Fenstern, wo sie den Rumpf der Freiheitsstatue erkannte.

»Gebt mir eure Müden, eure Armen, eure geknechteten Massen, die frei zu atmen begehren, …« Ada seufzte. »Von wegen. So müde, wie ich bin, hätte sie mich begeistert in ihre Arme schlie-

ßen müssen.« Ein Mitarbeiter der Hebrew Immigrant Aid Society hatte bei seiner Begrüßung die Inschrift auf dem Sockel des Wahrzeichens zitiert. Die HIAS half jüdischen Einwanderern, sich in ihrer neuen Heimat zurechtzufinden, und entsandte ihre Leute sogar bis nach Ellis Island. Genützt hatte es Hannah und Ada bislang nicht. Sie waren auf sich allein gestellt, seit sie sich in Frankfurt von ihren Eltern verabschiedet hatten. Selten war Hannah sich so verlassen vorgekommen wie angesichts der unzähligen Stufen voller Menschen vor ihnen. Die Treppe führte zum Registrierraum. Auf dem Weg hatte sich Ada immer wieder am Geländer abgestützt. »Wie weit müssen wir denn noch gehen?«

»Sicher sind wir gleich da«, hatte Hannah mit fester Stimme behauptet, als hätte sie eine genaue Vorstellung von dem »da«. Dabei wurde ihre Sicht auf den Anfang der Schlange von den vielen Schultern und Hüten versperrt.

Vor ihnen drehte sich eine ältere Frau um. Sie war von dem gleichen Schiff wie die Schwestern ausgespuckt worden und sprach deutsch mit ihnen. »Man bekommt kaum Luft, oder?«

Hannah nickte.

Der Blick der Frau senkte sich auf Adas Bauch. »Seid froh, dass es die medizinischen Untersuchungen nicht mehr gibt. Sonst hätte sie jetzt ein P auf der Schulter, und man würde sie hierbehalten.«

»Ein P?«, fragte Hannah nach, da Ada keine Anstalten machte, etwas zu erwidern.

Im müden Antlitz ihr gegenüber hoben sich die Mundwinkel wie unter großer Anstrengung. »Pregnant. Schwanger.«

Ada verzog das Gesicht und drehte sich weg, aber Hannah erwiderte das Lächeln. Sie erfuhr, dass die Frau vor einigen Jahren schon einmal an der gleichen Stelle gestanden hatte. Damals, als man die Menschen mit Kreide markiert hatte, sobald sie seelische oder körperliche Auffälligkeiten zeigten. »Auf den Mantel unseres jüngsten Sohnes malten sie ›Ct‹. Zuerst dachte ich nur, hoffentlich geht die Farbe wieder raus. Er hatte doch bloß den einen Mantel.« Dann erfuhr sie, dass die Buchstaben für ein Trachom standen, was zu der Zeit als eines der übelsten Gebrechen galt und eine sofortige Ausweisung nach sich zog.

»Augenerkrankung, unheilbar«, murmelte Hannah. So viel war ihr klar, selbst wenn sie ihre Ausbildung zur Krankenschwester nur auf dem Papier beendet hatte.

»Ja. Und wäre er ein Jahr älter gewesen, hätten sie ihn ganz alleine nach Hause geschickt. Einen elfjährigen Jungen, stellen Sie sich das vor. Als hätte ich ihn jemals alleine gehen lassen. Er war doch mein Kleiner.«

Mit wehmütiger Miene versuchte die Frau, Adas Aufmerksamkeit auf sich zu ziehen, als erwarte sie von einer werdenden Mutter mehr Verständnis. Außenstehenden gelang es nur selten, in Adas schönem Gesicht zu lesen. Wie leicht war das winzige Zucken ihrer Lider zu übersehen. Mit Glück bemerkte die Fremde gar nicht die ungnädige Gereiztheit, die ihr entgegenschlug. Wieder sprang Hannah für ihre Schwester ein.

»Und nun wagen Sie einen zweiten Versuch?«

Die Frau nickte. »Heute wird man nur noch weggeschickt, wenn etwas mit den Papieren nicht stimmt, hat man mir gesagt.«

Dann haben wir es geschafft! Was die Dokumente anging, hatte ihr Vater ganze Arbeit geleistet. Hannah umklammerte die Ledermappe unter ihrem Arm.

»Und Ihr Junge?«

Sie waren oben angelangt und standen nun in einem Raum mit mahagonifarbenen Tischen, an denen Dokumente begutachtet und gestempelt wurden.

»Ist fast blind vor ein Auto gelaufen. Er ist gestorben.«

»Oh nein, das tut mir schrecklich leid.«

Die Frau nickte mit trauriger Miene. »Meine anderen Kinder sind mittlerweile alle erwachsen. Und mein Mann hat mir schon eine ganze Weile nicht mehr geschrieben. Ich hoffe, ich finde sie.«

»Da bin ich mir sicher«, erwiderte Hannah.

Ihre Gesprächspartnerin wurde aufgerufen, an einen der Tische heranzutreten, hinter denen auf erhöhten Stühlen die Inspektoren saßen. Sie drehte sich ein letztes Mal zu Hannah um. »Ich wünsche Ihnen viel Glück.«

»Danke, das wünschen wir Ihnen auch.«

»Sprichst du jetzt für mich mit?«, fragte Ada, sobald die Frau außer Hörweite war.

»Sie hat mir leid getan.«

»Dann hast du heute noch viel zu tun. Ich denke, die meisten sind nicht hier, weil sie in Deutschland so ein schönes Leben geführt haben.«

»Und deshalb soll ich sie ignorieren?«, fragte Hannah sanft. Sie schob den Anflug von Gehässigkeit auf Adas Erschöpfung.

»Ich dachte, man sieht es mir noch nicht an«, sagte diese mit ihrer samtenen Stimme. Sie war schmerzlich schön, trotz oder wegen der dunklen Schatten, über denen das Grün ihrer Iris zu leuchten schien. Ada kam nach ihrer Mutter. Hannah hingegen hatte die hellblauen Augen ihres Vaters geerbt. Sie versuchte, ihre Schwester mit dem Blick einer Fremden zu mustern. Für sie selbst war die kleine Wölbung des Bauches unübersehbar, für weniger aufmerksame Betrachter bliebe sie vermutlich unter dem weiten Kleid verborgen.

»Sie stand direkt vor uns. Sonst hätte sie sicher nichts bemerkt.«

»Gut.« Ada stieß ihre Schwester sanft in die Seite. »Wir sind an der Reihe. Sprich du mit Ihnen, Streberin, dein Englisch ist besser.«

Hannah verdrehte gutmütig die Augen. Im Verlauf der vergangenen Monate hatte Ada keine Gelegenheit versäumt, ihre jüngere Schwester wegen ihres Eifers aufzuziehen. Trotz der langen Schichten in Frankfurts jüdischem Krankenhaus hatte Hannah in jeder freien Minute Vokabeln gelernt. Ihre Eltern hatten die Schwestern außerdem zu einem Lehrer geschickt, der angehenden Auswanderern kostenlose Englischstunden gab, doch Ada hatte sich regelmäßig vor dem Unterricht gedrückt, ohne dass die Eltern es erfahren hätten. Dass sie so wenig Interesse für die Sprache aufbrachte, war Hannah unbegreiflich. Seine Umgebung nicht zu verstehen, sich nicht verständigen zu können – hieße das nicht, sich wehrlos auszuliefern?

Doch auch wenn sie sich so ausgiebig auf diesen Moment vorbereitet hatte, pochte Hannahs Herz auf dem Weg zum Pult des Beamten nun immer schneller. Mit Mühe brachte sie die formvollendete Begrüßung über die Lippen, die sie zuvor in Gedanken unzählige Male geübt hatte. Der Inspektor sah nicht einmal von den Papieren hoch, sondern bedeutete dem Mann an seiner Seite mit einem Nicken, das Gespräch zu beginnen. Der stellte sich ihnen auf Deutsch als Übersetzer vor. Gemeinsam mit dem Inspektor glich er die Passagierliste mit den Reisepässen ab. Mechanisch fragten sie nach Namen, Herkunft und Religion, obwohl doch alles in ihren Pässen stand, samt rotem Stempel, der sie als Juden kennzeichnete. Die gleichgültige Miene des Kontrolleurs verriet nichts, bis er am Ende die Stirn runzelte und dem Dolmetscher etwas zuraunte, der daraufhin nickte. Mit bedauerndem Blick wandte er sich wieder den Schwestern zu. Er brauchte nichts zu sagen, seine Miene war nicht schwer zu deuten.

»Wir dürfen nicht einreisen?« Hannahs Hände krallten sich an der Tischkante fest.

»Nur nicht, bis alles geregelt ist«, erwiderte der Übersetzer rasch.

Ohne hochzusehen, rief der andere: »Die Nächsten bitte.«

»Aber ...«, Hannah rang um Worte, die in der Aufregung zu nervös durch ihren Kopf sprangen, um eines davon zu erhaschen.

Eine unwirsche Handbewegung befahl den Schwestern, sich vom Tisch zu entfernen. Hannah begriff, dass niemand ihnen erklären würde, warum man ausgerechnet sie aus dem Strom herausgerissen hatte, der durch die Tür mit der Aufschrift »Push to New York« trieb.

Die Schwestern schlichen zurück in die Empfangshalle, wo sie teilnahmslos das Aufnahme-Prozedere über sich ergehen ließen.

»Hast du verstanden, was gerade geschehen ist?«, fragte Ada später, auf dem Weg zu einer Kammer, in der ihr Gepäck verwahrt werden sollte.

»Ich habe keine Ahnung«, erwiderte Hannah beklommen.

»Kommen Sie mit«, forderte eine Fremde in befehlsgewohntem Ton. »Ich zeige Ihnen jetzt Ihren Schlafsaal.«

»Hier schlafen wohl viele Leute?«, fragte Hannah auf Englisch.

»Wir haben sechshundert Betten, die meisten sind belegt.«

»Für mich ist nur wichtig, wie lange *wir* sie belegen müssen«, wisperte Ada auf Deutsch. »Ich will hier so schnell wie möglich wieder weg.«

In ihrem Schlafsaal reihten sich zehn Betten aneinander, angeschlossen war ein müffelndes Badezimmer, in dem Wäsche auf der Leine hing. Ada stöhnte auf. Ungerührt erklärte ihnen die Frau, dass den »Gästen« tagsüber unter anderem eine Bäckerei sowie eine kleine Bibliothek zur Verfügung stünden. »Die meiste Zeit werden Sie aber wohl im Aufenthaltsraum verbringen. Haben Sie Hunger? In der Cafeteria können Sie sich ein Sandwich kaufen.«

»Wir können nur in Mark bezahlen«, erklärte Hannah.

»Fragen Sie bitte unten nach den Wechselstuben, ich muss jetzt weiter.«

Verdattert blieben die Schwestern stehen.

»Und jetzt?«, fragte Ada.

»Ich weiß es doch auch nicht«, flüsterte Hannah.

Welchen Fehler hatten sie begangen? Sie fand keine Antwort auf diese Frage. Man hatte sie gefragt, ob jemand sie abholen komme, und sie hatten erklärt, dass ihr Onkel und ihre Tante auf sie warteten. Zu ihren Plänen befragt, hatten sie angegeben, alsbald eine Anstellung zu suchen, damit niemand befürchtete, sie wollten dem amerikanischen Volk auf der Tasche liegen. Sie konnten sogar das verlangte Führungszeugnis der deutschen Polizei vorlegen. Ihrem Vater war es obendrein gelungen – seine Töchter wussten nicht, wie –, die Reichsfluchtsteuer zu begleichen, die man den jüdischen Ausreisenden auferlegte. Doch trotz all seiner Mühen wurden Ada und Hannah auf Ellis Island festgehalten. Was, wenn man sie gar nicht ins Land ließ? Es gab keinen Ort mehr, an den sie zurückkehren konnten. Aus Travemünde hatte man sie schon vor anderthalb Jahren vertrieben. Das kleine Juweliergeschäft, das Hannahs Großvater aufgebaut hatte, war in die Hände eines ehemaligen Angestellten gefallen. Dass sie genötigt worden waren, es ihm weit unter Wert zu überlassen, schmerzte umso mehr, da ihr Vater den Mann wenige Monate zuvor wegen Diebstahls entlassen hatte. Außerdem hatte man sie gedrängt, die gemütliche Wohnung über dem Geschäft zu verlassen. Hannah hätte dem neuen, *deutschblütigen* Besitzer am liebsten die Scheiben eingeworfen. Ihr Vater hatte ihrem zornflackernden Blick standgehalten und gelassen gesagt: »Das sind ihre Methoden, nicht unsere. Wir finden eine andere Lösung.«

Die »andere Lösung« glich eher einer Flucht als einem Umzug. Eine Cousine ihrer Mutter aus Frankfurt, Tante Edith, bot ihrer Familie die beiden Zimmer an, die seit dem Auszug der beiden ältesten Kinder leer standen. Nach ihrer Ankunft vermisste Hannah das Meer, die Möwen und die Schiffe mit jeder Faser ihres Herzens und erkannte doch die Vorteile der Anonymität in einer großen Stadt. Zudem gab es ein jüdisches Krankenhaus, das weiterhin Schwestern ausbilden durfte. Nachdem Hannah einen Platz ergattert hatte, stand sie kurz davor, dem Schicksal zu verzeihen. Die Medizin war ihr Steckenpferd, seit sie einmal ein altes Anatomiebuch in die Finger bekommen hatte. Hatte sie zuvor stets verschwiegen, dass sie auf dem Papier Juden waren, sprach sie im Krankenhaus wiederum nie darüber, wie fremd ihr diese Religion war. Sie waren getauft worden und zündeten ihre

Kerzen an Weihnachten statt an Chanukka an. Deshalb widmete sich Hannah den unbekannten Regeln und Gepflogenheiten mit der gleichen Neugierde wie ihrem medizinischen Lernstoff. In Tante Ediths Haus liefen die Rosenbaums wie auf Zehenspitzen umher, damit sie die Gewohnheiten ihrer Gastgeber nicht störten. Das größte der fünf Zimmer teilten sich Edith und ihr Mann Alfred, ein weiteres bewohnte die jüngste Tochter Marie, die noch zu Hause lebte. Hannah und Ada schliefen im ehemaligen Zimmer ihres Cousins Thomas und ihr jüngerer Bruder Rudi hatte mitsamt den Eltern den Raum von Cousin Ludwig bezogen.

Das Wohnzimmer war recht geräumig, aber doch zu klein, als dass sich dort acht Menschen ohne Unbehagen miteinander aufhalten konnten. Vor allem dem kleinen Rudi fiel es schwer, sich in die neuen Abläufe einzufügen. Die Rosenbaums achteten auf gute Manieren, gewährten ihren Kindern aber auch viele Freiräume, etwa das Recht auf eigene Ansichten. Ihre entfernten Verwandten hingegen legten großen Wert auf Gehorsam und meinten damit, dass man die Kinder bestenfalls weder sehen noch hören sollte. Für den damals achtjährigen Wirbelwind Rudi war das eine kaum zu bewältigende Herausforderung.

Wenigstens blieben ihm seine gleichaltrigen Freunde in der Schule. Da die meisten von ihnen arischer Herkunft waren, luden sie ihn zwar nicht zu sich nach Hause ein, doch sie piesackten ihn auch nicht. Vielleicht waren Rudi bislang allerhand schlimme Erfahrungen erspart geblieben, weil er so verschmitzt und freundlich war. Möglicherweise hatte es ihm auch geholfen, dass er mit seinen hellblauen Augen und dem Stupsnäschen so gar nicht dem Bild entsprach, das übelmeinende Karikaturisten von jüdischen Menschen entwarfen. Gut ein Jahr arrangierten sich die Rosenbaums mit der Situation, doch dann kam der November 1938, und Rudi wurde wie alle anderen jüdischen Kinder vom Unterricht ausgeschlossen. Für ihn brach eine Welt zusammen.

Ungefähr einen Monat später weihte ihr Vater sie in seine Pläne ein. »So kann es auf Dauer nicht weitergehen. Ich denke, es ist an der Zeit, dass wir Deutschland ganz hinter uns lassen.«

»Was meinst du?«, fragte Hannah.

»Amerika«, sagte er. »Wir brauchen einen Ort, an dem wir uns wieder frei bewegen können.«

»Was sollen wir in Amerika?« Ada schien der Gedanke zu entsetzen.

»Ihr wisst, dass meine Schwester Judith in New York wohnt«, erklärte er. »Bei ihr können wir sicher für die erste Zeit unterkommen.«

»Was ist mit meiner Ausbildung?«, wandte Hannah ein.

»Ich halte es nicht mehr aus!«

Der ungewohnt scharfe Tonfall ihrer Mutter ließ Hannah sofort verstummen.

»Wie sollen wir hier weiterleben? Sie zünden jüdische Geschäfte an. Falls ihr Kinder bekommt, dürften die nicht zur Schule gehen. Und hat euer Vater euch erzählt, was sie seinem alten Bekannten Baruch angetan haben? In einen winzigen Handkarren gezwängt und quer durch Lübeck geschleift haben sie ihn. Die ganze Zeit über musste er ›Heil Hitler‹ rufen.«

Nie zuvor hatte die Stimme ihrer Mutter schrill geklungen.

Hannah schlug sich die Hände vor den Mund. »Oh nein, Mama«, wisperte sie dann.

Danach war es ausgemachte Sache, dass ihr Vater sich um Schiffspassagen nach New York bemühen würde. Es vergingen ein paar weitere Monate, bis sie einsahen, dass sie keine fünf zusammenhängenden Tickets ergattern würden. Und so waren zuerst die Schwestern gemeinsam in Richtung Bremen aufgebrochen, und vier Wochen später fuhren die Eltern mit Rudi nach Hamburg, wo ihre jeweiligen Schiffe ablegen sollten. Schon die gemeinsame Zeit in einer Viererkabine hatte sich als Herausforderung für die Schwestern entpuppt. Im Haus der Verwandten hatten sie sich zuvor zwar ebenfalls ein Zimmer geteilt, doch es war etwas anderes, wenn zwei fremde Frauen ihnen bei allem, was sie taten, zusahen. Außerdem waren sie sich in Frankfurt kaum in die Quere gekommen. Ada hatte ihre Zeit vor allem mit ihrer gleichaltrigen Cousine Marie verbracht, während Hannahs Lebensrhythmus von ihren Schichten vorgegeben wurde. Die Unmöglichkeit, auch nur einer Regung der anderen Schwester zu entgehen, stimmte vor allem Ada gereizt. Manchmal fragte sich Hannah, ob allein die geteilte Liebe zu den Eltern und dem kleinen Rudi der Kitt zwischen ihnen war, der in deren Abwesenheit allzu schnell zu bröckeln begann.

Da es auf Ellis Island jedoch kaum Ablenkungen gab, traten die Unterschiede zwischen den jungen Frauen nun schärfer hervor, zumindest bei Tageslicht. Erst wenn es dunkel wurde, konnten sie sich der Außenwelt entziehen, indem sie sich schlafend stellten. Nur so ließ es sich ertragen, nicht bloß miteinander, sondern mit sechs weiteren Frauen und zwei Kindern hinter verriegelter Tür auszuharren. Die Tage waren schwerer auszuhalten. Adas spitze Kommentare ließen sich verkraften, ihre zeitweilige Unnahbarkeit hingegen setzte Hannah zu. Eines Nachts hatte sie inmitten all der leisen Schluchzer im Saal die kleinen Gurgellaute ihrer Schwester ausgemacht. Sie war zu Adas Bett geschlichen, hatte sich an den Rand der Matratze gesetzt und die bebende Schulter berührt. »Ada?«

Sofort erstarrte der Körper unter ihrer Hand und rührte sich nicht mehr, bis Hannah aufgab. Am folgenden Morgen zeigte sich Ada ihr gegenüber kühler denn je – und Hannah begriff, dass dies die Strafe für die unerwünschte Annäherung war. Wenn doch nur ihre Mutter bald käme! Bislang schien es der HIAS nicht gelungen zu sein, eine Nachricht an ihre amerikanische Verwandtschaft zu übermitteln, so dass es am Ende vermutlich an ihren Eltern wäre, die Schwestern aus ihrer misslichen Lage zu befreien. Lange konnte es zum Glück nicht mehr dauern. Sie sollten mittlerweile längst Havanna erreicht haben. Sehnsüchtig schaute Hannah aus dem Fenster, als erwarte sie, dort ihre Familie zu erblicken. Wenigstens befanden sie sich endlich auf dem gleichen Kontinent.

Adas Kopf sank auf die Tischplatte.

Zaghaft streckte Hannah die Hand aus, zog sie aber sofort wieder zurück. »Geht es dir nicht gut?«

Ohne den Kopf zu heben, drehte Ada ihr das Gesicht zu, die Augenbrauen fast bis zum Haaransatz hochgezogen. »Wie soll es mir in diesem Gefängnis schon gehen?«

»Immerhin ein Gefängnis mit Bücherei.«

Ada verzog einen Mundwinkel. »Und einer Wechselstube.«

»Nicht zu vergessen das Telefon.«

»Wen möchtest du denn anrufen?«

Hannah sah zum Ende des Raumes, wo die Einzeltische standen, an denen die nobleren Neuankömmlinge mit ernst dreinschauenden Männern in Nadelstreifen diskutierten. »Unseren Anwalt!«.

Ada richtete sich grinsend auf: »Ach ja, unseren Anwalt!«

Ermutigt von der Reaktion ihrer Schwester, hielt sich Hannah einen imaginären Telefonhörer ans Ohr. »Mr. Burnett!«

Der Name der Verfasserin von »A Little Princess« war der erste, der ihr in den Sinn kam. Ihr früherer Englischlehrer hatte ihr das Buch ausgeliehen. »Wir wären Ihnen äußerst verbunden, wenn Sie sich alsbald imstande sähen, uns aus der Schmach unserer misslichen Lage zu befreien. Keinesfalls werden wir es akzeptieren, auch nur eine weitere Sekunde hier zu verbringen.«

Ada starrte ihre Schwester an und prustete dann so laut los, dass ihre Banknachbarn zusammenzuckten.

Nachdem Hannah ihre Überraschung über diese Reaktion überwunden hatte, fiel sie in das Gelächter mit ein. Sie lachten und lachten, bis ihnen die Tränen hinunterliefen und das Räuspern um sie herum durchdringender wurde.

»Verzeihung«, rief Hannah.

»Ich glaube, mir wird schlecht«, sagte Ada.

»Sollen wir ins Bad gehen?«

Ihre Schwester machte eine abwehrende Handbewegung. »Es geht gleich wieder.« Ada sah blass aus. Kein Wunder, dass ihr übel wurde. Der Geruch von Schweiß und Essensausdünstungen hing permanent in der Luft. Manch ein längerfristiger Bewohner hatte es aufgegeben, den Anschein eines zivilisierten Lebens aufrechtzuerhalten. Nicht dass Hannah diese Menschen nicht verstanden hätte. Es gab ausreichend Zeit, auf sich zu achten, doch eigentümlicherweise wurde es mühsamer, diese sinnvoll auszufüllen, je weiter sie sich im Verlauf des endlosen Wartens zu dehnen schien. Sie höhlte einen aus, bis zur vollkommenen Gleichgültigkeit.

Aber noch gehörten die Schwestern zu denen, die sich bemühten, Haltung zu bewahren. Sie reinigten jeden Morgen sorgfältig ihren Körper, wuschen regelmäßig ihre wenigen Wäschestücke aus und hängten sie über Nacht zum Trocknen auf.

Sie bemühten sich, nicht in Trübsal zu verfallen, indem sie jede Möglichkeit ergriffen, sich zu beschäftigen. Viele Gelegenheiten wurden ihnen allerdings nicht geboten. Sie hatten an einem katholischen Gottesdienst genauso teilgenommen wie an den jüdischen Feierlichkeiten zum Schawuot, dem Erntedankfest. Ada aus Langeweile, Hannah aus Neugierde. Brav hatten sie Honig und milchige Speisen verzehrt und verschwiegen, wie gierig sie tags zuvor in Butter gebratenes Fleisch vertilgt hatten, statt sich ihr Essen in der koscheren Küche zu holen. Als der Rabbi seine Stimme erhob, verstanden sie kein Wort. Erst hinterher fand Ada heraus, dass er wohl die neunzig auf Aramäisch verfassten Verse des Akdamuts – eines liturgischen Gedichts – rezitiert hatte. Die Worte nicht zu verstehen hatte Hannahs Erleben nicht beeinträchtigt. Der dunkle Singsang des Rabbi hatte nicht nur den Raum um sie herum vollkommen ausgefüllt, sondern war bis zu einem verborgenen Ort in ihrem Inneren vorgedrungen und hatte sie aufgewühlt zurückgelassen.

Nach ihrem schon fast hysterischen Heiterkeitsausbruch verfielen die Schwestern in ihr übliches Schweigen. Das bedeutete nicht, dass Ruhe herrschte. Kaum ein Gut war hier so rar wie die Stille. Sicher zählte dies zu den Gründen, aus denen Hannah und Ada so wenig miteinander sprachen. Es war wahrlich unnötig, dem nie verstummenden babylonischen Sprachgewirr weitere Stimmen hinzuzufügen.

»Hallo.« Vor ihnen stand ein Mädchen in Rudis Alter mit braunen Locken und einer weißen Schleife im Haar.

Hannah lächelte. »Guten Morgen, Lydia. Bist du gekommen, um dir deine Milch abzuholen?«

»Ja, bitte.«

Hannah reichte ihr das Glas. Es hatte sich zu einem Ritual entwickelt, seit sie einmal beobachtet hatte, wie die Kleine die Milch, die nur die Frauen und Kinder jeden Tag erhielten, mit wenigen gierigen Zügen austrank.

»Nicht so hastig, Lydia«, hatte ihre Mutter sie ermahnt, woraufhin sich die Kleine entschuldigte und sehnsüchtig in ihr leeres Glas schaute.

Einem Impuls folgend hatte Hannah dem Mädchen ihres weitergereicht. »Damit du groß und stark wirkst.«

»Wie soll sie denn so lernen, Maß zu halten?« Die Mutter hatte geseufzt, ohne ernstlich verärgert zu wirken.

»Sie haben ja sonst nicht viel Freude hier. Und sie tut mir einen Gefallen.« Hannahs Stimme hatte sich zu einem verschwörerischen Flüstern gesenkt. »Ich mag meine Milch gar nicht trinken.«

»Na dann.« Die Mutter hatte gelacht. »Danke, das ist sehr nett von Ihnen.«

»Danke«, hatte die Kleine brav wiederholt, während sie den weißen Bart über der Lippe ableckte.

Seither wechselten die Frauen jeden Tag ein paar Worte. An diesem Tag winkten sie sich freundlich von einem Tisch zum anderen zu. Lydias Mutter erhob sich, um sich zu ihrer Tochter und Hannah zu gesellen, als schlagartig jedes Geschnatter verebbte.

Hannah hielt nach dem Grund für das Schweigen Ausschau

und bemerkte, dass sich am Ende ihres Tisches ein argentinischer Seemann erhoben hatte, um einen Tango anzustimmen.

Die Frau ließ sich wieder auf die Bank sinken und winkte stattdessen Lydia zu sich heran. Hannah beobachtete, wie sie ihr Kind mit versonnenem Blick an sich zog und sein Haar küsste. Ihr Mann legte seinen Arm um beide. Diese Geste in Verbindung mit der anmutigen Traurigkeit der Musik schnürte Hannah die Kehle zu. Sie wurde überwältigt von Sehnsucht und einem Gefühl der Verlorenheit.

Sie sprang auf. »Stört es dich, wenn ich in die Bibliothek gehe?«

Überrascht sah Ada zu ihr hoch. Auf sie hatte Musik nie eine sonderliche Wirkung gezeigt. »Warum sollte es? Ich bin ohnehin mit Dina und den anderen zu einem Spaziergang im Innenhof verabredet. Du kannst mitkommen, wenn du willst.« Sie spielte mit der Stola herum, die sie seit einer Weile trotz der Wärme um den Oberkörper schwang, um ihren Bauch zu kaschieren.

Hannah schüttelte den Kopf. Sie ging den neuen Freundinnen ihrer Schwester lieber aus dem Weg, da diese vor allem die jungen Männer beäugen oder über die anderen Mädchen lästern wollten. Es war nicht so, dass Ada ihre Gesellschaft gesucht hätte, doch wurde sie von Dina und ihrer Clique seit ihrer Ankunft umschwärmt. Sie besaß die Gabe, andere Menschen anzuziehen. In manchen Momenten beneidete Hannah sie darum. Ihre eigenen Freundschaften wuchsen nur langsam, nach einer zähen Phase zögerlichen Herantastens. In der Gegenwart anderer war sich Hannah ihrer selbst und ihrer Unzulänglichkeiten zu gewahr, um unbefangen zu plaudern.

Die Bibliothek verdiente ihren Namen kaum. Vor ein paar lückenhaft gefüllten Regalen standen drei Tische sowie sechs Stühle, die nicht zueinanderpassten.

»Ha!«

Der Triumphschrei schreckte Hannah auf, und sie ließ ihr Buch fallen. Die abgeriebenen Einbände und Widmungen verrieten, dass die Werke der Bibliothek bereits durch viele Hände gewandert waren, bevor sie die Insel erreichten. Dennoch behandelte Hannah jedes von ihnen für gewöhnlich respektvoll. Rasch hob sie das Buch wieder auf und überprüfte den Umschlag auf frische Schäden, bevor sie den jungen Mann ärgerlich anschaute.

»Aaron, hast du mich erschreckt!«

Lydias älterer Bruder ließ sich ungerührt auf den Stuhl neben ihr sinken und zupfte an seinem Kragen. Stoff und Schnitt seiner Kleidung verrieten, dass seine Einreise nicht an Geldmangel gescheitert war. Hannah wusste mittlerweile, dass er genau wie Ada einundzwanzig und damit zwei Jahre älter als sie selbst war.

»Ich musste für eine Weile entkommen. Meine Familie schmiedet zu große Pläne für mich.«

»Wenigstens ist sie bei dir«, erwiderte Hannah. Wenn sie sah, wie Lydia um ihn herumtollte, überkam sie regelmäßig Neid. Die Jüngere begegnete Aaron mit der gleichen Mischung aus Respektlosigkeit und Bewunderung, die Rudi seinen Schwestern gegenüber an den Tag legte. Der große Altersabstand zwischen ihnen war einer schmerzhaften Reihe von Fehlgeburten geschuldet, die ihre Mutter erlitten hatte, bis sie doch noch einmal einen kerngesunden Jungen auf die Welt brachte. Umso mehr neigten sie alle dazu, Rudi zu verwöhnen. Womöglich war es bei Lydia und ihrer Familie ähnlich.

Aaron setzte eine reumütige Miene auf. »Entschuldigung. Das war unpassend. Lydia lässt dich lieb grüßen. Ich habe gehört, dass du ihr heute schon wieder deine Milch überlassen hast.« Er verzog angewidert das Gesicht. »Ich würde ihr liebend gerne meine geben, aber ungerechterweise wird sie ja nur Frauen und Kindern zugestanden.«

Hannah schmunzelte. Es war unmöglich, Aarons unbekümmerter Selbstsicherheit zu widerstehen.

»Seltsam, dass sie einem Kindskopf wie dir keine einschenken.« Sofort verdunkelte sich ihre Miene wieder.

Aaron schien zu erraten, was in ihr vorging. »Sicher kommt eure Familie bald. Schwierig ist es doch nur, erst einmal auf ein Schiff zu gelangen. Danach muss man bloß noch aussteigen.«

Hannah hob die linke Braue. Sie hatte lange geübt, bis das einseitige Brauenheben bei ihr beinahe so lässig wirkte wie bei Ada.

Aaron verzog einen Mundwinkel. »Na gut. Und manchmal sitzt man am Ende auf einer seltsamen Insel fest und weiß gar nicht, was eigentlich schiefgelaufen ist.«

»Halten Sie euch immer noch für Spione?«

Er zuckte die Achseln. »Wer weiß? Was würde ich dafür geben, dass meine Eltern tatsächlich so aufregend wären.«

Aaron war mit seiner Familie einen Tag nach ihnen angekommen. Da sich das Gerücht verbreitet hatte, ein deutscher Spion befinde sich an Bord des Schiffes, hielt man an jenem Tag sogar die Passagiere der ersten Klasse fest, zu denen die Lehmanns gehört hatten.

»Dein Vater macht einen sehr seriösen Eindruck«, sagte Hannah.

»Und wie. Er möchte, dass ich auch einmal in einer Bank arbeite. Ist das nicht schrecklich?«

»Ich weiß nicht«, erwiderte Hannah ehrlich. »Wenn man eine solche Chance hat, kommt es mir wie ein großer Luxus vor, sich abfällig darüber zu äußern.«

»Du bist so kurz davor, mir ein schlechtes Gewissen zu machen.« Mit Daumen und Zeigefinger zeigte er einen winzigen Abstand.

»Was würdest du denn gerne tun? Herumstolzieren und dich von deinen Anhängerinnen bewundern lassen?« Niemals würde sie zugeben, wie sehr sie Aarons Gegenwart insgeheim genoss. Zu ihrer eigenen Überraschung fiel ihr der Umgang mit ihm leicht, auch wenn sie sich sonst mit Fremden schwertat, erst recht, wenn es sich dabei um Männer handelte. Seine zugewandte, offene Art ließ jegliche Befangenheit in seiner Nähe schwinden. Ein weiterer Pluspunkt war in ihren Augen, dass er nicht in ihre Schwester verliebt war.

Aaron hatte ihr schon vor Tagen ungefragt mit klappernden Zähnen versichert, dass er Frostbeulen bekäme, sobald er Ada anschaue. Hannah hatte ungläubig gelacht, war sie es doch gewohnt, dass Männer den Kontakt zu ihr suchten, um an Ada heranzukommen.

»Herumstolzieren? Das wäre ja noch langweiliger. Nein danke! Ich habe vor, Ingenieur zu werden. Ich will Brücken bauen.« Aaron fuhr sich mit der Hand durch die gewellten braunen Haare.

»Brücken?«, fragte Hannah überrascht.

»Sie führen für gewöhnlich von einem Ufer zum anderen, meistens über Wasser.«

Hannah deutete mit der Hand einen Klaps gegen seine Schulter an, berührte ihn aber nicht. »Es ist dir wohl unmöglich, länger als eine Minute ernst zu bleiben.«

»Ohne Humor wäre nichts zu ertragen«, erklärte er, jetzt ernsthaft. »Und Amerika ist ein gutes Land für Brückenbauer. Allein in New York soll es Hunderte davon geben. Vor einem Monat erst wurde eine über 1000 Meter lange Brücke über den East River fertiggestellt. Ich bin sehr gespannt darauf, sie mit meinen eigenen Augen zu sehen. Wobei mein erster Ausflug sicher zur Brooklyn Bridge führen wird.«

Aarons unverhohlene Begeisterung nahm Hannah weiter für ihn ein. Seine graublauen Augen erinnerten sie an das Meer an stürmischen Tagen. Jetzt leuchteten sie.

»Warum ausgerechnet Brücken?«

»Ist es denn nicht phänomenal, wie wir über sie an Orte gelangen, die sonst kaum erreichbar wären? Eine große Distanz zu überbrücken ist eine ganz besondere Herausforderung.«

In seinem Gesichtsausdruck lag eine Provokation, die Hannah nicht verstand und deshalb zu ignorieren beschloss. »Macht es dir nichts aus, dass man dabei immer etwas hinter sich lassen muss?«

»Reden wir jetzt gerade über Deutschland?«

Hannah nickte. »Es war schrecklich zuletzt, das streite ich nicht ab. Aber die Sprache, das Essen, die Gebräuche, die Gerüche ... es war trotzdem meine Heimat.«

»Ich verstehe schon, was du meinst. Aber ich weigere mich, an einem Land zu hängen, das mich verabscheut. Ich denke nicht daran zurückzuschauen, verstehst du? Man sollte seinen Blick nur nach vorne richten.«

Hannah runzelte die Stirn. Sie begriff, dass seine Einstellung ihn vor Kummer bewahrte, dennoch war sie nicht bereit zu vergessen. Gab es ein Wort dafür, glücklich und traurig zugleich zu sein? So empfand sie, sobald ihre Gedanken in die alte Heimat zurückkehrten. Sie vermisste sogar die Grautöne der Frühlings- und Herbsttage. Wenn man sie genauer betrachtete, erschienen sie kaum weniger vielfältig als die bunte Sommerpalette. Sie sehnte sich nach Sommern mit den Füßen im Sand und dem gleißenden Sonnenlicht im Gesicht. Nach dem Strand, an dem ihre Familie Muscheln gesammelt, geredet und gelacht hatte. Das Meer hatte nie über sie geurteilt, Hannah hatte sich dort vollkommen frei gefühlt. Ließe sie diese Bilder hinter sich, ginge ein Teil von ihr verloren.

»Und du, was willst du mit deinem Leben anfangen, wenn wir einmal dort sind?«, fragte Aaron und deutete vage auf die andere Seite des Flusses.

Ich wäre gerne Ärztin. Sie drängte den Gedanken beiseite, bevor er ihr über die Lippen kam. Hannah verbot sich, unrealistischen Zukunftsträumen nachzuhängen, so wie Aaron die Erinnerung an die Vergangenheit mied. »Ich werde versuchen, als Krankenschwester zu arbeiten. Das habe ich in Deutschland getan.«

»Du hast schon eine Ausbildung beendet? Du bist doch höchstens siebzehn Jahre alt.«

Hannah schüttelte den Kopf. »Ich bin neunzehn. Und ich hatte Glück.«

Kaum hatte sie ihr Abitur abgelegt, wurde jüdischen Schülern der Zugang zu ihrem Gymnasium verwehrt. Und später in Frankfurt hatte sich einer der Oberärzte dafür eingesetzt, dass sie trotz des vorzeitigen Abbruchs ihrer Ausbildung ein Zeugnis erhielt.

»Sie sind talentierter als die meisten. Sie sollten nicht mit leeren Händen gehen müssen. Ich denke, Sie sind bestens vorbereitet«, hatte Dr. Stein ihr lächelnd versichert.

»Das ist gut«, sagte Aaron. »Ich wurde natürlich nicht zum Studium zugelassen. Ein Grund mehr, mich auf Amerika zu freuen. Mein Leben sollte endlich beginnen.«

»Meine Mutter wollte mich nicht einmal das Abitur machen lassen«, erwiderte Hannah. »Sie hielt es für sinnlos. Aber mein Vater meinte, dass jeder Sinn erst dann verloren sei, wenn man nicht mehr an bessere Zeiten glauben könne.«

»Dein Vater scheint ein wirklich guter Mann zu sein«, stellte Aaron lächelnd fest.

»Ja, das ist er. Aber auch meine Mutter meinte es gut. Ich denke, sie wollte mich vor falschen Hoffnungen bewahren, während mein Vater offenbar meint, enttäuschte Hoffnung sei besser als gar keine.«

»Und was denkst du?«

»Ich weiß es nicht.«

»Du guckst schon wieder so ernst.« Aaron tippte sachte mit dem Zeigefinger gegen ihre Stirn. »So wirst du eines Tages Falten bekommen.«

Hannah zuckte vor seiner Berührung zurück. »Ich denke nach, das ist alles.«

»Wie schon gesagt: Vergiss die Vergangenheit. Na los, nenn mir drei gute Dinge, denen du seit deiner Ankunft in Amerika begegnet bist.«

Er lachte. »Nun schau mich nicht an, als hätte ich dich gebeten, durch einen brennenden Reifen zu springen.«

»Hast du nicht?«, murmelte Hannah. Sie hatte durchaus den

Eindruck gewonnen, dass er in ihr eine Herausforderung mit einem gewissen Unterhaltungswert sah.

»Na komm schon.«

Sie seufzte. Er würde keine Ruhe geben, bevor er nicht seine Antwort erhalten hatte. »Also gut. Cornflakes, Ivory-Seife und dieses weiche weiße Brot, das es zu jedem Essen gibt.«

Er lachte. »Du isst und badest also gerne, na bitte. Mach so weiter, und ich halte dich am Ende für genusssüchtig. Aber es stimmt schon. So eine Cafeteria ist eine geniale Erfindung. Diese Tabletts mit den Vertiefungen, in die man alles füllen kann, was einem beliebt. Herrlich!«

Hannah betrachtete das Buch in ihren Händen. »Eigentlich bin ich ja hier, um zu lesen, und nicht, um mich von dir auf den Arm nehmen zu lassen.«

»Schon gut, ich bin hier eh nur zufällig vorbeigekommen, auf der Suche nach einer benutzbaren Toilette! Werfen sie bei euch auch alles Mögliche hinein, bis es verstopft ist? Ich stehe ständig im Wasser. Sicher gibt es bei den meisten zu Hause noch Plumpsklos.«

»Ich weiß nicht, ob ich mit dir über unsere Toiletten reden möchte, und du klingst schon wieder wie ein Snob. Vielleicht solltest du doch in einer Bank arbeiten.«

Er sah nur für einen Moment betroffen aus. »Wenn hier einer ein Snob ist, dann doch wohl du.«

»Ich?« Sie blinzelte.

»Du liest die ganze Zeit. Was willst du mit dem ganzen Wissen anfangen, wenn nicht schlauer daherkommen als wir?«

»Mein Vater hatte keine Bank. Ich muss mir eben etwas anderes einfallen lassen.«

»Mein Vater hat auch schon lange keine Bank mehr. Er denkt nur, er könne in Amerika an alte Erfolge anknüpfen. Was macht denn dein Vater?« Sein Interesse schien echt.

Verlegen senkte sie den Blick. »Er war Juwelier.«

»Ach so, na dann kommst du ja wirklich aus ganz einfachen Verhältnissen.«

»Es war nur ein ganz kleiner Laden«, fügte sie hastig hinzu.

Er hob beschwichtigend die Hände. »Ich sag schon nichts mehr.«

»Als ob dir das jemals gelingen würde. Hast du denn schon einmal arbeiten müssen?«

»Sicher. Nachdem sie meinen Vater rausgeworfen hatten, mussten wir alle mit anpacken. Ich habe eine ganze Weile in einer Fabrik für Herrenmode gearbeitet. Doch dann wurde dort ein Feuer gelegt, das alle Nähmaschinen und Bandsägen zerstört hat. Danach habe ich in einem Lebensmittelladen ausgeholfen, bis ein netter kleiner Naziaufmarsch Mehl und Zucker mit Benzin und Petroleum übergossen hat. Wenn sie das Zeug wenigstens geklaut und gegessen hätten!« Er klang wütend. Es war das erste Mal, dass Hannah erlebte, wie Aaron sein munterer Elan abhandenkam.

»Das tut mir sehr leid.« Sie rieb sich verlegen über die Nasenspitze. »Ein Freund meines Vaters hat in seinem Laden das Gleiche erlebt.«

»Genug davon. Ist dein Buch spannend?« Er nahm es ihr aus der Hand und entzifferte die verblichene Schrift auf dem Leineneinband. »›Little Lord Fountleroy‹. Ist das nicht ein Kinderbuch?«

Hannah nickte. »Und wenn schon.« Es stammte ebenfalls von Burnett, deshalb hatte sie im Regal danach gegriffen.

»Ich glaube nicht, dass dir ein Roman über Aristokraten in New York gute Dienste leisten wird. Denk an den Alltag. Stell dir vor, ich sei der Bäcker und du kaufst bei mir dein Challah-Brot. Was würdest du sagen?«

Bevor sie antworten konnte, schüttelte Aaron bereits bedauernd den Kopf. »Wie willst du denn überleben, wenn du Geschichten kennst, dir aber nichts zu essen kaufen kannst?«

Sie riss ihm das Buch aus der Hand. »Wir werden klarkommen. Könntest du jetzt bitte aufhören, mich zu erziehen? Ich soll nicht an die Vergangenheit denken, drei Dinge an Amerika mögen, ich soll ...«

»Du bist heute aber empfindlich. Ich wette, du verstehst kein Wort von dem, was du liest.«

Das war eine kindische Provokation, trotzdem las sie zu ihrem Ärger reflexartig die erste Zeile, die ihr ins Auge sprang. »Did you ever know many marquises, Mr. Hobbs?«

Er lachte laut auf. »Vielleicht klappt es doch. Wenn du das sagst, werfen sie von ganz allein mit dem Brot nach dir.«

»Das macht nichts. Wir legen nicht so viel Wert auf Challah-Brot«, murmelte sie.

»Das kann ich mir denken. Ich habe gesehen, dass du in den katholischen und den protestantischen Gottesdienst gegangen bist.«

»Meine Schwester und ich sind getauft.«

»Aber dann ...«

»Auf dem Papier sind unsere Großeltern Juden, damit sind wir es auch.«

»Das ist ungerecht.«

Lange hatte sie ebenso empfunden, doch heute widersprach

sie. »Nein, denn das würde ja bedeuten, es sei akzeptabler, dass sie deine Familienmitglieder schlecht behandeln, weil sie gläubige Juden sind.«

Er legte den Kopf zur Seite. »Anscheinend führt all dein Grübeln doch zu ganz vernünftigen Gedanken.«

Ihr wurde warm unter seinem Blick. »Die Toilette ist übrigens gleich nebenan«, erklärte sie unwirsch. Sie hatte gerade genug Erfahrung mit Komplimenten, um ihnen nicht zu trauen.

Aaron sah sie verwirrt an.

»Vorhin hast du gesagt, du seist auf der Suche nach einer passablen Toilette.«

Er grinste. »Stimmt, hatte ich glatt vergessen. Kommst du nachher auch?«

Ihr war klar, dass er von dem groß angekündigten Musikabend sprach.

»Sicher. Ich wette, dass alle kommen.«

Niemand würde sich die Gelegenheit entgehen lassen, etwas zu erleben und ausnahmsweise bis 23 Uhr aufzubleiben.

»Dann auf Wiedersehen, Madame.« Nach einer neckischen Verbeugung überließ Aaron sie ihrem Buch. Hannah vertiefte sich in die Zeilen, ohne dass sie später hätte sagen können, was sie gelesen hatte.

Bei ihrer nächsten Begegnung an diesem Tag trug Aaron einen kleinen schwarzen Koffer bei sich.

»Wirst du auch auftreten?«, fragte sie überrascht.

»Wart's ab!«

Der Aufenthaltsraum war zum Bersten gefüllt. Viele der Anwesenden waren deutsche Juden, die schon seit einer geraumen

Weile niemand in einem Konzert- oder Kinosaal willkommen geheißen hatte. Selbst die kleinen Kinder ließ man aufbleiben, um diese Möglichkeit zu feiern. Sie schauten genauso erwartungsvoll wie ihre Eltern zu dem Mann im Frack, der auf dem Podium neben dem Klavier stand. Solange Hannah hier war, hatte der schwarze Kasten kaum einen angenehmen Ton von sich gegeben. Sonst malträtierten ihn meist junge Mädchen – mit einem stockenden Flohwalzer oder einer Dauerschleife der ersten Takte von »Für Elise«.

Die Füße mancher Gäste wippten vor Vorfreude in einem Rhythmus, den vorerst nur sie selbst vernahmen. Dann kündigte der Mann auf der Bühne eine Sängerin namens Louise Kohn an. Hannah erkannte die junge Frau sofort. Sie war erst vor wenigen Tagen angekommen. Ohne je ein Wort mit ihr gewechselt zu haben, hatte Hannah sich aus der Ferne zu ihrem lauten Lachen hingezogen gefühlt, das allen Widrigkeiten zu trotzen schien. Ein Mann im Frack gesellte sich zu Fräulein Kohn auf die Bühne, um sie auf dem Klavier zu begleiten. Bei einigen Tönen traf die Sängerin daneben, ohne dass es störte. Ihr Schwung und ihr Selbstvertrauen rissen alle von den Sitzen, abgesehen von den Alten. Und als sie »Bei Mir Bistu Shein« anstimmte, wirbelten große Geschwister die kleineren vor der Bühne herum, Freundinnen fassten sich an den Händen und warfen ihre Beine in die Luft, und die Männer forderten ihre Frauen auf. Hannah wippte mit dem Fuß, blieb aber neben ihrer Schwester sitzen. Unter den Tanzenden sah sie Aaron, der Lydia drehte und wild Arme und Beine vor dem Körper auf und ab schüttelte. Seine Eltern beäugten ihn vom Rand der Tanzfläche aus und schienen sich nicht zwischen Missbilligung und Freude entscheiden zu können.

Dann nahm Aarons Mutter ihren Mann an die Hand und zog ihn näher zu den Kindern heran, wo sie ebenfalls tanzten, allerdings dezenter.

Zwei Mädchen deuteten kichernd auf Aaron und schienen nur darauf zu warten, dass er eine von ihnen aufforderte. Ihre Blicke erinnerten Hannah an eine Tatsache, die sie stets zu ignorieren versuchte. *Er sieht gut aus.* Und dass in ihm Leben für zwei zu stecken schien, steigerte seine Anziehungskraft noch. *Verdammich!* Er hatte sie ertappt, wie sie ihn anstarrte, und streckte grinsend die Hände in ihre Richtung. Forderte er sie etwa auf, über die Stuhlreihen zu klettern, um mit ihm zu tanzen? Sie schüttelte lächelnd den Kopf, woraufhin er mit jeder Hand eines der beiden Mädchen an sich zog.

Nach Louise Kohn betraten drei Brüder mittleren Alters die Bühne. Es stellte sich heraus, dass sie einer Berliner Kabarettgruppe angehörten, deren Shows vor geraumer Zeit verboten worden waren. Anfangs wirkten sie nahezu zögerlich, sich im Scheinwerferlicht zu präsentieren, doch es dauerte nicht lange, bis die unterdrückte Lust am großen Auftritt sich ihren Weg bahnte. Sie parodierten beliebte Nazilieder, marschierten mit erhobenem rechten Arm auf der Bühne herum, hielten sich Zeigefinger wie Schnauzbärte über die Oberlippe und verunglimpften das Panzerlied der Wehrmacht mit einem frechen Text. Zuerst lachten nur wenige. Die deutschen Gäste erstarrten, bis ihnen aufging, dass nirgends eine Horde mit Schlagstöcken im Dunklen lauerte. Sie hielten hier den ersten Zipfel der Freiheit in der Hand! Bald gab es kein Halten mehr. Sie johlten und lachten so laut, dass sich kleinere Kinder erschrocken hinter ihren Müttern versteckten.

Zuletzt, nachdem die verausgabten Zuhörer wieder auf ihre

Sitze gesunken waren, betrat Aaron die Bühne. Er hielt eine Oboe in der Hand und flüsterte dem Pianisten etwas ins Ohr. Der nickte und legte sanft die Finger auf die Tasten. Das allgemeine Geplapper verstummte bei den ersten Tönen. Hannah lauschte so gebannt die wie anderen. Der Klang seines Instruments erinnerte an eine menschliche Stimme. *Ein Klagelied voller Hoffnung*, dachte Hannah. Konnte es so etwas denn geben? Sie spürte einen Kloß im Hals.

Für einen Moment wünschte sie sich, die Ohren ließen sich so diskret schließen wie die Augen. Doch die Klänge drangen ungehindert in ihren Gehörgang und berührten sie tief im Innern auf eine Art, die ihr zu intim schien, um sie mit den Fremden ringsherum zu teilen. Ihre Hände zitterten, und Tränen liefen über ihre Wangen. Ihr war, als spräche Aarons innere Stimme zu ihr, mit einer Ernsthaftigkeit, die sie bislang nicht an ihm wahrgenommen hatte. Gleich darauf schalt sie sich für diesen albernen Gedanken. Ein anderer hatte die Noten verfasst, die er spielte. Verstohlen sah sie sich nach ihrer Schwester um, deren Augenwinkel ebenfalls feucht schimmerten. Langsam ließ Hannah ihre Hand auf Adas gleiten, ermutigt durch die Musik. Sie wappnete sich für eine Zurückweisung, doch Ada verschränkte ihre Finger mit Hannahs. So verharrten sie, bis das Stück verklungen war. Nach der Aufführung blieben die Menschen schweigend sitzen. In ihren Gesichtern hatte ein wehmütiges Lächeln die leeren Blicke verscheucht.

Beim Verlassen des Saals tauchte Aaron neben Hannah auf.

»Was war das, das du gespielt hast?« Sie vermied es, ihm in die Augen zu schauen. Die Befangenheit, die sich bislang in seiner

Nähe nicht eingestellt hatte, ergriff jetzt umso stärker Besitz von ihr. Sie kam sich durchlässig vor, infolge der Musik und der wechselnden Empfindungen.

»Schumann. Die drei Romanzen für Oboe und Klavier. Ich dachte mir, es würde den Leuten gefallen. Eigentlich spiele ich lieber moderne Stücke. Das ist das Erste, was ich in New York tun werde – einen Jazzclub besuchen. Ein ganzer Abend voll entarteter Musik. Herrlich.«

Hannah lachte erleichtert auf. Vor ihr stand der Aaron, den sie kannte. In Wahrheit war es nämlich Schumann, der ihr Inneres berührt hatte.

»Was wirst du als Erstes unternehmen, wenn wir da sind?«, fragte Aaron.

Hannah hätte ihn gerne mit einem außergewöhnlichen Einfall beeindruckt, entschied sich aber für die Wahrheit. »Ich werde ans Meer gehen.«

»Hast du denn immer noch nicht genug vom Wasser?«

»Es ist nicht das Wasser, das uns hier festhält«, sagte sie.

»So gesehen ... Was hältst du von einem Pakt? Du begleitest mich einmal in einen Jazzclub, und ich fahre mit dir ans Meer.«

»Falls wir diese Insel jemals verlassen«, erwiderte sie.

»Natürlich werden wir diese Insel verlassen. Bald. Schlägst du ein?«

Er fixierte sie mit den Augen, bis ihre Wangen brannten. *Freundlich, aber entschieden*, das hatte ihr Schwester Becky für den Umgang mit flirtfreudigen Patienten eingeschärft.

»Also gut, Aaron.« Mit einem unverbindlichen Lächeln ergriff sie seine Hand. Obgleich sie spürte, wie die Röte ihr bis ins Dekolleté kroch, hielt Hannah seinem Blick stand. Die Menge um sie herum nahm sie erst wieder wahr, als ein lauter Ruf die Verbliebenen ermahnte, schleunigst die Schlafsäle aufzusuchen. Schnell machte sie sich von Aaron los.

Es war nicht ungewöhnlich, in einer Nacht auf Ellis Island keinen Schlaf zu finden. Die lähmende Leere am Ende eines wilden Ritts auf dem Karussell ihrer Sorgen ließ Hannah häufig in hellwacher Erschöpfung an die Decke starren. In dieser Nacht war etwas anders. In ihren Ohren sauste es, ihre Fingerspitzen kribbelten, als jagte jemand sanfte Stromstöße durch ihren Körper. Diese unheimliche Energie drängte sie, sich wieder zu erheben. Was für ein Glück es war, dass sie das Bett direkt am kleinen Fenster erhalten hatte. Die Blicke der anderen wurden von weißem Backstein oder dem Nachbarbett begrenzt, nur Hannah war es möglich, das Schauspiel am gegenüberliegenden Ufer zu betrachten. Verlässlich flackerten Abend für Abend die Lichter auf, doch malten sie jedes Mal ein anderes Muster. Davon hätte sie Aaron erzählen sollen, anstatt von Weißbrot oder Cornflakes. In dieser Nacht ließen sich nicht einmal die Konturen der Häuser ausmachen. Durch den dichten Nebel schimmerte ein diffuses Glimmen wie reflektierende Augen unzähliger Wildtiere. So still war es in diesem Zimmer nie zuvor gewesen. Nicht einmal Hannahs Bettnachbarin gab einen Laut von sich, die sonst in jeder Nacht ihre zwei kleinen Kinder umklammerte und leise wimmerte, weil sie ihren Mann vermisste. Hannah hatte erfahren, dass er – kein Jude – Eliza angefleht hatte, nicht ohne ihn zu gehen. Sie selbst hatte auf einer Scheidung und räumlicher Trennung beharrt, aus Furcht, die Nazis würden ihm sonst alles nehmen. Deshalb rangen sie sich durch, auf weit entfernten Kontinenten das Ende des Spuks abzuwarten. Andere alleinreisende Juden waren von ihrem arischen Partner verstoßen worden. Trotz ihres Schmerzes schienen jene oft besser gerüstet für die Neue Welt, da ihnen nichts anderes blieb, als nach vorne zu schauen, wohingegen Eliza wie erstarrt war. Doch in dieser Nacht ging selbst ihr Atem gleichmäßig. Hannah kam es vor, als hätte Aarons Oboe jedem unaussprechlichen Kummer und aller Sehnsucht eine Stimme verliehen, um ihnen allen einen Augenblick der Erlösung zu bescheren.

KAPITEL 2

Ein Mann in Uniform näherte sich ihrem Tisch. »Würden Sie mir bitte folgen?«

Hannah und Ada sahen einander beunruhigt an.

Der Mann lächelte. »Keine Sorge. Ich habe eine gute Nachricht. Es wartet jemand auf Sie.«

»Sie haben es geschafft, endlich.« Hannah knuffte ihre Schwester andeutungsweise in die Seite.

Ada ächzte.

»Habe ich dir weh getan?«, fragte Hannah erschrocken.

»Nein, es ist mein Bauch. Er krampft schon die ganze Nacht.«

»Soll ich dich ins Hospital bringen?«

Ada schüttelte den Kopf. »Bloß nicht. Nicht jetzt. Dann kommen wir hier nie weg. Lass uns einfach nur so schnell wie möglich diese Insel verlassen.«

»Wenn du es so lange aushältst. Ach, Ada, ich freue mich so auf Mama und Papa und Rudi.«

»Da wären wir«, sagte der Mann. Er hielt ihnen die Tür zu einem kleinen Büro auf.

Darin saß ein fremdes Paar.

Ein Missverständnis. Hannah wurde übel.

»Ada, Hannah?« Die dürre Frau im grauen Kostüm erhob sich.

»Tante Judith?«, fragte Ada matt.

Die Frau nickte. »Die HIAS hat sich an uns gewandt. Ihr habt ihnen wohl unsere Adresse gegeben? Sie haben gesagt, wir hätten ein Telegramm erhalten müssen – aber bei uns ist nie eines angekommen. Sonst wären wir natürlich sofort gekommen, um für euch zu bürgen. Wo sind eure Eltern?«

Hannah schlang die Arme um ihren Oberkörper. »Dann habt ihr nichts von ihnen gehört? Wir dachten, sie würden uns abholen. Wir mussten getrennt reisen.«

Judith runzelte die Stirn. »Na so etwas! Dies ist übrigens euer Onkel Simon Mindel. Und du musst Hannah sein. Du hast die Augen meines Bruders. Und sein Kinn. Und der hat das Kinn unseres Vaters. Seltsam, es bei einem Mädchen zu sehen.«

Hannah fuhr sich unwillkürlich über die eckigen Konturen, von denen sie wusste, dass sie ihren Zügen etwas Markantes verliehen. Allerdings war bislang niemand so unhöflich gewesen, es zu erwähnen. Falls man sie überhaupt auf ihr Äußeres ansprach – die meisten schienen es nicht besonders bemerkenswert zu finden –, dann wurden das helle Blau ihrer Augen, das auch Rudi geerbt hatte, oder die blonden Locken hervorgehoben.

Jetzt wandte sich ihre Tante an Ada. »Und du sahst schon als Kind eurer Mutter ähnlich. Aber sicher erinnerst du dich nicht an mich. Als ich gegangen bin, warst du vielleicht zwei Jahre alt.« Judith schnappte nach Luft. Offenbar war sie nicht daran gewöhnt, längere Ansprachen zu halten. Ihrem Tonfall war nicht zu entnehmen, ob sie sich freute, ihre Nichten zu sehen, oder es sie störte, Verantwortung für zwei fremde junge Frauen zu übernehmen.

»Willkommen«, sagte Simon. »Wir würden uns freuen, wenn ihr erst mal zu uns zieht. Wir haben nicht viel Platz, aber es wird schon reichen.«

Hannah sah in die dunklen Knopfaugen eines Teddybären.

Seine dunkelbraune Iris hob sich kaum von der Pupille ab. Alles, was ihr an Judith scharf und kühl vorkam – ihr Profil, ihre hagere Figur, ihr Gemüt –, schien bei Simon weich und warm zu sein. Sogar der leichte Akzent, mit dem er Deutsch sprach. Man hörte ihm seine polnische Herkunft an, und offenbar hatte er neben dem Englischen auch die Sprache seiner Frau gelernt.

Als niemand etwas erwiderte, fuhr er ein wenig verlegen fort: »Das hier muss eine ziemliche Überraschung für euch sein. Sicher wollt ihr jetzt in Ruhe packen, ich werde euch dann helfen, die Koffer zu tragen.«

»Da gibt es nicht viel zu packen«, sagte Ada knapp. »Die Koffer sind im Gepäckraum.«

»Ich hole die restlichen Sachen«, bot Hannah an. Sie hatten im Waschraum noch Wäsche auf der Leine hängen. Außerdem hoffte sie, auf diese Weise die Gelegenheit zu erhalten, sich von Aaron und seiner netten Familie zu verabschieden. Allerdings traf sie nur seine Eltern und Lydia an. Sie schienen sich aufrichtig für Hannah und ihre Schwester zu freuen, dass diese nun die Insel verlassen durften. Hannah versuchte, sich ihre Enttäuschung nicht anmerken zu lassen, hielt aber die ganze Zeit aus den Augenwinkeln nach Aaron Ausschau.

Als sie sich schon sicher war, ihn vor der Abfahrt nicht mehr zu sehen, lief sie ihm auf dem Weg zu den Schlafräumen in die Arme.

»Hannah, du bist gar nicht in der Bibliothek? Wirst du etwa nachlässig?«, fragte er grinsend.

Sie schüttelte den Kopf. »Nein, gehe gerade nur ein paar von unseren Sachen holen, bevor wir Ellis Island verlassen.«

Sein wechselhaftes Mienenspiel verriet ihr nicht, was er über ihre Abreise dachte. Am Ende lächelte er wieder. »Dann sind eure Eltern gekommen? Ich freue mich für dich.«

Hannah schüttelte den Kopf. »Meine Tante und mein Onkel holen uns ab. Meine Eltern haben es offenbar noch nicht geschafft.«

»Das werden sie noch! Mach dir keine Sorgen.«

Sie sah betreten auf den Boden, weil es im Grunde nichts mehr zu sagen gab, es ihr aber trotzdem schwerfiel, sich loszureißen.

»Na dann«, murmelte sie.

»Na dann?«, erwiderte er.

»Dann gehe ich mal.« Sie wandte sich ab, ohne eine Antwort abzuwarten.

»Hannah!«, rief er, als sie sich schon einige Meter entfernt hatte.

Sie wirbelte herum. »Ja?«

»Ich wünsche dir viel Glück.« Selbst auf die Distanz wirkte sein Blick eindringlich. »Man sieht sich.«

»Sicher«, erwiderte sie so lässig wie möglich, ohne daran zu glauben.

Im Schlafsaal angelangt faltete sie sorgfältig die Unterwäsche, die sie von der Leine genommen hatte, und fragte sich, warum ihr zum Weinen zumute war. Hatte sie die Insel nicht unbedingt verlassen wollen? Danach ging sie zum Gepäckraum, um sich die beiden Koffer herausgeben zu lassen und in ihnen die restlichen Habseligkeiten zu verstauen. Vor der Tür erwartete sie bereits Simon, der ihr lächelnd das Gepäck aus der Hand nahm.

Als sie zu den anderen beiden zurückkehrten, standen Judith und Ada steif und stumm nebeneinander. Hannah wusste nicht viel über ihre Tante, außer dass sie vor vielen Jahren in Travemünde von einer amerikanischen Familie mit deutschen Wurzeln, die zu Besuch in der alten Heimat gewesen war, als Kindermädchen engagiert worden war. Laut Hannahs Vater hatte sie keine Sekunde gezögert, diese Chance zu ergreifen. So war sie vor beinahe zwanzig Jahren nach New York gelangt.

Seltsam, dachte Hannah jetzt, diese Frau wirkte so gar nicht wie jemand, der impulsive Entschlüsse fasste. Sie hatte sich Judith immer ganz anders vorgestellt.

»Erwartet nicht zu viel«, erklärte diese gerade. »Ihr werdet euch ein kleines Zimmer teilen müssen.«

»Das klingt wunderbar«, entfuhr es Hannah. »Ein Zimmer nur für uns zwei.«

Ada sagte nichts. Erst auf der Fähre gab sie einen Laut von sich. »Oh Gott.« Stöhnend sackte sie nach vorne und hielt sich den Bauch.

»Ist sie seekrank?«, fragte Simon besorgt.

Es war nicht an Hannah, das Geheimnis ihrer Schwester preiszugeben, deshalb schüttelte sie nur beunruhigt den Kopf.

»Ist etwas mit dem Baby?«, flüsterte sie Ada zu.

»Du bist doch die Krankenschwester. Diese Krämpfe, fühlen sich so Wehen an?«

»Dafür ist es doch viel zu früh.«

»Vielleicht verliere ich es ja.«

Klang Adas Stimme hoffnungsvoll? Hannah schaute ihre Schwester erschrocken an. Gleich darauf drangen Klagelaute aus Adas Kehle, die an ein verletztes Tier erinnerten. Im Krankenhaus hatte Hannah sich zwar um Frauen, Säuglinge und Kinder gekümmert, hatte aber nie eine Geburt begleitet.

»Was ist mit ihr?«, fragte Judith.

Hannah ging über Adas Kopfschütteln hinweg, da sie keine Möglichkeit sah, den Zustand ihrer Schwester länger zu verheimlichen. »Sie erwartet ein Kind. Aber es ist viel zu früh für das Baby. Wir brauchen einen Arzt.«

»Schwanger?« Judith suchte den Blick ihres Mannes. »Eure Mutter hat geschrieben, ihr wärt beide unverheiratet.«

Hannah war keine versierte Lügnerin, hätte aber weit Schlimmeres unternommen, um ihrer Tante die unverhohlene Missbilligung aus dem Gesicht zu wischen. »Ihr Verlobter ist tot.«

Judiths Miene wurde etwas weicher. »Oh?«

»Ihr habt doch sicher gehört, was im letzten November geschehen ist. Die Brände? Die Überfälle? Da haben sie ihn erwischt, am Vorabend der Hochzeit.«

Die Geschichte entsprach nahezu der Wahrheit, nur dass sie Becky, einer Kollegin von Hannah, zugestoßen war.

Simon setzte sich neben Ada. Vorsichtig legte er seinen mächtigen Arm um ihre Schulter. »Schrecklich. Diese Menschen müssen schlimmer als Tiere sein.«

Beschämt von Simons Betroffenheit und seiner zärtlichen Geste schaute Hannah zu Boden. Sobald ihre Eltern ankämen, würde die Lüge auffliegen. Die beiden ahnten nichts von der Schwangerschaft ihrer Tochter, würden aber ohne jede Mühe erraten, wer der Vater war.

Hannah jedenfalls hatte sofort gewusst, dass es sich bei dem Erzeuger nur um den schönen Emil handeln konnte. Ihr Cousin Thomas hatte ihn bei einem seiner Besuche mitgebracht. Danach begleitete Emil seinen Freund häufiger. Es war nicht zu übersehen, wie sehr ihm Ada gefiel. Und zum ersten Mal erwiderte diese die begierigen Blicke eines Mannes mit dem gleichen Hunger. Hannah verstand nicht, was ihre Schwester an Emil fand. Sein selbstbewusster Charme erschien ihr ölig, und die gemeißelten Gesichtszüge waren für ihren Geschmack viel zu glatt.

Als Ada begann, die Englischstunden zu schwänzen, wusste Hannah sofort, wer dahintersteckte. Doch ihren Eltern erzählte sie nichts von den heimlichen Treffen, so wenig es ihr auch behagte, Geheimnisse vor ihnen zu haben. Die beiden schienen nichts zu bemerken, oder sie hielten es für einen harmlosen Flirt mit einem »Deutschblütigen«, der ihrer Tochter nützen konnte.

Doch eines Abends, kurz nachdem ihr Vater ihnen seine Amerika-Pläne kundgetan hatte, war Ada mit starrem Ausdruck von einem ihrer Ausflüge heimgekehrt und hatte eine ganze Nacht lang leise gewimmert.

»Ist es wegen Emil?«, fragte Hannah. »Hast du es ihm gesagt?«

»Und wenn schon, wir hätten ohnehin keine Zukunft gehabt«, gab Ada zurück. Nach wenigen Wochen nahm Hannah an ihrer Schwester körperliche Veränderungen wahr. Während sie speiend vor einem Eimer kniete, gestand Ada widerwillig, dass sie schwanger war. Im gleichen Atemzug nahm sie Hannah den feierlichen Schwur ab zu schweigen.

»Aber sie werden es ohnehin erfahren.«

»Vielleicht verliere ich es ja«, hatte sie schon damals gesagt. »Versprich, dass sie es nicht von dir erfahren, sonst springe ich in den Main.«

Hannah war sich sicher, dass Ada bald auffliegen würde. Ihre Mutter besaß das Talent, jede noch so kleine Schwingung in ihrer Familie zu erspüren. Doch schienen Lea Rosenbaums intensive Reisevorbereitungen ihren feinen Radar für eine Weile außer

Betrieb zu setzen. Bei ihrer Ankunft würde ihnen das Enkelkind einen derartigen Schrecken versetzen, dass Hannah hoffte, ihre Notlüge gegenüber Judith würde nicht weiter ins Gewicht fallen. Dabei zweifelte sie nicht eine Sekunde daran, dass ihre Eltern am Ende Ada und das unschuldige Kind fest in ihre Arme schließen würden. Falls die beiden diesen Tag unbeschadet überstanden, dachte Hannah bang.

Sie und Simon nahmen Ada in ihre Mitte, um sie sicher über die Laufplanke von der Fähre zu geleiten. Ihre Schwester stierte mit glasigen Augen ins Leere und schien kaum zu bemerken, wie laut sie stöhnte. Hinter ihnen trug Judith die beiden Koffer, ohne außer Atem zu geraten. In dem hageren Körper schien mehr Kraft zu stecken, als man auf den ersten Blick meinte.

Simon blieb stehen. »Ich denke, wir können uns einmal ein Taxi leisten.«

»Wenn sie wirklich erst im siebten Monat ist, können wir ebensogut den Bus nehmen. Da gibt es keine Hoffnung.« Judith straffte sich. »Sieh mich nicht so an, Hannah. Tut mir leid, Kind. Es bringt nichts, die Wahrheit zu verschweigen.«

Trotz ihres Ärgers fand Hannah nicht das winzigste Fünkchen Grausamkeit in Judiths Stimme. Eher sprach aus ihrer Tante eine Frau, die ans Haushalten gewöhnt und zwischen Adas Leiden und den finanziellen Ressourcen der Mindels sorgsam abgewogen hatte.

»Aber ...« Simons Fingerknöcheln knackten, so nervös wrang er seine Hände.

Bei dem Geräusch stellten sich die Härchen auf Hannahs Armen auf. Sie sog scharf die Luft ein. »Macht euch keine Sorgen. Ihr müsst euch nicht kümmern. Wir haben Geld.«

Ihr Vater hatte ihnen 50 Reichsmark für den Notfall zugesteckt. Auf Ellis Island hatten sie dafür 20 Dollar erhalten. Nicht viel, wenn man bedachte, dass sie in den vergangenen Wochen schon fünf ausgegeben hatten.

»Tante Judith hat recht.« Ada presste ihre Worte durch die geschlossenen Zähne. »Es ist sinnlos, dafür Geld zu verschwenden.«

»Verschwenden?«, echote Hannah.

»Nein. Wartet.« Simon reckte einen Arm in die Luft, woraufhin ein gelber Wagen direkt vor ihnen zum Stehen kam.

Judiths verdatterter Blick verriet Hannah, dass Simon sich ihr selten widersetzte.

Die Frauen zwängten sich auf die Rückbank, Ada in die Mitte. Es war so eng, dass Schenkel und Arme aneinanderrieben, was keiner von ihnen sonderlich behagte. Ada wies jede besorgte Nachfrage zurück. Sie schien in einem Schmerz gefangen, in dem sie endgültig unerreichbar wurde. Das Taxi fuhr auf einer mehrspurigen Straße, deren Ränder mit riesigen Klötzen gesäumt waren. Hannah verrenkte sich den Hals, ohne erkennen zu können, wo diese gigantischen Quader endeten. Sie schienen wahrhaftig in den Himmel zu ragen. Später wichen die steinernen Kolosse niedrigeren Häuserreihen, unterbrochen von dunklen Gassen, in denen sich unheimliche metallene Kreaturen wanden. Bei genauerem Hinsehen erkannte Hannah in ihnen dicht gedrängte Feuerleitern.

»Ich verstehe nicht, warum wir nicht einfach in das nächste Krankenhaus gefahren sind, wenn wir es so eilig haben«, sagte Judith.

Simon drehte sich zu ihnen um. »Ich dachte, es wäre gut, sie bei uns in der Nähe zu haben.«

Am Ziel angekommen ließ er nicht zu, dass Hannah die Rechnung beglich. »Behaltet euer Geld, Mädchen. Wir sind eine Familie. Wer weiß, wozu ihr es noch braucht.«

Diesmal half Judith dabei, Ada zu stützen. Simon eilte mit den Koffern voraus und erklärte am Empfang, was geschehen war. Ein Namensschild verriet, dass die Frau hinter dem Tresen Miss Dalton hieß. Gelassen nahm sie die Daten auf, die Simon ihr diktierte, dann deutete sie auf ein paar Stuhlreihen. »Bitte nehmen Sie dort noch einen Augenblick Platz.«

Ada schrie auf.

»Da scheint es jemand aber eilig zu haben.« Miss Dalton lächelte mitfühlend.

»Es ist erst der siebte Monat«, brachte Hannah auf Englisch hervor.

Besorgt runzelte die Frau ihre Brauen. »Oh. Es wird sicher gleich jemand zu Ihnen kommen.«

Ada sank mit verzerrter Miene auf einen der unbequemen Stühle im Wartebereich. Unschlüssig sahen ihre Begleiter zu ihr, um dann verlegen aneinander vorbeizublicken. Es war keine kleine Herausforderung, zusammen auf die Ankunft eines gemeinsamen Verwandten zu warten, wenn man sich nie zuvor begegnet war. Hannah beobachtete, wie Miss Dalton ihren Platz verließ, um Adas Namen auf eine Kreidetafel zu schreiben. In der Spalte »Remarks« landeten das Kürzel »pb«.

»Wisst ihr, was das heißt?« Hannah deutete auf die Tafel.

»Premature birth, nehme ich an«, sagte Judith.

»Wieso müssen wir so lange warten? Ada hat Schmerzen.«

»Sie haben sicher dringendere Fälle.«

Hannah biss sich auf die Unterlippe. *Dringender?* Alle schienen das Baby ihrer Schwester bereits aufgegeben zu haben. Kein Grund zur Eile, wenn woanders noch die Aussicht bestand, dass am Ende eine stolze Mutter mit ihrem properen Kind heimkehren würde.

Hannah wandte sich ihren neuen Verwandten zu. »Das alles hier muss sehr überraschend für euch gekommen sein. Danke für eure Unterstützung. Es ist nicht nötig, dass ihr hier mit uns wartet. Wer weiß, wie lange es dauert. Wir melden uns, sobald es Neuigkeiten gibt.«

»Seid ihr sicher?«, fragte Judith.

Angesichts ihrer kaum zu übersehenden Erleichterung rang sich Hannah ein schwaches Lächeln ab. »Wirklich«, sagte sie fest.

Zum Abschied ergriff sie erst Judiths Hand, dann Simons. »Danke, dass ihr uns erst mal aufnehmen wollt. Sicher wird es nicht lange dauern, bis Mama und Papa uns abholen.«

»Wir nehmen euer Gepäck mit, dann ist es euch hier nicht im Weg«, erwiderte Simon lächelnd. »Braucht ihr noch etwas daraus?«

Hannah nickte. »Ich sollte für Ada etwas saubere Kleidung hierbehalten. Und meine Handtasche, falls wir Geld brauchen.«

Eine weitere Stunde verging, bis die Schwestern endlich in ein Untersuchungszimmer geleitet wurden. Kaum hatte Ada sich mit Hannahs Hilfe auf die Liege gehievt, krümmte sie sich stöhnend zusammen. Doch weder ihr wilder Blick noch die unheimlichen Laute schienen die Krankenschwester zu beeindrucken. Sie bat ihre Patientin, sich der Unterhose zu entledigen, und widmete sich dann mit routinierten Griffen Adas Bauch.

»Das Baby ist sehr klein. Wann sollte das Kind kommen?«

»In zwei Monaten. Etwas mehr.« Vorsichtshalber hielt Hannah ihren Daumen und den Zeigefinger in die Luft und ließ dazu ihren Mittelfinger wackeln.

»Tut mir leid.« Die Frau zuckte die Achseln. »Da besteht kaum Hoffnung.«

Hannah suchte verzweifelt nach Worten. *Haben Sie viele Marquis gekannt, Mr. Hobbs?* Sie hatte diese Sprache so intensiv gepaukt, doch in ihrer Aufregung fand sie nicht den rechten Zugang zum Gelernten. Frustriert rief sie bloß aus: »Kommt denn kein Arzt?«

»Doch. Später. Der wird Ihnen aber nichts anderes sagen. Wartet der Vater des Kindes zu Hause?«

Hannah schüttelte zögerlich den Kopf.

Die Hebamme schien zu begreifen. »Dann ist es vielleicht besser so. Sie ist noch jung. Allein mit einem Kind, das ist das Ende, nicht wahr? Dass immer gerade diejenigen nicht aufpassen, die es besonders tun sollten.« Kopfschüttelnd verließ sie den Raum und ließ offen, ob ihre Bemerkung allgemein weniger begüterten Menschen oder insbesondere Ausländerinnen galt.

»Dumme Kuh«, flüsterte Hannah, nachdem sich die Tür geschlossen hatte. »Tut mir leid, Ada.«

Die Angesprochene antwortete mit einem dumpfen Ächzen.

Hannah wich ihrer Schwester nicht von der Seite, bis die Krankenschwester sie nach einer weiteren Untersuchung verscheuchte. »In den Kreißsaal dürfen Sie sie nicht begleiten.«

Zum ersten Mal lag Angst in Adas Augen.

Hannah umschloss fest ihre Hand. »Ich bin selbst Krankenschwester. Ich werde nicht stören«, widersprach sie. »Bitte.«

»Keine Ausnahmen.«

Eine jüngere, freundlicher dreinblickende Schwester erschien. Sie half ihrer Kollegin, Adas Bett über den Gang zu schieben.

Hannah folgte ihnen bis zu den Flügeltüren des Geburtssaals.

»Bitte befolgen Sie unsere Anweisungen«, sagte die Ältere erbost.

Die Jüngere nickte bestätigend, aber mit bedauerndem Lächeln.

Hannah drückte ein letztes Mal die Hand ihrer Schwester. »Ich warte vor der Tür. Ich bin da.«

Ada hielt die Augen geschlossen.

Durch die Bullaugen in der Tür beobachtete Hannah ängstlich, wie sich ein Mann mit Maske über die Liege beugte. Dann forderte die Erschöpfung ihren Tribut. Mit dem festen Vorsatz, Ada nicht lange aus den Augen zu lassen, sank Hannah auf einen der Stühle auf dem Flur.

Ein penetrantes Quietschen riss sie aus ihrem Traum. Sie hätte nicht zu sagen vermocht, ob sie Minuten oder Stunden geschlafen hatte. Als Hannah die Augen öffnete, sah sie, wie die unfreundliche Krankenschwester die abgenutzten Rollen eines Tablettwagens gewaltsam über den Linoleumboden zwang.

Hannah eilte ihr hinterher. »Wie geht es meiner Schwester?«

»Sie wird schon wieder.«

»Und das Baby?«

Der Blick der Frau huschte zu der Oberfläche des Wagens. Erst jetzt erkannte Hannah, dass es sich nicht nur um ein zusammengeknülltes Handtuch handelte, sondern ein winziges Gesicht daraus herausragte. Die dunkelrote Haut war glatt gespannt. In diesem Moment schob die zweite Frau eine Liege durch die Tür, auf der regungslos und mit geschlossenen Augen Ada lag.

Die ältere Schwester nutzte die Sekunden, in denen Hannah unschlüssig von einer zur anderen schaute, um den Wagen schnell weiterzuschieben.

»Ich bringe Ihre Schwester auf die Station. Möchten Sie mitkommen?« Die junge Frau lächelte aufmunternd.

»Was ist mit dem Baby?«

»Was meinen Sie?«

»Ich glaube, es hat sich bewegt«, beharrte Hannah.

Keine Reaktion. Hatte die Frau sie nicht verstanden?

»Ich glaube, es hat sich bewegt«, wiederholte sie überdeutlich.

Ada öffnete die Augen. Das kühle Licht hatte ihr Grün in schwarze Teiche ohne Grund verwandelt. »Hör auf, Hannah!«, wisperte sie.

»Ich bin gleich wieder da«, entgegnete Hannah. »Da stimmt etwas nicht.«

»Geh nicht.« Ada versuchte, sich aufzurichten. Die junge Krankenschwester war dem schnellen Austausch in einer ihr fremden Sprache mit ratloser Miene gefolgt. Doch jetzt drückte sie sacht Adas Schulter zurück auf die Matratze. »Sie brauchen Ruhe.«

Aus dem Augenwinkel sah Hannah, wie der Rollwagen mit dem Baby darauf um die Ecke geschoben wurde.

»Es dauert nicht lange, ich komme gleich wieder.«

Weit kam sie nicht. Die jüngere Schwester holte sie nach ein paar Metern ein.

»Warten Sie! Ihre Schwester war aufgebracht, weil sie nach Ihrem Kind sehen wollte, richtig? In diesem Haus wird der Mutterinstinkt immer wieder unterschätzt. Gehen Sie links um die Ecke, den Gang entlang und dann durch die letzte Tür rechts.« Seufzend wandte sich die Hebamme ab. »Ich fürchte nur, Sie werden es bereuen.«

Hannah folgte den Anweisungen und gelangte so zum gesuchten Zimmer. Die Tür schwang auf, bevor sie anklopfen konnte. Überrascht von Hannahs unerwartetem Auftauchen schlug sich die Krankenschwester mit der flachen Hand auf die Brust, wobei ihr ein beschmutztes Handtuch von der Schulter glitt. »Haben Sie mich erschreckt! Was tun Sie hier?«

Hannah hob das Handtuch auf und reichte es der Schwester. »Ich möchte nach dem Baby sehen, bitte.«

Sie versuchte, über die wuchtigen Schultern der Frau einen Blick in den Raum zu erhaschen, erkannte aber nur, dass es sich um eine Abstellkammer handelte. Durch ein weit geöffnetes Fenster brach die Nacht herein, und eine kühle Brise drang in Hannahs Nasenlöcher. Überrumpelt schloss sie die Augen und sog den Sauerstoff ein. Welch willkommene Erfrischung am Ende eines heißen Tages auf stickigen Fluren. Beim Ausatmen zwängte sie sich an der Frau vorbei in den Raum. Sie ignorierte deren empörten Schrei und schüttelte unwillig eine Hand auf ihrem Oberarm ab. All ihre Aufmerksamkeit galt der Kreatur, die nackt auf dem Metalltisch lag. Sie erinnerte an einen frisch geschlüpften Vogel, der aus dem Nest gefallen war. *Ein Mädchen.* Doch nichts an ihm war so lieblich wie damals der kleine Rudi, den die Eltern ihnen gewaschen und in eine weiße Decke gehüllt präsentiert hatten.

Bei diesem Kind trat das seltsam Greisenhafte eines Frischgeborenen überdeutlich zu Tage, die verkniffenen Gesichtszüge und tiefen Falten. Auf der fleckigen Haut erkannte Hannah den leichten Flaum der Lanugobehaarung, der bei einem reiferen Baby verschwunden wäre. Nichts an dem Kind wirkte lebendig, doch dann hörte sie ein leises Wimmern.

»Was …«

Die Schwester ließ Hannah nicht zu Wort kommen. »Es wird nicht lange dauern.«

»Sie lebt?«

»Eigentlich nicht.«

»Es ist kalt hier. Haben Sie das Fenster etwa absichtlich aufgemacht?«

»Sie sehen mich an, als wäre ich ein Monster«, fauchte die Schwester mit zusammengekniffenen Augen. »Was wollen Sie denn? Es warm einpacken und länger leiden lassen? Es kann nicht überleben.«

»Sie. Es ist ein Mädchen«, entgegnete Hannah leise. »Aber warum haben Sie die Kleine dann überhaupt versorgt?« Sie deutete auf die säuberlich abgetrennte Nabelschnur.

Die Hebamme rieb sich gereizt den Oberarm. »Wegen des Nabelschnurbluts. Es soll gut für Transfusionen sein, sagt der Doktor.«

Hannah sah sie verblüfft an. In ihr regte sich wissenschaftliches Interesse, doch zunächst galt es zu erfahren, wie es um das Baby stand.

»Machen Sie es dem Kind nicht noch schwerer«, forderte die Schwester.

Was, wenn die Frau recht hatte? Trotzdem erschien der Anblick der nackten Haut auf dem kalten Metall Hannah unerträglich, ebenso wie der Gedanke, die Kleine dem beschleunigten Lauf der Natur zu überlassen. Sie rupfte der Hebamme das Handtuch von der Schulter und beugte sich über ihre Nichte – *ihre Nichte*. Sanft stützte Hannah Kopf und Nacken mit der einen Hand, die andere legte sie unter den Po, um das Mädchen vorsichtig auf den weichen Stoff zu legen. Dann nahm sie dessen Enden, um den kleinen Körper einzuwickeln, und hob das bedauernswerte Bündel an ihre Brust. Es wog kaum mehr als eine Glasflasche voll Milch, und doch lag das Gewicht schwer in Hannahs Arm. Ein winziges, vergängliches Leben in ihren Händen. Mit einem Handtuchzipfel tupfte sie Nase und Mund des Mädchens ab, um ihm das Atmen zu erleichtern.

»Tun Sie, was Sie nicht lassen können.« Resigniert verließ die Schwester den Raum.

Ich tue das Richtige, versicherte sich Hannah. Wenigstens würde die Kleine an ihrem frühen Ende nicht alleine sein und frieren.

Kurz darauf trat die jüngere Schwester ein. »Ich konnte nicht eher kommen. Die Alte hat mich auf dem Kieker.« Sie hielt ein Päckchen Zigaretten hoch. »In diesem Raum rauchen wir manchmal heimlich. Sie verraten mich doch nicht?«

Hannah schüttelte den Kopf, den Blick weiter auf das Mädchen gerichtet.

Seufzend warf ihre Besucherin die Schachtel auf den Metalltisch, ohne eine Zigarette entnommen zu haben. »Ich habe doch gesagt, das ist keine gute Idee. Sie sehen vollkommen fertig aus.« Sie öffnete einen der Schränke und brachte ein Stethoskop zum Vorschein. »Zeigen Sie mal her.«

Da Hannah sich nicht rührte, machte die andere einen Schritt auf sie zu. Vorsichtig schob sie das Bruststück unter das Handtuch.

»Eine Kämpferin«, befand die junge Frau lächelnd. »Wir sollten ihr eine Chance geben.«

»Wie meinen Sie das?«

Ein Redeschwall ergoss sich über Hannah. Alles, was sie verstand, war, dass sich in erreichbarer Nähe ein Wunderdoktor aufhielt, der Frühgeborenen das Leben rettete.

»Wieso werden die Kinder nicht gleich zu ihm gebracht?«, fragte Hannah entgeistert.

Die Schwester zuckte die Achseln. »Er kann ja nicht alle retten. Außerdem sagt der gute alte Dr. Brompton, es sei Gottes Wille, die Schwachen auszusortieren. Seltsamerweise beharrt er nicht darauf, wenn alte reiche Männer krank werden. Wären Sie doch bloß an unseren neuen Assistenzarzt geraten! Er sagt, es sei eine Schande, dass man in Krankenhäusern so schlecht für Geburten ausgebildet ist.«

»Wie komme ich zu ihm?«

»Ich rufe dort an, wenn Sie es wirklich wollen. Dr. Couney holt die kleinen Patienten für gewöhnlich selbst ab, er oder seine Tochter.«

»Was wird das kosten?« Besorgt schielte Hannah auf ihre Handtasche mit der Geldbörse darin.

»Keinen Cent.« Die Schwester betrachtete sehnsüchtig die Schachtel auf dem Tisch. »Das war es dann wohl mit meiner Pausenzigarette. Ich gehe telefonieren und bringe Ihnen dann noch schnell ein Hemdchen und eine Windel für das Mädchen. Sie haben nichts dabei?«

Hannah schüttelte verlegen den Kopf. »Wir waren nicht auf die Geburt vorbereitet.«

Die junge Schwester lachte. »Das ist man nie! Ist mein Kragen verrutscht? Ich kann es mir nicht leisten, schon wieder Ärger zu kriegen.«

»Sie sehen sehr hübsch aus«, erwiderte Hannah ehrlich.

»Das war nicht meine Frage, aber über Ihre Antwort beschwere ich mich nicht«, sagte die andere lächelnd. »Ich hoffe, Ihre Kleine schafft es.«

»Ich würde mich gerne von Ada verabschieden, bevor ich fahre.« Es stärkte Hannahs Selbstvertrauen, wie gut es ihr gelang, ein Gespräch auf Englisch zu führen.

»Besser nicht. Ihre Schwester ist eingeschlafen.«

»Falls sie aufwacht … ich komme bald wieder. Sagen Sie ihr das?«

»Natürlich. Und Sie stellen sich schon einmal an die Straße vor dem Krankenhaus. Meist ist der Doktor sehr schnell. Bei diesen Würmchen darf man keine Minute verlieren.«

Wenige Minuten später fragte sich Hannah, wie es dazu gekommen war, dass sie allein mit einem Baby an der Straße stand und wartete, dass ein fremder Mann vorfuhr? Sie hätte sich gerne gekniffen, doch fehlte ihr dafür die freie Hand. Stattdessen neigte sie den Kopf, bis ihr Ohr direkt über der Nase des Babys lag. Wurde sein Atmen schwächer?

Neben ihr kam eine schwarze Limousine zum Stehen. Auf der Fahrerseite stieg ein großer Mann mit grüner Mütze und dunkler Haut aus. Er öffnete die hintere Tür, durch die gleich darauf ein älterer Herr erst seinen Kopf und dann seine Beine streckte.

Nachdem er ausgestiegen war, reichte er dem Chauffeur seinen Gehstock.

»Sie sind also die junge Frau mit dem Baby.« Durch die runden Gläser seiner Nickelbrille beäugte er das Bündel in Hannahs Arm.

Ihr sank das Herz bei seinem Anblick. »Und Sie sind Dr. Couney?« Sollte sich dieses krumme Männchen wirklich als der Retter ihrer Nichte erweisen?

Er nahm seine Melone ab und nickte. Die wenigen weißen Haare auf seinen Kopf standen wirr ab. Sein Schnurrbart war fülliger und schimmerte silbern. Das elegant gemeinte, graue Jackett aus Walkstoff spannte um seinen stämmigen Körper.

»Sie klingen überrascht. Und Ihr Name lautet?«

»Hannah.« Sie räusperte sich. »Ich bin Hannah Rosenbaum. Und dies ist die Tochter meiner Schwester.«

Dr. Couney beugte sich über das Kind und sah es prüfend an.

»Ihre Lippen sind ein wenig blau. Die Finger auch?«

Hannah schüttelte den Kopf.

»Ich werde ihr gleich Vitamin K spritzen.«

Er richtete sich wieder auf, doch ein kleiner Buckel blieb ihm. Kein Wunder, wenn er sich dauernd über Babys beugte.

»Geben Sie mir das Baby, bevor Sie einsteigen?« Dr. Couney streckte ihr seine Arme entgegen.

Hannah zögerte, das Mädchen einem anderen zu überlassen.

»Vertrauen Sie mir. Ich habe jeden Tag mit diesen Winzlingen zu tun, darunter sind sogar noch kleinere.«

»Verzeihung. Sie haben recht«, lenkte sie ein und überreichte ihm das Kind.

»Steigen Sie ein«, bat er sie.

Der Chauffeur hielt Hannah die Tür auf.

»Danke«, sagte sie peinlich berührt. Sie war es nicht gewohnt, hofiert zu werden.

Misstrauisch betrachtete sie die seltsame Kiste auf der Rückbank, die zwischen Dr. Couney und ihr befestigt war. Sie beobachtete, wie der Arzt das Baby sorgsam in deren Polster platzierte. Neben den Kopf des Babys führte er das Ende eines Schlauchs, der mit einer an der Kiste angebrachten Metallflasche verbunden war.

»Was ist das?«, fragte Hannah.

»Ein Inkubator für den Transport. Darin halten wir Wärme konstant und können Sauerstoff zuführen.« Auf Deutsch fuhr er fort: »Sie kommen aus meiner alten Heimat?«

Hannah sah ihn überrascht an. »Sie stammen aus Deutschland?«

»Unter anderem.« Er wiegte den Kopf von einer Seite zur anderen, als sei er sich nicht sicher.

Hannah hätte sich über die seltsame Antwort gewundert, wäre sie nicht vollauf damit beschäftigt gewesen, jede seiner Gesten zu überwachen. In der einen Hand hielt er eine Ampulle, mit der anderen zog er die Spritze auf. Hannah hatte diese Handgriffe selbst unzählige Male ausgeführt, und dennoch schauderte es sie zu sehen, wie er die Nadel in den winzigen Fuß schob.

»Machen Sie sich keine Sorgen. Es ist ein harmloser Stoff, der aus grünen Pflanzen stammt. Wichtig für die Blutgerinnung«, erklärte er, nun auf Englisch.

Das Mädchen gab keinen der schrillen Schreie von sich, die Hannah von Säuglingen kannte, wenn sie eine Spritze erhielten. Es blieb unheimlich still.

»An dieser Stelle fehlt noch ein wenig Haut«, stellte der Arzt fest.

Hannah nickte bekümmert. »Das ist mir auch aufgefallen.«

Die Eulenaugen hinter den großen Gläsern blinzelten. »Mhm.«

Es gelang Hannah nicht, ein Kichern zu unterdrücken, das sich seinen Weg tief aus ihrer Brust bahnte.

»Was amüsiert Sie so?«, fragte Dr. Couney.

»Es tut mir leid. Dies alles hier kommt mir nur so unwirklich vor. Gestern Nachmittag dachte ich, wir würden Ellis Island niemals verlassen. Und nun fahre ich in einem schicken Auto durch New York. Mit Ihnen und einem Baby.«

»Dann liegt in unserer Mitte also die erste Amerikanerin in Ihrer Familie? Ein denkwürdiger Augenblick. Schade, dass ich nichts bei mir habe, um mit Ihnen darauf anzustoßen.«

Er hatte recht, erkannte Hannah. Ihre Nichte war Amerikanerin! »Wird sie es schaffen?«

»Nach einer gründlichen Untersuchung kann ich Ihnen mehr sagen. Wenn sie die ersten zwei Tage schafft, sieht es besser aus. Und wenn sie eine ganze Woche durchhält ... nun, so ein Kind ist mir noch nie weggestorben.«

Eine Woche! Jede Stunde der Ungewissheit erschien Hannah zu lang. Und da sie einmal Hoffnung gefasst hatte, würde es umso schmerzhafter sein, die Kleine zu verlieren. Hatte ihre Schwester aus dieser Furcht heraus so abweisend reagiert? Ada war gut darin, Schmerzen von sich fernzuhalten.

»Geht es Ihnen gut? Sie zittern.« Dr. Couney klang besorgt.

Sie zitterte wirklich, stellte Hannah erstaunt fest. Bis eben war es ihr entgangen. Sie war so erschöpft, dass sie fürchtete, in Ohnmacht zu fallen. Zugleich war sie so aufgekratzt, dass sie womöglich nie wieder schlafen konnte.

»Hat Ihre Schwester eine Milchpumpe?«

Hannah schüttelte den Kopf.

»Vielleicht können wir Ihnen eine mitgeben. Es gibt für die Frühchen nichts Besseres als Muttermilch. Ich hoffe, es ist Ihnen nicht unangenehm, dass ich dieses Thema so direkt anspreche.«

»Nein, gar nicht. Sie sind sehr freundlich, vielen Dank.« Als Krankenschwester war sie nicht zimperlich, was Körperflüssigkeiten anging. »Wird es schaden, falls die Kleine keine Milch von meiner Schwester erhalten kann? Ist es denn nicht üblich, Säuglingsnahrung zu verwenden?«

Die vielen Englischstunden und Bücher schienen sich doch auszuzahlen, stellte Hannah erleichtert fest. Mit etwas Ruhe fand sie die passenden Vokabeln und Redewendungen. Aber sie war sich unsicher, was ihre Aussprache anging. Sie hoffte, dass Dr. Couney sie trotz ihres starken Akzentes verstehen konnte.

»Wir setzen auf Muttermilch, Wärme und Zuwendung. Das ist zur Rettung dieser kleinen Würmer genauso wichtig wie die Medizin. Es ist unmöglich, die Kleinsten zu verzärteln – egal, was sie alle sagen. Aber machen Sie sich keine Sorgen, wir haben ausreichend Ammen eingestellt.« Er strich dem Baby sanft mit dem Zeigefinger über die Wange.

Hannah nickte errötend. Seine Worte hatten sie nicht in Verlegenheit gebracht, dafür gelang dies seiner liebevollen Geste umso mehr. Sie war es nicht gewohnt, dass fremde Männer zärtliche Gefühle öffentlich zur Schau stellten. »In Deutschland wurde uns immer gesagt, zu viel Körperkontakt sei schlecht für die Kinder.«

»Und in Amerika teilen zu viele diese Meinung.«

Hannah blickte aus dem Fenster. An den Straßenlaternen hingen Plakate, die seltsame geometrische Formen abbildeten. »Building the World of Tomorrow, For Peace and Freedom – all Eyes to the Future«.

»Die Zukunft«, murmelte sie.

Dr. Couney kicherte leise. »Zumindest, was man sich auf der großen Weltausstellung darunter vorstellt. Nur strenge Formen, Stein und Metall. Faszinierend – aber etwas kalt, finden Sie nicht? Die Deutschen sind übrigens nicht dabei, sonst sind fast alle Nationen vertreten, außer den Chinesen versteht sich. Die Deutschen hindert angeblich, dass diese Veranstaltung vorrangig von Juden organisiert wurde. Wollen wir wetten, dass sie nur nichts Gleichwertiges vorzuweisen haben?«

Offenbar wollte er sie aufmuntern. Hannah dankte ihm mit einem ehrlichen Lächeln. Danach schwiegen sie, bis sie hinter einem großen weißen Gebäude zum Stehen kamen.

»Warum halten wir hier?« Hannah sah sich verwirrt um. Was sie entdeckte, erinnerte eher an einen Freizeitpark als an eine Klinik. Menschen flanierten entlang bunter Buden, und im Hintergrund drehte sich ein Riesenrad.

Couney schmunzelte. »Hat man es Ihnen denn nicht gesagt? Steigen Sie doch erst einmal aus.«

Wieder hielt ihr der Chauffeur die Tür auf. Kaum war Hannah aufgestanden, gaben ihre Beine nach. »Mir ist so seltsam.«

Couney sah sie besorgt an: »Sie sehen aus, als würden Sie gleich umfallen. Kommen Sie! Wir finden einen leeren Raum, in dem Sie sich für einen Moment ausruhen können.« Mit dem Kasten im Arm schritt er voraus.

Hannah folgte ihm schwankend durch die Eingangstür, dann über einen Gang mit vielen Türen bis in einen Raum, bei dem es sich vermutlich um Couneys Arbeitszimmer handelte. Er nickte in Richtung einer Chaiselongue, die mit grünem Samt bezogen war. »Legen Sie sich dort hin. Jemand bringt Ihnen etwas zu trinken, während ich mich um Ihre Nichte kümmere.«

Ihre Augen verweigerten den Befehl, sich zu öffnen. Benommen versuchte sie, sich dennoch zurechtzufinden. Sie lag in ihrem Bett in Frankfurt. Ach nein, auf Ellis Island. Endlich gelang es ihr, die Lider zu heben. Obwohl ihr Blick verschwommen war, erkannte sie den mahagonifarbenen Sekretär und die Bücherregale wieder. Ihre trockene Kehle schmerzte. Wann hatte sie zuletzt getrunken? Sie versuchte, Speichel zu produzieren, um den schal schmeckenden Pelz von ihrer Zunge zu lösen, doch es kam keine Flüssigkeit.

An dem Schreibtisch vor ihr saß eine mollige junge Frau, auf deren dunklem Haar eine weiße Haube thronte. Beim Anblick des gestärkten, sauberen Kragens der Fremden fasste Hannah sich unbehaglich an den eigenen Hals. Sie hatte im Schlaf geschwitzt, und das strapazierte Kleid klebte unangenehm an ihrem Körper. Sie räusperte sich. »Wie lange habe ich geschlafen?«

Die Frau lächelte ihr aufmunternd zu. »Oh, guten Tag«, erwiderte sie auf Deutsch. »Ich bin Schwester Hildegarde. Sie sind die Tante des neuen Babys?«

Es war Hannah unmöglich, das Alter der Frau zu schätzen. Die runden Wangen und der kleine Kussmund hatten etwas Mädchenhaftes. Doch die tiefen Lachfalten in den Augenwinkeln verrieten, dass Hildegarde schon älter war.

»Mein Name ist Hannah Rosenbaum. Darf ich zu meiner Nichte?« Das Zögern der anderen Frau ließ ihr das Blut in den Adern gefrieren. »Was ist mit ihr? Ist sie ...«

Hildegarde schüttelte energisch den Kopf. »Ihrer Kleinen geht es gut, wenn man die Umstände berücksichtigt. Ich wollte Sie nicht erschrecken. Um Sie habe ich mir Sorgen gemacht. Sie sehen blass aus. Sie sollten noch ein wenig liegen bleiben.«

Wie gerne hätte Hannah sich noch eine Weile von der Freundlichkeit dieser Menschen umfangen lassen wie von einer warmen Umarmung, doch es gab Wichtigeres zu tun. »Sie sind alle sehr nett«, murmelte sie. »Aber ich würde lieber gleich meine Nichte sehen.«

»Mein Vater hat gesagt, ich soll Sie erst aufstehen lassen, wenn Sie ein Glas Wasser getrunken und einen Keks gegessen haben.«

Hannah entdeckte beides auf dem kleinen Tisch neben der Chaiselongue. Sie trank das Wasser mit so hastigen Schlucken, dass sie hinterher laut aufstieß.

Hildegarde schmunzelte. »Und wie immer hatte mein Vater recht. Soll ich Ihnen noch ein Glas bringen?«

»Nicht noch mehr Umstände, bitte.« Hannah zwang sich, nur einen kleinen Bissen von dem Keks zu nehmen. Dann einen weiteren, bevor sie den Rest in einem Stück verschlang.

»Kann ich sie jetzt sehen?«

Hildegarde blickte zur Uhr an der Wand: »Warten wir noch ein halbes Stündchen. Jetzt herrscht gerade großer Andrang. Doch gleich wird geschlossen.«

»Andrang?«

»Hat man Ihnen das denn nicht gesagt?« Hildegarde runzelte

die Stirn. »Das erklären wir Ihnen alles später in Ruhe. Essen Sie noch einen Keks. Ich hole Sie gleich hier ab. Dann können Sie Ihre Nichte sehen.«

Die Wartezeit gestaltete sich zäh. Hannah wagte nicht, etwas in dem Raum anzurühren oder durch die Gegend zu spazieren, für den Fall, dass jemand sie dabei überraschen und für neugierig halten könnte. Dabei hätte sie zu gerne eines der Fachbücher aus dem Regal genommen und durch die Seiten geblättert, um sich abzulenken. Wenigstens hielt Hildegarde ihr Versprechen. Exakt eine halbe Stunde später lugte sie wieder zur Tür herein und forderte Hannah auf, ihr zu folgen.

Sie betraten einen riesigen Saal, an dessen Wänden kleine weiße Metalltische mit Glaskästen darauf aufgereiht waren. Aus ihren Abdeckungen ragten Rohre heraus.

»Die sehen fast aus wie kleine Öfen.«

Hildegarde lachte. »Damit liegen Sie gar nicht so falsch. Mein Vater nennt sie Erdnussröster. Lassen Sie sich von all der Technik nicht erschrecken. Wir müssen sicherstellen, dass Temperatur und Sauerstoffzufuhr konstant bleiben. Außerdem können wir mit den Geräten die Lebensfunktionen der Kleinen überwachen. Da vorne ist übrigens ihre Nichte.«

Hannah hatte bereits von solchen Apparaturen gehört, ohne sie jemals gesehen zu haben. Auf der Säuglingsstation in Frankfurt waren alle Babys größer als ihre Nichte gewesen. Und dennoch war manchmal eines gestorben, erinnerte sie sich beklommen. Doch die meisten Frauen gebaren ihre Kinder zu Hause. Erst Recht, seit Ende des vergangenen Jahres das neue Reichshebammengesetz erlassen worden war, das diese Möglichkeit befürwortete.

Hildegarde legte ihr eine Hand auf den Arm. »Schauen Sie nicht so ängstlich drein. Ich lag selbst einmal in einem solchen Inkubator. Die ersten drei Monate meines Lebens. Und mir geht es gut, glauben Sie mir.«

»Wirklich?«

Die Scheiben der Kästen reflektierten das Licht, so dass Hannah im Inneren kaum etwas erkannte. Sie legte eine Hand an die Stirn und presste sie gegen das Glas. Erleichtert atmete sie aus. Das merkwürdige Geschöpf, das sich noch vor wenigen Stunden auf der Schwelle zu einer anderen Welt befunden hatte, verwandelte sich langsam in ein Baby.

»Sie sieht jetzt friedlicher aus«, stellte Hannah fest.

»Verraten Sie uns ihren Namen? Üblicherweise bekommt jeder Neuankömmling von uns eine Kette mit seinem Namen drauf, damit es nicht am Ende zu Verwechslungen kommt.«

Hannah schüttelte den Kopf. Es stand ihr nicht zu, dem Kind ihrer Schwester einen Namen zu geben.

Winzige Finger spreizten sich und ballten sich wieder zur Faust.

»Sarah. Sie heißt Sarah«, krächzte Hannah. Etwas zu benennen hieß, dass es existierte.

»Wie lange wird sie bleiben?«

»Bis sie fünf Pfund wiegt.« Hildegarde blätterte durch ihre Notizen. »Jetzt wiegt sie 1200 Gramm und ist 38 Zentimeter groß. Wenn sie bei der Geburt zwei Pfund wiegen, haben sie eine Chance, sagt mein Vater immer.«

»Sarah liegt nur knapp darüber.« Hannah runzelte die Stirn.

»Hildegarde? Ich bräuchte einmal deine Hilfe.« Ein junger Mann im weißen Kittel lächelte Hannah entschuldigend zu. »Verzeihen Sie die Unterbrechung, aber es ist dringend.«

»Ich komme«, erwiderte Hildegarde.

Hannah blieb alleine vor dem Kasten zurück. In Gedanken versunken sah sie durch die Scheibe, bis ihr Blick auf die Spiegelung einer Wanduhr fiel. Entsetzt erkannte Hannah, dass bereits sieben Stunden vergangen waren, seit sie ihre Schwester verlassen hatte. Bald würde es hell. Dabei hatte sie Ada doch ein Versprechen gegeben. Es blieb ihr nichts anderes übrig, als die Kleine – *Sarah* – der Obhut Fremder anzuvertrauen. Der junge Mann, der Hildegarde zu sich gerufen hatte, schlenderte an ihr vorbei.

»Verzeihung«, sprach sie ihn an.

An seinem verwirrten Ausdruck erkannte sie, dass sie Deutsch mit ihm gesprochen haben musste. Auf Englisch fuhr sie fort: »Ich muss zu meiner Schwester. Sie liegt allein im Krankenhaus. Aber kann ich morgen wiederkommen?«

»Natürlich«, sagte er. »Es ist gut für die Kleinen, wenn ihre Familien bei ihnen sind.«

Der Papiertüte unter seinem Arm entströmte der Duft warmen Gebäcks. Schnell drückte Hannah sich die Hände fest auf den Bauch. Dennoch entwich ihm ein Knurren, das durch den ganzen Saal zu hallen schien.

Der junge Mann reichte ihr die Tüte. »Ich glaube, das brauchen Sie dringender als ich.«

»Nein danke, ich habe schon gegessen«, erwiderte sie peinlich berührt.

»Nun nehmen Sie sie schon. Ich bin satt. Ich habe mir mal wieder mehr gekauft, als ich schaffen konnte. Sie tun mir einen Gefallen.«

Seine offene Herzlichkeit rührte sie. Es kam ihr mit einem Mal albern und unhöflich vor, das Angebot abzulehnen. Sie nahm die

Tüte aus seiner Hand und schaute hinein. »Was ist das? Die duften wunderbar.«

»Doughnuts. Sie kennen die nicht? Dann müssen Sie sofort einen probieren.«

»Wir sind erst seit gestern in der Stadt«, erklärte sie, während sie zaghaft einen der weichen Kringel aus der Tüte fischte.

»Haben Sie Familie hier?«

»Meine Schwester. Und eine Tante und einen Onkel, die wir allerdings gestern zum ersten Mal gesehen habe. Wir warten auf unsere Eltern.« Sie biss in den Teig und verstummte.

»Gut?«, fragte er grinsend. Seine dunklen Augen bildeten einen aparten Kontrast zu den blonden Locken. Nichts an seiner schlanken Gestalt verriet seine Vorliebe für süßes Gebäck.

»Sehr gut«, bestätigte sie, nachdem sie einen weiteren Bissen hintergeschluckt hatte.

»Da vorne gibt es einen zweiten Ausgang. Hier drinnen ist es eigentlich nicht erlaubt zu essen. Außerdem werden gleich die Babys gefüttert.«

»Wärme, Zuwendung und Muttermilch«, murmelte Hannah.

Er lachte. »Ich sehe, Sie haben doch noch etwas mitbekommen, bevor es sie umgehauen hat.«

»Davon wissen Sie?« Hannah errötete.

»Das muss Ihnen nicht peinlich sein. Sie waren offensichtlich sehr erschöpft.«

»Das war ich.«

»Ich bin froh, dass Sie sich nicht von dem Drumherum haben abschrecken lassen«, sagte der Arzt.

»Sie meinen die bunten Farben und das Riesenrad?«

»Und die Schaulustigen.«

Hannah runzelte die Stirn. »Was meinen Sie?«

Er betrachtete sie prüfend, dann seufzte er. »Sie wussten es nicht! Die Menschen zahlen hier Eintritt, um während der Besuchszeiten die Babys anzusehen.«

Ihre Augen weiteten sich. »Sie meinen, die Kinder werden ausgestellt?«

»Jetzt habe ich Sie schockiert. Wissen Sie, ich hatte am Anfang die gleichen Vorbehalte wie Sie. Ich habe mich immer als seriösen Arzt gesehen. Und seriöse Ärzte findet man üblicherweise nicht an Orten wie diesem.« Er lächelte verhalten. »*An Orten wie diesem.* Als würden wir hier nicht unter strengen medizinischen Bedingungen arbeiten. Heute finde ich es schlimmer, was mit den Frühchen geschieht, die nicht bei uns landen.«

»Sie sterben?«, sagte Hannah leise.

»Einige.«

»Warum kümmert sich denn niemand sonst darum, wenn es zu verhindern wäre?«

»Zu viele sind immer noch der Ansicht, dass nicht leben sollte, was nicht stark und perfekt ist«, erklärte er mit bitterer Miene. »Es ist nicht so, dass Dr. Couneys Erfolge nicht die Anerkennung anderer Ärzte fänden, aber kaum jemand ist daran interessiert, seine Erkenntnisse in einem öffentlichen Krankenhaus umzusetzen.« Seine Stimme wurde mit jedem Satz lauter. »Ja, es gibt Krankenhäuser, in denen ein Inkubator steht. In dem wird dann das Kind der vermögendsten Eltern aufgepäppelt. Couney macht keine Unterschiede. Die Hautfarbe ist ihm egal, ebenso, was die Eltern in der Tasche haben. Von irgendwoher muss das Geld dafür kommen.«

Hannah sah ihn betroffen an.

»Verzeihen Sie, ich habe mich in Rage geredet«, sagte der Arzt. »Mir steckt noch eine hitzige Debatte in den Knochen, die ich erst vor kurzem wieder mit ein paar befreundeten Kollegen geführt habe. Sie sagen, dass sie seine Arbeit schätzen, stellen aber zugleich immer wieder seine Seriosität in Frage. Dabei wünscht sich niemand mehr als er, dass die Situation eine andere wäre. Sie haben ja gesehen, dass er nicht mehr der Jüngste ist. Ich bin mir sicher, dass er den Laden schon morgen schließen würde, wenn gewährleistet wäre, dass sich jemand der Winzlinge annimmt.«

»Dr. Couney kann sehr froh sein, Sie als Mitarbeiter zu haben. Einen Anwalt braucht er jedenfalls nicht mehr. Ich hoffe, Ihr Dr. Couney weiß, was er an Ihnen hat.«

Er erwiderte ihr Lächeln. »Jedenfalls weiß ich, was ich an ihm habe. Noch bin ich Assistenzarzt. Aber ich habe fest vor, danach etwas in der echten Welt jenseits von Coney Island zu ändern. Lassen Sie Ihre Nichte also hier?«

Sie rang einen Moment mit sich, bis sie sich nüchtern eingestehen musste, dass sie in alles einwilligen würde, um ihrer Nichte das Leben zu retten.

»Habe ich eine Wahl? Sie haben mir gerade sehr überzeugend klargemacht, dass dem nicht so ist.« Hannah schaute erneut zur Wanduhr. »Meine Schwester wird sich Sorgen machen. Hoffentlich finde ich zum Krankenhaus zurück.«

»Wo müssen Sie denn hin?«

»Zum Brooklyn Hospital.«

»Gehen Sie über den Parkplatz zur Straße. Dort hält ein Bus, der Sie direkt dort hinbringt.«

»Vielen Dank.«

Sie reichte ihm die Tüte mit den restlichen Doughnuts, doch

er wiegelte ab. »Behalten Sie die. Ihre Schwester wird es Ihnen danken. Die Krankenhausküche hat nicht den besten Ruf. Wie heißen Sie überhaupt?«

»Hannah Rosenbaum.« Sie ergriff seine ausgestreckte Hand.

»Sehr erfreut. Ich bin Nathan Green.«

Je weiter sie sich von dem Frühchenhaus entfernte, desto mehr erschienen Hannah die vergangenen Stunden wie ein wirrer Traum. Der einzige Beleg für die Ereignisse war dieses neue Gefühl in ihr. Plötzlich war da dieser winzige Mensch, der ihr nie wieder gleichgültig sein würde. Sie würde sich um ihn sorgen, solange es sie beide gab. Ohne es zu ahnen, war sie diese Verbindung in dem Moment eingegangen, als sie die Kleine an ihre Brust gehoben hatte. Erschrocken fragte sich Hannah, was diese Erkenntnis für ihr Leben bedeuten würde, doch zugleich stärkte das Gefühl ihre Hoffnung für Sarah. Sicher würde Ada bald von den gleichen Empfindungen überwältigt. Sobald sie ihre Tochter gesund in den Armen hielt, würde sie den Mut finden, ihr Kind zu lieben.

»Halten Sie am Brooklyn Hospital?«, fragte Hannah den ersten Fahrer, der an der Haltestelle die Türen öffnete.

Er nickte: »Steigen Sie ein.«

»Was muss ich bezahlen?«

Der Mann lachte amüsiert auf. »Sind wohl noch nie Bus gefahren, was? 5 Pence, egal wie weit Sie fahren. Ganz einfach.«

Hannah entdeckte keinen freien Sitzplatz, deshalb blieb sie stehen und hielt sich an einer Stange fest. Fast wäre sie umgefallen, als der Fahrer abrupt anhielt. Schwerfällig erhob er sich von seinem Sitz und marschierte mit harter Miene auf Hannah zu. Für einen schrecklichen Moment fürchtete sie, er würde ihren Ausweis prüfen und sie dann aus dem Bus werfen, weil sie Jüdin war. Doch er steuerte ein anderes Ziel an. Seine Aufmerksamkeit galt der Sitzbank neben ihr, auf der eine dunkelhäutige Frau mit ihrem schlafenden Kleinkind saß. »Machen Sie Platz für die junge Dame«, fuhr der Mann die Mutter an. Diese zog ihr Kind ohne Widerspruch mit sich von der Bank, woraufhin der kleine Junge leise wimmerte.

Hannah erstarrte vor Scham. »Was? Nein! Wieso denn? Bitte bleiben Sie sitzen.«

Die junge Frau starrte sie erschrocken an. Dann zerrte sie das weinende Kind mit gesenktem Blick zu einer Stange und ermahnte es, sich festzuhalten. Der Fahrer zuckte die Achseln und nahm wieder seinen Platz ein.

Voller Unbehagen bemerkte Hannah, wie viele Gesichter sie angespannt anstarrten – auf den vorderen Reihen ausnahmslos helle und auf den hinteren Plätzen ausschließlich dunkle. Alle schienen darauf zu warten, dass Hannah sich endlich hinsetzte. Plötzlich begriff sie. Selbst in diesem gelobten Land gab es keine Gleichheit. Resigniert folgte sie dem stummen Kommando der übrigen Passagiere. Sie hatte den schamvollen Schrecken im Gesicht der Frau wiedererkannt. Genauso hatte sie in Deutschland empfunden, wenn jemand die Aufmerksamkeit auf sie lenkte – sei es auch ohne oder gar in bester Absicht geschehen. Eine freundliche Geste, die einem Ausgestoßenen galt, wurde zu oft demjenigen übelgenommen, der sie empfing. Ob im Pass dieser Frau ebenfalls ein roter Stempel prangte? Vermutlich wurde das überflüssig, wenn man die Farbe direkt am Körper trug, die einen von den anderen trennte.

Sobald Hannah den Krankenhausflur betrat, überkam sie ein Frösteln. Hier im Krankenhaus hätten sie das Fenster der Abstellkammer sicher mittlerweile geschlossen. *Erledigt.* Diese Gewissheit verscheuchte noch die letzten Zweifel an ihrem Entschluss, Sarah den befremdlichen Umständen auf Coney Island zu überlassen. Die unverhohlene Leidenschaft von Dr. Couney und seinen Mitarbeitern hatte etwas Herzerwärmendes. Ihnen zuzuschauen hatte Hannah daran erinnert, wie sie in Frankfurt jeden Morgen mit einem Lächeln auf den Lippen zur Arbeit gegangen war. Zumindest am Anfang. Nach dem gewaltsamen Tod eines jungen Arztes, Beckys frischgebackenem Ehemann, schlug die Stimmung um. Ein weißer Kittel bot keinen Schutz, mussten sie erkennen. Und nur wenig später hatte Hannahs Vater im Zorn ausgerufen, dass man Juden ohnehin nur deshalb am Leben ließ, damit die selbst ernannten Deutschblütigen etwas zum Auspressen hatten. Zu dem Zeitpunkt hatte die Stadt der jüdischen Gemeinde das Krankenhaus für einen Spottpreis »abgekauft«, um es ihr im Anschluss teuer zu vermieten. Hannah hatte ihren Vater nicht gefragt, was seiner Meinung nach geschähe, sobald es nichts mehr auszupressen gäbe. Sie war sich nicht sicher gewesen, ob sie die Antwort ertragen würde.

»Können Sie mir sagen, in welchem Zimmer meine Schwester liegt? Ada Rosenbaum. Geburt.«

Die Frau am Tresen blätterte durch die Kartei, bis die den gesuchten Eintrag fand. »Ada Rosenbaum, sagen Sie?«

Hannah nickte zögernd. Die amerikanischen Laute ließen den Namen ihrer Schwester so fremd wirken, dass sie ihn fast nicht erkannt hätte.

»Nehmen Sie den Fahrstuhl da vorne in den dritten Stock, biegen Sie nach rechts ab und folgen Sie dem Gang, bis Sie Zimmer 304 erreichen. Beeilen Sie sich, die Besuchszeit endet in 30 Minuten.«

In Zimmer 304 lag Ada am anderen Ende des Raumes hinter fünf weiteren Betten, an denen Ehemänner und selige Großmütter den frischgebackenen Müttern gratulierten. Hannah murmelte eine Begrüßung, der niemand Aufmerksamkeit schenkte.

»Hast du dich also doch nicht aus dem Staub gemacht?« In Adas bleichem Gesicht zog sich ein Mundwinkel nach oben. Sie nickte in die Richtung ihrer Zimmergenossinnen. »Es ist gar nicht so anders als in unserem Schlafsaal auf Ellis Island. Nur mit mehr Geschrei in der Zeit, in der die Babys zu den Müttern gebracht werden.«

Hannah lächelte mitfühlend. Sicher schmerzte es Ada, den anderen dabei zuzusehen, wie sie ihre Babys im Arm hielten.

»Es tut mir leid, dass du so lange auf mich gewartet hast. Ich bin eingeschlafen, und Sarah ... die Kleine wird es vielleicht schaffen.«

»Sarah?«, fragte Ada.

»Das ist ja nicht endgültig.« Hannah verhaspelte sich, so schnell bewegte sie ihre Lippen. »Aber sie sollte nicht das namenlose Baby in Inkubator sechs sein. Natürlich wirst *du* deiner Tochter ihren Namen geben.«

Der Blick ihrer Schwester verdunkelte sich. »Pass auf, dass du dein Herz nicht an sie hängst. Das Ding hat so gut wie keine Chance, hat man mir gesagt.«

Das Ding? »Weißt du schon, wie lange sie dich hierbehalten?«

»Sie können es gar nicht abwarten, dass dieses Bett wieder frei wird. Judith war vorhin hier. Simon wird mich heute Abend abholen.«

»Das ist gut«, sagte Hannah erleichtert. »Ich habe dir übrigens etwas zu essen mitgebracht.«

Sie hielt ihrer Schwester die mittlerweile ramponierte Tüte vor die Nase. »Du musst einen von diesen Kringeln probieren, sie sind köstlich. Ich habe sie für dich aufbewahrt.«

Ada zog die Augenbrauen hoch. »Nein, danke.«

»Sie schmecken wirklich sehr lecker. Bestimmt hast du noch nichts gegessen.«

»Mir wäre jetzt etwas Ruhe lieber. Lässt du mich allein?«

»Allein?« Hannah betrachtete zweifelnd die anderen Mütter und ihre Besucher. »Soll ich nicht wenigstens bleiben, bis die Besuchszeit beendet ist?«

»Na los. Fahr zu Judith und Simon und sorg dafür, dass unser Zimmer bewohnbar ist, wenn ich komme.«

KAPITEL 3

Das geht vorbei!, sprach Hannah sich Mut zu. Wie hatte sie annehmen können, der Schlaf würde sich wieder einstellen, sobald sie nur Ellis Island hinter sich gelassen hätten? Ihre Gedanken kamen nicht zur Ruhe. Doch wenigstens war etwas Farbe ins Gesicht ihrer Schwester zurückgekehrt. Sie hatte so elend ausgesehen, als sie an Simons Arm in die Kammer gewankt kam. Sechs Tage waren mittlerweile vergangen, seit ihr Onkel Ada aus dem Krankenhaus geholt hatte. Er hatte sich unentwegt für die beiden Matratzen auf dem Boden entschuldigt. »Mehr konnte ich auf die Schnelle nicht auftreiben. Falls ihr länger bleibt, ändern wir das natürlich. Den Kleiderschrank hatten wir noch im Keller. Ich hoffe, ihr findet darin genügend Platz für eure Sachen.«

»Unsere Koffer sind klein, wir werden alles mühelos unterbringen. Und das Zimmer ist schön, vielen Dank«, hatte Hannah ihm versichert.

In seiner Miene waren Zweifel zu lesen. Sicher vermutete er, sie hätte ihm eine brave Höflichkeitslüge aufgetischt. Dabei störte sich Hannah nicht an dem begrenzten Platz, genauso wenig wie daran, auf dem Boden zu liegen. Sie genoss es, am Abend in die sauberen, gestärkten Laken zu kriechen, in ihre nach Lavendel duftende Höhle. Judith hatte ihnen zwei selbst genähte Säckchen, gefüllt mit getrockneten Blüten, in den Schrank gelegt. Doch der beruhigende Duft konnte nicht verhindern, dass Hannahs Gedanken finsterer wurden, je weiter die Nacht voranschritt. Ihre Visionen von Rudi und Sarah, die wie glückliche Geschwister zusammen aufwuchsen, verwandelten sich in Schreckensbilder, in denen sie keinen der beiden je wiedersah. Erst das Morgenlicht linderte ihre Ängste. Leider vertrieb es nicht zugleich die Erschöpfung aus ihren Gliedern. Doch wenigstens regten diese sich gehorsam, sobald die leisen Geräusche und inzwischen vertrauten Gerüche sie aufforderten, sich bei der Zubereitung des Frühstücks nützlich zu machen. Im Gegensatz zu ihr hatte Ada vorerst nur eine Pflicht.

»Essen musst du!«, hatte die Tante gefordert.

Doch schien es Judith jeden Tag schwerer zu fallen, einen unwirschen Kommentar zu unterdrücken, wenn Ada ausschließlich zu den Mahlzeiten aus ihrem Zimmer schlurfte, um wenige Bissen in sich reinzuzwängen. Ihre Gnadenfrist würde bald abgelaufen sein.

Gedämpfte Stimmen hielten Hannah davon ab, den Vorhang aus beigefarbener Chenille beiseitezuziehen, der das Wohnzimmer von der Küche trennte. Dahinter bereitete Judith Matzahbrei zu – eine Mischung aus zerrupftem ungesäuerten Fladenbrot und Eiern, die sie in der Pfanne briet. Manchmal süßte Judith die Masse, an anderen Tagen würzte sie den Brei mit Salz und Kräutern. »Eigentlich isst man ihn an Pessach, aber Simon liebt ihn so, dass ich ihn andauernd zubereiten muss«, hatte Judith ihnen erklärt.

Sie und Simon waren weit davon entfernt, orthodoxe Juden zu sein, zumal Judith genau wie ihr Bruder nicht mit den Traditionen aufgewachsen war. In erster Linie sahen die Mindels sich als gute

Amerikaner, die Religion kam frühestens an zweiter Stelle. Doch bewahrten sie ausgewählte Rituale und achteten auf deren Einhaltung. Es gab getrennte Töpfe für Milchiges und Fleischiges und trotz des kleinen Raums zwei Spülbecken für das Geschirr. Der Sabbat wurde geehrt. In die Synagoge waren Judith und Simon am Freitagabend allein gegangen, aber danach hatte sich die ganze Familie mit frisch gewaschenen Händen gemeinsam am Tisch versammelt und Rotwein getrunken. Die Tante hatte zwei Kerzen angezündet, während der Onkel das Gebet sprach. »Baruch ata Adonai, Eloheinu melech ha'olam, borei p'ri hagafen.«

Hannah, die schon immer empfänglich für Feierlichkeiten gewesen war, ließ sich vom warmen Klang seiner Stimme an einen Ort tragen, der sich behaglich anfühlte, fast wie ein Zuhause.

Umso härter trafen Hannah die Worte, die an diesem Morgen aus der Küche drangen.

»Was machen wir bloß mit den Mädchen?« Ihre Tante klang nervös. Untereinander sprachen Simon und sie Englisch mit Akzent, während sie sich mit *den Mädchen* auf Deutsch mit amerikanischem Einschlag unterhielten.

»Sie bleiben natürlich«, sagte Simon.

Judith musste ein verdrießliches Gesicht aufgesetzt haben, denn nach einem Augenblick der Stille fuhr ihr Mann besänftigend fort: »Das kann nicht leicht für dich sein, das verstehe ich. Aber wir wissen beide, dass es das einzig Richtige ist.«

»Ja«, erwiderte Judith mit zitternder Stimme.

War es für sie eine solche Zumutung, ihre Nichten zu beherbergen? Hannah war der Gedanke zuwider, eine Last zu sein.

»Mein dummer kleiner Bruder.« Judith seufzte. »Schon als

Kind steckte er dauernd in Schwierigkeiten. Wer weiß, wann sie das nächste Mal eine Gelegenheit bekommen, Europa zu verlassen.«

Hannah zog den Vorhang mit einem Ruck zur Seite. »Was ist mit unseren Eltern?«

»Hast du uns belauscht?« Judith strich sich ärgerlich die Haare glatt, obwohl nicht eine Strähne aus dem ordentlichen Dutt herausragte.

Hannah schüttelte den Kopf. »Nicht in böser Absicht. Ich wollte dir helfen, aber dann habe ich euch gehört und wusste nicht ...«

»Schon gut«, erklärte Simon nach einem kurzen Blick zu Judith. »Ihr habt ein Recht darauf, es zu erfahren. Wir wollten euch nur nicht beunruhigen, bis wir mehr wissen. Das Schiff eurer Eltern hat zwar in Kuba angelegt, wurde jedoch gleich darauf gezwungen, wieder abzulegen. Nur eine Handvoll Passagiere dufte zuvor von Bord gehen.«

»Aber wieso?«, rief Hannah.

»Kuba hat seine Einreisebedingungen verschärft.«

»Und was geschieht nun mit ihnen?«

Simon räusperte sich. »Das weiß keiner. Vermutlich werden sie versuchen, in den USA anzulanden.«

»Umso besser«, sagte Hannah lächelnd.

Beunruhigt sah Simon zu seiner Frau. »Ich bin mir nicht sicher, ob Roosevelt das erlauben wird.«

»Aber wo sollen sie denn dann hin?«

Judith räusperte sich. »Es kann sein, dass man sie nach Europa zurückschickt.«

»Nach Europa! Aber doch nicht nach Deutschland, oder?«

Ihr Onkel sah sie mitleidig an. »Ich will dich nicht belügen. Zur Zeit kann niemand sagen, wie es weitergeht.«

Pulmonalarterie, Lungenvene, linker Vorhof. Wenn es Hannah gelänge, sich auf die Details des Aufbaus des menschlichen Herzens zu konzentrieren, würde sie nicht weinen. Es war nicht davon auszugehen, dass man Wehleidigkeit in diesem Haus für eine Tugend hielt. »Müssen wir es Ada gleich erzählen?«, fragte sie. »Vielleicht sollte sie sich erst von der Geburt erholen.«

Judith und Simon warfen sich erneut flackernde Blicke zu.

Hannah verstand. »Ihr hattet ohnehin nicht vor, es uns zu erzählen!«

Judith runzelte die Stirn. »Was hätte das für einen Sinn, bevor wir Genaueres wissen?«

»Ich werde rasch die Zeitung reinholen und mir etwas anziehen.« Simon, der in Pyjama und Morgenmantel vor ihnen stand, schien es eilig zu haben, die Küche zu verlassen.

»Oh nein«, rief Judith unvermittelt. Sie riss die Pfanne vom Feuer. »Fast wäre es mir angebrannt.«

»Das sieht lecker aus, wie immer«, sagte Hannah besänftigend.

Sie nahm vier Teller aus dem Oberschrank und verteilte sie auf dem Tisch aus Walnussholz im Wohnzimmer, an dem sie zu viert mit Mühe Platz fanden. Die rosafarbene Pfingstrose in der kleinen Vase darauf hatte Hannah im nahe gelegenen Park entwendet. Sie passte zu den Tapeten, deren florale Muster Judiths unerwartete Schwäche für Blumen verrieten. Sie widersprach der ansonsten eher kargen und zweckmäßigen Einrichtung, genau wie der elegante Esstisch, der vermutlich noch von Simons Eltern stammte, denen das Haus zuvor gehört hatte. Mittlerweile lebten die beiden bei ihrer Tochter an der Westküste. Viele Jahre zuvor waren Simons Großeltern mit ihren fünf Kindern aus dem von Russland beherrschten Teil Polens geflohen, nachdem dort der judenfeindliche Alexander III an die Macht gekommen war.

In der Neuen Welt hatte es die Familie mit einem Möbelgeschäft zu einem bescheidenen Vermögen gebracht, das sie jedoch nicht durch die große Weltwirtschaftskrise hatte retten können. Da Judith und Simon Geld brauchten und aufgrund ihrer Kinderlosigkeit nicht so viel Platz benötigten, hatten sie das obere Stockwerk ihres Hauses an ein junges Paar, die Stillers, vermietet. Hannah vermutete, dass es ihrer zurückhaltenden Tante schwergefallen sein musste, ihr Häuschen mit anderen zu teilen.

Die Mindels selbst bewohnten die kleine Dreizimmerwohnung im Erdgeschoss sowie das Souterrain. Dorthin war Judiths Nähtisch verlegt worden, der zuvor in dem Zimmer gestanden hatte, das nun ihre Nichten bezogen hatten. Es bereitete Hannah ein schlechtes Gewissen, dass ihre Tante ihre Handarbeiten jetzt in einem dunklen Raum voller Gerümpel ausführen musste. Ihre Verwandten bewahrten dort allerhand kuriose Dinge auf, für den unwahrscheinlichen Fall, dass sie sich später noch einmal als nützlich erweisen würden. Außerdem hatte sich Simon dort eine Ecke für seine Holzarbeiten eingerichtet. Seine geschnitzten Figuren erschienen Hannah so kunstvoll, dass sie sich fragte, warum er nicht versuchte, damit sein Geld zu verdienen.

»Weck bitte Ada!«, rief Judith aus der Küche. »Es geht nicht an, dass sie die ganze Zeit herumliegt. Hat sie nicht versprochen, heute aufzustehen?«

»Es ist kaum eine Woche her. Sie ist noch nicht so weit«, nahm Hannah ihre Schwester in Schutz.

»Sie war noch kein Mal bei dem Kind.« Es klang wie ein Vorwurf, doch dann fuhr Judith nachdenklich fort: »Vielleicht hat sie Angst.«

Hannah stutzte. Bis eben hatte sie Feinfühligkeit nicht zu Judiths Stärken gerechnet. Nicht dass ihre Tante sie nicht anständig behandeln würde. Sie gab ihren Nichten zu essen und hatte über Nacht zwei Koffer voller Kleidungsstücke beschafft, die gebraucht, aber tadellos in Schuss waren. Wohlwollende Worte hatte sie allerdings bislang nur wenige verloren.

»Ich bin mir sicher, dass du recht hast, Tante Judith«, sagte Hannah. »Alles wird anders aussehen, wenn Ada ihre Tochter das erste Mal in den Armen hält.«

Judith betrat das Wohnzimmer mit der Pfanne in der Hand, wobei sie umgehend den Bonus verspielte, den Hannah ihr eben gewährt hatte. »Wir wissen nicht, ob es so kommt. Dein Wunderdoktor kann nicht jeden retten. Vielleicht solltest du auch nicht jeden Tag dort hinfahren. Du wirst nur unglücklich, wenn es schiefgeht«, wandte Judith ein. Die Art, wie sie das Wort »Wunderdoktor« betonte, verriet deutlich, wie viel sie von der Arbeit eines Mannes hielt, der seiner medizinischen Tätigkeit nicht in einem anerkannten Krankenhaus nachging. Sie mochte es klar und eindeutig. Wie an den meisten Tagen trug sie ein schlichtes, nur leicht tailliertes anthrazitfarbenes Kleid. Ihr von weißen Strähnen durchzogenes aschblondes Haar hatte sie stets zu einem festen Dutt am Hinterkopf gezurrt.

Hannah wollte ihr nicht widersprechen, mochte aber auch nicht nachgeben. »Ich fürchte, ich kann nicht anders. Einer muss doch nach dem Kind sehen.«

»Du bist jung. Du tust auch Ada keinen Gefallen, wenn du sie verhätschelst. Meine Freundin Esther war genauso, nachdem sie ihr erstes Kind bekommen hatte.« Geschickt verteilte Judith die Masse auf den Tellern. »Irgendwann war es vorbei. Wir dürfen nicht zulassen, dass sie sich in diese Stimmung hineinsteigert.«

Hannah, die Esther nicht kannte, unterdrückte ein Seufzen. Sie zweifelte daran, dass Härte gegen sich selbst zum Allheilmittel taugte. »Ich gehe sie holen.«

»Nicht nötig, ich bin schon da.« Ada hatte sich unbemerkt zu ihnen gesellt, im gleichen Moment wie Simon.

Hannah musterte ihre Schwester. »Du siehst großartig aus«, stellte sie fest.

Ada lächelte verhalten. »Danke.«

Die Morgensonne schmeichelte ihrem Teint, ohne die Schweißperlen auf der Stirn zu kaschieren. Hoffentlich kein Milchstau, dachte Hannah. Sie hatte die kleinen Flecken auf dem Nachthemd ihrer Schwester gesehen, die sich in Höhe der Brust ausbreiteten, und ihr zu kalten Wickeln geraten.

»Ich habe einen Bärenhunger«, sagte Ada.

»Kein Wunder«, erwiderte Judith trocken. »Du hast seit einer Woche kaum etwas gegessen.«

Ada nahm einen Bissen. »Wie konnte ich nur? Es schmeckt köstlich!« Ihre Stimme klang wie dunkler Honig.

Mit wenigen Worten gelang ihr, was Hannah mit all ihrem Einsatz in den vergangenen Tagen nicht vermocht hatte: ihrer Tante ein Lächeln abzuringen. Fast hätte sie es übersehen, da Judiths Mundwinkel gleich darauf wieder wie ein straff gespanntes Gummi zusammenschnurrten.

Es wurde ein friedlicher Morgen. Simon trug mit vollem Mund die Höhepunkte des Sportteils seiner Zeitung vor. Dabei entging ihm hinter seiner Wand aus Zeitungspapier, wie die Schwestern einander angrinsten und seine Frau die Augen in Richtung Decke verdrehte.

»Ich habe leider kaum ein Wort verstanden«, sagte Ada am Ende prustend.

Verlegen ließ Simon die Zeitung sinken. »Verzeihung, wenn es um Baseball geht, kenne ich kein Halten mehr, fürchte ich«, sagte er auf Deutsch. »Soll noch einer daran zweifeln, dass die New York Yankees unschlagbar sind.«

»Du wirst ihm bald folgen können, Ada, ich habe dich bei der HIAS für einen Englischkurs angemeldet«, erklärte Judith ungerührt.

»Du hast uns angemeldet, ohne uns vorher zu fragen?« Ada runzelte die Stirn.

»Nur dich. Hannah spricht die Sprache gut genug.«

Ein lautes Klopfen an der Tür hinderte Ada an einer harschen Erwiderung. Sie hasste es, wenn ein anderer über sie bestimmte.

»Bleibt sitzen. Ich gehe«, sagte Hannah.

Vor der Tür stand ein Junge, kaum älter als Rudi. Nur die Hosenträger hielten seine Beinkleider am spindeldürren Körper. »Guten Tag, Mam.« Höflich lupfte er die Schiebermütze. »Ich möchte zu Fräulein Rosenbaum.«

»Das bin ich ... oder vielleicht meine Schwester«, sagte Hannah überrascht. »Worum geht es denn?«

»Dr. Green schickt mich. Sie sollen bitte sofort kommen. Er sagt, es sei eilig.«

»Sonst hat er nichts gesagt?«

Der Junge schüttelte den Kopf.

»Gut, ich komme.«

Hannah wurde bang. Was anderes sollte die Eile bedeuten, als dass es schlecht um Sarah stand. *Wenn sie eine Woche bei mir sind, überstehen sie alles.* Die Kleine war seit fast einer Woche bei Dr. Couney. Es fehlte nur ein Tag. Die Grenze zwischen Leben und Tod durfte nicht so schmal sein!

»Hannah?«

Sie hatte schon ihre Handtasche gegriffen und den ersten Fuß vor die Tür gesetzt, als Judiths Stimme sie zurückhielt. »Wer ist denn da?«

Hannah hatte ihre Verwandten glatt vergessen. Mit ausholenden Schritten durchquerte sie den kurzen Flur, um sich zu verabschieden. »Sarah geht es nicht gut. Ich würde gerne gleich aufbrechen. Möchtest du mich vielleicht diesmal begleiten, Ada?«

»Nicht heute.«

»Sicher kommt alles in Ordnung«, sagte Simon.

Judith schwieg.

Der Junge wartete vor der Tür auf Hannah. »Begleitest du mich?«, fragte sie freundlich.

»Ich habe noch viel zu tun«, erwiderte er ernst.

Trotzdem wich er nicht von ihrer Seite. Endlich erfasste Hannah die Bedeutung seines erwartungsvollen Blicks und angelte aus ihrer Börse ein Geldstück für den eifrigen Boten.

»Danke.« Der Junge setzte seine Mütze auf und tippte einmal mit zwei Fingern gegen deren Schirm, bevor er wieder seiner Wege ging.

Nie waren zwanzig Minuten so langsam vergangen wie auf dieser Fahrt nach Coney Island. An jeder Haltestelle wippte Hannah ungeduldig mit dem Fuß, weil der Bus nicht zügig genug wieder anfuhr. Beim Aussteigen drängelte sie sich an einer älteren Dame vorbei, die ihre unschickliche Eile mit einem missbilligenden Schnalzen kommentierte.

»Tut mir wirklich leid«, rief Hannah ihr im Weitereilen zu. »Ein Notfall.«

Ob ihr Absolution erteilt wurde, erfuhr sie nicht mehr. Sie rannte weiter, ohne sich umzuschauen. Unterwegs schlugen ihr Duftschwaden von Popcorn und Hotdogs entgegen – der Freizeitpark bereitete sich auf seine Besucher vor.

»Wie geht es Sarah?«, fragte sie am Ziel angelangt atemlos die Erste, die auf dem Flur ihren Weg kreuzte.

»Sarah?« Die Schwester überlegte kurz. »Ach ja, sie ist im Behandlungszimmer bei Madame.«

»Darf ich zu ihr?«, fragte Hannah.

Ein zögerndes Nicken. »Aber bevor Sie gehen … Für Außenstehende kann die Prozedur brutal aussehen, doch Madame weiß, was sie tut. Niemand ist so kompetent im Umgang mit Säuglingen wie sie.«

Hannah lächelte. »Vielen Dank!«

Sarah lebt. Den Rest würde Hannah verkraften, sofern sie an Madames Hündchen vorbeikam, das die Tür bewachte. Schon zweimal hatte sie in den vergangenen Tagen beobachtet, wie der kläffende Pekinese gewaltsam von einem männlichen Hosenbein fortgezerrt wurde. Das Frauchen, eine bärbeißige Matrone, wirkte auf den ersten Blick nicht weniger einschüchternd.

»Ach Sie sind das!«, sagte Louise Recht mit grollender Stimme. Sie hatte die Tür einen Spaltbreit geöffnet, um nach der Ursache des lauten Bellens zu forschen. Mit ihren buschigen Augenbrauen über der knolligen Himmelfahrtsnase erinnerte sie oft an eine übel gelaunte Koboldin, aber ihr Lächeln ließ vermuten, dass der Vierbeiner womöglich doch das Gefährlichste an Frau Recht war. Auch wenn jeder sie nur ehrfürchtig Madame nannte. So hingebungsvoll sie ihren Chef zu verehren schien, so resolut hielt die füllige Französin seine Angestellten unter Kontrolle. Nur für Hildegarde und die Kinder war sie »Tante Louise«, worin sich die weiche Seite dieser Frau offenbarte.

»Ich wollte nach meiner Nichte sehen«, erklärte Hannah.

»Treten Sie ein, wenn Sie nicht allzu empfindlich sind.«

Hannah, die sich keineswegs für allzu empfindlich hielt, folgte der Einladung. »Steht es sehr schlecht um sie?«

»Heute Morgen habe ich das Schlimmste befürchtet, deshalb habe ich Sie holen lassen. Die Frau neben Ihrer Nichte ist übrigens Schwester Elizabeth.«

»Guten Tag.« Hannah nickte freundlich.

Die junge Frau erwiderte den Gruß, während sie mit einer Hand Sarahs Oberkörper leicht nach oben hob und mit der anderen ein Stofftuch unter ihrem Kinn befestigte. Madame entfernte derweil die Kappe einer kleinen, mit Milch gefüllten Flasche. Daraus träufelte sie etwas Flüssigkeit auf einen seltsamen Löffel, der an seinem Ende zu einer Art Trichter gebogen war. Langsam führte Madame ihn an Sarahs Gesicht.

»Sie füttern sie mit einem Löffel durch die Nase?« Hannah war hin- und hergerissen zwischen der Faszination für medizinische Praktiken und ihrer Sorge um Sarah.

Die Augen der Kleinen blieben geschlossen, und sie gab keinen Ton von sich.

»Madame Recht ist Expertin«, versicherte Elizabeth. »Niemand von uns anderen würde das wagen.«

Hannah trat einen Schritt näher an das Bett heran. »Darf ich zusehen?«

»Wenn Sie mich nicht mit pikierten Lauten ablenken. Aber Sie sind tatsächlich nicht besonders zimperlich, oder?«

Hannah schüttelte den Kopf. »Ich war Krankenschwester in Deutschland.«

»Krankenschwester?«

»Ich hatte gerade die Ausbildung beendet, als wir abgereist sind.« Beschämt verschwieg Hannah, dass sie ihr Zeugnis nicht vollkommen rechtmäßig erworben hatte.

Sie beobachtete, wie Madame dem Baby die Milch nicht etwa in die Nase träufelte, sondern geduldig wartete, bis Sarahs Atem die Flüssigkeit einsog.

»Für die ganz Kleinen ist es so angenehmer, als wenn wir eine Sonde einführen«, erklärte sie.

Ein tiefes Ausatmen von Sarah formte eine winzige Blase unter ihren Nasenlöchern, die gleich darauf wieder platzte. Es dauerte lange, bis alle Milch den Löffel verlassen hatte.

»Was ist denn geschehen?«, fragte Hannah.

»Hatten Sie als Krankenschwester mit Säuglingen zu tun?«

»Ja, aber nicht mit so kleinen.«

»Dann wissen Sie trotzdem, dass sie alle erst mal an Gewicht verlieren. Sarah hat schon vorher wenig gewogen. In diesem Stadium ist eine Diarrhö nicht ohne. Aber Ihre Kleine ist eine Kämpferin. Hoffen wir also das Beste! Wo ist die Mutter?«

»Wir warten darauf, dass es ihr besser geht.«

»Sarah?«

»Auch.«

Madame stand auf. »Wir sind hier fertig. Gleich legen wir

Sarah wieder in den Inkubator, damit sie ausreichend Sauerstoff bekommt. Aber einen kleinen Moment können wir Sie beide alleine lassen, wenn Sie wollen.«

»Das wäre schön«, erwiderte Hannah dankbar.

Nachdem die Schwestern den Raum verlassen hatten, nahm sie den freigewordenen Platz an der Seite ihrer Nichte ein. Sanft fuhr sie mit dem Zeigefinger über die rosafarbenen Holzperlen an deren Hals. In der Mitte der Kette stand, auf fünf weiße Kugeln verteilt, S-A-R-A-H. Hannah schob vorsichtig ihren kleinen Finger in die halb geöffnete Faust des Babys. Ihr antwortete ein leichter Druck. Nur ein Reflex, aber wenigstens das. Hannah beugte sich strahlend vor, um die Miniaturfinger zu küssen. »Gut so, mein Herz«, flüsterte sie.

Hinter ihr ging die Tür auf. Sie warf einen Blick über die Schulter und entdeckte Dr. Green.

»Guten Tag«, sagte er. »Ich habe gehört, dass Sie hier sind, und wollte kurz nach Ihnen schauen. Wie geht es Ihnen?«

»Sie klingen, als wäre ich die Patientin«, stellte sie lächelnd fest.

Er erwiderte ihr Lächeln. »Keine Sorge, Ich werde Ihnen nicht gegen Ihren Willen den Puls fühlen. Aber Sie haben einiges durchgemacht.«

Seine flüchtige Berührung an ihrer Schulter hinterließ ein tröstliches Gefühl der Wärme, die sich weiter in ihr ausbreitete. *Die Hände eines Heilers*, dachte Hannah mit einem Anflug von Neid.

»Mir geht es gut, denke ich«, murmelte sie.

Er trat einen Schritt zurück. »Sie müssen keine Angst mehr haben. Denken Sie daran, dass er noch nie ein Baby verloren hat, das länger als eine Woche bei ihm gewesen ist.«

»Ich hoffe, Sie haben recht.« Leiser fügte sie hinzu: »Danke.«

»Wofür denn?«, fragte er überrascht.

»Sie sind ein guter Arzt. Ich fühle mich besser, und Sie haben mir nicht einmal Pillen verabreicht.« Verlegen senkte sie den Blick.

»Freut mich, wenn ich Ihnen zu Diensten sein konnte.« Er verneigte sich leicht. »Und nun lasse ich Sie und Ihre Nichte in Ruhe.«

Das Meer war zu nahe, um es länger zu ignorieren. An diesem Tag nahm Hannah bei der Rückkehr deshalb einen Umweg. Bisher hatte sie sich einen Strandspaziergang verkniffen, um Judith gleich wieder im Haushalt zu unterstützen. Auf keinen Fall wollte sie für einen nutzlosen Parasiten gehalten werden. Andererseits war ihre Tante eine Verfechterin der heilsamen Wirkung frischer Luft und würde ihr diese kleine Trödelei deshalb vielleicht nachsehen. An der Promenade stieg Hannah ein Duft in die Nase, zuckrig und würzig zugleich. Er erinnerte sie daran, dass seit ihrer letzten Mahlzeit einige Zeit vergangen war. Ein tätowierter Mann hinter einem rotlackierten Handkarren schob mit routinierten Bewegungen Würstchen zwischen zwei Brötchenhälften. Dann legte er sein Werk auf einer Papierserviette ab und vollendete es mit einem großzügigen Spritzer Soße sowie mehreren dünnen Gurkenscheiben. Für 15 Cent war der *Snack* zu haben, verriet ein krakelig beschriftetes Pappschild. Hannah rang mit sich, bis der Appetit ihre Sparsamkeit bezwang. Sie orderte bei dem Verkäufer ein *Hotdog*, dann trat sie schnell ein paar Schritte zur Seite, um ihre Errungenschaft sogleich zu probieren. In die milchige Süße des Brötchens mischte sich eine leicht scharfe Senfnote mit dem

Geschmack des Würstchens und der saftig-säuerlichen Gurken. Es war köstlich.

Doch dann beobachtete sie, wie ein neuer Kunde an den Stand herantrat, und hätte bei seinem Anblick beinahe ihr Essen fallen lassen. Während er die Bestellung aufgab, fuhr er mit der Hand durch sein dunkles Haar. Wie ein Schock fuhr es in ihre Glieder: *Aaron!* Als der Mann ihr sein Gesicht zuwandte, erkannte sie jedoch, dass er ihrem Bekannten nicht im Geringsten ähnelte. Nicht zum ersten Mal fragte sie sich, wie es Aaron und seiner Familie inzwischen ergangen sein mochte. Gewiss hatten auch sie die Insel mittlerweile verlassen dürfen. Hannah stellte sich vor, dass Aaron genau wie sie gerade irgendwo durch diese riesige Stadt streifte und von neuen Erfahrungen überwältigt wurde.

Bevor sie darüber nachgrübeln konnte, was diese Annahme in ihr auslöste, entdeckte sie die junge Frau, die wenige Meter neben ihr ebenfalls in ihr Hotdog biss. Bei ihr war Hannah sich sicher, dass sie sie wiedererkannte.

»Guten Tag. Sie arbeiten bei Dr. Couney, oder?«, fragte sie freundlich.

Die Frau zuckte zusammen und blickte nervös von ihrem Leckerbissen zu Hannah und wieder zurück. »Bitte verpetzen Sie mich nicht. Ich brauche das Geld, das Couney mir zahlt. Sonst esse ich so etwas nicht. Ehrlich nicht. Aber ich hatte einen solchen Heißhunger.«

Hannah blinzelte verwirrt. »Ich glaube, ich verstehe nicht?«

Die andere schwieg für einen Moment, in dem sie ihre vorschnelle Reaktion zu bedauern schien. Dann sanken ihre Schultern in einer Geste der Kapitulation herab. »Kennen Sie die Diätpläne der Ammen nicht? Dr. Couney nimmt es sehr genau damit.

Wer etwas Falsches isst oder trinkt, ist weg vom Fenster. Bei Orangensaft wird er fuchsteufelswild, und so ein fettiges Würstchen würde er mir ganz sicher auch nicht nachsehen.«

Die Amme schien Hannahs verwirrtes Schweigen als Ablehnung zu deuten und fuhr hastig fort: »Glauben Sie mir, ich habe bereits drei eigene Kinder gestillt – und sie haben sich prächtig entwickelt.«

Hannah nagte auf ihrer Unterlippe. Eben erst hatte sie erlebt, wie empfindlich der Magen eines Frühgeborenen reagierte. Sie konnte sich kein Urteil darüber anmaßen, ob Dr. Couneys Ansichten übertrieben waren. Falls er richtig lag, gefährdete Hannah die Gesundheit der Kinder, wenn sie schwieg. Gleichzeitig widerstrebte es ihr, eine Mutter ihrer Einnahmequelle zu berauben.

»Ich sage nichts«, sagte sie dann. »Aber vielleicht halten Sie sich in Zukunft besser an Dr. Couneys Regeln. Mir scheint, er weiß, was er tut.«

Endlich lag der weite Sandstrand vor ihr. Sie war marschiert, bis sie einen Abschnitt gefunden hatte, an dem nicht jedes Sandkorn unter Handtüchern oder Körpern begraben lag. Nachdenklich beobachtete sie, wie die Gischt das Ufer verschlang und es wieder freigab. Dann entledigte sie sich ihrer Schuhe und Strümpfe so hastig, dass sie strauchelte, um dem rauschenden Ruf der Brandung zu folgen. Endlich versanken ihre blanken Füße im Sand, aufgeheizte Steinkrümel rieben an ihren Sohlen. Sie senkte die Lider, um die Augen vor der Sonne zu schützen. Es roch nach Algen und Sonnenöl von Nivea, genau wie ein Sommer am Meer in Deutschland. Mit jedem Schritt ließ Hannah das Gelächter und die Rufe der anderen Gäste weiter hinter sich, bis ihre Füße das kühlende Wasser erreichten. Der Klang des Meeres, der Schaum, der ihre nackten Knöchel umspülte, die salzhaltige Luft, die in ihrer Nase kitzelte – sie ließ sich von all dem treiben, vom Atlantik an die Ostsee, zu den vergangenen Tagen am Meer.

Rudi jagte am Ufer mit einer Handvoll glibberiger Meerespflanzen hinter ihr her. Jedes Mal, wenn sie gerade so einem seiner Hiebe auswich, quietschte sie erschrocken. Wäre ihm aufgefallen, dass seine Schwester in Wahrheit ihm zuliebe ihr Tempo drosselte, hätte es seine Ehre zutiefst verletzt. Doch ihr keuchender Atem ließ ihn voller Stolz kreischen, wenn er mit einem lauten Klatschen ihr Gesäß oder ihre Oberschenkel traf. Sie duldete es eine ganze Weile, bevor sie ihn lachend an sich riss, um seine glühenden Wangen zu küssen.

»Igitt«, rief er und wischte sich mit dem Handrücken über die Haut, die ihre Lippen berührt hatten.

Nie versuchte er, mit Ada zu spielen. Ihre Miene ließ keinen Zweifel daran, dass es ihm nicht gut bekäme, ihr Kleid zu beschmutzen. Die Eltern schlenderten weit hinter ihnen her, doch ab und an fing Hannah trotzdem einen der verstohlenen Blicke auf, mit der ihr Vater seiner Frau zu sagen schien: »Sieh nur, wie glücklich wir sind.«

Für einen Moment würde die Mutter den Kopf an seine Schulter lehnen, bevor sie in strengem Ton ihren Sohn aufforderte, es nicht zu übertreiben.

Jäh wurde die Ermahnung in Hannahs Kopf von einer anderen Stimme überlagert. *Keine Sentimentalität.* Sicher wartete Judith schon darauf, dass sie zurückkehrte. Rasch trocknete sie ihre feuchten Wangen, indem sie ruppig mit den Handflächen darüberrieb. Zurück an der Promenade, entdeckte Hannah auf einer Bank eine liegen gebliebene Ausgabe der *New York Times*. Sie nahm sie in der vagen Hoffnung an sich, Neuigkeiten über die St. Louis zu finden. Zu ihrer eigenen Überraschung stieß sie wahrhaftig auf eine Meldung. Ihre Finger krallten sich so tief ins Papier, dass ihre Knöchel weiß hervortraten. Das Schiff hatte die Vereinigten Staaten erreicht. Es war vor der Küste Floridas gesichtet worden. Der Kapitän kämpfte darum, in Nordamerika anlegen zu dürfen, dafür hätte Hannah ihn am liebsten geküsst. Die Zeilen schienen sie ihrer Familie für einen Moment näherzubringen, um sie ihr aber sogleich wieder zu entreißen: Ein gewisser Mr. Thomas, verantwortlich für den Küstenschutz, ließ den Lesern ausrichten, dass es sich bei dem Ärger mit dem deutschen Dampfschiff um eine reine Routineangelegenheit handele. *Ärger?* Es bestünde kein Grund zur Beunruhigung. *Kein Grund zur Beunruhigung?* Wie außerordentlich angenehm für die Leser! Ein galliger Geschmack machte sich in Hannahs Mund breit. Der Autor schien mitfühlender veranlagt als Mr. Thomas. Er fragte sich, was die Passagiere beim Anblick der Kokosnusspalmen und schillernden Fassaden, die bald darauf wieder in weite Ferne rückten, empfunden haben mochten. Hannah stellte sich vor, wie ihre Eltern an Deck erst mit zaghafter Hoffnung, dann mit tiefem Bedauern auf das Land vor ihnen geschaut hatten. Betroffen ließ sie die Zeitung sinken.

KAPITEL 4

Bei ihrer Rückkehr in die Wohnung in der 86th Street drückte Judith ihr ein cremefarbenes Stück Seife in die Hand. »Gut, dass du endlich da bist. Würdest du die Vorhänge waschen? Wenn wir sie anschließend draußen aufhängen, sind sie bis heute Abend trocken.«

Ohne zu zögern, nahm Hannah den schweren Stoff von der Gardinenstange und bearbeitete ihn dann in der Küche in einem Zuber voll Wasser. Judith polierte derweil akribisch die Fußböden, ihre Hände waren rot und rissig. Unentwegt kämpfte sie gegen staubige Polster, fleckige Oberflächen und knitterige Kleidung. »Wer nicht reich ist, muss erst recht sehen, dass die Armaturen glänzen«, pflegte sie zu sagen.

»Warum siehst du so finster aus? Ich hoffe, du bist nicht arbeitsscheu?«, unterbrach Judith ihr Schweigen.

»Das ist es nicht.«

»Was dann?«

»Ich habe in der Zeitung gelesen, dass die St. Louis gar nicht auf dem Weg nach Europa ist. Sie hat es bis nach Florida geschafft, aber niemand durfte an Land. Es kommt mir so ungerecht vor.«

»Es ist offenbar beschlossene Sache, dass sie zurück nach Europa sollen. Sie nehmen niemanden mehr auf, jenseits der Quote. Anfang des Jahres sollten 20 000 jüdische Kinder außer der Reihe aufgenommen werden. Roosevelt hat es verhindert.«

Hannah beugte sich tiefer über die Wäsche und rieb die Stoffbahnen grob aneinander.

Judith hielt ihre Hand fest. »Es gibt keinen Grund, wütend auf mich zu sein. Enttäuschte Hoffnung tut mehr weh als ehrliche Worte.«

»Sprichst du aus Erfahrung?«

Judith betrachtete sie stumm.

»Entschuldigung, ich wollte nicht unverschämt klingen«, erklärte Hannah reumütig.

»Gut, dann mach weiter.«

Leise murmelte Judith später wie zu sich selbst: »Die Antwort auf deine Frage lautet übrigens Ja.«

Hannah schluckte ihre Neugierde hinunter. Ihre Tante war keine Frau, die es mit rätselhaften Worten auf eine einfühlsame Nachfrage anlegte.

»Wenigstens geht es Sarah schon viel besser«, berichtete Hannah lächelnd.

»Du bist wie dein Vater. Eine unverbesserliche Optimistin.«

»Wäre das wirklich so schlimm?«

»Das kommt auf die Umstände an, denke ich«, erwiderte Judith.

Wieder schwiegen sie für eine Weile.

»Ich würde gerne in der nächsten Woche anfangen, mir eine Arbeit zu suchen. Irgendwo in New York wird man doch sicher eine Krankenschwester benötigen.«

Da mit der Ankunft ihrer Eltern nicht allzu bald zu rechnen war, musste sie einen Weg finden, für sich selbst zu sorgen.

Judith nickte. »Das ist ein ehrenwertes Vorhaben. Aber es besteht kein Grund zur Eile. Will Ada ebenfalls arbeiten?«

Hannah schwieg. Es beschämte sie, dass sie nicht die geringste Idee hatte, wie die Pläne ihrer Schwester aussahen.

»Das Kind ist nicht von Vorteil«, erklärte Judith. »Aber sie ist hübsch genug, sich trotzdem einen Mann einzufangen.«

Die nüchterne Selbstverständlichkeit, mit der sie von Adas Heirat ausging, behagte Hannah nicht, aber es gab nichts, das sie ihr entgegensetzen konnte. Junge Frauen, die nach der Hochzeit weiterhin Krankenschwester, Hausangestellte oder Lehrerin blieben, hatten einen Versager geheiratet. Heirateten sie nicht, waren sie selbst die Gescheiterten. Demnach war es nur eine Frage der Zeit, bis Hannah ihre Schwester und Sarah verlöre. Ihr blieb nur zu hoffen, dass Adas Auserwählter in deren Tochter nicht nur unwillkommenen Ballast sehen würde.

Hannah selbst war mit einer einzigen Hoffnung angereist, die allerdings keinen Ehemann beinhaltete. Sie hatte sich ausgemalt, es ginge bald nicht mehr nur darum, innerhalb immer neuer Einschränkungen zu existieren, egal wie. Doch solange ihre Familie nicht an ihrer Seite war, hatte sie das Gefühl, weiter auf der Wartebank dahinzuvegetieren.

»Ich werde rasch die Vorhänge aufhängen. Danach würde ich gerne nach Ada schauen«, erklärte Hannah leise.

Judith nickte. »Gut. Und sag ihr, sie soll sich heute Abend etwas Ordentliches anziehen. Wir erwarten Gäste.«

»Gäste?«, echote Hannah.

»Euer Onkel spielt montags Karten. Und seine Freunde bringen ihre Frauen mit. Sie wollen euch kennenlernen.«

Es gefiel Hannah nicht, wie Auslegware präsentiert zu werden, dennoch hängte sie stumm die Vorhänge auf die Wäscheleine vor dem Wohnzimmerfenster.

Sie klopfte an, bevor sie das gemeinsame Zimmer betrat, um Ada nicht zu überrumpeln.

Zu ihrer Überraschung lag ihre Schwester keineswegs elend zusammengerollt auf der Matratze. Sie saß aufrecht an die Wand gelehnt und blätterte lächelnd in einer Zeitschrift.

»Ada?«

»Da bist du ja wieder.«

Hannah sank auf ihre eigene Bettstatt. Sie hatten den kleinen Nachttisch zwischen ihre Schlafplätzen gestellt, um zumindest ein wenig Privatsphäre zu haben. »Ich soll dir von Judith ausrichten, dass wir heute Besuch erwarten. Sie wünscht sich, dass wir etwas Ordentliches anziehen.«

»Sieht nicht so aus, als hätten wir eine Wahl«, erwiderte Ada nahezu gleichmütig. Sie deutete auf das Titelblatt ihrer Zeitschrift, auf dem in großen Buchstaben »Woman's Day« stand. »Schau nur, was uns Simon zur Aufmunterung mitgebracht hat. Vermutlich sollen wir uns daran gewöhnen, wie amerikanische Mädchen zu leben. Mir gefällt der rote Lippenstift der Frau. Was meinst du?«

Hannah musterte ihre Schwester. »Möchtest du nicht wissen, wie es Sarah geht?«

»Wie geht es ihr?«, presste Ada hervor.

»Besser.«

»Gut. Judith hat mich natürlich ermahnt, dass ich mir nicht einfallen lassen solle, mich ebenso stark zu schminken wie es diese Amerikanerinnen tun.«

»Als würde uns jetzt der Sinn danach stehen, uns aufzuputzen und auszugehen!«

»Vielleicht meint sie, dass die Welt sich trotz allem weiterdreht und wir uns mitbewegen sollten, um nicht auf die Nase zu fallen. Vielleicht hat sie recht.«

Hannah runzelte die Stirn. Hätte nicht etwas Fiebriges in Adas Stimme gelegen, konnte man meinen, es habe nur ein albernes Frauenmagazin gebraucht, um sie von jeder Melancholie zu heilen.

»Dann sollten wir jetzt als Erstes aufstehen und Judith bei den Vorbereitungen helfen«, sagte Hannah.

Ada zog eine Grimasse, warf die Zeitschrift aber gleich darauf achtlos zur Seite. »Also gut, Schwesterlein. Geben wir unser Bestes, um einen guten Eindruck zu machen.«

»Sehr anstrengen musst du dich dafür nicht, glaube ich. Hast du gesehen, wie sehr sich Judith gefreut hat, dass du ihr Frühstück gelobt hast?«

»Wie hat Mama immer so schön gesagt? Man fängt mehr Fliegen mit Honig als mit Essig.« Mit einem Blick in den Spiegel des Kleiderschranks zupfte Ada ihre Haare zurecht.

»Solange du Judith nicht hören lässt, dass du sie mit einem Insekt vergleichst ...«

Hannah entging die zweifelnde Miene nicht, mit der Judith ihre ramponierte Kleidung betrachtete.

»Wir wollten dir noch ein wenig zur Hand gehen«, erklärte Hannah schnell. »Besser wir ziehen uns erst hinterher um, damit wir die schönen Kleider nicht beschmutzen.«

Judiths Miene hellte sich auf. »Ich könnte ein paar zusätzliche Hände gebrauchen, um einen kleinen Imbiss vorzubereiten.«

Unter ihren Anweisungen buken die Schwestern Teigtaschen mit würzigem Käse darin, füllten Eier auf russische Art und bestrichen Bagelhälften. Drumherum drapierten sie frische Erdbeeren.

Am Ende betrachtete Ada zufrieden ihr Gemeinschaftswerk. »Das sieht gar nicht so schlecht aus, oder?«

Judith besah sich die Teller. »Es wird genügen.«

Hinter ihrem Rücken verdrehte Ada die Augen.

Hannah unterdrückte ein Kichern.

»Höchste Zeit, dass ihr euch umzieht.«

Hannah entschied sich, ohne lange zu überlegen, für eine weiße Bluse und einen braunen ausgestellten Rock.

Ihre Schwester ließ sich mehr Zeit mit der Auswahl. »Was meinst du zu diesem?«

Sie hielt ein glänzendes marineblaues Kleid mit weißem Matrosenkragen in die Höhe.

»Das ist schön. Es wird dir gut stehen«, sagte Hannah.

Sie beneidete Ada um die Grazie, mit der sie in ihren Fund schlüpfte. Der Stoff lag zwar dicht am Körper an, überspielte aber dank einer höher angesetzten Taille das kleine Bäuchlein darunter.

»Es ist perfekt«, befand Hannah. Sie griff sich die Bürste vom Nachttisch. »Soll ich deine Haare kämmen?«

»Gerne.«

Sanft fuhr Hannah mit den Borsten durch ihr kastanienfarbenes Haar, bis es Ada glänzend auf die Schultern fiel. »Du bräuchtest noch eine Haarspange, um eine Seite zurückzustecken«, erklärte sie am Ende. »Dann würdest du genauso aussehen wie die Mädchen in der Zeitschrift. Besser sogar.«

Die Models mit ihren steifen Haaren und festgefrorenen Lächeln glichen leblosen Puppen.

»Gute Idee. In der Kommode habe ich etwas Haarschmuck aufbewahrt«, sagte Ada.

Hannah zog die Schublade auf und brachte eine Perlmuttklemme zum Vorschein. Sehnsüchtig betrachtete sie das schillernde Schmuckstück. »Die ist von Mama.«

»Sie hat sie mir vor der Abreise geschenkt. Ich hoffe, es macht dir nichts aus? Sie hat sicher gedacht, dass du dir nicht so viel aus Zierrat machst«, erklärte Ada fast ein wenig zerknirscht.

»Und damit lag sie richtig«, sagte Hannah. Mit einem warmen Kribbeln im Bauch – wann waren sie sich zuletzt so nahe gewesen? – legte sie ihrer Schwester eine Haarsträhne zur Schnecke und befestigte sie vorsichtig mit der Klemme. »Du siehst sehr hübsch aus.«

»Dann auf in den Kampf.«

Seite an Seite betraten sie das Wohnzimmer, wo sie neben Judith ein fremdes Ehepaar erwartete.

Die Frau im taillierten ockerfarbenen Kostüm kam mit ausgebreiteten Armen und federnden Schritten auf sie zu. Ihre kupferroten Locken wippten bei jeder Bewegung. »Da sind sie ja. Das sind also eure Nichten. Lasst euch anschauen, ihr Süßen.« Ihr dunkelroter Kirschmund öffnete sich zu einem breiten Lächeln. Bevor die Schwestern wussten, wie ihnen geschah, hatte die Fremde schon rote Abdrücke auf ihren Wangen hinterlassen. Erst aus der Nähe betrachtet verrieten Augenfältchen, dass die Besucherin kaum jünger als Judith war. Dennoch hätte der Kontrast zwischen ihnen nicht größer sein können. Die eine, äußerlich hart und knochig, umgab Schwere, die andere schien trotz all ihrer üppigen Rundungen leicht durchs Leben zu flattern.

»Ich bin Esther. Ihr wisst natürlich schon, dass ich Simons Cousine bin? Und das hier ist natürlich mein Mann Georgio.«

Esthers aparte Erscheinung ließ ihren glatzköpfigen Begleiter gedrungener wirken, als er es ohnehin schon war.

Georgio verzichtete auf die Küsserei und begnügte sich mit einem jovialen Händeschütteln.

»Nein, das wusste ich nicht«, erwiderte Hannah verwirrt.

In diesem Moment betrat Simon die Wohnung. Er sah so erschöpft aus wie immer, wenn er von der Arbeit kam. Die Werft, auf der er lange Jahre geackert hatte, war in der Wirtschaftskrise bankrottgegangen. Seither hielt er sich mit Gelegenheitsjobs über Wasser. Derzeit vertrat er einen Kioskbesitzer, der mit einem Beinbruch im Krankenhaus lag.

»Simon, da bist du ja.« Esther warf ihm einen kokett scheltenden Blick zu. »Du hast ihnen nicht von deiner Cousine erzählt!«

»Ich bin wohl nicht dazu gekommen«, sagte er.

Doch Esther hatte sich schon wieder ihrem Mann zugewandt. Sie versetzte seinem Oberarm einen Klaps, die andere Hand schlug sie vor den Mund. »Oh, Liebling, sieh nur! Auf keinen Fall dürfen wir unserer Gina sagen, dass ihr Kleid dem Flüchtlingsmädchen viel besser steht als ihr. Ist es nicht reizend von eurem Onkel, dass er euch hier aufgenommen hat? Aber ihr seid zu dünn. Gibt es in Deutschland nicht einmal mehr etwas zu essen?«

Ein lautes Husten gebot ihr Einhalt. In einer Geste ungewohnter Fürsorge stellte Judith sich zwischen die Mädchen und legte jeder von ihnen eine Hand auf den Unterarm. »Esther, Liebes, ich weiß nicht, ob sie dich verstehen, wenn du derart schnell auf sie einredest. Wie wäre es, wenn du sie einmal Luft holen lässt?«

Zu spät! Hannah sah, wie sich die Augen ihrer Schwester verdunkelten. Es änderte nichts, dass hinter Esthers zweischneidigem Kompliment eher Gedankenlosigkeit als Gemeinheit steckte. Was für ein Pech, dass dieses herrliche Kleid ausgerechnet von Simons redseliger Cousine stammte.

Georgio verschlimmerte die Lage noch, indem er arglos fortfuhr: »Gina ist unsere Tochter. Ein gutes Mädchen. Kaum älter als ihr, wir müssen sie einmal mitbringen. Natürlich bleibt ihr kaum noch Zeit seit ihrer Hochzeit. Sicher werdet ihr bald sehen, wie das ist, wenn es bei euch mit den Kinderchen losgeht.«

Angesichts dieser gnadenlos leutseligen Plapperei wollte Hannah Judith nie wieder ihre wortkarge, spröde Art verübeln.

»Oh, nein!«

Ein erschrockener Ausruf ließ Hannah herumfahren. Adas Kleid war durchnässt. Neben ihr lag die Vase, die kurz zuvor noch auf dem Tisch gestanden hatte. In einer Imitation von Esthers Geste beim Anblick des *Flüchtlingsmädchens* schlug sich Ada die Hand vor den Mund. »Das schöne Kleid. Wie ungeschickt ich doch bin, nun muss ich mich umziehen.«

»Oh je«, sagte Esther bedauernd.

Judith betrachtete Ada so misstrauisch, dass Hannah sich vornahm, niemals die scharfen Augen ihrer Tante zu unterschätzen. »Hannah, würdest du ein Tuch holen, während deine Schwester sich umzieht?« Judith bückte sich nach der Vase. »Wenigstens ist sie nicht zu Bruch gegangen.«

Hannah folgte der Aufforderung ihrer Tante und beseitigte rasch das Malheur. Sie dachte dabei betrübt an das elegante Kleid, das niemals mehr getragen würde. In Ada mochte vieles stecken – aber sicher kein Tollpatsch.

»Und, wie gefällt dir Amerika?« Georgios rauchiger Bass riss sie aus ihren Gedanken.

Der Boden war trocken. Hannah erhob sich mit dem Tuch in der Hand und überlegte sich eine Antwort. Ihr Besucher war nicht der Erste, der ihr diese Frage stellte. Sobald sie ihren Akzent wahrnahmen, erkundigten sich selbst Wildfremde auf der Straße, wie Hannah *Amerika* fand. Dabei hatte sie vorerst nur wenige Straßenzüge Brooklyns gesehen. Es war ihr unmöglich, ein Urteil über New York oder gar die Vereinigten Staaten zu fällen. Die überwältigende Erscheinung der dicht gedrängten Hochhäuser hatte ihr wie erwartet imponiert. Aber sie war bislang weder Jack Londons Goldschürfern an den Ufern des Yukon begegnet, noch hatte sie mit den Frauen aus »Vom Winde verweht« auf endlosen Plantagen in geblümtem Musselin Limonade getrunken. Sie war sich nicht sicher, ob man von *einem* Amerika sprechen konnte, wo es so vielfältig zu sein schien.

»Ich denke, es ist ein großartiges Land«, sagte Hannah schließlich. Sie hatte festgestellt, dass Amerikaner oft Patrioten waren, denen diese Antwort vollauf genügte.

»Wirklich ein ganz großartiges Land.« Ada war zu ihnen zurückgekehrt, in einem weinroten Kleid mit Streublumen, das sie aus Deutschland mitgebracht hatte. Es ließ sie zart und mädchenhaft aussehen. Kein Wunder, dass Georgio sie so erfreut anschaute. Im Verlauf der weiteren Unterhaltung stellte sich heraus, dass Ada durchaus in der Lage war, sich auf Englisch zu verständigen. Sie musste auf Ellis Island aus Bequemlichkeit vorgegeben haben, kaum etwas zu verstehen. Kurz darauf erschienen die anderen beiden Gäste, woraufhin sich die Gruppe teilte.

Während sich die Frauen zum Tratschen in die Küche zurückzogen, widmeten sich die Männer dem Kartenspiel.

»Lass uns hier verschwinden«, flüsterte Ada.

»Wie denn?«, wisperte Hannah zurück.

»Es war sehr schön, euch kennenzulernen. Wir müssen nun aber leider gehen«, erklärte Ada an die übrigen Frauen gewandt. »Wir haben noch ein paar Einkäufe zu erledigen. Tante Judith, gibt es etwas, das wir dir mitbringen können?«

Die Angesprochene sah verwirrt aus. »Wir könnten tatsächlich noch etwas Butter gebrauchen«, murmelte sie dann auf Deutsch. »Wartet, ich gebe euch Geld.«

Ada schüttelte den Kopf, bevor sie auf Englisch antwortete. »Danke. Du brauchst uns kein Geld geben. Wir können euch doch nicht immer auf der Tasche liegen.«

Falls Judith die Spitze gegen Esther wahrnahm, ließ sie es sich nicht anmerken. »Wie ihr meint.«

Sobald sie auf der Straße waren, hakte Hannah ihre Schwester unter. »Ärgere dich nicht zu sehr. Sie meinten es nicht böse.«

Ada zog die Augenbrauen hoch. »Ich weiß gar nicht, von wem du redest.«

Sanft knuffte ihr Hannah mit dem Ellbogen in die Seite, widersprach aber nicht.

Sie bummelten über die 86th Street, bewunderten die Orangen, Papayas, Mangos und Ananas an den bunten Marktständen. Es duftete nach weiter Welt. Zur Feier des Tages kaufte Hannah für sie beide eine Tüte mit Süßigkeiten für einen Pence das Stück – Wrigley's Kaugummi, zu kleinen Platten gepresste Aprikosen und Jelly Babies, die sogar noch fürchterlicher an den Zähnen klebten.

Sie wunderte sich nicht mehr, dass man sie trotz ihres Akzents und gelegentlicher Fehler bei der Wortwahl überall zu verstehen schien. Hier sprachen so viele mit einer Einfärbung und manche nicht einmal Englisch. Sie schlenderten an einem deutschen »Wurstgeschäft«, einem polnischen Delikatessenladen, einem russischen Juwelier und einer italienischen Pizzeria vorbei. Genießerisch sogen sie den verführerischen Duft gerösteten Kaffees ein und legten den Kopf in den Nacken, als über ihnen die Hochbahn entlangratterte.

Hannah hatte in einem Reiseführer gelesen, dass sich Brooklyn aus einer Ansammlung alter Dörfer zusammensetzte. Auf ihren Fußmärschen hatte sie entdeckt, dass es stimmte. Die Bezirke lagen wie Teile eines Puzzles ausgebreitet, ohne sich ineinanderfügen zu lassen. In elenden Straßen malten verwahrloste Kinder Penisse an die Fassaden, an der nächsten Ecke hielten Studenten Banner gegen Hitler und für die Demokratie hoch, in den Docks herrschte die Industrie, ein paar Straßen weiter bewohnten Künstler gepflegte Reihenhäuser. Es war außerdem ein Bezirk der Familien, die in niedrigen Häusern wohnten wie in einer europäischen Stadt. Hannah konnte sich kaum vorstellen, dass in den Architekturwundern Manhattans ebenso echte Menschen lebten. Andererseits hatte sie den berühmten Stadtteil ja bislang nur mit dem Taxi durchquert, an dem Tag vor einer Woche, als ihr ohnehin alles unwirklich erschienen war.

Doch so riesig die Stadt auch war, fiel es Hannah erstaunlich leicht, sich darin zurechtzufinden. Anders als die alten, größtenteils wild gewachsenen Städte Europas hatte man New York nach einem klaren Raster geplant und viele der Straßen einfach durchnummeriert.

Tagsüber gehörte Brooklyn den Kindern und Frauen. In den Hinterhöfen reckten sich winzige Hände, die in riesigen Handschuhen steckten, um Bälle zu fangen. Sie spielten Baseball, wie Hannah inzwischen dank Simon wusste. Gegen Abend veränderte sich das Bild, wenn die Männer heimkehrten, in ihre gewienerten Stuben, wo sie ihre Schuhe rücksichtsvoll nebeneinanderstellten, damit ihre Gattinnen sie rasch ergreifen und putzen konnten. So zumindest war es in Hannahs derzeitigem Zuhause üblich.

Ada lachte auf. »Warum bloß sehen sie alle wie Wiederkäuer aus?«

Mit dem Kinn deutete sie auf eine Gruppe junger Männer, die an einer Mauer lehnte.

»Wegen der Kaugummis«, erklärte Hannah. »Möchtest du eines?« Sie hielt die im Bonbonladen erstandene Tüte hoch.

Das schien die Lieblingsbeschäftigung junger Amerikaner zu sein, kaugummikauend herumzulungern und darauf zu warten, dass etwas geschah.

Ada schüttelte angewidert den Kopf. »Ich werde nicht wie eine Kuh herumlaufen.«

»Ich habe übrigens vor, mir Arbeit zu suchen«, sagte Hannah. »Judith wollte wissen, wie unsere Pläne aussehen. Wenn Papa und Mama nicht bald kommen, wirst du dir auch etwas einfallen lassen müssen.«

»Wieso sollten sie nicht bald kommen?«

Hannah bereute ihre unbedachte Bemerkung sofort. Sie hatte Ada in Ruhe erzählen wollen, wie es um ihre Eltern stand, doch nun schuldete sie ihr eine Antwort. »Sie sitzen auf ihrem Schiff fest. Niemand lässt sie einreisen. Vielleicht müssen sie nach Europa zurückkehren.«

Ada blieb stehen und hielt Hannahs Handgelenk so fest, dass es weh tat. »Seit wann weißt du davon?«

»Seit heute Morgen. Es tut mir so leid. Ich wollte dir nicht noch mehr aufbürden, wo es dir so schlecht ging.«

Hannah erwartete eine vernichtende Bemerkung, doch nach einem kurzen inneren Ringen ließ ihre Schwester sie los und wandte ihr Gesicht wieder der Sonne entgegen.

»Dann muss ich wohl entweder in dem Wurstgeschäft anfangen oder heiraten«, sagte sie mit trügerischer Gelassenheit.

»Manchmal weiß nicht einmal ich, wann du etwas ernst meinst.«

Ada zog spöttisch eine Augenbraue hoch. »Was hat dich schockiert? Dass ich heiraten oder dass ich in einem Wurstgeschäft arbeiten könnte? Du hast selbst gesagt, wir müssten uns etwas einfallen lassen. Tu nicht so, als gäbe es eine Wahl. Wir heiraten, notfalls ohne Liebesgetue.«

Die Worte erinnerten Hannah daran, dass Judith erst wenige Stunden zuvor zu ähnlich pragmatischen Schlüssen über ein Frauenleben gelangt war.

»Können wir uns nicht ein wenig mehr Freiheit erhoffen?«

»Doch. Sobald uns jemand einen Ring an den Finger gesteckt hat. Sie sehen erst dann nicht mehr so genau hin, wenn du dich als vollwertiges Mitglied der Gesellschaft erwiesen hast. Warum sollte ich es vorziehen, für Wildfremde zu buckeln, um ein wenig Geld zu verdienen. Ist das deine Vorstellung von Freiheit?«

»Ich weiß es nicht«, gab Hannah zu. *Freiheit.* Der Gedanke daran hatte bislang so weit außerhalb ihrer Reichweite gelegen, dass sie ihn immer noch nicht fassen konnte. Aber immerhin war sie als Schwesternschülerin ihrem heimlichen Traum schon einmal so nahe gekommen, wie es einer jungen Jüdin möglich war.

»Wusstest du eigentlich, dass wir wieder am Meer leben?«, wechselte sie das Thema. »Beinahe zumindest. Wenn wir noch eine Viertelstunde laufen, sind wir da. Möchtest du?«

»Wie du meinst. Hauptsache, wir können *unseren* Gästen noch eine Weile aus dem Weg gehen.«

Ada verzog angewidert das Gesicht, was Hannah mit einem Stirnrunzeln quittierte. »Es ist sehr anständig von Judith und Simon, dass sie uns aufgenommen haben«, sagte sie.

»Anständig vielleicht«, gab Ada zu. »Aber sehr begeistert wirkt Judith nicht, oder?«

Dem konnte Hannah schlecht widersprechen. Bislang hatte sich ihre Tante allen Versuchen entzogen, ihr näherzukommen. Es war nur schwer vorstellbar, dass sie einmal so viel Leidenschaft in einem Mann geweckt haben sollte. Simon, der etwas zugänglicher war, hatte seiner Nichte erzählt, wie er seiner Frau vor vielen Jahren direkt beim ersten Treffen einen Heiratsantrag gemacht hatte. Er war ihr im Prospect Park begegnet, wo sie kurz nach ihrer Ankunft in New York einen Spaziergang unternahm.

Hannah steuerte den nächstgelegenen Strand an, Bath Beach. Den letzten Abschnitt des Wegs säumten marode Villen und leerstehende Hotels. Man sah nur noch anhand der verschnörkelten Fassaden, dass es sich einst um einen mondänen Badeort gehandelt hatte.

»Es hat etwas Gespenstisches.« Ada schlang die Arme um ihren Oberkörper.

»Dafür ist der Strand garantiert nicht überfüllt«, sagte Hannah entschuldigend. Sie behielt recht. Nur eine Handvoll Spaziergänger kreuzten ihren Weg. Sie setzten sich auf eine Mauer und schauten aufs Wasser. Doch es vergingen kaum zehn Minuten, bis Ada nervös die Fingernägel in ihre Handballen grub. »Ich möchte woanders hingehen.«

»Ich dachte, es könnte dir gefallen, wieder am Meer zu sein«, erklärte Hannah zerknirscht.

»Nein. Es erinnert mich zu sehr an zu Hause.«

»Tut mir leid. Mich hat es getröstet. Ich nahm an, es würde dir ebenso ergehen wie mir.« Hannah legte eine Hand auf die ihrer Schwester, die sich sofort versteifte.

»Du weißt, dass es kein Zurück gibt.«

Enttäuscht zog Hannah ihre Hand wieder weg. »Das heißt nicht, dass ich alles vergessen möchte.«

Ada presste die Lippen aufeinander und löste sie wieder. »Vielleicht machen wir das nächste Mal einen Ausflug nach Manhattan. Hat dein Freund Aaron nicht erzählt, dort sei das wahre New York zu finden?«

Es war ein seltsamer Zufall, Ada von Aaron sprechen zu hören, da Hannah ihn kurz zuvor ebenfalls im Geiste vor sich gesehen hatte. Genau wie ihre Schwester hatte er nicht zurückblicken wollen. *Mein Freund Aaron.* Bei dem Gedanken überkam sie eine Traurigkeit, deren Herkunft sie nicht zu deuten vermochte.

KAPITEL 5

Darf ich sie auf den Arm nehmen?« Hannah blickte sehnsüchtig durch die Glasscheibe auf ihre Nichte.

Lächelnd hob die Schwester Sarah aus ihrem Kasten und überreichte sie Hannah. »Es wird mehr nutzen als schaden, wenn Sie dem Baby Ihre Zuneigung zeigen.«

Sie sieht so rosig aus. Erleichterung durchströmte Hannah. Es war Ende Juni, demnach waren erst vier Wochen vergangen, seit sie die Kleine nach Coney Island gebracht hatte. Es kam ihr wie eine Ewigkeit vor.

Sie tippte sanft mit ihrer Nasenspitze gegen Sarahs. Ihre Nichte betrachtete sie aus hellblauen Augen, die ihr schmerzlich vertraut waren. Es war der Farbton, den auch Hannah jeden Tag sah, wenn sie in den Spiegel schaute – der von Sarahs Großvater. Doch womöglich würde sich die Farbe bei der Kleinen noch verändern.

Das Kind in ihrem Arm begann, leise zu wimmern. Hannah wiegte es.

»Singen Sie ihr etwas vor«, riet die Schwester, bevor sie sich dem nächsten Kasten widmete.

Unsicher sah Hannah sich im Raum um. Sie wollte keine Aufmerksamkeit auf sich ziehen, deshalb glich ihr Gesang eher einem Wispern als einem Lied. »Guten Abend, gut' Nacht …« Sie brach ab, als ihr zum ersten Mal die Bedeutung der Zeilen

»Morgen früh, wenn Gott will, wirst du wieder geweckt« aufging. Sie würde das Erwachen ihrer Nichte nicht irgendjemandes Willkür überlassen, selbst wenn es sich um Gott persönlich handelte.

Hannah stimmte – mit etwas festerer Stimme – ein anderes Lied an.

Weißt du, wie viel Kinder frühe
stehn aus ihren Bettlein auf,
dass sie ohne Sorg und Mühe
fröhlich sind im Tageslauf?

Ein Summen ließ sie innehalten. Hinter ihr stand Dr. Couney in Begleitung von Dr. Green. »Singen Sie doch weiter, das war schön«, sagte der ältere Arzt.

»Stehen Sie schon lange da?«, fragte Hannah verlegen.

»Sie denken wohl, wir haben nichts Besseres zu tun?« Dr. Couney zwinkerte ihr zu und pfiff im Weitergehen weiter die Melodie von »Weißt du wie viel Sternlein stehen.«

Dr. Green sah ihm lächelnd nach. »Ich glaube, Sie haben bei Dr. Couney eine Erinnerung geweckt. Er schien ein bisschen gerührt zu sein.«

»Ich dachte, mich hört keiner.«

»Das wäre schade, der Kleinen tut es gut, Ihre Stimme zu hören. Ich fürchte nur, ich muss Sie bald zum Gehen auffordern. In Kürze werden die ersten Besucher kommen, und ich hatte den Eindruck, dass Sie lieber nicht dabei wären.«

»Das stimmt. Oh, sie ist eingeschlafen.« Widerwillig riss sich Hannah von Sarahs Anblick los.

Dr. Green streckte die Arme aus, und sie überließ ihm das Kind. Aus der Nähe waren die blauschwarzen Schatten unter seinen Augen nicht zu übersehen.

»Geht es Ihnen gut? Sie sehen müde aus.«

»Ich hatte Nachtschicht. Aber jetzt ist Feierabend.«

Zum Abschied wünschten sie einander einen schönen Tag. Durch die Glasscheibe hindurch prägte Hannah sich Sarahs entspannte Züge ein, dann verließ sie das Gebäude.

Am Ausgang traf sie erneut auf Dr. Green, der jetzt einen eleganten anthrazitfarbenen Anzug trug. Er rieb sich die Augen. Hannah erinnerte sich genau, wie es war, am Ende einer Nachtschicht übermüdet ins gleißende Sonnenlicht zu treten. Man hatte das Gefühl, ein Fremdkörper säße unter den Lidern und die tosende Welt sei einem im Grunde fremd.

»Sie schon wieder«, bemerkte Dr. Green lächelnd.

»Ich konnte mich nicht gleich von Sarah losreißen«, erklärte sie errötend. Hoffentlich kam er nicht auf Idee, sie hätte ihn absichtlich abgepasst. Wenn sie die Reaktionen der Schwestern auf ihn richtig deutete, war er an Avancen gewöhnt. Doch er blieb an Hannahs Seite, während diese zügig weiterging.

»Konnten Sie sich schon ein wenig einleben?«, fragte er.

»Wollen Sie wissen, ob mir Amerika gefällt?«, entgegnete sie mit zusammengekniffenen Augen.

Er lachte. »Scheint, als würden Sie das öfter hören. Mich interessiert allerdings mehr, wie es Ihnen geht.«

Sein aufrichtiges Interesse berührte Hannah. Fühlte sie sich etwa ebenfalls zu ihm hingezogen? *Ja, aber nicht auf* diese *Art.* Ihr gefiel sein scharfer, aber nicht verurteilender Blick, genau wie das Wohlwollen, mit dem er den Menschen begegnete. Die Welt erschien wie ein freundlicherer Ort, wenn man sich in seiner Nähe aufhielt.

»Ich wünschte, es gäbe endlich Neuigkeiten von meiner Familie. Meine Eltern und mein kleiner Bruder sind auf ihrem Schiff geblieben. Vielleicht haben Sie von der St. Louis gehört?«

Er nickte. »Sie sind in Antwerpen gelandet, wenn ich es richtig verstanden habe? Das tut mir sehr leid.«

»Wir warten immer noch auf Nachricht von ihnen«, erklärte Hannah bedrückt. »Aber wenigstens mussten sie nicht zurück nach Deutschland.«

»Ich hoffe wirklich, dass Sie bald eine Nachricht erhalten. Unter diesen Umständen ist es nicht einfach, sich irgendwo heimisch zu fühlen.«

»Ich klinge furchtbar wehleidig, oder?«, erkannte sie peinlich berührt. »Uns geht es noch gut, wir können bei unserer Tante leben, sind also nicht ganz alleine.«

»Das ist gut«, bestätigte er. »Mir ist übrigens zu Ohren gekommen, Sie seien Krankenschwester. Dann sind wir ja beinahe Kollegen.«

»Hier spricht sich wohl alles herum?«

»Sehen Sie uns das nach. Wenn man unter großem Druck eng zusammenarbeitet, wird man zu einer Art Familie.«

»Darum beneide ich Sie. Leider scheint es in New York derzeit einen Überschuss an Schwestern zu geben«, sagte sie so leichthin, wie es ihr möglich war. »Übermorgen fange ich in einer Fabrik an. Sie produzieren elektrische Zigarettenanzünder.«

»Würden Sie gerne wieder als Schwester arbeiten?«

»Ich finde, es ist ein guter Anfang, überhaupt arbeiten zu können.«

»Was würden Sie denn mit Ihrem Leben anfangen, wenn dem nichts im Wege stünde?«

»Sie stellen sehr persönliche Fragen«, wich sie aus.

»Verzeihung. Als Arzt gewöhnt man sich daran, dass die Patienten einem so gut wie alles erzählen.«

»Ich bin keine Patientin.« Sie wünschte, sie hätte ihn mit ihrem Gejammer verschont.

»Da haben Sie natürlich recht. Aber ein interessanter Fall sind Sie trotzdem.«

Es ärgerte sie, dass sie schon wieder errötete. Einen anderen Mann hätte sie nach diesen Worten verdächtigt, mit ihr zu flirten oder – was wahrscheinlicher wäre – sie auf die Schippe zu nehmen.

»Ich habe Sie in Verlegenheit gebracht. Ich werde jetzt den Mund halten. Sehen Sie?« Dr. Green zog zwischen seinen Lippen einen imaginären Reißverschluss zu.

Hannah lachte laut auf. »Es ist nur … Bestimmt lachen Sie mich gleich aus, aber ich habe immer davon geträumt, irgendwann als Ärztin zu arbeiten.«

Überrascht schaute er sie an. »Sie möchten Ärztin werden? Warum sollte ich Sie deswegen auslachen? Ich würde in keinem anderen Beruf arbeiten wollen. Und warum können Sie nicht Ärztin werden?«

»Meinen Sie das ernst?« Abrupt hielt Hannah inne.

Seine Worte zeigten, dass Dr. Green bei aller Einfühlsamkeit ein Mann blieb. Sie sah auf den eindrucksvollen Siegelring an seiner rechten Hand. Wenn man wie er über das passende Geschlecht sowie das nötige Vermögen verfügte, erschien einem vermutlich alles möglich.

»Wie viele Ärztinnen kennen Sie?«

»Nicht allzu viele, aber es gibt sie.«

Hannah wäre jede Wette eingegangen, dass diese Raritäten nicht aus mittellosen Familien stammten.

»Es ist ja nicht nur, dass ich eine Frau bin. Als Jüdin konnte ich in Deutschland nicht studieren. Ich hatte Glück, noch einen Schulabschluss machen zu können.«

Mit zerknirschter Miene kratzte er sich an der Schläfe. »Daran hatte ich nicht gedacht. Es ist wirklich bitter, was in Ihrer Heimat geschieht. Vielleicht sollten Sie es denen zeigen, indem Sie hier beweisen, wozu Sie in der Lage sind.«

Sie seufzte. »Wenigstens spielt es hier keine Rolle, dass ich als Jüdin gelte.«

»So sollte es sein.«

»Das heißt, es ist nicht so?«, fragte sie irritiert.

Er zögerte.

»Lassen Sie mich nicht rätselraten«, bat sie. »Sie teilen meine Ansicht nicht?«

Nach einem kurzen Räuspern sagte er: »Es ist nur so, dass ich gerade von einem guten Freund erfahren habe, dass sie ihn beinahe nicht in Yale genommen hätten.«

»Was ist Yale?«, fragte sie.

Verdutzt betrachtete er sie, dann lächelte er breit. »Eine recht renommierte Universität hier an der Ostküste. Jedenfalls hat Jona berichtet, dass auf seine Bewerbung ein H gestempelt wurde.«

Wieder schaute sie ihn fragend an.

»Hebrew«, erklärte er so betreten, als habe er die Einordnung persönlich vorgenommen. »Zu seinem Glück sind seine Eltern sehr vermögend und einflussreich.«

»Und Sie fragen mich, warum ich nicht Ärztin werde«, murmelte Hannah. Sie sah das J in ihrem deutschen Pass vor sich. Dabei hatte sie gehofft, solche Kennzeichnungen hinter sich gelassen zu haben!

»Es muss wunderbar sein, wenn einem alle Türen offen stehen«, sagte sie ohne Bitterkeit.

Dr. Green verzog das Gesicht. »Es gibt immer ein Hindernis, das einen abhält, das Leben so zu führen, wie man es möchte. Es liegt nur nicht immer so offen zutage.«

»Das sollte ganz sicher nicht wie ein Vorwurf klingen«, sagte sie eilig. »Und ich dachte …«

»Was?« Sein sonst so offener Gesichtsausdruck verwandelte sich zu ihrer Überraschung in eine abweisende Maske.

»Nun, ich dachte, Sie seien glücklich mit Ihrer Arbeit.«

»Sie haben recht.« Seine Züge entspannten sich wieder. »Ich liebe meine Arbeit. Schon deshalb wäre das Letzte, was ich wollte, Sie zu entmutigen. Falls es Ihnen Ernst ist mit Ihrem Wunsch, probieren Sie es am Brooklyn College. Dort soll man eine ordentliche Ausbildung bekommen, ohne Gebühren zu zahlen. Es ist ein gemischtes College, für Frauen und Männer.«

Ihr schwirrte der Kopf. Bei Dr. Green klang es, als müsse sie nur eine simple Entscheidung treffen, um ihrem Leben eine andere Richtung zu geben.

»Halten Sie das wirklich für möglich?«

»Wenn Sie den entsprechenden Schulabschluss haben und sich in den Aufnahmetests und Gesprächen gut schlagen?«

»Meine Noten waren gut.«

Ob sie einem Kreuzfeuer an Fragen standhalten könnte, stand auf einem anderen Blatt. Noch weniger ermutigte es Hannah zu erfahren, dass man sich in den USA erst an einem Medical College bewarb, wenn man zuvor einen Bachelor in einem anderen, möglichst verwandten Fach erlangt hatte.

»Dann dauert es mindestens acht Jahre, bevor man arbeiten kann?«

Dr. Green ließ keinen Einwand gelten. Er erzählte von freien Zeiten, in denen man Praxis sammelte und Geld verdienen konnte, und empfahl ihr, sich für ein Abendstudium zu entscheiden. Er zählte Stipendien auf und bot ihr sogar an, ihr mit den Bewerbungsunterlagen zu helfen. Je länger sie seinen Schilderungen lauschte, desto weniger verrückt schien ihr der Gedanke, es zu versuchen. Später, nachdem sie sich verabschiedet hatten, fragte sie sich kopfschüttelnd, was sie geritten hatte. Sie rief sich ihren Vorsatz ins Gedächtnis, keinen Spinnereien nachzuhängen. *Sie nehmen mich nicht mal als Krankenschwester, wie sollte ich Ärztin werden?* Doch es war zu spät. Nachdem der Gedanke sich einmal festgesetzt hatte, ertappte sie sich immer wieder bei der Vorstellung, mit ihren Kommilitonen einem weisen Professor zu lauschen, der über Anatomie und Chirurgie dozierte. Ihr Körper bebte dabei vor Erregung.

Die Tagträume begleiteten sie bis in den folgenden Tag, an dem es Hannah nach dem Besuch bei Sarah wieder einmal an den Strand zog. Dort angekommen schämte sie sich, dass sie sich selbst hier in einem weißen Kittel sah, statt sich wie sonst vor allem nach ihrer Familie zu sehnen. Bewies diese Treulosigkeit nicht, wie egoistisch ihr Streben war? Sicher würde die Fabrik sie wieder erden.

»Hi, Fräulein Rosenbaum.«

»Aaron?« Er stand direkt vor ihr. Das war unmöglich, oder nicht? Überrascht lachten beide auf. Bei ihrer ungelenken Umarmung stießen die Köpfe aneinander.

Aaron fasste sich an die Stirn. »Autsch. Wie geht es dir? Abgesehen von den Kopfschmerzen, meine ich.«

»Was tust du denn hier?«, hatte Hannah gleichzeitig ausgerufen, weshalb sie erneut in Gelächter ausbrachen.

»Ich genieße das Leben«, erklärte Aaron. »Im Herbst ist das vorbei, da beginne ich mein Studium. Habt ihr den Rest eurer Familie wiedergefunden?«

Hannah sah in Aaron jemanden, der sich immer nur zum Licht hinbewegte. Deshalb begnügte sie sich mit einem Kopfschütteln, um ihn nicht mit Gejammer abzuschrecken.

»Lass uns lieber über etwas Schönes reden! Ich hoffe, New Yorks Brücken entsprechen deinen Erwartungen?«

Er strahlte. »Und ob sie das tun. Sicher hast du schon die Brooklyn Bridge gesehen? Es ist, wie in einer Kathedrale zu stehen.«

»Ist das nicht Blasphemie?«, neckte sie ihn.

»Sicher nicht. Hast du?«

»Nein, ich bin noch nicht dazu gekommen.«

Er verdrehte die Augen und packte sie am Arm. »Hast du wieder nur über deinen Büchern gehangen? Komm, ich zeige sie dir, jetzt gleich! Ich kann es gar nicht glauben, dass du hier vor mir stehst.«

Seine plötzliche Nähe war vertraut und beunruhigend zugleich. Sie entwand sich seinem lockeren Griff.

»Komm schon«, forderte er.

»Du bist verrückt!« Sie lachte nervös. »Tante Judith wartet mit dem Haushalt auf mich.«

»Die Wäsche kannst du später waschen. Vertrau mir, du wirst begeistert sein. Wir müssen ja nicht lange bleiben.«

Sie hatte ganz vergessen gehabt, wie er war. Dass so viel Leben in ihm steckte, dass man fürchtete, sein schlanker Körper würde bersten. Die Energie strömte aus ihm heraus und zog seine Umgebung in den Bann. Und so wenig Hannah nachgeben wollte, erschien sein Vorschlag doch zu verlockend. Ein Abenteuer – nicht allzu gefährlich –, bevor Fabrik, Klinik und Putzeimer ihren Alltag vollkommen ausfüllten.

»Ist es sehr weit weg? Ich will nicht, dass meine Tante sich Sorgen macht.«

Triumphierend schüttelte er den Kopf. »Mein Moped steht an der Straße.«

Ehe sie es sich versah, saß sie hinter ihm auf einem knatternden Gefährt, das sie gleich in der ersten Kurve abwerfen wollte.

»Halt dich gut fest«, rief Aaron durch den Fahrtwind.

Sie zauderte, doch schon in der nächsten Kurve überwand sie ihr Schamgefühl zugunsten ihrer körperlichen Unversehrtheit. Sie ließ zu, dass sich ihr Kopf an seine Schulter lehnte und ihre Brüste gegen seinen Rücken pressten. Begierig sog sie den Geruch seiner Lederjacke ein, die sich mit dem Duft der Haut an seinem Hals vermischte. *Etwas Herbes, dazu Salz und Sonne.* Wie erregend so ein bisschen Geschwindigkeit war!

Am Ziel angekommen, stieg sie mit zitternden Beinen ab.

»Et voilà, mein Fräulein, Sie stehen vor der Hängebrücke, die bei ihrer Errichtung die längste der Welt war. Dies ist das Tor nach Manhattan, das wahre gelobte Land«, erklärte Aaron.

»Du musst immer so übertreiben!« Hannah versuchte vergeblich, gegen ihre Nervosität anzulachen. Sie hatte nicht damit gerechnet, seine Begeisterung zu teilen. Doch benommen von der Fahrt und schwindelig von der Aussicht, war sie empfänglich für das Gefühl der Erhabenheit.

»Sie bevorzugen nüchterne Fakten, Madame? Also gut. Der Bau dauerte 14 Jahre, 27 Arbeiter starben dabei, und am Ende war es eine Frau namens Emily Warren Roebling, die ihn fertig gestellt hat. Da erscheint es nur gerecht, dass sie dieses Prachtwerk auch als Erste überquerte.«

Hannah lehnte sich mit dem Rücken gegen ein Geländer, um die metallenen Gerüste und steinernen Bögen auf sich wirken zu lassen. Sie drehte sich und erblickte die Freiheitsstatue, die ihr auf Ellis Island bloß als unerbittliches Wesen erschienen war. Eines, das allen amerikanischen Mythen zum Trotz kalt auf jene herabsah, die nichts bei sich trugen außer ihre vom vielen Abspulen ausgeblichenen Träume. Jetzt, im goldenen Licht, kam sie Hannah weniger feindselig vor.

»Ich verstehe, warum du von einer Kathedrale gesprochen hast.« Durch die Spitzbögen fielen leuchtende Strahlen wie durch ein Kirchenfenster.

»Gothisch.« Aaron schob die Hände in die Hosentaschen und betrachtete seine Schuhspitzen. »Also gefällt sie dir?« Seine plötzliche Unsicherheit überraschte Hannah.

»Sehr«, erwiderte sie ehrlich. »Falls du mal so etwas baust, werde ich sehr stolz sein, dich gekannt zu haben.«

»Mich gekannt zu haben? Das klingt, als würden wir uns nie wiedersehen.«

Sie blieben eine Weile still nebeneinanderstehen. Dann berichtete Aaron gestenreich von dem Jazzklub, in dem er nachts zuvor Oboe gespielt hatte.

Hannah revanchierte sich mit Anekdoten über ihre Familie und deren Freunde, wobei sie nur die heiteren Ereignisse auswählte. »Und dann ist da noch Giorgio. Der dritte im Bunde von Simons Kartenrunde. Er versucht andauernd, Jiddisch mit uns zu sprechen. Es ist ihm unbegreiflich, dass wir ihn nicht verstehen. Dabei ist nur seine Frau Jüdin, und nicht einmal eine strenge. Er selbst ist italienischer Katholik.« Es freute Hannah, dass es ihr gelang, Aaron zum Lachen zu bringen.

»Was hast du morgen vor?«, fragte er.

»Ich habe Arbeit gefunden.«

»Das ging ja schnell. Wo denn?«

»In einer Fabrik, die elektrische Zigarettenanzünder herstellt«, sagte sie. Ihr Rücken versteifte sich. Angesichts seiner eigenen grandiosen Visionen würde er womöglich auf harte Arbeit, die der bloßen Existenzsicherung diente, herabblicken.

Doch Aaron zuckte mit den Achseln. »Schade, wir hätten nach Coney Island fahren und uns die kopflose Frau ansehen können. Oder hast du sie schon gesehen? Was hat dich heute Morgen eigentlich dorthin verschlagen?«

Hannah überlegte, ob Aaron auf Ellis Island irgendetwas mitbekommen hatte, kam aber zu dem Schluss, dass die Schwangerschaft ihrer Schwester seiner Aufmerksamkeit entgangen war.

»Ach, ich wollte mich nur ein wenig umsehen.« Sie wich seinem Blick aus. Ada wäre es nicht recht gewesen, wenn Hannah mit der Geschichte ihres unehelichen Kindes hausieren ginge.

»Aber am Sonntag hast du doch sicher frei?«

Seine Hartnäckigkeit schmeichelte Hannah und verschreckte sie zugleich. Der Schmelztiegel New York – diese Metapher schien erst recht zu Ellis Islands engem Raum zu passen. Doch in beiden Fällen führte die Redewendung in die Irre. Menschen vermischten sich nicht zu einer untrennbaren Einheit, nur weil man sie in einen Topf warf – zunehmend gewann sie den Eindruck, dass eher das Gegenteil zutraf. Und je mehr Zeit sie miteinander verbrachten, desto schneller würde Aaron erkennen, dass sie sich unter anderen Umständen niemals begegnet wären. Mit dem Reiz des Neuen würde sein Interesse an ihr schwinden. Die nüchterne Erkenntnis traf sie tiefer, als ihr recht war.

»Sehen wir uns am Sonntag? Du darfst auch die Eiskönigin mitbringen.«

»Meinst du etwa Ada?«, fragte sie empört.

»Wen sonst?«

»Die meisten Menschen finden sie sehr anziehend.«

»Sie ist schon recht hübsch«, gab Aaron zu.

»Schon recht hübsch!«

»Sie kommt mir wie viele der amerikanischen Mädchen vor, die bewundert, aber nicht angefasst werden wollen. Wobei die wenigsten von ihnen unter all der Schminke so gut wie Ada aussehen dürften. Sie würde sich auf einem Sockel wesentlich besser machen.«

»Das ist doch Unsinn.«

»Nein, wirklich, die Mädchen sind so beschäftigt damit zu gefallen, dass in ihren Köpfen kaum Platz für anderes bleibt.«

»Und das hast du nach so kurzer Zeit herausgefunden? Dann hast du zu viel davon.«

Er nickte treuherzig. »Dann hilf mir, sie totzuschlagen.«

Gegen ihren Willen musste Hannah lachen. »Du bist schrecklich. Aber vor allem bist du schrecklich ungerecht.«

Er fuhr sich durchs Haar, offenbar überfordert von ihrem Stimmungswechsel: »Du scheinst ja ernsthaft sauer zu sein.«

»Was für eine Wahl haben wir denn? Warum sollen sich deine Mädchen Gedanken über Brückenbau, Medizin oder das Rechtswesen machen, wenn sie ohnehin nichts mit dem Wissen anfangen dürfen? Unsere Aufgabe ist es doch, einen Arzt, Anwalt oder Ingenieur einzufangen. Die Mädchen gehen also nur dem Handwerk nach, das man sie jahrelang gelehrt hat.«

»Aber du bist nicht so«, wandte er ein.

Ärgerlich blickte sie an ihm vorbei. Es wurmte sie, dass er sie für *anders* hielt. Dass sie nicht an dem Wettkampf teilnahm, schützte sie nicht davor, sich als Versagerin in der weiblichsten aller Disziplinen zu sehen. Vor allem wenn sie neben ihrer Schwester wieder von den Männern übersehen wurde.

Er hob beschwichtigend die Hände. »Ho, ho, ho – ich meinte es nicht böse. Wenn ich verspreche, meine Worte über amerikanische Mädchen und insbesondere über deine Schwester zu überdenken, haben wir dann eine Verabredung?«

Sie zögerte einen Moment zu lange.

»Abgemacht! Ich schreibe dir meine Telefonnummer auf«, sagte Aaron grinsend.

»Ich muss dich enttäuschen. Wir haben kein Telefon.«

»Dann gib mir eure Adresse, und ich hole euch gegen drei Uhr ab.«

Hannah sah unschlüssig ins Leere. »Gib mir deine Nummer«, entschied sie. »Am Zeitungskiosk an der Ecke steht eine Telefonbox. Ich rufe dich später an und sage dir, wie es steht.«

Sie hatte nicht vor, Judiths Toleranz in Bezug auf Männerbesuche auszutesten. Ebensowenig vermochte sie einzuschätzen, wie aufgeschlossen Ada reagieren würde, wenn man sie mit ihrer Zeit auf Ellis Island konfrontierte.

Zu Hannahs Überraschung wirkte ihre Schwester regelrecht begeistert von Aarons Vorschlag. »Ein Ausflug? Das klingt unterhaltsam«, rief Ada erfreut. Gleich darauf sanken ihre Mundwinkel herab. »Aber du erzählst Aaron nichts von dem Baby. Oder hast du das etwa schon getan?«

Hannah schüttelte den Kopf. »Nein.« Sie wies Ada nicht darauf hin, dass sich Sarahs Existenz nicht dauerhaft würde verschweigen lassen.

Nach dem Abendessen suchte Hannah die hölzerne Box an der Straßenecke auf. Sie warf eine Münze in den Apparat und wählte die Nummer, die Aaron ihr gegeben hatte. Am anderen Ende meldete sich eine weibliche Stimme, deren Förmlichkeit Hannah verriet, dass sie mit einer Angestellten sprach. Die Frau versprach, den jungen Herrn Lehmann umgehend zu benachrichtigen.

»Hannah!«, kam kurz darauf Aarons Stimme aus dem Hörer. »Wie sieht es aus?«

»Habt ihr auch eine Köchin und einen Chauffeur?«

»Geh mir nicht gleich wieder an die Gurgel. Wir wohnen bei einem Verwandten, der all das hat. Ganz schön gruseliger alter Kasten, aber wenigstens leben mein Cousin Edward und seine Eltern auch hier.«

»Na gut. Eigentlich rufe ich an, um zu sagen, dass wir dabei sind.«

»Ada kommt mit? Dann bitte ich Edward dazu. Er ist wirklich nett, auch wenn er *dir* auf den ersten Blick wahrscheinlich etwas großkotzig vorkommt. Bewundert nur ja sein Auto, wenn wir euch abholen kommen. Es ist neu. Oder besser nicht, sonst bricht dir noch ein Zacken aus der Krone!«

»Willst du, dass ich auflege?«, sagte Hannah empört. Bei dem Gedanken an einen fremden Begleiter kehrte ihre alte Scheu zurück.

Aaron lachte. »Wann und wo können wir euch abholen?«

»Gegen drei Uhr an der Kreuzung 86th Street und Stillwell-Avenue?«

»Aye, wir werden euch dort erwarten.«

KAPITEL 6

Die beiden Männer erwarteten die Schwestern lässig gegen die Karosserie des Cabrios gelehnt. Während Aaron zu seiner weiten Tweedhose lediglich ein weißes Hemd trug, hatte sein Cousin trotz sommerlicher Temperaturen zu einem vollständigen Nadelstreifenanzug mit zweireihigem Jackett gegriffen. Die einschüchternde Eleganz seiner Kleidung wurden von den freundlichen Sommersprossen auf seiner hellen Haut abgemildert, die ihm etwas Jungenhaftes verliehen.

»Guten Tag, die Damen«, rief Aaron munter.

Nachdem er alle einander vorgestellt hatte, fuhr Ada mit einer Hand über die Kühlerhaube. Der weinrote Lack glänzte im Sonnenlicht. »Was für ein schicker Wagen«, hauchte sie.

Wäre Hannah zehn Jahre jünger und ihre Schwester nicht Ada gewesen, hätte sie ihr jetzt gegen das Schienbein getreten. Wieso hatte sie Aarons scherzhafte Aufforderung, dem Wagen zu huldigen, nicht verschwiegen?

Doch wie die meisten Männer bemerkte Edward nicht, dass Ada sich über ihn lustig machte. »Ein viersitziger Morgan. Fast 40 PS.« Er strahlte vor Besitzerstolz.

Aarons Gesicht verkrampfte sich, als leide er unter Verstopfung. Er schien sich kaum das Lachen verkneifen zu können. »Gut, dass er kein Angeber ist«, flüsterte er für alle hörbar in ihr Ohr.

Peinlich berührt erwartete Hannah Edwards Reaktion. Der fiel gutmütig in Aarons Lachen ein, was sie ein wenig für ihn einnahm. Trotz seiner 40 PS, was offenbar viele waren, wenn er es so betonte. Galant öffnete Edward die Seitentür, woraufhin die Schwestern auf die Rückbank glitten. Der Cremeton der Ledersitze hob sich elegant vom dunklen Rot der Karosserie ab.

»Du hättest dir Handschuhe anziehen sollen«, flüsterte Ada unter den Motorengeräuschen Hannah zu.

»Bei der Hitze?«

»Deine Hände sehen fürchterlich aus.«

Hannah betrachtete resigniert die entzündeten Stellen. Es war eine schreckliche Fummelei, die Zigarettenanzünder zusammenzusetzen. Andauernd schnitt sie sich an scharfem Metall.

»Sitzt ihr bequem dahinten?«, fragte Edward.

»Wie auf Wolken«, log Ada. In Wirklichkeit war das Material unangenehm steif und der Platz auf den hinteren Sitzen äußerst beengt.

Edward unterhielt sie beim Fahren mit Anekdoten über die Stadt. Hannah hätte ihnen wohlwollender gelauscht, wenn er sich nicht nach jedem harmlosen Scherz im Rückspiegel der Reaktion ihrer Schwester vergewissert hätte. Dass Ada ihm gefiel, war keine Überraschung. Beunruhigender fand Hannah die verstohlenen Blicke, mit denen ihn das Objekt seiner Bemühungen bedachte.

Ausschweifend schilderte er die Attraktionen, die sie gleich im Luna Park zu Gesicht bekämen. Sobald sie ihr Ziel erreichten, lenkte er Ada ein paar Schritte voraus, um sie auf ein wieherndes mechanisches Pferd hinzuweisen oder ein lebendes Äffchen, das auf der Schulter eines Mannes herumsprang. Der pries seine

Attraktion lauthals an: »Er stammt direkt aus Afrika. Passen Sie auf, sonst zieht er Ihnen lose Münzen aus der Tasche.«

Der Budenlärm und die Karussellmelodien vermischten sich mit der wilden Tanzmusik einer Band, die aus ihren Trompeten und Trommeln alles herausholte.

»Sonst ist er nicht so redselig«, versicherte Aaron mit nachsichtigem Ausdruck.

»Tatsächlich?«, fragte Hannah zerstreut. Würde man der Straße immer weiter folgen, bis die Klänge kaum noch zu vernehmen waren, stünden sie direkt vor Dr. Couneys Gebäude. Was, wenn einer der Männer vorschlug, die Wundersäuglinge zu bestaunen! Irgendein schäbiger Teil in ihr wünschte es sich beinahe. Nur ein paar Hundert Meter entfernt kämpfte sich die kleine Sarah ins Leben, während Ada mit geheimnisvollem Lächeln einen Zauber um ihren Begleiter wob. Gleich darauf schalt sich Hannah für solche Gedanken. Es war nicht die Schuld ihrer Schwester, dass Männer sie unwiderstehlich fanden. Ada hatte einen unbeschwerten Tag verdient.

Aaron tippte gegen Hannahs Oberarm. »Was ist los mit dir? Gefällt es dir hier nicht?«

»Doch, sicher«, wiegelte sie lächelnd ab. »Ich habe nur gerade über etwas nachgedacht.«

»Etwas, das du einem alten Freund nicht mitteilen möchtest?«

»Du bist weder alt, noch kennen wir uns so lange, dass man dich als langjährigen Freund bezeichnen könnte«, erwiderte sie schmunzelnd.

Einen Moment betrachtete Aaron sie prüfend, bevor er feixend auf Edward und Ada vor ihnen deutete. »Mannomann, er legt sich ganz schön ins Zeug. Sie muss nicht lange raten, was er von ihr hält.«

»Es ist ja nicht so, als würde sie vollkommen immun dagegen wirken«, stellte Hannah fest.

»Meinst du? Ich sehe nichts«, erwiderte Aaron erstaunt.

Vor einem bunt beleuchteten Ticketschalter kam er zum Stehen. »Was ist, traut ihr euch?«

»Was ist, trauen wir uns?«, fragte Edward an Ada gewandt.

Zweifelnd betrachteten die Schwestern das Gerüst. Das chaotisch anmutende Gewirr aus Holzleisten ragte in beängstigende Höhen. Unter lautem Rattern kletterten die miteinander verbundenen Waggons steil bergauf und stürzten sich dann todesmutig den Abhang hinunter. Die Mädchen darin kreischten, die Jungs johlten.

»Fahrt gerne ohne mich, ich werde da hinten beim Schießen zusehen«, erklärte Ada am Ende gleichmütig.

»Dann sollte ich dafür sorgen, dass es auch etwas zu sehen gibt.« Edward winkelte galant den Arm an, damit Ada eine Hand hineinlegte. »Lasst euch von uns nicht davon abhalten, trotzdem euren Spaß zu haben.«

Uns? Euch? Wie leicht dieser Cousin das bisherige Wir der Schwestern und das Wir der Männer aufhob, um so eine neue Trennlinie zwischen den Paaren zu ziehen. *Sei nicht so empfindlich!*, rief sich Hannah ihren Vorsatz ins Gedächtnis, keine Spielverderberin zu sein. Die Trennung vom Rest der Familie machte sie anhänglich, aber sie würde Ada vertreiben, wenn sie sich an sie klammerte.

»Kneifst du auch?«, fragte Aaron.

»Das hättest du wohl gerne.« Sie setzte ein munteres Lächeln auf und zückte ihre Geldbörse. In der kommenden Woche würde sie ihren ersten Lohn erhalten. Sie konnte es sich leisten, in einem Gefährt namens »Cyclone« ihr Leben zu riskieren.

»Lass mich das machen«, sagte Aaron und legte schnell ein paar Münzen in die Schale vor der Kassiererin.

Hannah runzelte die Stirn, wurde aber vom Anblick des Gefährts gleich wieder abgelenkt. Und noch bevor es den überdachten Einstiegsbereich verließ, bereute sie ihre Einwilligung. Am liebsten hätte sie den Kontrolleur, der den festen Sitz des Bügels vor ihren Bäuchen prüfte, angebettelt, sie zu befreien. Kurz darauf gab es kein Zurück mehr. Quälend langsam ächzten die Waggons in beinahe senkrechter Position hinauf. Nur Aarons spöttische Miene hinderte Hannah daran, hysterisch an den Bügeln zu ruckeln, um deren Belastbarkeit zu prüfen. Sie war so in ihrer Angst gefangen, dass sie kaum wahrnahm, wie eng sie an Aaron gepresst wurde. Auf dem Scheitelpunkt kamen sie für einen Moment zu stehen. Sie schrie, bis sie hinabfielen.

Da wurde ihr mit einem Mal so leicht, dass sie lauthals lachte. Sie hatten die Schwerkraft besiegt.

Beim Aussteigen fasste ihr Aaron unter den Arm, so sehr schwankte sie. »Und?«, fragte er.

Sie löste sich aus seinem Griff. »Zuerst dachte ich, wir würden sterben, und dann war es so, als würden wir fliegen.«

Aaron lachte auf. »Und jetzt willst du wahrscheinlich die Turteltauben aufschrecken?«

»Nenn sie nicht so«, sagte Hannah streng.

Doch sobald sie den Stand erreichten, bemerkte sie die Stoffrose in Adas Hand. Der Schütze hatte einen Treffer erzielt.

»Ich weiß, was wir als Nächstes tun werden.« Edward strahlte in die Runde. »Ich lade euch auf einen Black and White ein. Den müsst ihr probieren. Ich wette, in Deutschland gab es so etwas nicht. Aaron, kommst du mit und hilfst mir, die Gläser zu tragen?«

»Selbstverständlich«, erwiderte Aaron mit undurchdringlicher Miene.

»Er scheint nett zu sein«, sagte Hannah vorsichtig, sobald die Männer außer Hörweite waren.

»Wenn du meinst.« Ada betrachtete versonnen ihre Kunstblume. Wenigstens schnupperte sie nicht daran, dachte Hannah.

Kurz darauf kehrten die Männer mit vier Gläsern zurück, die randvoll mit einer milchigen Masse gefüllt waren. Darin steckten rot und weiß gestreifte Trinkhalme aus Papier.

Aaron reichte Hannah sein zweites Glas. Sie streckte die Hand aus, doch er zog seine erschrocken zurück. Das Getränk stellte er auf dem Stehtisch neben ihnen ab. »Was ist mit deinen Händen?«, fragte er. »Ist das in der Fabrik passiert?«

»Es ist wirklich nicht schlimm«, versicherte Hannah hastig. »Ich muss nur geschickter werden. Sie bezahlen recht gut.« Sie ärgerte sich über den Impuls, sich zu rechtfertigen.

Edward hob Adas Hand an seine Lippen und hauchte einen berührungslosen Kuss darauf. »Ich hoffe, du hast nicht ebenfalls vor, dir deine Finger zu ruinieren.« Hannah ignorierte er.

»Was ginge das dich an?«, fragte Ada mit sanfter Stimme. Lächelnd entzog sie ihm die Hand.

Mit brennenden Augen erinnerte Hannah sich daran, wie zufrieden sie am Ende ihres ersten Arbeitstages die Spuren ihrer Mühen beäugt hatte. Selbst Judith schienen die Wunden einen Anflug von Respekt abzuringen. Sie bewiesen, dass Hannah ihr

Schicksal wenigstens ein Stück weit in die eigene Hand nehmen konnte. Man war nichts Besseres, nur weil einem der Zufall der Geburt die passenden Karten zugespielt hatte. Es war nur leichter, sie gewinnbringend einzusetzen.

»Ärgere dich nicht«, sagte Aaron leise. »Er wurde so erzogen. Eigentlich ist er in Ordnung.«

Es überraschte sie, dass er ihre Gedanken erriet. Um Zeit zu gewinnen, schob sie sich den Strohhalm zwischen die Lippen, dabei hätte sie das von Edward spendierte Getränk am liebsten ungerührt stehen gelassen. Leider musste sie zugeben, dass die Mischung aus Eiscreme, Milch und Schokoladensoße zu köstlich war, um ihr zu widerstehen.

Edward schaute fröhlich in die Runde. »Was meint ihr, wollen wir als Nächstes ...«

Aaron fiel ihm ins Wort. »Sollten wir nicht die Damen entscheiden lassen? Was würdet ihr am liebsten unternehmen?«

»Am liebsten würde ich mit dem Riesenrad fahren«, sagte Ada.

»Und du, Hannah?«, fragte Aaron.

»Der Ausblick muss großartig sein«, sagte sie zögernd.

Es überraschte sie kaum, dass Edward es so einfädelte, dass er mit Ada eine Gondel besetzte. Hannah stieg mit Aaron in die nächste.

»Ob er gleich heute noch vor ihr auf die Knie geht?«, murmelte Aaron.

Hannah sah verärgert auf ihre Schuhspitzen.

»Neidisch?«, neckte er sie.

»Sicher nicht«, widersprach sie.

»Ich denke, sie wirkt exotisch auf ihn. Ihr Aussehen, ihre Art –

und dann noch eine drrrrramatische Vergangenheit als Flüchtling.« Er rollte das R so übertrieben, dass Hannah lachen musste.

Wenn er wüsste, wie dramatisch Adas Vergangenheit wirklich war.

»Hast du nicht gesagt, sie wäre genau wie die Amerikanerinnen, die nur bewundert werden wollen?«

»Vielleicht habe ich ihr unrecht getan. Sie plappert längt nicht so viel. Und da ist etwas an ihr ...«

»Sie gefällt dir auch«, stellte Hannah leise fest.

»Würde dich das stören?«

»Unsinn.«

Er fixierte sie mit den Augen. »Nur für den Fall, dass es dich doch interessiert: Ich sehe, was die Männer zu ihr hinzieht, aber es ist nichts, wonach ich mich in meinem Leben sehne.«

Sie spürte ein Rucken, dann hielt die Gondel an. Der Blick in den Abgrund unter ihnen hätte sie nach der Achterbahnfahrt nicht schockieren sollen, und doch reichte das leichte Schwanken, um ihr Herz rasen zu lassen. Sie fasste sich an den Hals.

»Aaron?«

»Ja.«

»Ich glaube, ich habe Höhenangst.«

Er lachte. »Das fällt dir jetzt ein?«

»Es ist etwas anderes, wenn die Fahrt so langsam vorangeht, dass Zeit zum Nachdenken bleibt.« Sie knetete den Stoff ihres Rocks.

Ohne einen weiteren Kommentar umschloss er ihre Hände mit seinen und ließ sie auch dann nicht los, als sie weiterfuhren. Sicher bemerkte er das Zittern ihrer Finger, doch hoffte Hannah, dass er es ihrer Angst zuschreiben würde. Sich selbst sagte sie, dass es nichts bedeutete, wenn sich in die Furcht auch ein wenig Erregung mischte.

Ihre Erfahrungen mit dem anderen Geschlecht beschränkten sich auf ein paar Küsse mit einem Assistenzarzt, aber naiv war sie nicht. Sie wusste um die biologischen Zusammenhänge, die Männer und Frauen zueinander hinzogen, und dass nicht immer tiefere Gefühle dahintersteckten. Sie hatte in Deutschland beobachtet, wie Altersgenossen sich einander in die Arme warfen. Die Angst vor der Zukunft, die Hannah oft lähmte, schien andere sogar anzustacheln, der Gegenwart jeden Funken Leben abzupressen.

»Wo bist du schon wieder?«, fragte Aaron mit weicher Stimme.

»Bei meiner Familie.« Errötend hatte sie das Erste genannt, das ihr einfiel.

Sie war nicht immun gegen Anziehungskräfte. Bei aller theoretischen Abgeklärtheit spürte auch sie das Ziehen zwischen ihren Beinen, sobald sie einen innigen Kuss beobachtete oder eine Liebesszene las. Jedoch hatte Ada ihr gezeigt, wohin es führte, wenn man es nicht bei der Phantasie beließ. Zudem würde Hannah sich in Zeiten wie diesen ohnehin nicht auf einen Mann einlassen, schon gar nicht auf jemanden wie Aaron. Trotzdem ließ sie ihn ihre Hand halten, bis die Fahrt zu Ende war.

KAPITEL 7

»Es ist so heiß heute. Und das schon am frühen Morgen.« Besorgt sah Rosi zum Ausgang der Halle, in der sie sich einen Arbeitstisch teilten.

Hannah war dankbar, dass man ihr eine so nette Kollegin zugeteilt hatte. Rosi stammte aus Mexiko. Ihre widerspenstigen schwarzen Locken wurden notdürftig von einem Haarband zurückgehalten. Es war in dem gleichen Pinkton wie der Lippenstift gehalten, der ihre vollen Lippen betonte.

»Du hast recht.« Hannah wischte sich mit dem Handrücken den Schweiß von der Stirn. Die Metallstücke rutschten ihr aus den feuchten Fingern. Sie trocknete sie an ihrem Rock ab und versuchte es erneut. »So werden wir nie fertig.« Sie seufzte. »Ich bin fast erleichtert, dass dir die Hitze auch so zu schaffen macht.«

Man hatte das Tor weit geöffnet, damit sie Luft bekamen, dabei drang die feuchte Julihitze auf diese Weise nur umso stärker zu ihnen vor.

Rosi lachte freudlos. »Glaub mir, in Guadalajara war es heißer. Aber meine Kinder warten heute ganz alleine im Auto.«

»Ich wusste nicht, dass du Kinder hast«, erklärte Hannah überrascht. Bislang hatten sie sich entweder über die Eigenheiten ihrer neuen Heimat oder die von Mr. Thomas ausgetauscht. Ihr bissiger Vorsteher war nie mit dem Tempo ihrer Arbeit zufrieden und wies im Halbstundentakt darauf hin, als habe er sich extra dafür eine Uhr gestellt.

»Ich habe einen Jungen und ein Mädchen. Diego ist sieben und Ana ist vier Jahre alt.« Rosi strahlte bei der Erwähnung ihrer Kinder.

»Uns sie sitzen jetzt im Auto?«

»Es gehört einem entfernten Cousin. Hätte ich sie lieber zu Hause einschließen sollen?« Das Leuchten in ihrem Gesicht war verschwunden.

»Ich wollte dich nicht verurteilen«, sagte Hannah schnell.

Rosi seufzte. »Und ich wollte dich nicht anfauchen. Wahrscheinlich bin ich so empfindlich, weil ich mir selbst Vorwürfe mache. Laura, die Rothaarige an dem Tisch dahinten, schließt ihre Kinder fast jeden Tag in der Wohnung ein, aber im Auto kann Diego wenigstens die Tür öffnen, falls etwas ist.«

»Das ist sicher nicht leicht für dich«, sagte Hannah mitfühlend.

»Mein Mann ist abgehauen, weil es hier zu schwierig wurde. Wir brauchen das Geld, das ich verdiene.« Rosi senkte den Blick. »Eine Nachbarin meinte, ich solle die beiden in eine Pflegefamilie geben. Aber es würde mir das Herz brechen, und wer verspricht mir, dass es ihnen dort besser geht? Ich habe schreckliche Geschichten gehört. Dass Kinder als billige Arbeitskräfte oder Schlimmeres gehalten werden. Nein danke, da lasse ich sie lieber bei einer Freundin. Ich gebe ihr Geld dafür, aber leider geht das nicht immer.« Hannah bemerkte, wie Rosi um Fassung rang.

»Schau nach deinen Kindern. Falls Mr. Thomas kommt, sage ich ihm, du bist wegen eines Frauenleidens zur Toilette gegangen. Dann stellt er sicher keine weiteren Fragen.«

»Danke.« Rosi stand auf, um die Halle zu verlassen, und Hannah wandte sich wieder ihrer Arbeit zu. Seit sich an den richtigen Stellen schützende Schwielen gebildet hatten, schmerzten ihre Fingerkuppen weniger. Doch der Gedanke an Rosi und ihre Kinder begleitete sie noch nach Feierabend auf ihrem Weg zu Sarah. Unwillkürlich verglich sie Rosis Schicksal mit dem ihrer Schwester. Das ist etwas anderes, sagte Hannah sich. Ihre Familie würde Ada immer beistehen.

Vor dem Frühchenhaus drehte sich eine Frau fluchend im Kreis. Es war Madame, die sich in den Leinen dreier Hunde verfangen hatte. Ihr Pekinese hatte sich offenbar mit Couneys Königspudeln Zulu und Zudan angelegt.

»Aus! Aus!«, keifte sie.

»Warten Sie, ich helfe Ihnen.«

Mit Hannahs Unterstützung gelang es Madame, sich aus den Schlingen zu befreien.

»Danke, Mädchen. Und ich hatte gehofft, die Tiere würden mir eine Auszeit von dem Trubel da drinnen verschaffen.«

»Trubel? Und ich dachte, ich hätte die Pause abgepasst.«

Die Hunde setzten erneut alles daran, Madame einzuwickeln. »Sitz«, rief diese mit erhobenem Zeigefinger. Diesmal gehorchten die Tiere. »Nein, nein, es sind keine Besucher da. Nicht die üblichen zumindest. Man könnte es eher eine Familienzusammenführung nennen. Und eine Verlobung feiern wir auch noch.«

»Oh, dann will ich nicht stören«, sagte Hannah enttäuscht. Jetzt hörte sie das ausgelassene Lärmen, das durch ein geöffnetes Fenster drang. »Es ist wohl eine sehr große Familie?«

»Eine sehr große«, erwiderte Madame schmunzelnd. »Viele unserer Kinder kommen in jedem Jahr wieder, die Kleinen mit ihren Eltern. Auch unser Bräutigam in spe lag mal in einem der Inkubatoren. Er wog kaum mehr als ein Kilo. Eine Zeitlang hätte niemand einen Cent auf sein Überleben verwettet. Heute arbeitet er als Elektriker im Park. Wir lieben ihn alle. Aber nun heiratet er eine unserer besten Schwestern, und wir müssen eine neue suchen.«

Sie suchen eine Schwester! Für einen Moment schlug Hannahs Herz schneller. Doch sofort wurde ihr klar, dass ihr nach nur vier Monaten auf einer Säuglingsstation in Frankfurt niemand diese empfindlichen Frühgeborenen anvertrauen würde.

»Sicher finden Sie bald jemanden. Ich werde ein anderes Mal wiederkommen.«

»Unsinn. Wo Sie schon einmal da sind, wollen Sie doch sicher Ihre Sarah sehen. Trinken Sie ein Glas Sekt und essen Sie um Himmels willen etwas von den belegten Broten. Die Kinder sind wahrlich pummelig genug. Manchen Eltern scheinen die mageren ersten Monate ihrer Kinder derart zugesetzt zu haben, dass sie ihre Sprösslinge heute mästen.«

»Störe ich denn nicht?«

»Sie werden nicht einmal auffallen. Nun gehen Sie schon. Oder wollen Sie den ganzen Weg umsonst gemacht haben?«

Hannah schüttelte lächelnd den Kopf. »Eigentlich nicht. Ich gehe hinein. Danke.«

Vor den Inkubatoren waren Tische und Bänke aufgebaut, an denen Frauen in Sonntagskleidung munter durcheinanderplauderten. Zwischen den Reihen wuselten Kinder in allen Größen herum, die sich im Vorbeilaufen Gurken, Eier oder eine der kleinen Amerika-Flaggen griffen, die jeden der Tische schmückten.

»Psst«, ermahnten die Mütter ihre Sprösslinge und winkten sie mit strengen Mienen heran. Hannahs Blick folgte ihren Gesten zu einer jungen Frau auf dem Podium, die sich anschickte, eine Rede zu halten. Mit durchdringendem Räuspern brachte sie schließlich auch die Kinder zum Verstummen. Die Rednerin stellte sich als Mrs. Tingle vor. Sie erzählte davon, wie sie die ersten fünf Monate ihres Lebens bei Dr. Couney verbracht und mittlerweile selbst gesunde Kinder bekommen hatte. Mrs. Tingle deutete auf drei Mädchen – verschieden groß, aber alle mit rosafarbener Schleife im Haar –, die zu ihren Füßen saßen. »Danke, Dr. Couney, dass für Sie kein Leben zu klein ist, sondern in Ihren Augen jeder atmende Säugling eine Zukunft verdient«, beendete sie ihre Ansprache.

An dieser Stelle zückten auch die letzten Zuhörerinnen die Taschentücher, um diskret ihre Augenwinkel abzutupfen. Wer sein Kind neben sich hatte, drückte es an sich. Selbst Dr. Couney wischte sich mit der Handfläche über die Augen. Dann verneigte er sich: »Es ist mir ein Vergnügen, jedes Mal wieder.«

Mit erneuter Dankbarkeit betrachtete Hannah die kleine Sarah, die friedlich in den weißen Laken schlief.

Da baute sich ein hochgewachsener Fremder neben ihr auf. Er griff nach dem Stift, der hinter seinem abstehenden Ohr klemmte, und setzte die Spitze auf einem Notizblock auf. »Hätten Sie einen Moment Zeit? Wir kommen von der Zeitung und würden gerne den Müttern ein paar Fragen stellen. Macht es Ihnen etwas aus, einmal das Baby herauszunehmen, damit unser Kollege Sie beide fotografieren kann?«

Er deutete auf den Mann hinter sich, der einen Apparat mit gewaltigem Blitzlicht in den Händen hielt.

Der Lichtblitz traf sie so unvermittelt, dass Hannah erschrocken blinzelte. »Aber ich bin nicht die Mutter.«

»Nicht?«, fragte der Journalist mit dem Schreibblock in der Hand.

Sie schüttelte den Kopf. »Nein.«

»Na, wenn Sie nicht wollen.«

Mit einer ungeduldigen Handbewegung forderte er seinen Kollegen auf, ihm zu folgen, und stapfte von dannen.

Kurz darauf gesellte sich Dr. Couney zu ihr. »Nur keine Scheu. Nehmen Sie Sarah ruhig einen Moment heraus. Mir scheint, sie wacht gerade auf. Ihre Nichte macht sich gut, ich denke, wir müssen ihr bald gar keinen Sauerstoff mehr zuführen.«

»Wirklich? Kann ich sie dann mit nach Hause nehmen?«

Er öffnete die Glastüren und hob Sarah hinaus. Zärtlich wiegte er sie in seinen Armen hin und her. »Eine Weile sollten wir sie noch beobachten, aber im Oktober, spätestens im November wird Sie wohlbehalten bei Ihnen einziehen.«

»Süß, die Kleine!« Ein junger Mann streckte seine Hand nach Sarah aus, doch eine hübsche blonde Frau klapste ihm auf die Finger, bevor sie das Baby berührten.

»Jimmy, du hast gerade gegessen und dir nicht die Hände gewaschen. Du darfst die Säuglinge nicht berühren.«

Hannah schlussfolgerte, dass es sich um die Krankenschwester und den Elektriker handeln musste.

Jimmy zog die junge Frau lachend an sich. »Du hast recht. Entschuldigung.«

Hannah lächelte den beiden zu. »Schon gut. Sie werden heiraten, habe ich gehört? Ich wünsche Ihnen alles Gute.«

Dr. Couney gab das Baby schnaubend an Hannah weiter. »Das

hat er nicht verdient! Dieser ungezogene Junge, der mal so winzig wie Ihre Nichte war, raubt mir heute mein Personal. Undank ist der Welten Lohn.«

»Wenn Sie das so sagen, bekomme ich glatt ein schlechtes Gewissen. Tut mir wirklich leid, Sir«, sagte Jimmy grinsend.

Im Gegensatz zu ihm wirkte die Frau an seiner Seite ehrlich zerknirscht. »Ich verspreche Ihnen, noch so lange zu bleiben, bis Sie einen Ersatz gefunden haben.«

Danach tauchte das Trio in der Menge ab. Es waren nette Menschen, und dennoch freute sich Hannah über ein wenig ungestörte Zeit mit Sarah. Sie wurde es nie satt, ihr in die Augen zu schauen. Behutsam tippte sie mit dem Zeigefinger gegen die Lippen des Mädchens, woraufhin ein flüchtiges Lächeln über sein Gesicht huschte.

Aus den Augenwinkeln beobachtete Hannah, wie Dr. Couney mit der Presse sprach. Zum ersten Mal nahm sie in ihm den Zirkuskünstler wahr, den ein Teil der Außenwelt zu sehen schien. Hildegarde, die Assistentin des Artisten, hielt das weiße Kaninchen in die Höhe und streifte dem stummen Baby einen Diamantring über den Oberarm. Hannah merkte ihren routinierten Bewegungen an, dass sie dieses Kunststück unzählige Male vollbracht hatte. Hildegarde führte das Baby vor, Couney seine Tochter. »Glauben Sie es oder nicht! Auch meine Tochter glich einmal einer verschrumpelten Rosine in einem dieser Erdnussröster. Gerade einmal drei Pfund hat sie auf die Waage gebracht. Und sehen Sie sie nun an: 160 Pfund.«

Hildegarde zuckte nicht zusammen, doch später raunte sie Hannah im Vorbeigehen zu: »Ich wünschte, er würde nicht dauernd auf meinem Gewicht herumreiten.«

»Das kann ich verstehen.«

»Es braucht Ihnen nicht leidzutun. Ich bin ja gerne die Schrumpelrosine, die sich in ein Walross verwandelt hat, wenn es nur den Kindern hilft.«

»Sie sind ganz sicher kein Walross«, widersprach Hannah.

»Wie auch immer. Passen Sie auf! Gleich werden Sie ihn wieder fragen, was er am liebsten isst und wo er seine Schuhe kauft. Oh, schauen Sie, Sarah ist eingeschlafen. Gönnen wir ihr wieder etwas Ruhe.«

Hildegarde öffnete die Glastüren, bevor sie Hannah das Baby abnahm. »Es ist heiß. Trinken Sie etwas, Sie sehen blass aus.«

»Ich bin heute ein wenig müde.«

Die Arbeit in der Fabrik trieb sie so früh aus dem Bett, dass Hannah an jedem Morgen dem freundlichen Milchmann begegnete, der auf seinem Pferdewagen durch die Straßen ruckelte.

Dankbar nahm sie das Glas Wasser, das Hildegarde ihr reichte, und lehnte sich wieder an die Wand, da alle Plätze an den Tischen besetzt waren.

Couneys Tochter behielt recht. Die Journalisten bevorzugten es, private Details zu hören, statt medizinische Leistungen zu würdigen. Gerade ließen sie Couney von seinem schwarzen Koch berichten, der deutsche Gerichte mittlerweile so fabelhaft beherrschte wie die Südstaatenküche. Hannah hoffte dennoch, dass die Reporter nicht vor allem über Lammkeulen und Rumcocktails schreiben würden. Was war mit den Babys?

Einer zumindest kam doch auf die Arbeit zu sprechen. »Macht es Ihnen keine Sorgen, für all diese Menschen verantwortlich zu sein, wo es schon so viele gibt? Sie können schließlich nicht vorhersehen, welche Laufbahn die Kinder einschlagen werden. Was, wenn Sie sich als Last für die Gesellschaft herausstellen?«

Hannah hustete so laut, dass sich manche nach ihr umsahen. Sie hatte sich vor Schreck verschluckt. Wie konnte dieser Kerl so hemmungslos die Existenzberechtigung der Anwesenden in Frage stellen? Es überraschte sie nicht, dass Dr. Couneys eingemeißeltes Lächeln bröckelte. Eher erstaunte sie, wie schnell er den Tonfall des sorglosen Unterhalters wiederfand. »Ich habe schon viele Postkarten bekommen, aber noch nie eine aus dem Gefängnis. Eines meiner Kinder hat sogar die Croix de Guerre gewonnen.«

Und sie *waren* seine Kinder. Wer ihm sein Leben verdankte, vergaß es nicht, so viel erkannte Hannah an diesem Nachmittag. Der Tisch neben dem Podium war übersät mit krakelig gemalten Bildern, Blumen und Weinflaschen. Und als Dr. Couney schließlich die Verlobung zweier »besonders lieb gewonnener Menschen« verkündete, johlte der ganze Saal. Madame Recht hatte nicht gelogen, was das Gewicht vieler einstiger Frühchen anging. Doch bedeutete nicht jedes Gramm Speck an den dunklen und hellen Beinen vor allem Hoffnung? Eine Welle der Zuneigung zu den Anwesenden überrollte Hannah, zusammen mit der Sehnsucht, ebenfalls Teil von etwas Großem zu sein. Sie hörte auf, sich zu fragen, wieso Hildegarde gelassen blieb, wenn ihr Vater sie vorführte. In ihr das Frühchen zu entdecken, verwandelte bei den frischgebackenen Eltern eines Winzlings Angst in Zuversicht. Die Couneys waren wirkliche Zauberkünstler! Ja, der Doktor warb mit eigenwilligen Mitteln für seine Arbeit, doch war es nicht Werbung für das Leben selbst? So bedauerlich man das finden mochte, schien sie dringend notwendig zu sein.

Und Hannah begriff noch mehr. Sie würde niemals glücklich

werden, wenn sie nicht zumindest versuchte, ebenfalls für das Leben zu kämpfen. Als jemand, der etwas zu sagen hatte, statt sich von Göttern in Weiß anleiten zu lassen. Berauscht von der Freude im Raum und ihrem eigenen Mut stellte sie ihr Wasserglas ab, um nach Dr. Green zu suchen. Sie fand ihn im Gespräch mit einer Schwester vor. Hannah hielt höflich Abstand, während sie voll innerer Ungeduld darauf wartete, dass die beiden ihre Konversation beendeten. Wenn sie jetzt nichts sagte, würde sie es vielleicht niemals tun.

Deshalb verstieß sie gegen alle Konventionen und griff nach seinem Ärmel, um ihn daran zu hindern weiterzueilen. »Haben Sie eine Minute für mich?«

»Das klingt ernst.«

»Würden Sie mir wirklich mit den Unterlagen helfen, falls ich mich für ein Studium entscheide?« Es kostete sie Überwindung, ihn darum zu bitten. Aber er kannte die Gepflogenheiten seines Landes und Berufsstandes besser, deshalb wäre es dumm, seine Unterstützung aus Stolz abzulehnen.

Dr. Green wirkte zunächst ein wenig verdattert, doch dann verzog sich sein Gesicht zu einem breiten Lächeln.

»Unbedingt! Was hat Sie schließlich überzeugt? Bestimmt die Aufmerksamkeit der Presse!«, neckte er sie.

Sie lachte. »Ganz bestimmt.«

»Bringen Sie bei Ihrem nächsten Besuch Ihre Zeugnisse mit. Ich beschaffe die notwendigen Formulare, und dann gehen wir alles zusammen durch.«

»Morgen?«

»Ich sehe schon, Sie wollen es gleich richtig angehen. Dann also morgen.«

Verlegen schaute sie auf ihre Fingerspitzen. »Ich wollte Sie nicht überrumpeln. Verzeihung ... und danke.«

»Dafür nicht. Ich freue mich, wenn ich Ihnen helfen kann. Wissen Sie denn schon, was Sie studieren möchten, bevor es ans Medical College geht?«

»Ich habe an Psychologie gedacht. Ich habe gelesen, dass die Forschung auf diesem Gebiet in Amerika sehr fortschrittlich sein soll.« Mit bitterer Miene fuhr sie fort. »Offenbar sind alle Koryphäen aus Deutschland abgewandert.«

»Psychologie?« Er wirkte überrascht. »Die meisten Medizinstudenten, die ich kenne, haben Biologie gewählt.«

»Oh je, und ich dachte, Psychologie wäre naheliegend. Ich habe so oft beobachtet, wie der Körper sich schneller erholt, wenn die Seele versorgt wird. Meinen Sie, Biologie wäre besser?«

Er nahm sich Zeit, um über ihre Frage nachzudenken.

»Nein«, sagte er dann. »Was Sie gesagt haben, klingt einleuchtend. Und Sie werden ohnehin Ihren ganz eigenen Weg gehen müssen.«

»Als Frau und Jüdin meinen Sie.«

Er schüttelte den Kopf. »Als Hannah Rosenbaum meine ich.«

Ihre Wangen begannen zu glühen. Seine Worte hoben sie empor, bis sie über die bislang unüberwindbar geglaubte Mauer zu schauen meinte, die sie von einer Zukunft trennte. Durch sein Vertrauen in ihre Fähigkeiten sah sie sich selbst deutlicher als je zuvor im weißen Kittel durch die Gänge *ihrer* Station eilen. So musste sich Emily Warren Roebling auf ihrer Brooklyn Bridge gefühlt haben. Sie stand fest auf der Erde, und doch war da ein

Sausen in ihren Ohren, ein Flattern in ihrem Körper, das sie an die Achterbahnfahrt mit Aaron erinnerte. In diesem Moment scherte es sie nicht, dass Judith ihr Streben für anmaßend halten und Ada sich darüber mokieren würde. *Das hier gehört nur mir.*

KAPITEL 8

Im August kam die Hitzewelle – so heiß war es in diesem Monat seit 1871 in New York nicht mehr gewesen. In der Fabrik hatte Hannah das Gefühl, das Material schmelze in ihren Fingern. Und wer unter Mr. Thomas' bissigen Bemerkungen Zigarettenanzünder zusammensteckte, sah keine glorreiche Zukunft vor sich. Fast einen Monat war es her, dass Hannah mit Dr. Greens Hilfe ihre Bewerbung abgeschickt hatte. Die anfängliche Begeisterung, etwas gewagt zu haben, war verflogen. Wie es weiterging, lag wieder in den Händen anderer, und sie zweifelte daran, dass man ihr eine Chance geben würde. Eines Nachmittags, als sie erschöpfter denn je ins Heim der Mindels zurückkehrte, wünschte sie sich, man könne aus Dr. Greens Zuversicht eine Medizin gewinnen. Sie hätte sie geschluckt, egal wie bitter sie schmeckte.

Es war ihr nicht unangenehm, dass Judith sie im Wohnzimmer erwartete. In den vergangenen Wochen hatte sie die Verlässlichkeit und ruppige Fürsorge ihrer Tante zu schätzen gelernt, selbst wenn deren starre Ansichten Hannah gelegentlich stumme Seufzer entlockten.

»Sie haben Rosi gefeuert«, erklärte sie düster.

»Deine Kollegin?« Judith deutete auf den Tisch. »Du kannst dich schon einmal hinsetzen. Ich habe dir etwas vom Mittagessen aufbewahrt.«

»Vielen Dank, Tante Judith.« Sie seufzte. »Stell dir vor: Ohne Vorwarnung saß mir heute ein fremdes Mädchen gegenüber. Eines, das fortwährend meckert. Das macht die Arbeit nicht leichter.«

»Was ist denn geschehen?«

»Rosi hat sich in der vergangenen Woche mehrmals verspätet, weil ihre Tochter krank war und sich niemand um die Kinder kümmern konnte.«

Hannah hatte sich bemüht, in der Buchhaltung Rosis Adresse herauszufinden. Sie sorgte sich um ihre liebenswerte Kollegin und hätte gerne nach ihr gesehen. Was würde aus Rosi und ihren Kindern werden, wenn sie keinen Cent mehr verdiente? Im Büro hatte man sich allerdings geweigert, Hannah weiterzuhelfen.

Missbilligend hatte die Angestellte sie über den Goldrand ihrer Brille angesehen. »Adresse? Ich bin mir nicht einmal sicher, ob wir die noch haben. Wir interessieren uns nicht für ehemalige Mitarbeiter, verstehen Sie? Nur für die gegenwärtigen. Achten Sie also am besten nur darauf, dass *Sie* ihre Arbeit ordentlich und pünktlich erledigen.«

Judith stellte eine dampfende Porzellanschüssel vor Hannah auf den Tisch und füllte ihrer Nichte mit einer Kelle einen Eintopf auf den Teller. Bohnen, Kartoffeln und ein wenig Fleisch. Judith war der Ansicht, Hitze sei am besten mit Hitze zu bekämpfen.

»Du ahnst ja nicht, wie gut das tut«, seufzte Hannah, nachdem sie einen Löffel probiert hatte. Die heiße Brühe trieb ihr zwar neue Schweißperlen auf die Stirn, doch sie schmeckte nach Behaglichkeit und Heimat.

Judith lächelte verhalten. »Kinder hin oder her. Ohne Pünktlichkeit geht es nicht.«

»Sie tut mir trotzdem leid. Sie scheint niemanden zu haben, der sie unterstützt.«

»Das sollte man sich überlegen, bevor man Kinder in die Welt setzt«, erwiderte Judith. »Schon im Interesse der kleinen Würmer.«

Hannah meinte in dieser Bemerkung einen Seitenhieb auf ihre Schwester auszumachen. Doch sie kam nicht dazu, den verstorbenen Verlobten wieder aus dem Hut zu ziehen.

»Übrigens ist Post gekommen«, sagte Judith hastig.

Hannah sah den weißen Umschlag auf der Anrichte und sprang auf. War es denkbar, dass die Universität so schnell reagierte? *Wenn es eine Absage ist, vermutlich schon.*

»Iss bitte in Ruhe auf, der Brief läuft dir nicht weg.«

Widerstrebend folgte Hannah der Aufforderung. »Von wem ist er denn?«

»Von euren Eltern.«

Ihr Herzschlag beschleunigte sich ein weiteres Mal, von einem ungeduldigen Pochen zu einem ungestümen Rasen. *Endlich!* Sie hatte schon nicht mehr darauf zu hoffen gewagt.

Trotz Judiths Ermahnung erhob sie sich, magnetisch angezogen von dem Kuvert.

Doch wieder wurde sie zurückgehalten, diesmal von einem festen Handgriff. »Es geht Ihnen gut.«

»Hast du den Brief etwa gelesen?«, fragte Hannah.

»Nein. Aber euer Vater hat mir ebenfalls einen geschrieben. Er ist mein Bruder, weißt du?«, erklärte Judith trocken. »Ich will dich keineswegs quälen. Ich finde nur, du solltest dich erst stärken und den Brief später mit Ada gemeinsam öffnen.«

Hannah schämte sich, dass ihr der Gedanke nicht selbst gekommen war. »Du hast recht. Wo ist sie denn überhaupt?«

»Bei ihrem Englischkurs.«

»Den hatte ich schon fast vergessen.«

Schweigend aß sie ihre Suppe, bis sie Judiths prüfende Blicke spürte.

»Ich habe gehört, ihr trefft euch gleich wieder mit euren neuen Freundinnen?«

Sofort kehrte Hannahs schlechtes Gewissen zurück. Die *neuen Freundinnen* schoben Ada und sie vor, wenn sie sich mit Aaron und Edward trafen.

»Hat Ada das gesagt? Ich wusste gar nichts davon.« Es behagte Hannah nicht, dass über ihren Kopf hinweg Verabredungen getroffen wurden. Sie war an diesem Tag viel zu müde, um etwas zu unternehmen. Doch sobald ihre Schwester das Zimmer betrat, verflog der Ärger.

»Da bist du ja«, rief Hannah und nahm den Umschlag von der Anrichte. »Wir haben eine Nachricht von Mama und Papa bekommen.«

Ada riss ihr das Kuvert aus der Hand. »Von Mama und Papa?«

»Ja«. Mit zittrigem Lachen reichte Hannah ihr den Brieföffner. »Lies vor.«

Ada schüttelte den Kopf. »Lass ihn uns in unserem Zimmer lesen.«

Mit einer entschuldigenden Geste folgte Hannah ihrer Schwester.

»Warum wolltest du ihn nicht im Wohnzimmer lesen?«, fragte sie. Sie saßen nebeneinander auf Adas Bett – Simon hatte inzwischen Gestelle für ihre Matratzen gezimmert.

Mit zwei entschlossenen Bewegungen zerfetzte Ada die obere Kante des Umschlags. »Er soll uns gehören. *Das* hier ist unsere Familie.«

Zu einem anderen Zeitpunkt hätte Hannah widersprochen, jetzt zählte nur eins: »Was steht drin?«

»Liebe Kinder ...«, fing Ada an und unterbrach sich mit einem Schnauben. »Kinder?«

»Lies schon weiter!«, bat Hannah.

»Ist ja gut. ›Liebe Kinder. Leider ist unser Aufbruch in die neue Welt anders verlaufen als erhofft. Wir bedauern es unendlich, nicht bei euch zu sein. Besonders Rudi macht uns bittere Vorwürfe, weil er euch fürchterlich vermisst. Anscheinend langweilt er sich, allein mit seinen alten Eltern. Ihr seid so weit weg, in einem anderen Land ... Unser einziger Trost ist, dass ihr Tante Judith habt, an die ich mich von früher als fröhlich und freundlich erinnere.« Wieder hielt Ada inne. »Fröhlich und freundlich?«

Hannah nahm ihr ungeduldig den Brief aus der Hand und las weiter. »Gestern erst haben euer Vater und ich uns vorgestellt, wie ihr auf dem Dach des Empire State Buildings steht und euch New York zu Füßen liegt. Ist es wirklich so beeindruckend? Uns hat es nach Amsterdam verschlagen. Selbstverständlich setzen wir alles daran, so schnell wie möglich zu euch zu kommen. Wir haben nun eine Adresse, an die ihr uns schreiben könnt. Wir haben ein kleines Zimmer über einer Gaststätte gefunden. Es ist laut und eng, aber euer Vater hat eine Arbeit als Lagerist in Aussicht. Sicher können wir dann bald unsere neuen Schiffspassagen bezahlen. Wir lieben und vermissen euch, eure Mama, Papa und Rudi.«

Aufgewühlt sahen sie einander an. »Wehe, du fängst jetzt an zu flennen«, fauchte Ada. »Dann heule ich mit, und wir müssen den Männern absagen.«

»Gehst du ohne mich? Ich glaube, ich kann heute nicht ausgehen.«

»Ich soll mich allein mit Aaron und Edward treffen? Wenn du hierbleibst, kann ich auch nicht gehen. Komm mit! Ich muss hier raus. Wer hätte gedacht, dass schon ein Englischkurs ein Lichtblick sein könnte. Während der übrigen Zeit habe ich Kartoffeln geschält und die Vordertreppe geputzt.«

»Wie schrecklich«, sagte Hannah, so ernst es ihr möglich war. »Wann sind wir denn verabredet?«

»In einer Stunde.«

Unschlüssig betrachtete Hannah den Brief in ihrer Hand.

»Wir beantworten ihn später gemeinsam«, sagte Ada schnell.

Hannah schüttelte den Kopf. »Jetzt gleich, sonst bleibe ich hier.«

»Du weißt, dass er deshalb keinen Tag eher in Holland ankommt. Wir haben so lange gewartet, da kommt es darauf auch nicht …«

»Doch«, widersprach Hannah ausnahmsweise einmal entschieden. »Wir haben so lange darauf gewartet, dass kein weiterer Tag verstreichen soll.«

»Schön«, gab Ada nach.

Hannah holte aus der untersten Schublade ihrer Kommode Papier und den alten Füllfederhalter, den der Vater ihr zum Schulabschluss geschenkt hatte. »Schreibst du den Brief? Deine Handschrift ist schöner.«

Ada nickte gleichmütig. »Gib mir schon den Stift. Was wollen wir ihnen denn schreiben?«

»Natürlich dass wir sie auch schrecklich vermissen, aber wohlauf und glücklich sind. Sie sollen nicht in Amsterdam hocken und sich um uns sorgen. Und schreib ihnen, wie sehr wir uns darauf freuen, einmal mit ihnen das Empire State Building zu besuchen. Ist es nicht seltsam, dass wir tatsächlich gerade erst dort waren?«

Aaron und Edward hatten sie dort hingeschleift. Zum Glück, denn der Koloss aus Kalkstein und Stahl hatte Hannah nachhaltig beeindruckt. Stand man direkt vor dem Gebäude und schaute stur geradeaus, statt seiner Fassade mit dem Blick in den Himmel zu folgen, wirkte er nahezu unscheinbar – sah man einmal von den pompösen Steinpfeilern ab, die am Eingang Spalier standen. Doch dann hatte das späte Sonnenlicht die Mauern in Grau- und Lavendeltönen schimmern lassen. Und für die Halle dahinter war sicher ein ganzer Marmorsteinbruch geplündert worden.

»Macht euch auf etwas gefasst. Wir fahren in den sechsundachtzigsten Stock.« Aarons Augen hatten vor Vorfreude aufgeleuchtet.

Hannah starrte ihn an. »So hoch sollen wir fahren?«

»Irgendwie habe ich geahnt, dass du begeistert sein würdest«, sagte er.

Die beiden anderen lachten.

Nur für Hannah hörbar fuhr Aaron fort: »Hab keine Angst. Die Aussicht ist phänomenal, und alles ist gesichert. Im Notfall nimmst du wieder meine Hand. Du würdest etwas verpassen.«

»Der Fahrstuhl ist schnell«, stellte sie beklommen fest.

»Das ist noch gar nichts«, erwiderte Aaron. »Sie lassen ihn extra langsamer laufen, er könnte 366 Meter pro Minute schaffen.«

»Hast du vor, von Brücken auf Aufzüge umzusatteln?«, murmelte Hannah. Als sie die Plattform betraten, schlotterten ihr die Knie, aber der Ausblick *war* phänomenal. Sie durfte nur nicht zu genau hinsehen, denn dann spürte sie diesen seltsamen Sog im Bauch, der sie hinabzog. Hannah hielt ausreichend Abstand von der Balustrade, um nicht direkt in den Abgrund zu schauen. Lieber schaute sie aus sicherer Entfernung durch das Schutzgitter in die Weite.

Wie ein Stadtplan mit reliefartiger Struktur lag New York vor ihr. Von oben erkannte Hannah die übergeordnete Geometrie, die dem Chaos widersprach, das sie dort unten im Getümmel wahrgenommen hatte. Quader unterschiedlicher Höhe sammelten sich in Blöcken. Dazwischen verliefen die Straßen wie ein Gitternetz. Hannah bewunderte die Brücken, die über den East River führten, sowie die Doppeltürme des Waldorf Astoria.

Später schleifte Edward sie alle in eine Cocktailbar in ebenso luftiger Höhe, wo sie durch Glaswände beobachteten, wie die Sonne verschwand und elektrische Lichter die Beleuchtung übernahmen.

»Und vergiss nicht zu schreiben, wie wir in Chinatown unter Papierlaternen mit Stäbchen gegessen haben!« Hannah diktierte Ada so viele Beobachtungen wie möglich, um ihre Familie teilhaben zu lassen. »Stell dir nur vor, wie begeistert Rudi wäre.«

»So ausführlich, wie du es erzählt hast, wird es für ihn sein, als wäre er da gewesen. War's das?«

Hannah biss sich auf die Lippe. Es fiel ihr schwer, den Eltern ihr erstes Enkelkind vorzuenthalten. Aber manche Dinge besprach man wohl besser, wenn man sich Auge in Auge gegenübersaß. Sie nickte. »Ja, das ist alles.«

»Gut, dann lass uns unsere Sachen packen.«

»Was brauchen wir denn?«, fragte Hannah überrascht.

»Die Jungs wollen mit uns an den Strand fahren. Zeit, unsere neue Badekleidung auszuführen.«

Hannah hatte von ihrem ersten Gehalt zwei Badeanzüge gekauft, damit sie endlich wieder einmal schwimmen konnten. Sich darin halbnackt den Männern zu präsentieren war eine ganz andere Sache. »Ich wusste nicht, dass wir an den Strand fahren.«

»Und ich dachte, du wolltest etwas unternehmen, das nichts kostet. Außerdem badest du doch so gerne.«

Hannah wurde mit den eigenen Waffen geschlagen. Nachdem sie damals in der Cocktailbar die Rechnung gesehen hatte, stellte sie für weitere Treffen die Bedingung, dass sie nichts kosteten.

Edward hatte nach ihrer Ansage verständnislos zu Aaron geschaut. Der Gedanke an Unternehmungen, für die man nicht bezahlen musste, schien ihm fremd zu sein.

»Musst du sie immer mit der Nase drauf stoßen, was für arme Flüchtlingsmädchen wir sind?«, hatte Ada gezischt, sobald sie allein waren.

»Ich habe weder Flucht noch Armut erwähnt. Aber ist es dir etwa recht, wenn Edward weiter für alle Kosten aufkommt? Du weißt, dass es nichts geschenkt gibt.«

Hannah bereute schnell, dass sie nachgegeben hatte. Nachdem sie sich umgezogen hatten – der Betreiber des Badehauses mit den Umkleidekabinen hatte zehn Cent pro Person verlangt –, gesellten sie sich wieder zu den Männern, die direkt am Strand in ihre Badehosen geschlüpft waren. Hannah beneidete ihre Schwester um die Selbstverständlichkeit, mit der sie sich auf den

Rücken legte und ihren Körper offen der Sonne und den Blicken darbot. Hannah hingegen saß steif und mit angezogenen Beinen auf der Decke, obwohl ihr im Gegensatz zu Ada üppige Wölbungen fehlten, die es zu verbergen lohnte. Sicher hielten sie alle für prüde, so zwanghaft, wie sie es vermied, die sonnengebräunte Haut der Männer anzusehen.

Edward reichte Ada eine geöffnete Flasche Cola. »Möchtest du auch eine?«, fragte er Hannah freundlich.

Sie schüttelte den Kopf. »Ich gehe gleich ins Wasser.« Das war ihr Element, dort würde sie sich weniger entblößt vorkommen.

Ada stand ebenfalls auf. »Ich komme mit. Ihr auch?« Mit den Fingern kämmte sie sich durch das lange offene Haar.

Edward schaute mit einem merkwürdigen Ausdruck zu ihr hoch, dann rollte er sich schnell auf den Bauch. »Ich kann gerade nicht«, krächzte er kaum verständlich. Es war das erste Mal, dass Hannah ihn erröten sah. Aarons wissendes Grinsen verriet ihr, weshalb.

Peinlich berührt stapfte sie ins Wasser.

»Ih, eine Qualle«, rief Ada hinter ihr, doch Hannah drehte sich nicht noch einmal um. Sie ließ sich auf dem Rücken treiben, und durch die geschlossenen Augenlider sah sie glutrot. Dieses herrliche Übermaß an Licht durchflutete alles. Die Ohren hielt sie unter Wasser, weswegen sie nur das Rauschen ihres eigenen Blutes vernahm. Sie lauschte ihm und empfand dabei entrückt das Jetzt und nichts anderes. Erst ein Ruckeln an ihrem Körper nahm ihr die Balance. Aaron! Er war neben ihr aufgetaucht, rieb sich das Wasser aus den Augen und schüttelte den Kopf wie ein nasser Hund. Halb bedauernd, halb amüsiert grinste Hannah über seinen Anblick.

Er tauchte sie unter, bevor sie begriff, wie ihr geschah. Prustend kämpfte sie sich wieder an die Oberfläche. »Hey, lass das.«

Aaron lachte sie aus, und sie stürzte sich auf ihn. Solange sie das Wasser wie eine schützende Hülle umgab, fand sie nichts dabei, dass seine nackte Haut sie immer wieder streifte, während sie sich gegenseitig untertauchten. Nur einmal standen sie sich nach dem Auftauchen so nahe gegenüber, dass ihre Körper sich nur gerade eben nicht berührten. Außer Atem sahen sie einander an. Die Rangelei zuvor war der atemlosen Hannah weniger intim erschienen als dieses Schweigen. Lachend spritzte sie Aaron nass und tauchte schnell wieder unter.

Als sie kurz darauf alle nebeneinander auf der Decke lagen, tippte Aaron sanft gegen Hannahs Finger. »Die Wunden sehen frisch aus. Hat das Salzwasser nicht gebrannt?«

»Es hat mich nicht gestört.«

»Sag mal, Edward, hast du nicht gesagt, dass deine Tante eine Verkäuferin sucht?«, fragte Aaron.

Sein Cousin begriff sofort. »Ja. Du hast recht!« Er wandte sich Hannah zu. »Sie leitet die Modeabteilung bei Macy's. Alles ist sehr elegant, und sie bezahlen ihre Mitarbeiterinnen anständig. Sicher wären dir Mode und Kosmetik lieber als Zigarettenanzünder.«

Ada richtete sich auf. »Meinst du, ich könnte dort vorsprechen?«

Aaron runzelte die Stirn. »Ich dachte eigentlich ...«

Hannah unterbrach ihn mit einem beschwichtigenden Kopfschütteln. »Für mich wäre das nichts.«

Aarons zweifelnde Miene verriet, dass er annahm, sie wolle Ada aus Freundlichkeit den Vortritt lassen. Dabei hatte sie die

Wahrheit gesagt. Sie war nicht so raffiniert im Umgang mit anderen Menschen, wie es eine überzeugende Verkäuferin zu sein hatte. Zudem würde es ihr schwerfallen, Interesse an Mode und Kosmetik vorzutäuschen.

»Wenn du möchtest, rede ich mit meiner Tante. Warte es ab, du bist bald das Aushängeschild ihrer Abteilung«, sagte Edward zu Ada. »Allerdings weiß ich von ihr, dass ihr Alltag anstrengender ist, als man es auf den ersten Blick meint. Für eine alte Jungfer wie sie mag es das Richtige sein. Versteht mich nicht falsch, ich mag meine Tante. Aber *du* hast das doch nicht nötig?«

Hannah verdrehte innerlich die Augen. Immer das Gleiche. Gewiss war seine eigentliche Frage: *Warum sucht sich jemand wie du nicht stattdessen einen Mann?*

»Ich würde mir gerne ein Zimmer in einer Pension nehmen, dafür brauche ich Geld«, erklärte Ada gelassen. »Wir können nicht ewig bei unserer Tante Judith leben.«

Hannah starrte ihre Schwester an. Nie zuvor hatte Ada darüber gesprochen auszuziehen. Bei dem Gedanken, sie und Sarah nur bei gelegentlichen Besuchen zu sehen, krampfte sich etwas in Hannah zusammen. Sie war davon ausgegangen, dass sie sich gemeinsam mit ihren Eltern ein Zuhause suchen würden, in dem sie blieben, bis eine von ihnen – Ada – heiratete. Wie stellte sich ihre Schwester den Umzug in eine Pension überhaupt vor? Bislang hatte Ada ihre Tochter kein einziges Mal besucht, doch sicher würde Sarah am Ende bei ihr leben. Ein Kind blieb schließlich bei seiner Mutter, oder? Und Hannah hatte nicht den Eindruck, dass man in Amerika unehelichen Kindern nachsichtiger gegenüberstand als in Deutschland.

KAPITEL 9

»Bald kannst du nach Hause«, wisperte Hannah dem Baby in ihrem Arm zu. Das Herz wurde ihr schwer, wenn sie daran dachte, dass es womöglich kein gemeinsames Zuhause würde. Ada wich allen Fragen nach ihren Plänen aus.

Ein klägliches Wimmern ließ Hannah aufhorchen. Es kam aus dem Inkubator nebenan. Vorsichtig spähte sie durch das Glas. Das Baby dahinter hieß Joshua, wie seine Perlenkette verriet. Wegen seiner dunklen Haut war sich Hannah anfangs nicht sicher, doch dann erkannte sie, dass die Lippen des Jungen blau verfärbt waren. Sie legte Sarah in ihr Bettchen zurück und hielt besorgt nach einer Schwester Ausschau.

»Madame, bitte kommen Sie schnell. Ich glaube, bei dem kleinen Joshua stimmt etwas nicht. Ich denke, es könnte sich um eine Zyanose handeln.«

Madame Recht zögerte keine Sekunde lang. »Ich komme!«

Die Schwester hob den Jungen aus seinem Inkubator und klappte die über seinen Händen schützend zusammengefalteten Ärmel auf. »Sie haben recht. Auch seine Finger sind blau. Dr. Couney ist gerade nicht im Haus. Würden Sie bitte Dr. Green holen?«

Als Hannah kurz darauf in Begleitung des Arztes zurückkehrte, sah Madame ihn besorgt an. »Er atmet nur noch schwach.« Von dem Stoff, den sie dem Jungen unter die Nase hielt, stieg ein strenger Ammoniakgeruch auf.

»Geben Sie ihn mir.« Vorsichtig legte Dr. Green das Baby zurück in sein Bettchen und drückte mit seiner Hand mehrmals den kleinen Körper zusammen.

»Ich fürchte, Dr. Couney muss auf sein verdientes Feierabendbier verzichten. Fräulein Rosenbaum, macht es Ihnen etwas aus, ihn aus dem Pub gegenüber zu holen? Es tut mir leid, Sie darum zu bitten, aber wir sind derzeit unterbesetzt und können hier jede Hand brauchen.«

Hannah nickte. »Natürlich, ich beeile mich.«

Sie fand Dr. Couney im Pub mit einem vollen Bierglas vor sich. Er schien sich eben erst hingesetzt zu haben.

»Ich bedauere, Sie zu stören, aber einem der Kinder geht es schlecht. Dr. Green hat mich gebeten, Sie zu holen«, sagte sie.

Er warf einen betrübten Blick auf sein Bier, bevor er rasch aufstand, Hut und Mantel von der Garderobe nahm und sich an Hannahs Seite auf den Weg machte.

»Haben Sie eigentlich vor, irgendwann auch einmal eines auszutrinken? Das ist ja schon beleidigend«, grölte ihnen der Mann hinter dem Tresen munter hinterher.

»So können Sie es zweimal verkaufen. Ein gutes Geschäft«, erwiderte Dr. Couney und tippte zum Abschied mit zwei Fingern an den Rand seiner Melone.

»Er atmet«, rief Dr. Green erleichtert.

Madame wischte dem Jungen ein wenig Schleim aus dem Gesicht.

»Haben Sie heute etwas Auffälliges an ihm bemerkt, Madame?«, fragte Dr. Couney.

»Die Nachtschwester hat erwähnt, dass er mehrmals gespuckt hat.«

»Hoffentlich keine Hirnblutung«, murmelte Hannah besorgt.

Dr. Couney sah sie überrascht an, dann nickte er. »Wir können nur hoffen, dass die Gehirnstruktur unverletzt ist. Sie interessieren sich für Medizin?«

Hannah nickte.

»Gut. Der Schädel ist noch weich. Die kleinen Knochen und die Schädelnähte lassen zu, dass er sich unter Druck ein wenig ausdehnt.« Er wandte sich an Madame Recht. »Wir legen ihn wieder hinein, den Kopf und den Oberkörper leicht erhöht. Er bekommt 1 mg Vitamin K und Sauerstoff, 40 Prozent. Hoffen wir, dass es noch mal gut gegangen ist.«

»Zum Glück hat die junge Dame früh erkannt, wie es um Joshua steht«, erklärte Madame knapp.

»Wirklich?«

»Sie ist Krankenschwester«, fügte Dr. Green rasch hinzu.

Schmunzelnd blickte Dr. Couney erst seine Mitarbeiter, dann Hannah an.

»Mir scheint, es gibt einen Plan. Und Sie haben Erfahrungen mit Säuglingen?«

Hannah brauchte einen Moment länger, bis sie begriff, worauf die anderen hinauswollten. Dann weiteten sich ihre Augen. »Ich war ein paar Monate auf der Säuglingsstation und habe dort auch Frühgeborene gesehen. Aber ich hatte nie mit so kleinen Babys zu tun.« Es schmerzte sie, ihre winzige Chance zunichtezumachen, doch wäre es verantwortungslos gewesen, die Wahrheit zu verschweigen.

»Ich werde sie unter meine Fittiche nehmen«, erklärte Madame knapp. »Wir haben noch keinen Ersatz für Ella – und ich glaube nicht, dass wir so kurz vor dem Ende der Saison jemanden finden.«

»Dann ist es also entschieden. Sagen Sie Hildegarde, sie soll sich um das Vertragliche kümmern«, sagte Dr. Couney. Er reichte Hannah die Hand. »Willkommen an Bord. Ich verabschiede mich an dieser Stelle von Ihnen. Auf mich wartet ein Bier. Vielleicht.«

Die drei Verbliebenen sahen ihm nach.

»Und mich fragt keiner?« Hanna lächelte.

»Sie wollen nicht?« Madame zog die Augenbrauen hoch.

Hannahs Lächeln wurde breiter. »Doch, unbedingt. Aber was hat es mit dem Ende der Saison auf sich?«

»Ich muss mich um eine andere kleine Patientin kümmern«, sagte Dr. Green. »Klären Sie alles Weitere mit Fräulein Rosenbaum?«

»Was denken Sie denn?«, knurrte Madame.

»Ich bin schon weg.« Zum Abschied winkte er Hannah zu.

»Wo waren wir?«, fragte Madame. »Ach ja richtig, das Ende der Saison. Wir schließen im November und machen im April wieder auf.«

»Oh«, sagte Hannah. Ihre Anstellung würde demnach kaum drei Monate dauern.

»Es ist sehr bedauerlich, aber wir können es uns nicht leisten, die Hallen über den Winter zu heizen. Und Dr. Couney braucht die Pause. Er ist nicht mehr der Jüngste. Manchmal frage ich mich, wie lange er überhaupt noch durchhält. Er hat sogar schon versucht, seine Geräte der Stadt zu schenken.«

Hannah war überrascht. Die Erschöpfung, von der Madame

sprach, war Dr. Couney nicht anzumerken. Andererseits hatte sie beobachtet, was für ein talentierter Schauspieler in ihm steckte.

»Wir bezahlen unsere Schwestern gut, so dass sie den Winter gerade so ohne eine Anstellung überstehen können, wenn sie sparsam haushalten.«

»Das klingt großartig«, murmelte Hannah.

Um ihr Einkommen musste sie sich demnach nicht sorgen, doch war es ihr unerträglich, dass es von der Jahreszeit abhängen sollte, ob ein Frühgeborenes lebte oder starb. Dem alten Herrn lastete sie seinen saisonabhängigen Einsatz nicht an, aber den Krankenhäusern nahm sie ihr mangelndes Interesse übel.

An ihrem letzten Tag in der Fabrik zog Hannah das elegante blaue Kleid mit dem Matrosenkragen an, das Ada seit ihrer ersten Begegnung mit Esther verschmäht hatte. Für ihre Zwecke erschien es Hannah ideal. Sie verwandelte sich darin in eine souveräne Dame, die einem Mann mit lieblicher Stimme bekannt gab, dass er nicht mehr mit ihr zu rechnen hatte. Mr. Thomas erklärte ihr wütend, dass es ihm unmöglich sei, von heut auf morgen auf eine *seiner* Arbeiterinnen zu verzichten. Es gehöre sich doch nicht, seinen Geldgeber derart im Stich zu lassen! Sie ließ ihn seine Schimpftiraden beenden, bevor sie ihm gelassen mitteilte, dass sie sich für die Belange ehemaliger Arbeitgeber nicht interessiere. *Das ist für dich, Rosi.*

Schon am folgenden Tag trat sie ihre neue Stelle an – voller Dankbarkeit für den Luxus, einer Arbeit nachzugehen, die Freude bereitete. Sie summte in ihrem Kopf selbst dann noch fröhliche Schlager, wenn sie gerade nur Gumminippel auf Milchflaschen stülpte. Manchmal pfiff sie sogar laut, ohne es zu merken. Doch

Madame gebot ihr immer wieder rasch Einhalt. »Schön, wenn Sie Freude haben. Aber werden Sie nicht nachlässig. Ihre Strumpfhosen werfen Falten, und Ihr Kragen sitzt schief. Bitte kümmern Sie sich darum«, sagte sie etwa.

Hannah beeilte sich, jeden Patzer umgehend auszubügeln, damit Madame nicht bereute, sich für sie eingesetzt zu haben. Die theoretischen Lektionen in Embryologie während ihrer Ausbildung hatten sie wenig darauf vorbereitet, tatsächlich ein neues Leben an seinem Anfang zu begleiten. Sie strengte sich an, ihre mangelnde Erfahrung durch Eifer und Konzentration wettzumachen. Deshalb freute es Hannah, dass Madame seltener etwas an ihrer Arbeit als am Zustand ihrer Kleidung auszusetzen hatte.

Wie gerne hätte sie der Außenwelt berichtet, dass – entgegen aller Gerüchte – bei der Arbeit mit Frühchen kaum Hexerei und Wunderhände zum Einsatz kamen. Stattdessen zählte vor allem Akribie bei der Einhaltung von Maßen. Die Muttermilch wurde per Hand abgepumpt, gekocht, um das Butterfett zu minimieren, und dann mit Nährstoffen angereichert. Die genaue Rezeptur legte Dr. Couney für jedes Kind neu fest. »Die wichtigste Zutat ist der Kopf des Arztes«, pflegte er zu sagen. Ebenso wurden Temperatur, Sauerstoffzufuhr und Feuchtigkeit präzise an das jeweilige Kind und seine sich verändernden Bedürfnisse angepasst. Hannah lernte, wie man die Sauerstofftanks austauschte – eine aufwändige Angelegenheit – und wie man die Ölflamme überwachte. Die erwärmte das Wasser in dem Siphon außerhalb der doppelwandigen Säuglingskammer, der wiederum mit dem geschlossenen Wassertank unter dem Bettchen verbunden war.

Dabei nutzte sie jede Gelegenheit, um an Sarahs Bett vorbeizuhuschen. Sie sah ihr zu, wie sie an ihrem Daumen lutschte, an dem der Fingernagel bald die Kuppe überragen würde. Gierig sog sie jedes Anzeichen von Wachstum auf, strengte sich aber an, den anderen Kindern die gleiche Aufmerksamkeit zukommen zu lassen. Die ersten Wochen im Frühchenhaus verbrachte Hannah wie in einem herrlichen Traum.

Zu ihrer Überraschung schien sogar Judith dem Eifer, mit dem sie ihrer Tätigkeit nachging, Respekt zu zollen. Nicht dass ihre Tante dies jemals geäußert hätte, doch oft genug hob sie Hannah von einem verpassten Essen ein »gutes« Stück Fleisch auf oder bereitete das Frühstück etwas früher zu, damit Hannah noch etwas »Ordentliches« in den Magen bekam. Obwohl Hannah nun recht passabel verdiente, weigerte sich ihre Tante anfangs, auch nur einen Cent für Kost und Logis von Hannah anzunehmen. »Was würde mein Bruder sagen, wenn ich seinem Kind Geld abknöpfe?« Doch Hannah, die wusste, wie gut ihre Verwandten das Geld gebrauchen konnten, blieb beharrlich, bis Judith nachgab. Diese ließ ihre Nichte dafür nach ihren Spätschichten ausschlafen und spannte sie sehr viel weniger für die Hausarbeiten ein. Das wiederum missfiel Ada, die nun anstelle ihrer Schwester einspringen musste. »Wieso muss ich mich für deine Träume aufopfern?«, brummelte sie das ein oder andere Mal.

Doch insgesamt blieb die Stimmung friedlich, bis Hannah eines vormittags von einem schrillen Schrei geweckt wurde. Die laute Stimme ihrer Schwester ließ Hannah aufspringen und ins Wohnzimmer eilen.

»Wie konntest du!« Ada hielt einen Brief in der Hand. Sie stand Judith wie eine Kampfhenne gegenüber, die sich nicht damit begnügen würde, der anderen nur ein Auge auszupicken. Ihr hingen wilde Strähnen im Gesicht, und unter der Haut ihrer dunkelrot verfärbten Stirn pochte eine Ader. In ihrem feuchten Blick schimmerte etwas, das sie fremd und gefährlich erscheinen ließ. Hannah erinnerte sich nicht, ihre Schwester schon einmal so gesehen zu haben. »Wie konntest du es ihnen sagen?«, rief Ada.

Judith, die sich nicht so leicht einschüchtern ließ, erwiderte beherrscht: »Wie konntest du es ihnen verschweigen?«

Ada gab einen schrecklichen Laut von sich.

»Ich bin selbstverständlich davon ausgegangen, sie wüssten es«, fuhr Judith fort.

»Was ist denn passiert?« Vorsichtig drängte Hannah sich zwischen die Fronten dieses merkwürdigen Duells.

»Unsere Eltern wissen von dem Kind«, rief Ada.

Hannah wünschte, ihre Schwester würde nur einmal den Namen *Sarah* über die Lippen bringen!

»Mama und Papa haben uns geschrieben? Sind sie sehr wütend?«

Besorgt nahm Hannah den Brief an sich und überflog die Zeilen. Wie erwartet hatte es ihre Eltern tief getroffen, nichts von Adas heimlicher Verlobung erfahren zu haben, geschweige denn vom schlimmen Schicksal des armen Kindsvaters. Sofort empfand Hannah Gewissensbisse wegen ihrer Freude, eine Nachricht von den Eltern zu erhalten. Es war allein ihr zuzuschreiben, dass jetzt neben einem ganzen Ozean auch noch eine dicke Lüge zwischen ihnen stand. Wenigstens endete der Brief mit der Bemerkung, dass sie trotz allem kaum erwarten konnten, ihr erstes Enkelkind im Arm zu halten.

Hannah ließ den Brief sinken. »Sie nehmen es doch recht gut auf.«

»Ist euch eigentlich klar, was ihr mir damit angetan habt?« Ada verließ unter lautem Türenknallen das Zimmer, ohne eine von ihnen eines weiteren Blickes gewürdigt zu haben.

»Ich verstehe das nicht«, murmelte Judith betroffen.

»Ich auch nicht«, erwiderte Hannah leise. Sie sah zu der geschlossenen Tür und ahnte, dass sie an diesem Tag unausgeschlafen bei der Arbeit erscheinen würde. Es erschien ihr wenig ratsam, Ada zu stören. Stattdessen bat Hannah ihre Tante um Papier und einen Stift, um am Wohnzimmertisch den Brief zu beantworten. Sie beschrieb Sarahs bezauberndes Lächeln, die hellblauen Augen, die sich seit der Geburt kaum verändert hatten, und wie fest das Mädchen inzwischen mit seinen kleinen Händen zupackte.

Ada sprach zwei Tage nicht mit Hannah oder Judith. Danach teilte sie ihnen merklich gefasster mit, dass sie in der folgenden Woche eine Stelle bei Macy's antreten würde. Zudem sei in einer Pension in Manhattan ab Oktober ein Zimmer für sie frei, in der sie gemeinsam mit anderen jungen Verkäuferinnen und Sekretärinnen wohnen würde. Auf Judiths Frage, wie sie in diesem Leben ein Baby unterbringen wollte, erwiderte Ada nur vage: »Das wird sich finden.«

In der darauffolgenden Zeit dehnte sich die Stille zwischen den Frauen immer weiter aus, legte sich schwer auf die Brust und schnürte ihnen die Luft ab. Judith schien zu befürchten, dass sie Ada vergrault und damit gegen die Gesetze der Gastfreundschaft verstoßen hatte, was zugleich einen Affront gegenüber ihrem Bruder dargestellt hätte. Auch Hannah fürchtete, ihre Familie würde auseinanderbrechen. Und Adas Blick schweifte umher wie der eines Tieres in der Falle. Nicht einmal der gutmütige Simon konnte das Schweigen der Frauen überhören. Er zog es jedoch vor, keine Fragen zu stellen. Es schien ihm lieber zu sein, alle Unstimmigkeiten auf die weiblichen Mysterien zu schieben, die einem Mann vorenthalten wurden. Also bemühte er sich tapfer, bei Tisch die Gespräche aufrechtzuerhalten, ansonsten verbrachte er freie Momente nun bevorzugt im Keller mit seinen Schnitzereien.

Genauso beklemmend wie die angespannte Atmosphäre empfand Hannah die Verwandlung ihrer Schwester, wenn sie gemeinsam Zeit mit Edward und Aaron verbrachten, was sie trotz allem weiterhin taten. Ein Fingerschnipsen, ein Blinzeln, und schon erstrahlte Ada wieder in einem Licht, das Männer in Motten verwandelte. Ihr Verhalten irritierte Hannah derart, dass sie Verabredungen mit den Cousins zu meiden begann. Erst zwei Wochen vor Adas Auszug gelang es Aaron noch einmal, Hannah zum Besuch eines Clubs zu überreden, in dem er gelegentlich mit der Oboe auftrat. »Es werden keine Regeln gebrochen«, hatte er grinsend versichert. »Wenn ich dort auftrete, bedeutet das freien Eintritt und Drinks für uns alle.«

Sie konnte nicht widerstehen, ihn wieder spielen zu hören, selbst wenn sie danach verwirrt und mit wummerndem Herzen in ihrem Bett liegen würde.

Gleich beim Betreten der Bar begriff Hannah, dass hier eher nicht der rechtschaffene Teil der Gesellschaft verkehrte. Ein Mädchen stellte vier Martinigläser vor ihnen ab. Der seitliche Schlitz in ihrem goldglitzernden Kleid reichte ihr fast bis zur Hüfte. Schwere Aromen von Amber, Moschus und parfümierten Zigarren waberten durch die Luft.

»In was für eine Räuberhöhle habt ihr uns denn da geschleift?«, fragte Ada, eine Augenbraue fast bis zum Haaransatz hochgezogen.

Hannah betrachtete sie, widerwillig gebannt. In der Nacht zuvor hatte sie sich überwunden, in die Dunkelheit zu flüstern. »Willst du wirklich ausziehen?« Für die andere Frage fehlte ihr der Mut: *Was ist mit Sarah?*

»Es ist ja nicht sofort«, hatte ihre Schwester gemurmelt und sich zur Seite gedreht.

An der fahrigen Gereiztheit, mit der Ada allen Annäherungsversuchen Hannahs auswich, erkannte diese, dass ihre Schwester etwas verbarg.

Hannah nippte an ihrer Glasschale, deren Rand eine spiralförmige Zitronenschale zierte. Anfangs war ihr der herbe Geschmack des Getränks zuwider, doch die Flüssigkeit löste ihre Anspannung und wärmte sie. Sie trank schneller. Nach ein paar gierigen Schlucken war sie so weit, sich von der vibrierenden Stimmung mitreißen zu lassen. Eigentlich war es doch herrlich, einmal etwas Verbotenes zu tun! Sie durfte noch nicht trinken, jedenfalls nicht in New York. Und was würde Judith angesichts der mit rotem Samt bezogenen Sessel sagen, auf deren Polstern sich Männer in Nadelstreifen aalten?

Es amüsierte Hannah zu beobachten, wie unbehaglich Edward auf dem Stuhl hin- und herrückte. Nicht dass sie selbst sich an diesem Ort wie zu Hause gefühlt hätte, aber Edward bewegte sich sonst überall mit dem routinierten Selbstvertrauen alten Geldes. Allerdings beeindruckten solche Privilegien hier wahrscheinlich niemanden. Sicher waren die zwielichtigen Typen um sie herum zu sehr damit beschäftigt, neue Reichtümer zu scheffeln. Aaron hingegen schäkerte auf der Bühne gut gelaunt mit den Mitgliedern seiner Band, nahm galant die Wünsche der Gäste entgegen und spielte Jazzmusik.

Hannah wandte den Blick kaum von ihm ab, bis er am Ende des Auftritts die Bühne verließ. Er schnappte sich einen der Stühle an ihrem Tisch und drehte ihn so herum, dass er seinen Oberkörper gegen das Rückenteil lehnen konnte. Die Ellbogen hielt er lässig aufgestützt. »So, Feierabend, Freunde. Ich hoffe, ihr genießt die Früchte meiner Arbeit. Gleich tritt Fred auf, er wird euch gefallen. Der beste Sänger von allen hier. Mädels, wie fühlt ihr euch als moderne berufstätige Frauen? Wir haben uns zu lange nicht getroffen.«

Hannah fing einen Blick auf, den Edward ihrer Schwester zuwarf, und erkannte: *Sie* hatten sich durchaus getroffen.

»Sehr gut«, antworteten beide Frauen zugleich. Sie sahen einander an und lächelten zaghaft.

Dann ließ sich Ada von Edward auf die Tanzfläche führen, während Hannah ihnen mit gerunzelter Stirn nachschaute.

Aaron lachte über ihren Gesichtsausdruck. »Finde dich endlich damit ab. Sie werden heiraten und viele wunderschöne Babys bekommen.«

»Aber ...« Hannah unterbrach sich und starrte betreten in ihr leeres Glas. Fast hätte sie Sarah erwähnt. *Es ist besser, die Finger vom Alkohol zu lassen, solange ich Geheimnisse wahren muss.*

»Würden Sie mir eine Zitronenlimonade bringen?«, bat sie den Kellner.

Der zog eine Augenbraue hoch, nickte aber.

»Ich weiß nicht, ob es ratsam ist, hier etwas anderes als Alkohol zu bestellen«, sagte Aaron grinsend. »Aber mir gefällt, wie empört du reagierst, wenn die Rede auf Familie und Babys kommt. Im Ernst, wer wäre so verrückt, Kinder in eine Welt wie diese zu setzen!«

Hannah musterte ihn überrascht. Aarons Ausruf schien seiner optimistischen Art zu widersprechen. Doch falls darin echte Bitterkeit mitgeschwungen hatte, verbarg er sie geschickt hinter seiner üblichen Gelassenheit.

»Du planst also nicht, in nächster Zeit eine Familie zu gründen?« Sie ließ ihre Frage beiläufig klingen und schaute an ihm vorbei zu den Tanzenden. Er sollte nicht meinen, dass seine Antwort sie berührte, egal wie sie ausfiel.

Er lachte trocken auf. »Ganz sicher nicht. Zumindest nicht in den nächsten zwanzig Jahren. Ich werde Brücken bauen, schon vergessen? Vermutlich werde ich sehr viel reisen.«

»Das klingt aufregend.«

»Glaub mir, das wird es sein. Ich würde gerne in den Süden gehen. Falls sie tatsächlich einmal eine Brücke über den Panamakanal bauen, wäre ich gerne dabei. Da werde ich mir sicher keine Familie ans Bein binden.«

Er erhob sein Glas. »Auf die Freiheit.«

»Auf die Freiheit«, wiederholte Hannah. Ihr Glas klirrte gegen seines.

»Wobei mir die Gesellschaft einer Frau keineswegs zuwider wäre«, fuhr Aaron fort. Beim Aufstehen kippte er den letzten Schluck Martini hinunter, stellte das Glas ab und hielt Hannah die Hand hin. »Lass uns tanzen.«

Sie sah ihren Fingern dabei zu, wie sie in seine glitten. Schneller als sie denken konnte, lag ihre Wange an seiner Halsbeuge, und die samtene Stimme des Sängers umschmeichelte ihren Geist.

Some things that happened for the first time
Seem to be happening again.
And so it seems that we have met before
And laughed before and loved before,
But who knows where or when?

Hannah hatte diesen Song wenige Tage zuvor zum ersten Mal im Radio gehört. Er stammte aus dem Musical »Babes in Arms«. Doch jetzt, benebelt vom Alkohol, eingehüllt in Aarons Duft nach Seife, Sandelholz und Leder, getragen von den Klängen, glaubte sie zu bersten. Der Druck seiner Finger auf ihrem Schulterblatt ließ ihr Blut schneller durch die Adern rauschen. Ihr Herz flatterte aufgeregt an seinem. *Nur dieser eine Abend.* Sie schmiegte sich enger an Aaron. *Nur dieser eine Kuss.* Sie hob den Kopf, mit einem Mal sicher, dass er ihr Angebot annehmen würde. Doch er versteifte sich. Beschämt befürchtete Hannah, sich geirrt zu haben, bis er seine Lippen sanft auf ihre legte und mit seinem Mund ihren öffnete. Einen Atemzug lang verharrten sie so, bevor seine Zungenspitze über ihre Unterlippe glitt. Da war es wieder, dieses Drängen zwischen den Beinen, das nun so unerträglich wurde, dass sie ihn am liebsten frustriert in die Lippe gebissen hätte. Als sie es nicht mehr aushielt, brach sie den Bann, indem sie sich von ihm losriss und ihre Aufmerksamkeit zurück auf die Umgebung lenkte. Sie sah das nachsichtige Lächeln, das Edward und Ada einander zuwarfen. Es vermittelte ihr den Eindruck, als würden sie etwas durchschauen, das Hannahs Auffassungsgabe überschritt. Das ärgerte sie zutiefst. Ohne ein weiteres Wort eilte sie an ihren Platz zurück und sagte nur noch etwas, wenn sie gefragt wurde.

Aaron hingegen plauschte und lachte unbefangen wie eh und je. Doch manchmal sah er sie eindringlich an. In seinem Gesicht stand eine Frage, die Hannah nicht zu entziffern vermochte.

Später, als die Schwestern in ihren Betten lagen, raunte Ada ihr zu: »Und ich dachte, du wärst ein anständiges Mädchen.« Sie lachte. Dann fuhr sie ernster fort: »Sei bloß vorsichtig. Ich habe von Edward gehört, dass Aaron gerne Mädchen küsst.«

»Es war nichts«, versicherte Hannah in scharfem Ton. Es störte sie, dass ausgerechnet ihre Schwester mit ihren heimlichen Treffen und Liebeleien sie ermahnte.

»Aaron glaubt übrigens, du und Edward würdet heiraten und viele kleine Kinder bekommen.«

»Das hat er gesagt?« Adas Stimme verriet, dass sie lächelte.

»Und Sarah?«

»Darüber wollte ich schon die ganze Zeit mit dir reden. Ich habe von einem Sozialdienst gehört, der Pflegefamilien findet.« So entspannt hatte Ada zuvor nie geklungen, wenn sie über *das Kind* sprach.

»Du gibst sie weg?«, rief Hannah entsetzt. Endlich erfuhr sie, was unter der Oberfläche von Adas nervös lauernden Blicken geschwelt hatte.

»Es ist das Beste für das ... für *Sarah*. Wenn du ein wenig nachdenkst, wirst du zum gleichen Schluss kommen. Du willst doch, dass es ihr gut geht?«

»Tust du es wegen Edward? Weil er nichts davon erfahren soll?«

Ada schwieg lange. »Auch«, gab sie dann zu. »Das ist meine

Chance, in diesem Land Fuß zu fassen, verstehst du? Das Leben zu leben, das ich mir einmal vorgestellt habe. Willst du mir das verwehren?«

»Aber ...«

»Du machst das Gleiche, wenn du Krankenschwester wirst, oder?«, fiel Ada ihr ins Wort. »Wobei sich die Dinge bei dir ja nun wohl auch anders entwickeln – mit Aaron.«

»Nein, so eine Geschichte ist das nicht.« Hannah war nicht bereit, das Thema zu wechseln. »Bitte gib Sarah nicht weg. Es ist für mich unvorstellbar, dass sie nicht mehr bei uns ist.«

»Bei uns? Sie war nie bei uns. Wir haben dich gleich von Anfang an gewarnt, dein Herz nicht zu sehr an sie zu hängen.«

»Und unsere Eltern?«

»Hätte Judith es ihnen doch niemals erzählt und hättest du dich nicht so in die Sache hineingesteigert! Das hätte uns allen viel Kummer erspart«, erwiderte Ada betrübt. Die Sorge um die Gefühle ihrer Eltern schien sich für sie nicht so leicht abschütteln zu lassen wie die um ihre Tochter.

Hannah fasste sich an den Hals. »Ada, ich ...«

»Hör auf!«, fauchte ihre Schwester. »Hör endlich auf«, fuhr sie leiser fort. »Es ist meine Entscheidung, und ich habe sie getroffen. Eines Tages wirst du mich verstehen.«

Nichts würde Ada umstimmen, dessen war sich Hannah jetzt gewiss. Am liebsten hätte sie aufgeschrien. Sie würde kein Auge zubekommen. Aarons Kuss hatte sie aufgewühlt, doch wirkte er wie Baldrian im Vergleich zu *diesen* Neuigkeiten. Wie sollte sie den Eltern erklären, dass sie ihr Enkelkind niemals kennenlernen würden? Dass Ada ihre Tochter abgegeben hatte, weil ein Baby nicht in ihre Pläne passte. Sogar ihre Kollegin Rosi hatte in ihrer verzweifelten Lage um ihre Kinder gekämpft. Unruhig wälzte Hannah sich hin und her. Von dem Gedanken, Sarah aufzugeben, wurde ihr so übel, dass sie beinahe gespien hätte.

An den folgenden Tagen hatte Hannah das Gefühl, etwas in ihr würde zerbrechen. Dabei hatte sie sich bislang zumindest bei der Arbeit vollständig gefühlt. Doch nach dem denkwürdigen Abend fürchtete sie, die Säuglinge nicht mehr gewissenhaft versorgen zu können. Sie hatte das Gefühl, sich innerlich aufzulösen, was die Funktionstüchtigkeit ihres Verstandes beeinträchtigte. Am meisten störte es sie, dass ihre Gedanken auch immer wieder zu dem Kuss zurückkehrten. Kein Mann war es wert, dass sie ihre Aufgaben vernachlässigte. Und doch ertappte sie sich dabei, wie sie auf der Hand, die in Aarons Nacken gelegen hatte, nach Spuren seines Duftes suchte. *Es führt zu nichts*, sagte sie sich. Um es sich zu beweisen, hatte sie ihre Arme bis zu den Ellbogen in einem der Becken abgeschrubbt. Das gehörte ohnehin zu den Vorschriften, doch niemand hätte verlangt, dass sie dabei so ruppig vorging. Sie trugen kurzärmelige Kittel, damit die Säuglinge mit so wenig Stoff wie möglich in Berührung kamen, um keinen Keimen ausgesetzt zu sein.

Dazu kam, dass sie aus Sorge um Sarah bald verrückt wurde. Madame hatte gerade erst aufgehört, jede Bewegung ihrer neuen Schwester zu überwachen. Aber wie sollte Hannah sich selbst trauen, wenn in ihrem Kopf diese Unruhe herrschte? Wie die Erfolge genießen, solange jeder Schritt sie einer Trennung von Sarah näher brachte?

»Träumst du?« Hildegarde sah sie prüfend an.

Verärgert über sich selbst schüttelte Hannah den Kopf.

»Gut. Würdest du diesen Winzling baden?«

»Natürlich.«

Sie nahm das kleine Wesen in Empfang, das kürzer als ihr Unterarm war, und legte es auf die mit einem warmen Handtuch abgedeckte Waagschale. »Oh«, stieß sie hervor. »Keine zwei Pfund.«

Hildegarde nickte besorgt. »Bei der Geburt ist er gerade so auf zwei Pfund gekommen. Und die Frühgeborenen verlieren anteilig mehr Gewicht als die reiferen Babys.«

Das Baby ballte seine murmelgroßen Fäustchen vor dem Gesicht.

Vorsichtig badete Hannah es in warmem Wasser mit einem Spritzer sterilem Mineralöl. Dann pinselte sie den Nabel mit Merthiolate ein, damit er sich nicht entzündete. Zuletzt träufelte sie dem Säugling die Silbernitratlösung in die Augen, woraufhin der Kleine einen kaum hörbaren Laut von sich gab. Es würde dauern, bis er zu jenen schrillen Tönen in der Lage wäre, mit denen die Größeren ihr Missfallen kundtaten.

»Wie heißt er?«, fragte Hannah, um seine Perlenkette zu beschriften.

»Louis«, antwortete Hildegarde.

»Streng dich an, kleiner Louis. Wir helfen dir«, flüsterte Hannah zärtlich. Zu ihrer Erleichterung spürte sie, wie sich schlagartig wieder all ihre Sinne schärften, um dieses Kind zu retten.

Doch nur wenige Tage später sollte sie erfahren, was es bedeutete, ein Baby zu verlieren. Louis hatte es nicht geschafft, obwohl seine Eltern genau wie Hannah selbst auf ein Wunder gebaut hatten. Bevor sie ihnen die schlimme Nachricht überbrachte, setzte sie sich ins leere Speisezimmer und weinte, bis sie tränenleer war. Die Eltern hatten das Recht auf eine exklusive Trauer, in der Hannahs eigener Kummer über den Verlust nichts zu suchen hatte.

»Es tut mir sehr leid«, sagte sie. Ihre Stimme zitterte nicht, dafür die Hände umso mehr, als sie dem Vater sein Herrenhemd überreichte. Seine Frau hatte den Säugling nach der Geburt darin eingewickelt und so übergeben. Die Stärke ihres Mannes sollte sich auf sein Kind übertragen.

Es war keine Seltenheit, dass Eltern auf Gott oder Magie setzten, um das Überleben ihrer zu früh Geborenen zu sichern. Ein jüdischer Säugling hatte ein rotes Band um den Arm getragen. »Kein Ayin Hara«, hatten die Eltern erklärt. »Gegen den bösen Blick«, übersetzte Hildegarde. Einem anderen Kind wurde ein hölzerner Gegenstand mit geheimnisvollen Schnitzereien mitgegeben, sogar eine Kette mit Knoblauchknollen hatte Hannah bereits in der Hand gehalten. Sie behandelte jede der Gaben mit Respekt, da sie selbst in Sarahs Namen alle guten Geister und Götter beschworen hatte. Nach Louis' Tod bat sie kummervolle Eltern nicht mehr, sich nicht zu sorgen. Stattdessen versicherte sie ihnen: »Wir passen gut auf Ihr Kind auf und tun alles, was uns möglich ist.«

Dagegen war es ein Leichtes, sich an die zahlenden Besucher zu gewöhnen. Es war tröstlich, dass die wenigsten kamen, um sich am Elend hilfloser Kuriositäten zu ergötzen. Einige Gäste, die regelmäßig kamen, wurden mit der Zeit zu vertrauten, gar liebgewonnenen Gesichtern. Die Dienstagsfrau betrauerte ihre Kinderlosigkeit und beobachtete ergriffen, wie die Säuglinge gebadet wurden. Die fröhlich lärmende Freitagsfamilie kam dafür gleich mit sechs eigenen Sprösslingen im Schlepptau. Sie bekam schlicht nicht genug von Babys, außerdem hatte die älteste Tochter einst selbst in einem der Inkubatoren gelegen.

Ein Professor aus Yale löcherte Hannah mit Fragen zu ihren Beobachtungen, weil er vorhatte, den Beginn des menschlichen Bewusstseins zu ergründen.

»Sie mögen winzig sein, aber in ihren Augen blitzt das Licht der Erkenntnis. Wie kann jemand behaupten, sie hätten kaum ein Bewusstsein«, hatte Couney ihm erklärt.

Genau wie die Besucher unterschieden sich die Eltern der Babys. Ein Vater brachte jeden Morgen ohne einen Funken Verlegenheit die abgepumpte Milch seiner Frau vorbei. Andere wiederum schlichen nur selten geduckt durch den Saal, weil es ihnen nicht geheuer war, ihr Kind diesem »Establissement« zu überlassen. Und manche kamen zu Hannahs Bedauern gar nicht. Sie hatte längst Dr. Couneys Ansicht verinnerlicht, dass zärtliche Zuwendung eine wirksame Medizin darstellte. Hannah begegnete allen Gästen freundlich – und lernte nach und nach wieder, ihre eigenen Sorgen auszublenden, um sich aufmerksam ihren Schützlingen zu widmen. Doch in Zeiten, in denen sie weniger beansprucht wurde, beherrschte Sarah weiterhin ihre Gedanken. Dann sah Hannah auf ihr Leben verschwommen wie durch Milchglas, auch ihre Gefühle waren seltsam gedämpft.

In dieser Verfassung nahm sie es erfreut, wenngleich ohne Jauchzen, zur Kenntnis, dass sie zu den Universitätstests zugelassen worden war. Und sie war enttäuscht, aber nicht niedergeschmettert, als sie sich nach dem Mathematikteil in den Prüfungen kaum noch eine Chance ausrechnete. Das Bedauern beschlich sie umso mehr am folgenden Tag, als sie Dr. Green suchte. Er hatte sie verpflichtet, ihm sofort und in allen Details von ihrem College-Ausflug zu berichten. Nun war sie froh darüber, dass auf diese Weise niemand von ihrem Scheitern erfahren würde.

Sie fand Dr. Green bei dem kleinen Joshua.

»Schauen Sie, wie kräftig er schon ist!« Er steckte das Stethoskop ein, mit dem er Herz und Lungen abgehört hatte. »Würden Sie ihn wieder warm einpacken?«

Sie nickte erfreut. Die Hüllen, in die sie Joshua einwickelte, waren ihm zu weit, doch das lag vor allem daran, dass Dr. Couney die Säuglinge in zu große Kleidung steckte, um ihre Winzigkeit zu betonen. Jeder Tag, an dem er keine Aufmerksamkeit erzeugte, brachte seine Finanzen in Gefahr – und damit seine Kinder. Er scherzte mit den Wohlhabenden, überreichte der Schwester, deren Baby am meisten Gewicht zugelegt hatte, jovial eine Nylonstrumpfhose – und entließ eine Minute später eine Angestellte, die öffentlich einen Witz erzählt hatte. Er fürchtete, sonst weiteren Zweifeln an der Ernsthaftigkeit seines Unterfangens Vorschub zu leisten. Hannah lernte, sich mit solchen Widersprüchen abzufinden. Sie nahm an, dass Dr. Couney auf einem zu dünnen Drahtseil balancierte, um immer das Gleichgewicht wahren zu können.

Dr. Green wiegte das von Hannah gepackte Bündel in den Armen. Ein Lächeln huschte über Joshuas rosige Lippen. Sein Anblick erinnerte sie daran, dass sie trotz allem an keinem anderen Ort der Welt sein wollte.

Ohne dich wäre ich nicht hier. Sanft berührte sie seine Wange, woraufhin sich seine Grübchen vertieften.

»Nur ein Reflex.« Dr. Green räusperte sich, doch seine Bemerkung hielt sie beide nicht ab, den Jungen gerührt zu betrachten

»Wie waren Ihre Prüfungen?«, fragte er.

»Ich habe leider kein gutes Gefühl.«

»Das muss noch nichts heißen.« Er lachte. »Sie sollen ja abschreckend wirken.«

»Mag sein«, erwiderte Hannah ohne große Hoffnung. Sie konnte sich selbst nicht erklären, warum sie nicht jede freie Minute genutzt hatte, um mit Hilfe seiner Materialien zu lernen. Sicher hatte Angst dabei eine Rolle gespielt. Hätte sie alles daran gesetzt, diese Prüfungen zu schaffen, würde es umso mehr schmerzen, abgelehnt zu werden. Und der Gedanke, doch Erfolg zu haben, war nicht weniger furchteinflößend.

»Müsste Joshua nicht bald abgeholt werden?«, fragte sie.

»Es kommt vor, dass die Eltern sich Zeit lassen.«

Sie runzelte die Stirn. »Wollen sie ihre Kinder denn nicht bei sich haben?«

Er schüttelte den Kopf. »So etwas zeugt nicht unbedingt von einem Mangel an Liebe. Meist fehlt es eher an Geld oder Mut. Es macht viel Arbeit, hungrige Mäuler zu stopfen, und manche lassen sie dann gerne noch ein paar Tage in sicherer Obhut.«

»Ist es schon einmal vorgekommen, dass ein Kind nicht abgeholt wurde?«

»Nur sehr selten. Wir finden dann Pflegefamilien für sie.«

Ach, Sarah!, dachte Hannah unglücklich.

»Seine Eltern sollen sich gerne Zeit lassen«, sagte Dr. Green. »Ich will ihn gar nicht hergeben.«

Der Junge in seinen Armen gluckste.

»Es wird Zeit, dass Sie heiraten, Dr. Green«, ermahnte ihn Hildegarde, die sich unbemerkt zu ihnen gesellt hatte. »Dann könnten Sie endlich selbst welche haben – oder einen Jungen wie diesen als Pflegekind annehmen, falls die Eltern nicht kommen.«

Er betrachtete das schwarze Baby mit verhangenem Blick. »Das würde ich gerne. Aber ich würde ihn damit zu einem Leben als Außenseiter verdammen, nicht wahr? Er würde keiner Welt richtig angehören.«

Er klang so bedrückt, dass Hannah ihm fast die Hand auf den Arm gelegt hätte. Aber trotz des seltsamen Bandes, das zwischen ihr und Dr. Green entstanden war, ließ sie es bleiben, um keinen von ihnen zu beschämen. Sicher wurde es nicht gerne gesehen, wenn Schwestern sich Vertraulichkeiten gegenüber Ärzten herausnahmen.

Stattdessen versuchte sie, ihn mit Worten aufzumuntern, nachdem Hildegarde weitergezogen war. »Und ich dachte nur wir Frauen sollten andauernd verheiratet werden«, sagte sie schmunzelnd.

»Wenn Sie wüssten.« Er lächelte nicht.

KAPITEL 10

Drei Tage vor Adas Auszug erfuhr Hannah, dass ihre Schwester sich verlobt hatte.

»Bleibst du dann hier, statt in die Pension zu ziehen?«, fragte Hannah.

»Nein. Zunächst bleibt alles wie geplant. Wir heiraten nicht vor dem Frühjahr. Bis dahin haben Mama und Papa es hoffentlich hier hergeschafft.«

»Ich dachte, Edward sei dagegen, dass seine Frau arbeitet.«

Ada verdrehte die Augen. »Mach dir darum keine Sorgen. Er gibt sich gerne fortschrittlich, jedenfalls solange es mit einer Hochzeit endet.«

»Macht es dir nichts aus?«

»Warum sollte es? Denkst du, ich werde Verkäuferin, weil es mir Freude macht? Ich will nur niemanden anbetteln, wenn ich ein neues Kleid brauche. Er hat mir ein eigenes Konto versprochen.«

»Hat er schon bei Judith und Simon vorgesprochen?«

»Kannst du ihn dir hier vorstellen?« Ada wich Hannahs Blick aus.

»Schämst du dich etwa für das hier? Er liebt dich und wird sicher …«

Mit einer unwirschen Handbewegung unterbrach Ada ihre Schwester. »Ich verrate dir jetzt etwas fürs Leben: Es ist gelogen, dass Liebe unabänderlich ist und nicht von den Umständen abhängt. Außerdem lädt er uns alle zum Tee ins Waldorf Astoria ein, dort möchte er formvollendet um meine Hand anhalten.«

Hannah seufzte. Genau wie Ada zweifelte sie an der Allmacht der Liebe, nur zog sie daraus einen anderen Schluss: dass man besser nicht heiratete.

»Liebst du ihn denn?«

»Er ist charmant, fürsorglich, und wir vertragen uns gut.«

»Ihr vertragt euch gut? Sollte man es dann nicht bei einer Freundschaft belassen?«

»So wie du und Aaron?« Ada lächelte spöttisch. »Wie lange würde so eine Freundschaft anhalten? Wie viele Ehemänner kennst du, die mit Frauen befreundet sind?«

Hannah ließ die Schultern sinken. Aaron hatte erklärt, dass er nichts gegen weibliche Gesellschaft einzuwenden hatte. Hieß das, er würde bald eine entzückende New Yorkerin heiraten, die ihn später voller Besitzerstolz auf seinen Reisen begleitete? Der Gedanke behagte Hannah gar nicht.

»Edward hat vorgeschlagen, dass wir unsere Verlobung mit dir und Aaron im kleinen Kreis feiern. Um der guten alten Zeiten willen. Du wirst es doch nicht verderben?«

»Nein«, krächzte Hannah. »Wenn du glücklich bist, freue ich mich für dich.«

Zur Feier der Verlobung entkorkten sie am Strand von Coney Island eine Flasche Champagner. Um keine Spielverderbin zu sein, ließ Hannah sich Alkohol einschenken, obwohl ihr an diesem Abend noch eine Nachtschicht bevorstand. Sie würde den Inhalt ihres Glases unauffällig ausschütten, selbst wenn es einem Sakrileg gleichkam, ein so teures Getränk zu verschwenden. Ihrer

Schwester zuliebe lachte sie über alle Witze der Männer und steuerte selbst kleine Anekdoten aus ihrem Alltag bei. Sie flirtete sogar ein wenig mit Aaron, dem sie seit dem Abend in der Bar aus dem Weg gegangen war, indem sie sich mit ihrer Arbeit herausredete.

»Widerlich«, sagte Aaron. Er lachte und deutete auf Edward, der seine zukünftige Braut innig küsste. »Hannah, wollen wir einen kleinen Spaziergang machen, bis die beiden sich abgekühlt haben?«

Beklommen willigte sie ein, wobei sie versuchte, die erwartungsvollen Blicke der anderen zu ignorieren. Das erste Mal seit ihrem Tanz würde sie Zeit mit Aaron allein verbringen.

»Geht es dir gut?«, fragte er besorgt, nachdem sie sich einige Schritte entfernt hatten.

Sie nickte. »Sicher.«

»Du weißt, was sie von uns denken?«

Ihr erster Impuls war, sich unwissend zu stellen, dann nickte sie resigniert. »Ja.«

Er blieb vor ihr stehen. »Haben sie recht?«, fragte er leise.

Die Frage erwischte sie kalt. »Ich dachte, wir wären Freunde.« Sie schaute an ihm vorbei aufs Meer.

Er strich über ihr Haar und zwirbelte eine ihrer Strähnen zwischen seinen Fingern.

»Freunde.« Nachdenklich probierte er das Wort aus, um sogleich den Mund zu verziehen, als sei es ungenießbar.

»Wieso hast du mich geküsst?«, wollte er wissen.

»Ich hatte getrunken.«

»Das war alles?« Er umfasste ihre Oberarme mit festem Griff. »Was willst du, Hannah?«, fragte er rau.

Was wäre wenn? Sie hatte nicht damit gerechnet, diese Wahl zu haben. Die Überraschung ließ ihren Schild durchlässig werden. Obwohl er sie nur an den Armen berührte, spürte sie Aaron am ganzen Körper. Er ließ sie innerlich erbeben und erfüllte sie mit Sehnsucht. Doch wenn sie ihn in diesem Moment küsste, wäre es gleichbedeutend mit einer Einwilligung. In was? Mit ihm nach Panama zu reisen oder ihm anderswo Gesellschaft zu leisten, während er sich seine Träume erfüllte? Jetzt, wo sie einmal das Gefühl hatte, ihr Schicksal wenigstens ein Stück weit selbst zu lenken. Dr. Green hatte recht. Sie *musste* Hannah Rosenbaum sein – nicht die Jüdin, die man am liebsten von der Straße verbannt hätte. Nicht die junge Frau, die man am besten so schnell wie möglich an den Mann brachte. Nicht die Gattin, die ihrem Ehemann das Heim wärmte. Sie schüttelte den Kopf. »Ich kann nicht.«

»Ich hätte nicht gedacht, dass du ein Feigling bist.«

Ein Feigling? Hoffentlich würde er nie erfahren, wie viel ihre Antwort ihr abverlangt hatte.

»Lass uns bitte zurückgehen«, murmelte sie.

»Es ist deine Entscheidung.«

Er würde nicht versuchen, sie zu überreden, erkannte sie – und hoffte, dass es Erleichterung war, was sie empfand.

Bei ihrer Rückkehr sah Edward grinsend zu ihnen hoch. »Ihr seht ernst aus. Dann planen wir eine Doppelhochzeit?«

»Keine Sorge. Niemand wird euch die Show stehlen«, sagte Aaron mit einem seltsamen Lächeln, das Hannah einen Stich versetzte.

»Danke, dass ihr mich eingeladen habt, aber nun muss ich leider zur Arbeit«, sagte sie.

»Ich begleite dich«, erklärte Aaron. »Es wird schon dunkel, und hier treibt sich seltsames Volk herum.«

»Das musst du nicht. Ihr wolltet doch feiern.«

»Schon gut«, sagte Edward. »Mein Cousin hat recht und darf sich gerne wie ein Gentleman verhalten.«

»Na gut, dann vielen Dank«, erwiderte sie beklommen, bevor sie sich von Ada mit einem Kuss auf die Wange verabschiedete.

Schweigend schlenderten Aaron und Hannah nebeneinanderher, darauf bedacht, ausreichend Abstand zu lassen.

Am Hintereingang trafen sie auf Dr. Green, der sie erfreut grüßte. »Jetzt habe ich fast ein schlechtes Gewissen, dass ich mich auf den Feierabend freue, während für Sie die Arbeit erst beginnt.«

»Ich werde mich irgendwann revanchieren«, erwiderte sie lächelnd. »Einen schönen Abend wünsche ich Ihnen.«

»Das wünsche ich Ihnen auch. Bis morgen.« Er bedachte Hannahs Begleiter mit einem freundlichen Nicken, bevor er seines Weges ging.

»Er mag dich sehr«, stellte Aaron fest, die Hände in den Taschen versenkt.

»Das war einer unserer Ärzte.«

»*Eurer* Ärzte.«

Ohne Vorwarnung drängte er sie gegen die Hauswand und küsste sie. Überrascht von diesem Überfall erwiderte sie seinen Kuss. Dabei glitt ihre Hand in seine Haare und hielt sich an ihnen fest.

Diesmal war er es, der sich ihr entzog. »Freunde! Das ist nicht dein Ernst, Hannah.«

»Ich muss nachdenken.« Sie sah ihn bittend an.

Im gleichen Moment tauchte Dr. Green neben ihnen auf. »Lassen Sie sich nicht stören«, bat er lächelnd. »Ich habe etwas vergessen.«

Schnell schlüpfte er durch die Eingangstür.

Hannah starrte Aaron an. »Du hast gesehen, dass er kommt.«

»Sollte er uns denn nicht sehen?«

»Hast du mich deshalb geküsst?«

Aaron antwortete nicht.

»Ich muss jetzt arbeiten. Danke fürs Geleit«, sagte Hannah.

Sie ließ die Tür mit einem Scheppern hinter sich zufallen. Auf dem Flur hielt sie ein leises Schluchzen davon ab, sich in ihre Wut auf Aaron hineinzusteigern. Es schien aus einem der Zimmer zu kommen.

Zaghaft klopfte sie an die Tür. »Ist alles in Ordnung da drin?«

»Kommen Sie rein.« Es war Dr. Couneys Stimme.

Sie zögerte, ihren Arbeitgeber in einem intimen Moment zu stören, doch wortlos weiterzugehen kam ebensowenig in Frage. Zaghaft öffnete sie die Tür und bemerkte sofort, dass seine Augen gerötet waren. Aus dem Radio drang leise Musik.

»Nichts ist in Ordnung.« Er schaltete das Radio aus. »Und diesmal weiß ich nicht, wie es jemals wieder in Ordnung kommen soll!« Er deutete auf das verstummte Gerät. »Jetzt ist Krieg. Die Deutschen haben Polen überfallen. Ich bin nur froh, dass meine Frau das nicht mehr erleben muss.«

Hildegardes Mutter war vor drei Jahren gestorben.

»Wie schrecklich!«, rief Hannah aus.

»Gut, dass Sie hier sind, in Sicherheit. Zu viele Freunde und

Verwandte von mir sind in Polen geblieben. Aber jetzt müssen sie einfach auf mich hören und das Land verlassen.«

Kein Wunder, dass Dr. Couney der Überfall der Nazis auf Polen so traf. Von Hildegarde hatte Hannah erfahren, dass er vor 70 Jahren in Krotoszyn zur Welt gekommen war. Außerdem wusste sie, dass er einen Großteil seiner Jugend in Deutschland verbracht hatte. Dort hatte er auch Medizin studiert und war bereits vor über 40 Jahren in Berlin mit einer Frühchenausstellung aufgetreten. Immerhin mit so viel Erfolg, dass man ihn und seine Ausstellung zum diamantenen Thronjubiläum von Queen Victoria nach London einlud. Doch über diese Handvoll Fakten hinaus, war Dr. Couney für Hannah in vielerlei Hinsicht ein Mysterium geblieben. Immer wenn sie sich ein Bild von ihm gemacht hatte, übertünchte er es unerwartet mit einem launigen Zirkusstückchen oder einer überraschend ernsten Einsicht. Er war weltgewandt auf Französisch, bodenständig auf Deutsch und unterhaltsam auf Englisch. Manche munkelten, er sei nicht einmal ein echter Arzt. Die einen beharrten darauf, dass er eigentlich Franzose sei, für die anderen war er ein Deutscher. Er war, was die Menschen in ihm sahen, und doch so viel mehr. Vielleicht steckte in allen Legenden ein wenig Wahrheit.

Hannah wollte noch etwas Mitfühlendes erwidern, doch sie spürte, wie er sich in Gedanken bereits von ihr entfernte.

»Ich will Sie nicht länger stören«, sagte sie deshalb nur. »Die Arbeit wartet.«

»Gut, gut«, murmelte er. Doch dann sah er noch einmal zu ihr hoch. »Ich bin froh, dass Ihre Kleine sich so prächtig entwickelt. Wenn wir in zwei Wochen schließen, ist sie so weit, dass Sie Sarah ohne Sorge mit nach Hause nehmen können.«

Er ahnte nicht, dass diese Heimkehr zugleich eine Trennung bedeuten würde.

»Wie schön«, sagte Hannah matt.

Leise schloss sie die Tür hinter sich. Im Osten herrschte *Krieg*! Ihr Vater hatte immer gehofft, niemals einen zweiten erleben zu müssen. Wenigstens lag Holland in der entgegengesetzten Richtung. Niedergeschlagen trat sie ihren Dienst an. Etwas war anders in dieser Nacht. *Diese Stille*. Die Geräusche, die sonst im allgemeinen Lärmen untergingen – das Quietschen ihrer Sohlen auf dem Linoleumboden, gedämpfte Gespräche von Kolleginnen –, hallten durch den ganzen Raum. Die Babys gaben kaum einen Laut von sich, als wüssten sie von der Nacht um sie herum. Nervös überprüfte Hannah alle Geräte, ohne Unregelmäßigkeiten zu entdecken. Dabei verliefen die Stunden in der Nacht üblicherweise fast genauso wie am Tage. Sie dimmten zwar das Licht, aber die Babys waren zu klein, um sich irgendeinem Rhythmus anzupassen. Deshalb hielten die Schwestern ihn für ihre Schützlinge ein. Alle drei Stunden stand bei den Problemfällen Füttern und Fiebermessen an, bei den übrigen Kindern alle vier Stunden. Hannah achtete insbesondere auf Susan. Die Abendschwester hatte berichtet, dass die Kleine sich am Tag mehrmals übergeben hatte. Doch das Mädchen schien das Schlimmste überstanden zu haben.

In ihrer Pause setzte Hannah sich an einen Tisch im Aufenthaltsraum und ließ den Kopf auf ihre Hände sinken.

»Geht es dir nicht gut?«, fragte Hildegarde, die in dieser Nacht ebenfalls Dienst hatte.

»Ich weiß nicht, warum ich heute so müde bin«, erwiderte Hannah zerknirscht.

Hildegarde nickte mitfühlend. »Es ist seltsam, aber manchmal sind die Nächte anstrengender, wenn wenig los ist. Spritz dir kaltes Wasser auf die Handgelenke und ins Gesicht, mir hilft das immer.«

Da betrat Dr. Couney den Raum, sah sich irritiert um und verließ ihn wieder, während er sich an der Stirn kratzte.

Besorgt schaute Hannah ihm nach.

Hildegarde seufzte. »All die Aufregung ist Gift für Papa. Dieser grässliche Hitler!«

»Es scheint deinen Vater sehr mitzunehmen. Er sprach davon, Bekannte aus Europa rüberholen zu wollen.«

Hildegarde blickte sie überrascht an.

»Ich bin ihm vorhin zufällig über den Weg gelaufen, dabei kam das Gespräch auf den Krieg.« Hannah verschwieg, in welcher Verfassung sie ihn vorgefunden hatte, um seine Tochter nicht weiter zu beunruhigen.

»Er kümmert sich um ihren Papierkram«, bestätigte Hildegarde. »Wie ich ihn kenne, übernimmt er auch die Kosten für die Schiffspassagen.«

»Das ist sehr freundlich von ihm.«

»Ich wünschte nur, er würde endlich begreifen, dass wir nicht mehr so wirtschaften können wie früher.«

»Steckt dieses Haus in Schwierigkeiten?«

Ein weiterer schwerer Seufzer entfuhr Hildegarde. »Vergiss es. Es sind unsere Probleme nicht eure. Sicher wäre es meinem Vater nicht recht, wenn ich damit hausieren gehe. Ihr sollt euch auf die Arbeit konzentrieren, statt euch zu sorgen.«

»Schon in Ordnung«, sagte Hannah. »Sicher ist es sehr teuer, dies alles hier zu unterhalten.«

»Und es wird immer teurer, während die Besucherzahlen sinken. Aber er will nicht aufgeben. Nicht, solange die Kinder ihn brauchen«, erklärte Hildegarde. Ihre Miene drückte Bedauern und Zärtlichkeit aus.

Nach einem nächtlichen Imbiss bereiteten die Schwestern die Bögen mit allen wichtigen Notizen für die Übergabe an die Tagschwestern vor. Bald darauf verabschiedete Hannah sich erst von ihren Kolleginnen, dann von Sarah. Sie studierte jedes einzelne Fältchen, jedes Zucken, jede Pore. Die dunklen Wimpern waren schon fast so lang wie Adas. Hannah legte zwei Finger erst an ihre Lippen, dann gegen die Scheibe. »Auf Wiedersehen.«

Auf dem Heimweg schweiften ihre Gedanken wieder zu Aaron. Sie hätte sich gerne eingeredet, dass sie nach seinem Auftritt vor allem wütend war, aber in Wahrheit hatte sie den Kuss genossen. Es gefiel ihr, dass er sie begehrte. Doch Emil hatte Ada damals genauso hungrig angesehen – und wozu hatte ihr Abenteuer am Ende geführt? Verliebtheit war nicht gleichbedeutend mit Liebe und das Erwachen aus einem Traum schmerzhaft. Und selbst jemand wie Aaron hätte Schwierigkeiten damit, zwischen Brooklyn und der Upper East Side, der Welt der Mindels und der Welt der Lehmanns, eine tragfähige Brücke zu errichten. Aber das stärkste Warnsignal hatte Aaron selbst ausgesendet, als er sie vor Dr. Green küsste – wie ein Tier, das sein Revier markiert. Es erinnerte Hannah daran, dass eine Frau mit allem, was ihr gehörte, in den Besitz ihres Mannes überging.

Eine Zusage! Beim Anblick des Briefes vom Brooklyn College kicherte Hannah fast ein wenig hysterisch. Die Schnelligkeit, in der sich ihr Leben entwickelte, verursachte bei ihr Schwindelgefühle. Würde es so weitergehen? Immer nur Stromschnellen, nie ein stetiger Fluss? *Eine Zusage!* Zeitgleich mit Sarahs Entlassung würde Ada ausziehen. In zwei Wochen würde Hannah demnach beide verlieren, Schwester und Nichte, zu Beginn des Frühlingssemesters im Januar dafür ein Studium anfangen. Sofort packte sie wieder die Angst vor der eigenen Courage.

Nachdem sie sich von dem freudigen Schrecken erholt hatte, beschloss sie, dass Dr. Green die Nachricht als Erster hören sollte.

»Ich würde mich gerne mit einer Abendeinladung bei Ihnen revanchieren«, erklärte sie am folgenden Tag, nachdem sie ihm von dem Brief erzählt hatte.

»Das müssen Sie nicht. Es gibt keine Rechnung zu begleichen.«

»Sie würden mir damit einen Gefallen tun. Dass ich Ihnen etwas spendieren kann, zeigt doch, wie weit ich es schon gebracht habe. Verderben Sie mir bitte nicht die Freude mit Ihrem noblen Kavaliersgebahren.«

Er lachte laut auf. »Also gut. Was schwebt Ihnen denn vor?«

»Gehen Sie gerne ins Kino? In Deutschland war es uns verboten, und hier bin ich bislang nicht dazu gekommen. Es wäre das erste Mal für mich.«

»Dann wird es höchste Zeit! Und was werden wir schauen?«

»Ich habe an ›Sturmhöhe‹ gedacht. Der Film soll überwältigend sein. Und vorher könnten wir etwas essen gehen, wenn es Ihnen passt.«

Hannah biss sich auf die Lippe und hoffte, dass sie nicht zu aufdringlich wirkte. Aber eigentlich glaubte sie nicht, dass die Gefahr bestand, eine falsche Botschaft zu vermitteln. Egal, was

Aaron sich einbilden mochte, Dr. Green hatte bei ihrer Begegnung vor dem Frühchenhaus eher amüsiert gewirkt.

»Nur, wenn ich *Sie* zum Essen einladen darf. Keine Sorge, mir schwebt kein Gourmettempel vor – ich dachte an ein preiswertes Automatenrestaurant.«

Hannah war ganz aus dem Häuschen gewesen, als er ihr einmal von dieser Einrichtung erzählt hatte, offenbar war ihm das gerade wieder eingefallen.

Sie lachte. »Das hat so viel Stil, dass ich kaum ablehnen kann.«

Im Restaurant angelangt ließ sich Dr. Green am Wechselgeldschalter ausreichend Fünfcentmünzen geben, um eine ganze Belegschaft Hafenarbeiter zu verköstigen. Danach studierte Hannah ratlos die unzähligen Fächer hinter Glas, die zur Auswahl standen. Die technische Einrichtung faszinierte sie, erinnerte sie aber zugleich an eine Fabrik. Auch die helle Beleuchtung war nicht gerade anheimelnd. Vor den Fächern war jeder freie Platz mit Tischen und Stühlen besetzt worden, um möglichst viele Menschen unterzubringen.

»Ich kann mich nicht entscheiden.«

»Halten Sie sich nicht zurück.«

Hannah grinste. »Das werden Sie bereuen. Ich habe einen gesunden Appetit.«

Am Ende wählte sie ein mit Wurst und Käse belegtes Sandwich, ein Stück Apple-Pie sowie eine Schokoladenmilch.

»Deine Freundin ist ja eine ganze Süße«, stellte ein Mann hinter ihnen fest.

»Und wie«, erwiderte Dr. Green fröhlich und zwinkerte Hannah zu, die verlegen auf ihre Ausbeute sah.

»War ich zu gierig?«, fragte sie hinterher.

Er lachte. »Weil Sie 15 Cent verpulvert haben? Ich denke nicht.«

Leider konnte man sich in dem Restaurant kaum unterhalten. Es handelte sich um eine Halle mit glitzernden Wänden, aber ohne jede Unterteilung, die den Schall gedämpft hätte.

»Eine Freundin in Travemünde hat mir einmal von einem solchen Restaurant erzählt. Sie behauptete, es auf einer Berlinreise entdeckt zu haben. Damals waren wir noch kleine Kinder. Ich habe ihr kein Wort geglaubt«, rief Hannah, wobei sie das Gläserklirren, das Tablettklappern und das laute Stimmengewirr kaum übertönen konnte.

»Und ich habe es bis eben gerade für eine uramerikanische Erfindung gehalten«, erwiderte Dr. Green ebenso laut.

»Weil wir Deutschen so rückständig sind?« *Wir Deutschen.* Empfand sie sich wirklich noch zugehörig? »Na ja, in vielen Bereichen mag das zutreffen. Aber das war ja nicht immer so.«

»Wie bitte?«, fragte Nathan.

»Schon gut.« Lachend winkte sie ab, und sie gaben es vorerst auf, sich zu unterhalten.

Im Kino stellte Hannah fest, dass sie Heathcliff schrecklich und Cathy nicht viel sympathischer fand. Beide schienen ihr viel zu egoistisch, um einen anderen Menschen zu lieben, deshalb kam es ihr wenig glaubwürdig vor, dass die beiden sich bis zum Wahnsinn zueinander hingezogen fühlen sollten. Langweilig waren die Figuren und ihre Geschichte allerdings nicht. Gebannt verfolgte Hannah das Geschehen auf der Leinwand. Alles war so bombastisch: die Bilder, die Musik, die Gesten. Allein dass sie hier in einem samtenen Kinosessel saß, verhieß Freiheit und Abenteuer. Sie bemerkte, dass Dr. Green sie immer wieder von der Seite betrachtete und lächelte. Aber zu ihrer Erleichterung fand sie in seinem Lächeln nichts, das ihre Freundschaft gefährdete. Deshalb erwiderte sie es strahlend.

»Ihr erster Kinobesuch scheint Ihnen gefallen zu haben«, sagte er, als sie den Saal verließen.

»Es war wunderbar, Dr. Green, vielen Dank für die angenehme Begleitung.«

»Wollen wir uns nicht beim Vornamen nennen? Zumindest wenn wir uns außerhalb der Arbeit treffen?«

»Einverstanden, aber nur dann.« Hannah war nicht erpicht darauf, Gegenstand des Tratsches zu werden.

»War Heathcliff nicht grauenhaft?«, fragte sie.

»Das war er«, bestätigte Nathan. »Ich dachte, es hätte dir gefallen?«

»Das hat es, aber eigentlich war die Geschichte ganz schön deprimierend, oder? So viel Zerstörung ...«

»Die anderen Zuschauer sind trotzdem schmachtend in den Polstern versunken. Hach, die unerfüllte Liebe ...«

In seinem Seufzen schwang Belustigung mit, aber da war noch etwas anderes. Überzeugt davon, dass es nicht ihr galt, riskierte Hannah es, ihn zu necken. »Sprichst du aus Erfahrung?«

Er wandte sich ihr wieder zu. »Und du?«

»Ich habe gerade an jemanden gedacht«, gestand sie leise. Ihr war Aaron durch den Kopf gegangen, die Leichtigkeit, die sie anfangs verbunden hatte, und wie sie gerade dabei war, ins Gegenteil umzuschlagen – auch wegen der Unehrlichkeit, zu der sie ihm gegenüber gezwungen war.

»Ich auch.« Die Erleichterung stand ihm deutlich ins Gesicht geschrieben. Hatte er womöglich befürchtet, *sie* sei auf *solche* Weise an ihm interessiert?

Er winkelte den Arm an, damit sie sich unterhakte. So schlenderten sie im Gleichschritt über die Straße vor dem Kino.

»Ist es jemand in Deutschland?«, fragte er.

Hannah schüttelte den Kopf. »Nein.«

»Warum sollte es dann aussichtslos sein?«

Sie blieb stehen und stemmte die Hände in die Hüften. »Das ist vor allem deine Schuld!«

Er blinzelte nervös. »Meine?«

»Du hast gesagt, dass ich meinen eigenen Weg gehen muss, als Hannah Rosenbaum.« Sie zwinkerte ihm zu, woraufhin er gelöst grinste. Zu ihrer Überraschung musste sie ihm ihre ausgelassene Stimmung nicht vorspielen. In seiner Gegenwart erschien ihr alles, was sie bekümmerte, weniger schwer. Es war herrlich, einen Freund in Amerika zu haben, an dessen Seite sie sich so unbefangen fühlte.

»Ich freue mich, dass es geklappt hat mit deinem Studium. Sicher ist deine Familie sehr stolz auf dich.«

»Sie wissen es noch gar nicht«, gab sie zu. »Aber jetzt werde ich es ihnen natürlich erzählen. Und ich muss es Dr. Couney und den anderen sagen. Er wird enttäuscht sein, nachdem sie sich so viel Mühe mit mir gegeben haben.«

»Willst du die Arbeit denn aufgeben?«

»Das muss ich wohl. Ich habe mich für das Abendstudium eingeschrieben, damit ich tagsüber Geld verdienen kann, aber wie soll ich dann in Schichten arbeiten?«

»Ich werde mit Dr. Couney reden«, versprach Nathan. »Womöglich ist er einverstanden, dass du während des Semesters die Früh- und nur gelegentlich Nachtschichten übernimmst. Die neue Saison beginnt außerdem erst im April. Du hättest ausreichend Zeit, dich am College einzuleben. Sobald es in der Klinik richtig zur Sache geht, stehen schon beinahe die Sommerferien an, in denen du wieder mehr Schichten übernehmen könntest.«

»Das klingt wunderbar.« Mit strenger Stimme fuhr sie fort: »Aber ich werde selbst mit ihm reden. Ich kann es mir nicht leisten, dich dauernd ins Kino einzuladen.«

»Schade«, sagte er ernsthaft. »Ich komme mir so verwegen vor, wenn ich einer Frau auf der Tasche liege.«

Sie sahen sich an und brachen in lautes Gelächter aus.

KAPITEL 11

Die Saison in der Klinik war zu Ende. In diesem Jahr hatten neunzig Prozent der Kinder überlebt, sogar etwas mehr als erhofft. Dieser Erfolg war nicht Hannahs Verdienst, aber sie war froh, dass sie daran teilgehabt hatte. An ihrem letzten Tag verließ sie ihre Arbeitsstelle mit Sarah im Arm. Bis zuletzt hatte sie sich an den Wunschglauben geklammert, dass ein Wunder geschähe, sobald sie gemeinsam die Wohnung betraten. Dass Adas Herz beim Anblick ihres Kindes weich würde. Dass es sich nur um die Traurigkeit gehandelt hatte, die manche Mütter nach der Geburt überkam.

Doch jede Hoffnung schwand, als sie das Gesicht ihrer Schwester betrachtete. Ada sah sie nicht einmal zur Begrüßung an, stattdessen schielte sie immer wieder zu der Schlafkammer. Hinter der Tür standen die gepackten Koffer, die ihr Onkel am Abend in die Pension tragen würde. Ada war schon auf dem Sprung. Nur noch dieses lästige Hindernis in Hannahs Armen stand ihrem Neuanfang im Weg. Auf dem Sofa schwatzten zwei fremde Frauen miteinander, während Judith und Ada steif auf den unbequemen Stühlen saßen. Hannah verstand sofort, dass es die Gäste auf das Bündel in ihren Armen abgesehen haben mussten. Sie tranken Tee aus den geblümten Tassen mit Goldrand, die zum *guten* Geschirr gehörten. Hannah hätte sie den beiden Fremden am liebsten aus den Händen geschlagen.

Die jüngere Frau musterte die Neuankömmlinge durch ein Paar runde Brillengläser, die andere stand auf und nahm der perplexen Hannah das Kind aus dem Arm. »Das ist sie also? Was für ein Schatz. So helle Haut und diese klaren blauen Augen. Wir kennen ein Paar, das Ihre kleine Sarah mit Kusshand nehmen wird.«

»Was reden Sie da?«, fragte Hannah erbost.

Judiths Blick ermahnte sie, keine Szene zu machen. »Das sind Miss Woolright,« die ältere der beiden Frauen nickte Hannah zu, »und Mrs. Carter. Sie werden sich um das Kind kümmern.«

Das Kind wand sich in den Armen der Fremden und wimmerte kläglich. Hannah streckte sofort ihre Hände aus, doch Mrs. Woolright drehte sich zur Seite. »Es ist wohl besser für alle, wenn wir jetzt aufbrechen.«

»Das war es dann?« Verzweifelt betrachtete Hannah Ada, die stumm auf ihrem Stuhl klebte. »Nicht einmal verabschieden soll ich mich? Du hast deine Tochter nicht einmal angeschaut.«

»Du hattest fast einen Monat, um dich darauf vorzubereiten«, erwiderte Ada kühl.

Hannahs Hände zitterten. »Judith! Das hier ist das Enkelkind, auf das sich dein Bruder freut.«

Bevor Miss Woolright begriff, was sie vorhatte, entwand Hannah ihr Sarah mit sanftem Griff. Sie wiegte das Baby, bis sein Weinen verstummte, und legte es dann in Judiths Arme.

Mrs. Carter, die sich bislang nicht vom Fleck bewegt hatte, schnalzte missbilligend. »Veranstalten Sie bitte nicht ein solches Theater. Es ist nicht einmal Ihr Kind, oder?«

»Wie können Sie uns garantieren, dass Sarah in eine gute Familie kommt?«, fragte Hannah den Tränen nahe.

Die Rollenverteilung der Frauen schien vorzusehen, dass eine den garstigen, die andere den verständnisvollen Part übernahm, denn anstelle der Angesprochenen antwortete Miss Woolright beschwichtigend. »Keine Sorge. Wir schauen uns die Familien genau an. Wir reden mit ihnen und besuchen die Kinder später, und ...«

Mrs. Carter erhob mahnend die Hand. »Schluss! Verschwenden wir doch nicht so viele Worte.«

Der scharfe Tonfall ließ Judith die Stirn runzeln. Hannahs Tante widerstrebte es offenbar, dass eine Fremde in ihrem Zuhause das Kommando übernahm.

Doch Mrs. Carter beachtete sie nicht. »Es besteht sicher kein Zweifel daran, dass die Kleine in einer richtigen Familie besser aufgehoben ist.«

In diesem Moment hasste Hannah diese hohlwangige Ziege. Vor allem dafür, dass sie womöglich recht hatte: In einer *richtigen* Familie gab es einen Mann, der arbeitete, und eine Frau, die ausreichend Zeit hatte, ihre Lieben zu versorgen! Hannah verachtete sich dafür, dass sie vor diesen Fremden in Tränen ausbrach. Sie bettelte, obgleich sie von der Vergeblichkeit ihrer Anstrengungen überzeugt war: »Bitte, Ada, tu das nicht. Sieh sie dir zumindest einmal an. Es ist deine Tochter, Rudis Nichte, Mamas und Papas Enkelkind. Sie gehört zu unserer Familie. Gemeinsam können wir es schaffen.«

Die Reaktion ihrer Tante traf sie unvermittelt. In Judiths Gesicht bahnte sich eine einzelne Träne ihren Weg vom Augenwinkel entlang all der vorzeitig entstandenen Runzeln, bis sie das Kinn hinabrann und auf den Hals des Babys in ihrem Arm tropfte. Ohne den Blick von Sarah abzuwenden, entgegnete sie Mrs. Carter mit fester Stimme. »Das hier *ist* eine richtige Familie.«

Ada sprang auf. »Dann macht, was ihr wollt! Aber eines sage ich dir, Hannah, wenn sie bleibt, ist sie *dein* Kind. Du allein trägst von nun an die Verantwortung.«

»Sie darf bleiben?«, wisperte Hannah.

»Deins«, wiederholte Ada hart. »Nicht meins. Schwöre es.«

Mit dieser Entwicklung hatte Hannah nicht gerechnet. Sehnsüchtig betrachtete sie das kleine Mädchen. Würde sie es schaffen, ihm trotz all ihrer Pläne eine Mutter zu sein?

»Wir behalten sie«, sagte Judith. »Mr. Mindel und ich haben uns immer ein Kind gewünscht. Und nun werden wir für dieses da sein, wenigstens bis seine Großeltern kommen.«

Hannah, die nichts von dem unerfüllten Kinderwunsch geahnt hatte, betrachtete ihre Tante mit neuen Augen. Judiths Worte ermutigten sie. »Ich schwöre es«, sagte sie fest.

»Ganz wie ihr meint. Es ist jetzt allein euer Problem«, beharrte Ada. »Ich bin nicht mehr da, wenn ihr die Entscheidung bereut.« Gleich darauf schlug sie die Zimmertür mit lautem Knallen hinter sich zu.

Die Besucherinnen sahen sich ungläubig an. Doch sobald sie begriffen, dass die Sache entschieden war, verließen sie unter ärgerlichem Gemurmel die Wohnung. Sie hatten den Weg umsonst auf sich genommen und womöglich bereits bei einem Elternpaar falsche Hoffnungen geweckt, was Hannah bedauern würde.

Erschöpft ließ sie sich neben ihrer Tante auf das Sofa sinken und kitzelte Sarah zärtlich unter dem Kinn. »Danke.«

»Sie ist so klein«, sagte Judith.

Hannah schniefte. »Du hättest sie am Anfang sehen sollen. Sie kommt mir schon wie ein richtiger Wonneproppen vor.«

In stillem Einvernehmen betrachteten sie das Baby.

»Ich wusste nicht, dass du dir Kinder wünschst«, brachte Hannah schließlich hervor.

»Ich habe es aufgegeben. Aber ich war siebenmal schwanger.«

»Ach, Tante Judith.« Hannah erinnerte sich daran, dass ihre Mutter die Schwägerin als fröhlich beschrieben hatte. Ob sie die Fehlgeburten so verändert hatten?

»Psst, kein Gejammer. Lass uns lieber sehen, wie wir dieses Kind geschaukelt bekommen.« Judith sah zu der geschlossenen Tür. »Du weißt, dass sie ihre Meinung nicht ändern wird? Diese Kleine ist jetzt dein Kind. Wir helfen dir, aber du trägst die Verantwortung.«

Hannah nickte. Sie würde später darüber nachdenken, was genau es bedeutete, die Zukunft des Mädchens auf einer Lüge aufzubauen.

Simon verfiel Sarah vom ersten Blick an, als er von der Arbeit heimkehrte. Sobald er begriff, dass seine Großnichte bleiben würde, küsste er jeden einzelnen der winzigen Finger. »Na so etwas«, wiederholte er in kurzen Abständen.

Judith schüttelte derweil immer wieder den Kopf. »Was habe ich nur getan? Was werden die anderen bloß sagen?«

Simon lächelte. »Uns wird schon eine Geschichte einfallen. Niemand hat etwas gegen eine junge Witwe einzuwenden, richtig?«

Er zwinkerte Hannah zu. Sie errötete, als ihr klar wurde, dass Simon und Judith ihr die dramatische Geschichte von dem jüdischen Verlobten nie abgenommen hatten.

Dafür stellte sich in der folgenden Zeit heraus, dass ihr Onkel jemanden kannte, der jemanden kannte, der wiederum mit Ämtern und Papieren bestens Bescheid wusste. Er sorgte dafür, dass Sarah bereits einen Monat später, im November, mit Brief und Siegel zu Hannahs Tochter deklariert wurde. Das hatte Ada zur Bedingung gemacht.

Damit wurde zugleich noch etwas entschieden: Die schwindelerregenden Möglichkeiten zwischen Aaron und Hannah bestanden nicht mehr. Sie blieb von einer Wahl verschont, deren Ausgang in jedem Fall von Reue begleitet gewesen wäre. Hannah hatte jetzt ein Kind, dessen Existenz sie Aaron nicht erklären konnte, und er blieb ein Mann, der auf seine Freiheit trank.

In der Zeit nach Adas Auszug begriff Hannah, dass sie ein Familienmitglied gewonnen, aber ein anderes vorerst verloren hatten. Ihre Schwester kam nur selten zu Besuch und wenn, dann war sie flatterig wie ein frisch eingefangener Vogel. Doch umso enger schweißte Sarahs Anwesenheit die Zurückgebliebenen zusammen. Direkt nach ihrer Ankunft hatte sich Simon mehrere Abende lang im Keller verschanzt, um am Ende mit einem abgeschliffenen Beißring aus Holz wieder aufzutauchen. Außerdem hatte er eine Giraffe mit feinen Details geschnitzt.

»Damit sie etwas zum Greifen hat«, erklärte er verlegen, woraufhin ihm Hannah um den Hals gefallen war. »Danke, Onkel Simon. Hoffentlich bricht sie nicht gleich die Hörner ab.«

»Ach, dafür ist Spielzeug doch da.«

Es rührte Hannah, wie sich Onkel und Tante um das Baby bemühten. Zum Glück schien es Sarah nicht zu stören, von einem Arm zum anderen zu wandern. Sie nahm alle Zärtlichkeiten mit zufriedenem Glucksen entgegen.

In vielerlei Hinsicht verbesserte sich die Stimmung bei den

Mindels, nachdem die Spannungen zwischen Ada und den anderen nicht mehr die Atmosphäre vergifteten.

Judiths Freundin Ester befand bei ihrem ersten Besuch nach Adas Auszug: »So ist es besser. Drei Katzen unter einem Dach, das geht nicht gut.«

Hinter ihrem Rücken warfen sich Judith und Hannah ein verstohlenes Lächeln zu. Esther hielt jede weitere Geschlechtsgenossin im Raum für eine Zumutung, es sei denn, sie gab sich so unscheinbar wie Tante Judith. Dabei war es sicher nicht weibliche Konkurrenz, die für Unruhe zwischen den Schwestern gesorgt hatte. Trotz allem vermisste Hannah Ada fürchterlich.

»Aber ihr habt euch ja schon das nächste Mädchen ins Haus geholt!«, rief Esther mit einem Blick auf Sarah. »Wie schnell sie wachsen. Ihr solltet meine Gina sehen. Hat zu allem eine eigene Meinung, dabei war sie mal so ein braves Kind.«

Nachdem sie mit aufgerissenen Augen Simons dramatischer Geschichte gelauscht hatte, fand sie sich rasch mit dem Baby im Haus ihres Cousins ab. »Ach, Hannah, du armes Ding. Eine so junge Witwe! Wieso habt ihr das nicht gleich erzählt? Werden wenigstens eure Eltern bald kommen?«

Die Angesprochene zuckte zusammen. Es war seltsam, plötzlich Mutter zu sein. »Wir wissen es nicht«, erwiderte sie dann bedrückt. Hannah hatte die Hoffnung beinahe aufgegeben, an Weihnachten mit der ganzen Familie unter einem geschmückten Baum zu sitzen. Stattdessen hörte sie zu, wie die anderen das nahende Chanukka-Fest planten. Laut Esther kam es vor allem darauf an, möglichst viele Speisen in Unmengen Öl zu braten, weshalb Judiths figurbewusster Freundin vor all dem Essen graute.

»Und ich dachte, es handelt sich vor allem um ein besinnliches Lichterfest«, wandte Hannah ein.

»Esther übertreibt schamlos«, erklärte ihre Tante.

Die Angesprochene fuhr sich mit den Händen über die Hüften. »Das kann nur behaupten, wer so schlank ist wie du.« Dann wandte sie sich wieder Hannah zu. »Aber ihr werdet bestimmt auch noch Weihnachten feiern? Judith hat mir erzählt, dass ihr mit christlichen Traditionen aufgewachsen seid.«

»Wir werden sehen«, sagte Hannah. Mit einem Seitenblick auf Judith versicherte sie: »Aber ich werde ganz sicher auch ohne Weihnachtsbaum auskommen.« Das Fest wäre ohnehin nicht das Gleiche, solange die halbe Familie fehlte.

Esther schüttelte den Kopf. »Unsinn, es ist sehr gut möglich, Heiligabend *und* Chanukka zu feiern. So haben wir es auch gehandhabt. Meine italienische Schwiegermutter würde mich umbringen, wenn ich Georgio von der Christmesse fernhielte.«

Daraufhin entspann sich ein munterer Vergleich der amerikanischen Weihnachtsrituale mit den deutschen, bis Hannah ihnen erzählte, dass die Machthaber in ihrer alten Heimat nur wenig von den Heiligen Drei Königen und dem Jesuskind hielten.

»Warum?«, fragte Esther verdutzt.

Hannah lächelte bitter. »Die Legenden sind ihnen zu jüdisch. Allein schon die ›Morgenlande‹. Sie sagen, es sei eine Entartung des germanischen Lichterfests.«

Die anderen lachten ungläubig auf.

Hannah zuckte mit den Achseln. »Bislang ist es ihnen nicht gelungen, die Tradition abzuschaffen. Zum Glück. Mir hat die Weihnachtsgeschichte immer gefallen, ob sie nun so stattgefunden hat oder nicht.«

Esther hickste, Judiths köstlicher Himbeerlikör hatte ihr einen ordentlichen Schwips beschert. »Apropos heilige Familie. Gibt es in deinen Leben denn schon einen entzückenden jungen Mann?«

Hannah sah betroffen zu Boden. Sie dachte an Aaron, den sie nach ihrem Kuss nur noch einmal getroffen hatte, um ihm mitzuteilen, dass sie sich keine gemeinsame Zukunft vorstellen könne. Weder hatte er versucht, sie vom Gegenteil zu überzeugen, noch hatte er vorgeschlagen, dass sie Freunde bleiben sollten.

»Oh je, ein gebrochenes Herz?« In Esthers Stimme schwang ehrliches Mitgefühl mit. »Nimm eine Aspirin, Kind. Manchmal lässt sich Amerika nur mit Medizin ertragen.«

Die Amerikaner schienen in der Tat eine Pille gegen alles zu haben, aber keine davon würde Hannah helfen. Mit Wehmut dachte sie an die ausgelassenen Sommertage mit den Cousins und ihrer Schwester zurück.

In diesen Tagen verbrachte sie die meiste Zeit allein mit ihrer Nichte und ihrer Tante. Judith hatte sich verändert und zeigte bislang unbekannte Seiten von sich, seit Sarah bei ihnen eingezogen war. Sie brachte Hannah bei, wie man Karpfenklopse, Kartoffelpfannkuchen und Cookies zubereitet.

»Ein gutes Essen ist eine Mischung aus allem«, erklärte Judith. Dabei deutete sie auf die Backpflaumen, die Hannah schnitt. »Süß.« Sie zeigte auf die Zwiebeln. »Scharf.« »Einfach« – die Graupen und »delikat« – die Rinderbrust. Angesichts dieser ungewohnten Sinnenfreuden verkniff sich Hannah nur mühsam ein Lachen. Sie fragte sich, ob dies Judiths verquere Art war, ihr etwas über das Leben mitzuteilen. Sobald die Hausarbeit erledigt war, schoben sie den Kinderwagen durch den Park, während unter ihren Schuhen herbstlich bunte Blätter knisterten. Es kam weiterhin zu langen Redepausen, doch waren die Momente der Stille nicht mehr von Unbehagen erfüllt. Sie wurde zu einem heimeligen Zustand, in dem man den eigenen Gedanken nachhängen konnte.

Am 25. Tag des jüdischen Monats Kislew, der in diesem Jahr auf den 7. Dezember fiel, entzündeten sie die erste Kerze der Chanukkia. An jedem der folgenden Tage brannte ein weiteres Licht auf dem achtarmigen Leuchter, den sie auf die Fensterbank des Wohnzimmers stellten. Es gefiel Hannah, nach draußen zu schauen, wo in vielen Wohnungen ähnliche Flammen züngelten. Sie wünschte, all das Flackern würde noch jenseits des Ozeans zu sehen sein, um denjenigen Mut zu machen, für die es gefährlich war, die Kerzen zu entzünden.

Einmal traf Hannah sich mit Ada in Manhattan, wo sie den Weihnachtsbaum vor dem Rockefeller Center bestaunten und Schlittschuh liefen, bis sie vor Kälte ihre Zehen nicht mehr spürten. Zu Hannahs Überraschung verkündete ihre Schwester am Ende, dass sie an den Feiertagen zu den Mindels zurückkehren würde. »Es sähe seltsam aus, wenn ich als Einzige in der Pension wohnen bleibe, während die anderen Mädchen über die Feiertage ihre Familien besuchen. Sie würden denken, dass es bei uns Probleme gäbe.« Es klang wie eine Rechtfertigung.

»Wir freuen uns, wenn du wiederkommst«, erwiderte Hannah schmunzelnd. Dieses Wir, das nicht mehr sie beide einschloss, hörte sich fremd an. Sie nagte an ihrer Unterlippe.

»Gut«, sagte Ada. »Dann ist es abgemacht.«

Simon beharrte darauf, einen Tannenbaum zu besorgen, und Judith erhob keinen Einspruch gegen diese Ausgabe. Wenn sie schon ihre Eltern entbehren mussten, sollten die Nichten nicht auch noch auf ein geliebtes Ritual verzichten.

»Vielleicht wäre es besser, wenn Sarah in der Zeit von Adas Besuchs bei uns schläft. Ihr Mädchen braucht sicher ein wenig Freiraum«, schlug Judith vor.

Hannah nickte dankbar. »Wenn es euch nichts ausmacht.«

Keine von ihnen sprach aus, was hinter dem Vorschlag ihrer Tante steckte, nämlich dass ein harmonisches Fest kaum denkbar war, wenn Ada sich ein Zimmer mit Sarah teilte.

Am Tag vor Heiligabend schmückten sie gemeinsam die piksenden Äste mit Kerzen, getrockneten Orangenscheiben und rot-weiß geringelten Zuckerstangen, die Ada aus dem Kaufhaus mitgebracht hatte. Auf der Baumspitze platzierte Hannah einen Stern aus Pappe, den sie mit goldfarbenem Stanniolpapier überzogen hatte.

Am Festtag selbst versammelten sie sich neben dem Baum und aßen Karpfen blau sowie nach Zimt duftende Bratäpfel. Dazu stellte Hannah ein paar selbstgebackene Zitronenkekse auf den Tisch.

»Sie schmecken wie Mamas«, flüsterte Ada nahezu ehrfürchtig.

»Ich habe mir von ihr das Rezept schicken lassen«, gestand Hannah lächelnd. »Sie fehlen mir so.«

Ada nickte. »Ja.«

Nach dem Essen lasen sie laut den Weihnachtsbrief ihrer Eltern vor, den sie bis zu diesem Moment aufbewahrt hatten.

»Seht uns nur an. Solche Weichlinge«, schimpfte Judith hinterher. Sie rieb sich so empört über die Lider, dass die anderen mit ihren ebenfalls tränennassen Augen lachten.

»Lasst uns die Geschenke auspacken«, sagte Ada, der das Übermaß an Gefühl nicht zu behagen schien.

»Das ist für dich, Tante Judith«, sage Hannah.

Überrascht nahm die Beschenkte das Päckchen entgegen. Sie wickelte es vorsichtig aus, um das Papier nicht zu beschädigen, und brachte zwei Taschentücher zum Vorschein.

»Die sind wunderschön. Hast du die Blumen selbst darauf gestickt?«

»Nicht kunst-, aber liebevoll«, erklärte Hannah verlegen.

»Es scheint, als könnten wir heute gut ein paar frische Taschentücher gebrauchen«, gab Simon lächelnd zurück.

»Für dich habe ich etwas anderes!« Hannah überreichte ihrem Onkel einen Bildband über das Angeln, weil er einmal erzählt hatte, dass er sein Alter fischend am Fluss verbringen wolle.

Von Ada bekam Judith ein Parfüm in einem eleganten Flakon und Simon eine gestreifte Krawatte.

»Vielen Dank euch beiden. Das wäre doch wirklich nicht nötig gewesen«, sagte Simon gerührt. »Aber ein paar kleine Gaben haben wir auch für euch.«

»Oh nein«, protestierte Hannah. »Dabei feiert ihr nicht einmal Weihnachten. Und ihr habt schon so viel für uns getan.«

Er hatte für seine Nichten zwei Nussknacker gefertigt und für Sarah eine Wiege. »Die Kissen darin hat eure Tante genäht«, erklärte Simon.

Dem Baby schien sein Geschenk zu gefallen. Es schlummerte ein, sobald Hannah es hineinlegte.

Judith räusperte sich. »Hier habe ich noch eine Kleinigkeit für jede von euch.«

Für Hannah hatte sie drei Paar hochwertige Nylons besorgt,

»damit sich bei der Arbeit niemand mehr beschwert, dass deine Strümpfe Falten schlagen«.

Hannah lachte. »Ich hätte dir das nie erzählen dürfen, vielen Dank dafür.«

Ada packte das *Handbuch für die ideale Gattin* aus und grinste gutmütig. »Da wird Edward sich aber freuen, danke, Tante Judith.«

Ihrer Schwester schenkte Hannah einen cremefarbenen Spitzenschal und erhielt im Gegenzug ein bilderreiches Anatomiebuch mit Goldschnitt.

»Das ist perfekt. Wo hast du das aufgetrieben? Ich danke dir, Ada.« Hannah strich über den erlesen verzierten Einband.

»Ich habe auch etwas für Sarah mitgebracht«, sagte Ada rau. Sie brachte eine Puppe zum Vorschein, die wie Shirley Temple aussah, und legte sie ungelenk neben das schlafende Mädchen. »Die waren bei uns im Geschäft der letzte Schrei. Schau nicht so! Ich bin jetzt offenbar Tante, genau wie Judith, und weiß, was sich gehört.«

»Danke«, flüsterte Hannah. In ihrer Rührung fiel jede Zurückhaltung von ihr ab, und sie schloss einen nach dem anderen innig in die Arme.

»Die Überschwänglichkeit hast du ihr immer noch nicht ausgetrieben, Judith?«, fragte Ada.

»Was das angeht, scheint bei ihr Hopfen und Malz verloren.« Ihre Tante seufzte.

»Findet euch besser damit ab«, entgegnete Hannah.

Nachdem Ada ihre Tochter anfangs ignoriert hatte, musterte sie Sarah im Lauf der Zeit immer häufiger mit eigentümlicher Miene. Lag etwa Wehmut darin?

An ihrem letzten gemeinsamen Abend nahm Hannah all ihren Mut zusammen.

»Falls du es bedauerst ...«, setzte sie an, obwohl es ihr das Herz bräche, würde Ada sich entschließen, Sarah mitzunehmen.

»Nein. Ich fühle wirklich nichts von dem, was du dir wünschst. Aber wenn du und ich im Guten auseinandergehen sollen, gehört es anscheinend dazu, mich mit all dem hier zu arrangieren. Das versuche ich.« Ihr Lächeln wirkte traurig.

»Gehen wir denn auseinander?«, fragte Hannah beklommen.

»Als Ehefrau werde ich nur noch wenig Zeit haben. Eine letzte Bitte habe ich aber, was Sarah angeht. Ich will nicht, dass Aaron oder Edward sie zu Gesicht bekommen, bevor wir verheiratet sind. Seine Eltern sind einer Deutschen gegenüber misstrauisch genug, ohne dass sie von unehelichen Kindern in der Familie wissen.«

»Ich sehe Aaron nicht mehr.«

»Schade«, erwiderte Ada schlicht.

Nachdem sie abgereist war, am letzten Dezembertag, spazierte Hannah mit Sarah im Kinderwagen an den Strand. Da sich die Räder nicht über den Sand schieben ließen, nahm Hannah die Kleine hoch und trug sie in ihre warme Decke gewickelt zum Wasser. Zärtlich küsste sie Sarahs kalte Pausbäckchen. »Dort drüben sind deine Großeltern. Siehst du? Im nächsten Jahr wirst du sie kennenlernen, ganz bestimmt. Du Arme, du wirst keine ruhige Minute mehr haben. Sie werden dich genauso betüddeln, wie Judith und Simon es tun. Nur bei Rudi musst du aufpassen. Er ist so übermütig.«

Ihr antworteten nur Meeresrauschen und das schrille Lachen der Möwen.

KAPITEL 12

Ich bringe nichts hinunter.« Zerknirscht legte Hannah den warmen, frischen Bagel auf ihrem Teller ab.

Entrüstet stemmte Judith die Hände in die Hüften. »Wie willst du denn mit leerem Magen studieren?«

Wieder einmal hatte sie ihre Nichte überrascht, als sie mit Stolz darauf reagierte, dass Hannah eine Universität besuchen würde.

»Es ist der erste Tag, da hören wir uns nur eine Rede an und lernen das Gelände kennen.«

Ihre Tante seufzte. »Wenn du meinst.«

»Kommt ihr beiden wirklich alleine klar?«

Judith sah zärtlich zu Sarah, die in ihrem Kinderstuhl mit einem Löffel spielte. »Mach dir keine Gedanken. Wir schaffen das schon, nicht wahr, meine Kleine?«

Sie nahm Hannahs schweren Wollmantel von der Garderobe und hielt ihn ihrer Nichte entgegen. »Sieh zu, dass du loskommst.«

»Danke, Judith, was würde ich ohne dich machen?« Hannah bemerkte überrascht eine Beule in ihrer Manteltasche. »Was ist da drin?«, fragte sie. Nach kurzem Tasten hielt sie ein gekochtes Ei in der Hand.

»Es ist unvernünftig, nicht zu frühstücken. Wer weiß, ob du dort etwas bekommst.«

»Oh, Judith.« Hannah lachte.

Sie verabschiedete sich von Sarah mit einem sanften Kuss auf den Kopf. »Mach's gut, mein Schatz.«

Auf der Straße blies ihr der beißende Januarwind ins Gesicht und trieb Tränen in ihre Augen. Dagegen konnte nicht einmal die dicke Wolle an ihrem Körper etwas ausrichten. Aber Hannah trat ihm unaufhaltsam entgegen. Mit zügigen Schritten durchquerte sie die Straßen, bis sie endlich auf den Pfad gelangte, der zu dem Bibliotheksgebäude mit einem schmucken Türmchen in der Mitte und damit in *ihre* neue Welt führte. Trotz der zusammengekniffenen Augen entgingen ihr nicht die Reize ihrer Umgebung. Auf den von Ulmen gesäumten Rasenflächen, den Gärten und dem Seerosenteich lag ein eisiges Glitzern. Sie freute sich darauf zu erleben, wie der Campus im Frühling aufblühte.

Doch solange der Winter anhielt, würde sie ihn hauptsächlich im Dunklen zu Gesicht bekommen. Das Los eines Abendstudenten war es zu büffeln, wenn die anderen ihren Feierabend begingen. Doch dieser Tag, der Beginn ihres Studiums, wurde an einem Vormittag mit Willkommensgrüßen der Belegschaft eingeleitet. Die längste Rede hielt Mr. Gideonse, wie es dem Präsidenten der Einrichtung auch zustand. In der jungen Geschichte des Brooklyn College war er erst der zweite seiner Art. Ausschweifend wies er die Neuankömmlinge auf ihr Glück hin, Teil dieser Entstehungsgeschichte zu werden, »die sich bereits jetzt als Erfolgsgeschichte erwiesen hat«. Immer wieder betonte er, dass sie sich an einem Liberal Arts College befanden, das Wahlfreiheiten ermögliche, die es zu nutzen gelte. »Sehen Sie zu, dass Sie ein möglichst breites Wissen erwerben, statt sich nur auf ein einziges Fach zu konzentrieren. Selbst wenn Sie später Arzt, Anwalt oder

Ökonom werden, genügt es nicht, nur eingeschränkte Facetten dieser Welt zu erkennen und zu begreifen. Sie müssen in der Lage sein, sie zu verknüpfen. Wohin ein Mangel an umfassender Bildung führt, sehen wir in Zeiten wie diesen. Ich befürworte nicht die Verweigerung, in den Krieg einzuschreiten. Es ist unsere Pflicht, eine Welt zu errichten, in der Recht und Gerechtigkeit als akzeptabel, Ungerechtigkeit und Gewalt als inakzeptabel gelten. Andernfalls fürchte ich, dass uns etwas ins Haus steht, das dem Dreißigjährigen Krieg gleichkommt.«

Hannah spürte den Druck eines Zeigefingers an ihrem Oberarm. Nachdem ihre Sitznachbarin sich der notwendigen Aufmerksamkeit vergewissert hatte, legte das Mädchen neckisch ihren Kopf auf die aufeinandergelegten Hände. Dabei schloss es die Augen und stellte sich schlafend. Weil die andere nett aussah, kicherte Hannah leise, obwohl sie selbst sich kein Stück langweilte.

Ihr Blick schweifte voller Entdeckerfreude über die Gesichter ihrer Kommilitonen. *Kommilitonen!* Und sie lauschte gebannt Mr. Gideonse, der gerade das Motto des Colleges beschwor: »Nil sine magno labore – nichts ohne große Anstrengung.« Vier lateinische Worte genügten Hannah, um sich als Teil einer verschworenen Gemeinschaft zu fühlen, die sich dem Erwerb neuer Erkenntnisse verpflichtet hatte.

»Vergessen Sie nicht, dass dies erst der Anfang ist. Ja, unsere Aufnahmeprüfungen sind hart, aber Sie werden sich größeren Herausforderungen gegenübersehen. Es gibt keine Lorbeeren, auf denen Sie sich ausruhen könnten. Sie nennen unser College das Harvard des armen Mannes? Sorgen Sie mit mir dafür, dass eines Tages Harvard das Brooklyn College des reichen Mannes genannt wird!«

Seine Worte erinnerten Hannah an ihre Tante, wenn sie unermüdlich ihr Haus putzte. Er sprach es nicht aus, teilte aber deutlich mit, dass Immigranten- und Arbeiterkinder immer mehr Leistung würden erbringen müssen, um sich zu behaupten.

Nachdem der Applaus verklungen war, ächzte Hannahs Sitznachbarin laut auf. »Puh! Ich bin Ella und komme aus Kansas – und du?«

»Aus Kansas?«

»Du hast nichts verpasst, falls du es nicht kennst. Mittlerer Westen, irgendwo zwischen Missouri und Oklahoma.« Ella hielt sich die Hand vor den Mund, als wolle sie ein Gähnen verbergen. »Du bist nicht von hier, oder?«

Hannah lachte verdattert auf. »Nein, ich komme aus Deutschland. Mir ist trotzdem bekannt, wo Kansas liegt. Ich musste nur an ›Der Zauberer von Oz‹ denken. Ich habe den Film vor kurzem gesehen.«

»Man sagt, ich sähe Dorothy ziemlich ähnlich.« Ella warf ihre goldbraunen Locken zurück. Mit ihren dunklen, runden Augen erinnerte sie wahrhaftig an Judy Garland. Hannah hatte den Film mit Nathan im Kino gesehen, und sie beide hatten mit feuchten Augen »Somewhere over the Rainbow« gelauscht.

»Du siehst ihr wirklich ähnlich«, bestätigte Hannah.

Ella quittierte die Aussage mit einem huldvollen Nicken. »Seit wann lebst du denn in Amerika?«

»Ich bin im vergangenen Jahr angekommen.«

»Im vergangenen Jahr erst? Du sprichst sehr gut Englisch. Mach so weiter, und dein Akzent fällt weniger auf als mein Dialekt.«

»Es ist nett, dass du das sagst.« Hannah lächelte verlegen,

doch ihr gefiel Ellas offene Art, die es einem leicht machte, mit ihr zu plaudern. Später verließen sie dicht nebeneinander den Saal wie alte Bekannte.

Erfreut fanden sie heraus, dass sie zum Teil die gleichen Kurse belegt hatten. Erst jetzt fiel Hannah auf, wie wenig Umgang sie in der vergangenen Zeit mit Gleichaltrigen gepflegt hatte – wenn man von den seltenen Treffen mit Ada absah. Selbst Nathan war sieben Jahre älter als sie. Ellas unbefangene Art erinnerte Hannah an ihre ehemalige Kollegin in der Fabrik. Gerne hätte sie gewusst, wie es Rosi nach ihrer Entlassung ergangen war.

»Sie sollen hier ja ein großartiges Frauen-Schwimmteam haben«, berichtete Ella. »In Kansas habe ich mehrmals den See vor unserer Haustür durchquert. Mein großer Bruder hat darauf bestanden, mich im Ruderboot zu begleiten, aber es war nie nötig, dass er mich rettet. Schwimmst du?«

Hannah fasste sich an den Hals, der sich mit einem Mal wie eingeschnürt anfühlte. »Ja, ich bin am Meer aufgewachsen. Mein Vater hat darauf bestanden, dass wir es lernen.« Dabei war es keine Selbstverständlichkeit, dass man Mädchen schwimmen beibrachte.

»Wie schön.«

»Aber Wettbewerbe würde ich niemals gewinnen«, sagte Hannah, um die Aufmerksamkeit wieder von sich abzulenken.

»Doch du heimst sicher bald eine Trophäe ein, wenn du so geübt bist.«

»Ich glaube nicht«, erwiderte Ella düster. »Dafür wird mir wohl die Zeit fehlen. Ich bin bei einer Professorin untergekommen. Sie lässt mich umsonst bei sich wohnen, solange ich auf ihre Kinder aufpasse. Die Farm meiner Eltern ist klein, sie könnten mir niemals die Miete für ein Zimmer bezahlen. Außerdem macht sich Mama viel zu große Sorgen um die Männer auf dem Campus. Lassen dich deine Eltern wenigstens mehr Spaß haben?«

Es gefiel Hannah nicht, ihre frische Bekanntschaft gleich einem Härtetest zu unterziehen, doch ihr Gegenüber wirkte nicht zimperlich. Und falls sich eine Freundschaft zwischen ihnen anbahnte, war es besser, dass Ella von Anfang an wusste, worauf sie sich einließ.

»Mir fehlt ebenfalls die Zeit. Ich habe ein Kind«, sagte Hannah hastig.

»Wie bitte?«, entfuhr es Ella.

Sie wirkte nicht sonderlich geschockt, eher so als habe sie kein Wort verstanden. Das war ihr nicht zu verdenken, da Hannah ihr Geständnis vernuschelt hatte. Weniger aus echter Scham, sondern weil es ungewohnt war, es auszusprechen.

»Ich habe ein Kind«, wiederholte sie deutlicher.

»Und deinen Mann stört es nicht, dass du studierst, statt brav zu Hause zu sitzen und ihm das Abendessen zu kochen?«

Hannah errötete und wandte den Blick ab.

»Ah, ich verstehe. Kein Mann. Das finde ich mutig von dir.«

Hannah grinste erleichtert. »Und deshalb heißt es auch für mich: kein heimlicher Wein im Etagenbett, keine gefühlvollen Geständnisse auf dem Kopfkissen.«

Ella zog einen Schmollmund. »Dabei hast du offenbar einiges zu gestehen. Ich hoffe doch, dass ich auch irgendwann etwas zu beichten habe. Damit meine ich natürlich kein Baby, bloß nicht! Entschuldigung, das war taktlos. Aber schau nur, wie süß sie alle sind, unsere College-Boys. Zu schade, dass sie uns in den ersten Jahren von den Männern getrennt halten.«

Jetzt lachte Hannah laut auf. »Ich finde, sie sehen aus wie kleine Jungs in Papas Kleidung. Außerdem bleibt uns so mehr Zeit, um uns auf das Studium zu konzentrieren.«

»Recht hast du.« Ella seufzte. »Wenn es nach meinen Eltern ginge, hätte ich längst den Cowboy Jim geheiratet. Es ist nicht so, dass ich das Landleben verabscheue. Ich liebe Kühe, Pferde und Katzen. Aber ich habe das Gefühl, ich muss erst mal die große Stadt gesehen und etwas gelernt haben.«

»Das verstehe ich«, sagte Hannah.

Von da an waren sie Freundinnen. Sie konnten sich zwar nicht im gleichen Maße vom Campusleben absorbieren lassen wie ihre Kommilitoninnen, trotzdem dauerte es nicht lange, bis Hannah ihre braven Kleider gegen die praktischen *Slacks* eintauschte, die viele ihrer Kommilitoninnen trugen. Sie sahen so modern aus in diesen weiten Hosen, vor allem wenn sie sich dazu lässig eine *Lucky Strike* anzündeten. Umso mehr überraschte es Hannah, wie wenige von ihnen eine spätere Karriere anstrebten. Viele schienen es eher darauf anzulegen, am College einem vielversprechenden Kerl in die Arme zu laufen. Einem, dem es womöglich nicht genügte, wenn seine Frau glänzende Locken trug und fünfundneunzig smarte Kniffe zur Fleckentfernung kannte, sondern der außerdem eine gepflegte Konversation erwartete.

Ihrer Empörung darüber machte sie gegenüber Nathan Luft, als sie einmal gemeinsam mit Sarah im Kinderwagen am Strand spazierten.

Doch der lächelte nur. »Ich finde es eher bemerkenswert, wie viele von ihnen mehr vorzuhaben scheinen. Meine älteste Schwester hat Kunstgeschichte studiert, um sich für den Rest ihres

Lebens auf Cocktailpartys zu langweilen. Wie die meisten ihrer Freundinnen.«

»Oh je«, sagte Hannah betrübt. Sie vermutete, dass man einen Studienplatz weniger zu schätzen wusste, wenn er einem dank der angeborenen Privilegien sicher war.

Nathan zuckte mit den Schultern. »Viele von ihnen haben direkt nach dem College Kinder bekommen. Apropos, wirst du dabei sein, wenn im April die neue Saison beginnt?«

»Ja, Dr. Couney hat versprochen, bei der Vergabe der Schichten auf mein Studium Rücksicht zu nehmen. Dafür bin ich ihm sehr dankbar.«

»Das freut mich. Bei mir gibt es auch gute Neuigkeiten. Ich habe eine Stelle am Cornell Medical Center in Aussicht.« Er strahlte.

»Und was sagt Dr. Couney dazu?«

»Denkst du, ich sei illoyal?«

»Ich dachte nur daran, dass er so große Stücke auf dich hält.« Hannah sah ihm nicht in die Augen, denn an seiner Unterstellung war etwas dran. Sie fühlte sich der Gemeinschaft von Couney und seinen Mitarbeitern längst so zugehörig, dass es sie traf, wenn jemand »abtrünnig« wurde. Ihre fordernde Aufgabe und der Trotz gegenüber Zweiflern machten sie zu einer eingeschworenen Gemeinschaft.

»Er sagt, er unterstützt meine Pläne. Ich habe den Eindruck, dass man am Cornell großes Interesse an der Frühgeborenenpflege zeigt. Und Dr. Couney setzt darauf, dass es mir gelingt, etwas zu bewegen, damit er sich nach vierzig Jahren harter Arbeit zur Ruhe setzen kann.«

»Das wäre wunderbar.« Sie zog die Nase kraus. »Womöglich

habe ich dich nur aus egoistischen Motiven nach Dr. Couney gefragt. Ich für meinen Teil werde dich nämlich sehr vermissen.«

»Nett, dass du das sagst. Das ginge mir genauso – wenn ich nicht fest davon überzeugt wäre, dass wir den Kontakt aufrechterhalten. Viele Mußestunden werden uns beiden nicht bleiben, aber sicher können wir gelegentlich etwas Zeit abzweigen, um gemeinsam einen Kaffee zu trinken oder einen Spaziergang zu unternehmen. Was meinst du?«

Sie nickte und hoffte, dass es ihnen wirklich gelänge. »Und bis dahin bleibt uns die kommende Saison.«

»Ich freue mich darauf. Aber nun erzähl mir erst mal, wie es dir am College gefällt.«

»Es ist alles sehr aufregend. Zwar ändert es nichts an meinem Vorsatz, Ärztin zu werden. Aber die Psychologie könnte für mich mehr werden als nur ein Mittel zum Zweck. Am liebsten sind mir die Veranstaltungen von Solomon Asch. Gerade reden wir darüber, wie Menschen Urteile über andere fällen – und wie sie sich dabei von ihrer Umgebung beeinflussen lassen.«

»Das klingt tatsächlich fesselnd.«

»Das ist es. Und es ist faszinierend, wie sich alle miteinander streiten. Es gibt mir das Gefühl, einer Wissenschaft beim Entstehen zuzuschauen. Mir scheint, dass mehr Fragen offen als geklärt sind.«

Dieser Umstand verwirrte und reizte Hannah zugleich, denn jeder ihrer Dozenten und Gastredner vertrat seinen Standpunkt derart überzeugend, dass sie dessen Meinung im Anschluss für ihre eigene hielt. Doch dann griff ein anderer die Thesen seines Kollegen mit gleicher Vehemenz und nicht minder logisch erscheinenden Argumenten an. So etwas hatte es in der Schule nicht gegeben. Doch hier versicherte ihnen an einem Tag Professor Sallow, dass jede ihre Handlungen bloß durch Instinkte und Konditionierungsmuster festgelegt sei. Seiner Ansicht nach saß zwischen den Ohren des Menschen ein Apparat, der mit einem Reiz gefüttert wurde, woraufhin er wie auf Knopfdruck eine vorgegebene Reaktion abspulte. Hannah empfand ein Missbehagen bei diesen Ausführungen, so dass sie erleichtert war, als am folgenden Tag Professorin Katz die Überzeugungen ihres Kollegen zurückwies. »Kein Verhalten, das nicht durch Rattenexperimente erklärt werden kann? Nur der Mutlose verlässt sich allein auf konventionelle Methoden, denn er schielt nach der Anerkennung, die präzise Techniken dem Wissenschaftler einbringen. Aber ich bezweifle, dass schlichte Instrumente ausreichen, um menschliches Verhalten vorherzusagen, zu verstehen und zu beeinflussen – zum Wohle des Einzelnen. Und ist nicht genau dies das Ziel aller Psychologie?«

Professorin Katz gab ihnen umgehend eine Rede von Gordon W. Allport zu lesen, einem Professor für Sozialpsychologie an der Harvard-Universität, der über Persönlichkeitseigenschaften forschte. »Sehen Sie es als Aufforderung, die komplexen Muster der mentalen Organisation zu erforschen. Fragen Sie sich nicht ebenso wie Professor Allport, inwieweit Ratten erklären können, warum wir über Mickey Mouse lachen, Kathedralen bauen, nach dem Metaphysischen suchen? Weshalb manche ihr eigenes Leben auslöschen und andere wider jede Vernunft hoffen?«

Wenige Tage später griff der von Hannah verehrte Asch das Thema der komplexen Strukturen auf. »Es scheint, dass die Menschen sie nicht mehr mögen. Es gibt ausreichend Hinweise darauf, dass sie sich mit einem simplen Bild zufriedengeben und alles ausblenden, was Zweifel wecken könnte. Verständlich, wer möchte sein Leben nicht unkompliziert halten?«

Er trat vor die erste Reihe, wo er sich ausgerechnet die schüchterne Maggie herauspickte. »Glauben Sie, eine gute Menschenkenntnis zu besitzen?«

Das Mädchen wand sich verlegen unter der Aufmerksamkeit, die Asch auf sie gelenkt hatte.

»Keine falsche Scheu oder Bescheidenheit. Viele scheinen sich sicher zu sein, sie könnten die anderen durchschauen. Aber wie kommen wir zu unserer Einschätzung einer Persönlichkeit? Ich schlage ein kleines Experiment vor.«

Daraufhin ließ er unter allen Anwesenden Zettel verteilen. Hannah las auf ihrem: »intelligent, begabt, kalt, bestimmt, ehrlich.«

»Stellen Sie sich eine Person mit den vorgefundenen Attributen vor. Beschreiben Sie mir den Eindruck, den Sie von ihr gewonnen haben.«

Sicher war Hannah nicht die Einzige, die vermutete, dass er ihnen eine Falle stellte, denn kaum jemand wollte den Anfang machen. Deshalb hob sie die Hand, um ihren Eindruck zu schildern. Ihre Neugierde bezwang die Sorge, bloßgestellt zu werden. Bei Asch hatte Hannah nie das Gefühl, sie würde vorgeführt oder solle bloß eine bereits feststehende Meinung bestätigen. Sie durften an seiner Seite Entdecker sein, Archäologen des Gehirns. Und wenn keiner teilnahm, würde sein Versuch misslingen, was auch immer er zeigen sollte.

Sie fanden schließlich heraus, dass Asch ihnen zwei Versionen seiner Auflistung von Attributen zugespielt hatte. Auf den ersten Blick schienen sie identisch, doch bei einigen war das Wort »kalt« durch »warm« ersetzt worden.

Es faszinierte Hannah zu erleben, wie sich die Eindrücke innerhalb einer Gruppe ähnelten, die beschriebene Person sich zugleich aber vollständig von dem Charakter unterschied, den die anderen Teilnehmer skizzierten – trotz der nahezu identischen Liste.

»Alles deutet darauf hin, dass wir die übrigen Wesenszüge in Relation zur Wärme oder zur Kälte gesetzt haben. Diese Angaben beeinflussen anscheinend, wie wir andere Eigenschaften bewerten – so dass am Ende ein widerspruchsfreies Bild von der Person entsteht.«

Sie fanden außerdem heraus, dass dieser »Trick« nicht mit allen Attributen gelang, sondern nur mit »warm« oder »kalt«. »Offenbar werden gewisse Merkmale als eine Art Wesenskern angenommen, dem die anderen angeglichen werden.«

Aschs Begeisterung hob sich in Hannahs Augen wohltuend von der Arroganz eines Dr. Sallow ab. Der ließ keinen Zweifel an seiner Überzeugung, dass die Studentinnen nur seine Zeit vergeudeten. Wenn er mit ihnen über Statistik sprach, dann um sie daran zu erinnern, dass es in Amerika keine dreizehn Prozent der an einem College eingeschriebenen Frauen bis zum Bachelorabschluss durchhielten. Und die wenigen, die es taten, hatten sich mit Hauswirtschaft, Pflege oder dem Lehramt befasst. Wie viele andere Gelehrte war er der Überzeugung, dass sich Frauen zu leicht ablenken ließen. Sie würden sich in bedeutungslosen Details verzetteln und verlören dabei die wahre Berufung des Wissenschaftlers aus den Augen: Generalisierung und Theoriebildung. Oder waren sie deshalb so abgelenkt, weil sie stets familiären Verpflichtungen den Vorrang gaben?

Anfangs hielt Hannah seine Äußerungen für eine verquere Methode, sie mit Zweifeln anzuspornen – warum sonst hätte er sich auf diesen Lehrauftrag eingelassen?

Mittlerweile hatte sie eingesehen, dass er keineswegs vorhatte, die Anzahl der erfolgreichen Studentinnen zu erhöhen. Wenn überhaupt, dann betrachtete er sie als Feldexperiment, das seine Erwartungen bestätigen sollte.

Dr. Sallow war kein Psychologe, sondern Oberarzt in der psychiatrischen Abteilung eines Krankenhauses. Man munkelte, er sei überredet worden, am Brooklyn College auch den Damen Kurse in klinischer Psychologie anzubieten, indem man an seine Eitelkeit appelliert hatte.

Dabei brauchte seine Selbstgefälligkeit keine weitere Ermutigung, befand Hannah. Von seinen Patienten sprach er wie von Pferden, die man bisweilen mit Zuckerstückchen belohnte oder beschwichtigte, ansonsten aber schlicht verwahrte.

»Haben Neurosen denn keine Ursache, der man auf den Grund gehen könnte, um den Menschen zu helfen?«, hatte Hannah zaghaft in einer seiner ersten Vorlesungen gefragt.

Dr. Sallow hatte mit abfälligem Blick über seinen gepflegten Schnurrbart gestrichen. »Die Antwort auf alle Neurosen? Ruhe, gutes Essen und höfliches Entgegenkommen.«

Es war Ella, die bemerkte, dass er Plateauschuhe trug und hinter seinem Rednerpult auf eine Kiste stieg.

»Napoleon-Komplex«, diagnostizierte Hannahs Freundin zufrieden. »Möglicherweise verbunden mit einem Kastrationskomplex.«

Hannah lachte. »Du bist unmöglich! Du weißt, dass sich Kastrationsangst nicht darauf bezieht, dass sich ein Mann ungern von einer Frau widersprechen lässt?«

»Bist du dir sicher, du Besserwisserin? Ich glaube, es hängt nur davon ab, wer den Begriff gerade definiert.« Ella zog hochmütig eine Augenbraue hoch. »Im Ernst, können sie sich nicht einfach erst mal einig werden, bevor sie uns Vorträge halten? Woher soll ich wissen, was in den Prüfungen von uns verlangt wird?«

Hannah widersprach nicht, obwohl sie die Möglichkeiten im Widerstreit der Theorien erkannte: die Aufforderung, mit ihnen zu arbeiten, sie zu überdenken und zu ergänzen, um zu einer eigenen Ansicht zu gelangen. Ihr gefiel sogar, wenn sie manchmal nicht sofort verstand, wovon ein Professor sprach, denn oft genug begriff sie *etwas* an seinen Worten. Dann glaubte sie, von ihnen getragen zu werden – in Richtung einer Erkenntnis, die geradeso außerhalb ihrer Reichweite lag, aber in greifbare Nähe rückte. Mit jedem weiteren Gedanken und jeder Erfahrung dehnte ihre Welt sich aus und füllte sich mit neuer Erkenntnis. Manchmal war es wie ein Rausch. Allerdings hatte Ella nicht ganz unrecht. Hannah hätte die Ungewissheiten mehr genossen, wenn sie nicht auf ausgezeichnete Noten angewiesen gewesen wäre.

KAPITEL 13

Mitte März wunderte sich Hannah, wie schnell die Zeit vergangen war. Bald würde ihre Schwester heiraten. Ihre Hoffnung, dass ihre Eltern bis dahin bei ihnen wären, hatte sich zerschlagen. Und im April würde Hannah zu Dr. Couney zurückkehren. Sie freute sich auf die Arbeit und ihre Kollegen, zugleich sorgte es sie, weniger Zeit für Sarah und ihr Studium zu haben. Bis dahin wollte sie jede freie Minute mit der Kleinen verbringen. Manchmal verabredete sie sich mit Ella und deren Schützlingen im Park, gelegentlich traf sie sich – so wie an diesem Tag – mit Nathan zu einem Spaziergang am Meer.

Nach ihrer Begrüßung hob er Sarah aus dem Wagen. »Wie groß du geworden bist.« Er legte sie in seine Armbeuge und kitzelte mit der freien Hand ihren Bauch, woraufhin das Mädchen so vergnügt gluckste, dass Hannah das vertraute Gefühl der Wärme für ihren Freund durchströmte.

»Sie krabbelt jetzt so schnell, dass ich sie kaum einholen kann«, erklärte sie mit mütterlichem Stolz.

»Wirklich?« Nathan strahlte das kleine Mädchen an. Sein leicht geöffneter Mund schien für Sarah eine Einladung zu sein, die Finger hineinzustecken. Als er sanft zuschnappte, zog sie kichernd die Hand weg – um gleich darauf erneut ihr Glück zu versuchen.

»Ich hoffe, du hast heute Nachmittag nichts mehr vor«, sagte

Hannah lächelnd. »Ich glaube nicht, dass sie dieses Spiel so schnell über haben wird.«

Gutmütig wiederholte er das Schnappen, bis ihm die Puste ausging. »Sarah, Sarah, du wirst deine Familie ganz schön auf Trab halten.«

»Das klingt ja, als würden wir zum Faulenzen neigen«, sagte Hannah gespielt empört.

Nathan sah sie mitfühlend an. »Das denke ich sicher nicht. Das Studium, das Kind und bald wieder die Arbeit – das ist viel.«

»Judith und Simon sind mir eine große Stütze.«

»Und dein Studium? Hast du dich inzwischen mit Dr. Sallow arrangiert?«

Hannah seufzte. »Wie man es nimmt. Ich sage möglichst wenig und erfülle damit die Erwartungen, die er an seine Studentinnen hat. Aber ich wäre ungern einer seiner Patienten im Bellevue.«

»Das Bellevue ist ein gutes Krankenhaus«, wandte Nathan ein. »Die psychiatrische Abteilung ist allerdings zugleich ein wenig berüchtigt. Schon den kleinen Kindern wird gesagt: Mache so weiter, und du kommst ins Bellevue.«

»Oh je«, sagte sie. »Wenn das kein Grund zur Freude ist. *Ich* komme bald nach Bellevue.«

Nathan zog die Augenbrauen hoch.

»Eine Exkursion. Ich habe die zweifelhafte Ehre, zur auserwählten Teilnehmerschar zu gehören.«

Offenbar hatte Professorin Katz sie gelobt und damit Dr. Sallow provoziert, sie zu einem Ausflug in die Realität einzuladen. »Der Idealismus mancher Kollegen versperrt den Blick auf nüchterne Tatsachen«, hatte er moniert.

»Dr. Sallow schleift uns dorthin«, fuhr sie fort. »Manchmal denke ich, er verachtet insgeheim die Kranken und betrachtet sie nicht als vollwertige Menschen.«

Sarah zappelte in Nathans Armen.

»Sollen wir ihr die Gelegenheit geben, uns zu zeigen, wie gut sie krabbelt?« Er deutete auf den Strand.

»Der Sand ist noch zu kalt.«

»Wir legen meinen Mantel auf die Erde.«

»Aber dann wird er schmutzig.«

»Es ist doch nur ein Kleidungsstück.«

Zweifelnd betrachtete sie den teuren Wollstoff. »Na dann«, erwiderte sie trotzdem, denn insgeheim freute sie, wie sehr ihn Sarahs Fortschritte interessierten.

Ohne Zögern breitete er seinen Mantel auf dem klammen Sand aus. Hannah legte die Kleine vorsichtig ab. Bei ihren ersten Versuchen wackelte bloß Sarahs Hintern, doch dann überquerte sie das Kleidungsstück so schnell, dass Nathan sie in letzter Sekunde noch zu fassen bekam, bevor sie in der Kälte saß.

»Gut gemacht, meine Große«, sagte er und hielt sie in die Höhe.

Dabei schien er den Speichel nicht einmal zu bemerken, der aus Sarahs lachenden Mund auf ihn herabtropfte. Hannah verstand, wie Hildegarde auf den Gedanken gekommen war, er solle eine Familie gründen. Doch sie selbst würde das Thema nicht anschneiden. Zu leicht konnten unbedachte Worte an Bereiche rühren, die besser unangetastet blieben.

In friedlichem Einvernehmen spielten sie mit Sarah am Strand, bis diese müde greinte. Hannah legte sie in ihren Wagen zurück und zupfte liebevoll die von Judith gefertigte Strickdecke zurecht.

»Ich denke, es ist Zeit aufzubrechen.«

»Hannah?«

Sie fuhr herum. Diese Stimme hätte sie jederzeit erkannt. *Er?* Sie hatte vergessen, dass Aaron sich ebenso gerne am Meer aufhielt wie sie. Vorsorglich kniff sie die Augen fest zusammen und öffnete sie wieder, doch es war kein Traum. Vor ihr stand Aaron und musterte sie ungläubig. Er betrachtete erst Hannah, dann Nathan, den Kinderwagen und erneut Hannah.

Ihre Blicke trafen sich und die Szene um sie herum gefror. *Medulla, Brücke, Mittelhirndach* – der Hirnstamm. *Epithalamus, Thalamus, Hypothalamus* – das Zwischenhirn. Hannah klammerte sich an beruhigende Fakten, unfähig, etwas zu sagen.

Er sprach an ihrer Stelle. »Ich verstehe«, sagte er leise. »Ich wünsche euch einen schönen Tag.«

Es durfte Hannah nicht kümmern, was er von ihr dachte. Sie hatte die einzig mögliche Entscheidung getroffen. Und doch kostete es sie all ihre Kraft, ihm nicht hinterherzulaufen und zu brüllen: »Nein, es ist ganz anders, als du denkst.«

Nachdem Aaron wortlos davongeeilt war, räusperte sich Nathan neben ihr. »War das nicht der junge Mann, mit dem ich dich gesehen habe?«

Sie schüttelte den Kopf. »Es ist unwichtig.«

»Bist du sicher? Er wirkte erschrocken und du auch.«

Hannah fixierte einen Punkt seitlich von Nathan. »Ich nehme an, er dachte, dass Sarah unser Kind ist.«

»Du meinst, *unser*?«, fragte er überrascht.

Sie nickte betreten.

»Wieso sollte er das denken?«

»Er hat nie erfahren, dass meine Schwester schwanger war. Mein Schweigen war Adas Bedingung dafür, dass ich Sarah behalten durfte. Daran zu rütteln würde bedeuten, endgültig mit ihr zu brechen. Ich möchte meine Familie aber zusammenhalten. Das wäre auch im Sinne unserer Eltern. Deshalb ist es besser so, wie es jetzt ist.«

Da Nathan von Anfang an gewusst hatte, wer Sarahs Mutter war, brach Hannah ihr Versprechen gegenüber Ada nicht, wenn sie ehrlich zu ihm war.

Er zog die Augenbrauen zusammen, was bei ihm aber kein Zeichen von Ärger, sondern konzentrierten Nachdenkens war. »Ich verstehe. Aber es muss doch eine Möglichkeit geben, die Fäden zu entwirren.«

»Es tut mir in jedem Fall sehr leid, dass du in die Sache hineingezogen wurdest. Wenn du es möchtest, werde ich dafür sorgen, dass er erfährt, dass du nicht der Vater bist.«

»Ich fürchte nicht um meinen Ruf. Im Gegenteil, es würde mir gefallen, eine so zauberhafte Tochter zu haben.« Er lächelte verschmitzt. »Meinetwegen musst du nichts richtigstellen. Nicht wenn es die Situation noch komplizierter macht, als sie ohnehin schon zu sein scheint.«

Am Abend rührte Hannah keinen Bissen an.

»Stimmt etwas nicht?«

»Es ist nichts weiter«, versicherte sie ihrer Tante.

Judith legte das Besteck beiseite und betrachtete ihre Nichte mit erhobenen Brauen.

Hannah seufzte leise. »Wirklich, es ist alles in Ordnung. Ich habe bloß am Strand jemanden getroffen, den ich aus unserer Zeit auf Ellis Island kannte. Das hat mich ein wenig aus dem Takt gebracht. Es hängen viele Erinnerungen daran.«

»Ich verstehe.«

Resigniert beobachtete Hannah, wie die Tante ihr eine weitere Kelle Suppe auf den kaum geleerten Teller gab. »Dann kannst du ja essen.«

»Danke. Ich fürchte nur, ich habe keinen großen Hunger.«

»Papperlapapp!«, sagte Judith. »Schauen wir nach vorne. Ada wird bald heiraten. Sicher freut sie sich, wenn du sie bei den Vorbereitungen unterstützt, wo eure Mutter nicht bei ihr sein kann.«

»Wenn sie doch nur noch ein wenig länger warten könnten.«

»Ach, Hannah. Wie lange denn noch? Niemand von uns weiß, wann eure Eltern kommen. Gönn deiner Schwester ihr Glück.«

»Das tue ich. Aber ich wäre Ada keine große Hilfe. Weder verstehe ich viel von Mode noch von Blumengestecken. Einmal hatte ich ihr Lilien vorgeschlagen, weil sie sich weiße Blumen wünschte. Sie hat mich angesehen, als wäre ich verrückt.«

Judith verschluckte sich an ihrer Suppe. »Man verwendet sie doch bei Beerdigungen.«

Mit einem Anflug von schlechtem Gewissen – wie konnte Judith nur annehmen, Hannah missgönne ihrer Schwester ihr Glück? – beschloss sie, sich hilfreicher zu zeigen.

Doch als sie Ada bei ihrem Treffen am folgenden Tag ihre Dienste anbot, verdrehte diese nur die Augen.

»Stell dich hinten an. Edwards Mutter hat mir alles aus der Hand genommen.« Ada verzog das Gesicht. »Sie hat sogar das Brautkleid ausgesucht. Sie selbst würde natürlich behaupten, sie habe mir nur dezent einen Stups in die richtige Richtung gegeben.« Hannah fand, dass ihre Schwester eingefallen wirkte.

»Die Pastrami-Sandwichs sind köstlich. Willst du wirklich keines? Du solltest mehr essen«. *Herrje! Ich klinge wie Tante Judith.*

»Du klingst schon wie Tante Judith. Das Essen erscheint mir nicht allzu verlockend. Traust du dem Ei in der Mayonnaise?«, erwiderte Ada abschätzig.

»Tue ich!« Hannah liebte dieses Deli nahe der New York Library, in der sie ganze Stapel Bücher durchzuarbeiten pflegte. Ihr College hatte eine eigene Bibliothek, aber dort fand sie längst nicht alles, was sie benötigte. Jedes Mal, wenn sie herkam, aß sie eines der üppig belegten Pastrami-Sandwichs und genoss die Aromen von Rauch, Koriander und Knoblauch. Es war nicht das erste Mal, dass die Schwestern sich hier trafen, da auch Macy's nicht weit entfernt war. Doch in der vergangenen Woche hatte Ada dort ihren letzten Arbeitstag gefeiert.

»Seit wann rauchst du?« Hannah betrachtete überrascht das mit Ornamenten verzierte Zigarettenetui in der Hand ihrer Schwester. Es war goldfarben, genau wie das Feuerzeug, das Ada mit gleichgültiger Miene aufflammen ließ.

»Hatte ich vergessen zu erwähnen, dass Edwards Mutter auch die Maße des Kleids vorgegeben hat? Leider muss ich noch ein paar Pfund verlieren, wenn ich nicht als Presswurst erscheinen möchte. Von ihrem Hausarzt weiß sie, dass Rauchen den Appetit dämpft.«

Empört legte Hannah ihr Sandwich aus der Hand. »Was sagt Edward zu alledem?«

»Ich werde mich sicher nicht bei ihm beschweren. Männer wollen ein unkompliziertes Leben. Vermutlich sollte ich Malka – ja, ich darf meine Schwiegermama in spe jetzt Malka nennen – dankbar sein. Das Kleid ist ein Traum von Vera Maxwell.«

Der Name sagte Hannah nichts. »Ist das etwas Gutes?«

Ada lachte auf. »Ob das gut ist? Meine Kolleginnen wollten vor Neid tot umfallen. Dafür kann man sich schon mal mit einer halben Grapefruit zum Frühstück zufriedengeben.«

»Oh je.« In Hannahs Ohren klangen die Beteuerungen ihrer Schwester nicht überzeugend. Wohin war Adas Widerstand verschwunden, den sie früher jeder Bevormundung erfolgreich entgegengesetzt hatte?

»Du bist wohl die einzige Frau, die mich nicht beneidet, sondern bemitleidet.« Wenigstens ihr undeutbares Lächeln war Ada nicht abhandengekommen.

»Werdet ihr nach der Hochzeit weiter mit seinen Eltern unter einem Dach leben?«

Ada schüttelte den Kopf. »Natürlich nicht. Edward hat mir versprochen, dass wir noch vor dem nächsten Chanukka-Fest ein eigenes Haus beziehen.«

»Gut.«

»Schau nicht so betreten drein. Zum Teil musste ich deinetwegen all diese Zugeständnisse machen.«

»Meinetwegen?«

»Aaron und Edward sprechen sehr offen miteinander ...« Ada ließ den Satz unbeendet in der Luft hängen. Es war unnötig, dass sie fortfuhr.

»Oh nein«, sagte Hannah tonlos. »Der Gedanke war mir überhaupt nicht gekommen.« Gewiss hatte Aaron Edward von ihrer Begegnung am Strand erzählt.

»Oh doch. Sie denken, du hast ein uneheliches Kind und triffst dich mit dem höchstwahrscheinlich verheirateten Vater des Kindes. Edward war enttäuscht, dass ich es ihm nie erzählt hatte.

Zum Glück haben sie alle am Ende eingesehen, dass ich schweigen musste, um die Familienehre zu bewahren. Tut mir leid, Hannah.«

»Schon gut«, behauptete sie. Dabei wurde ihr banger denn je bei dem Gedanken, Edwards Familie bei der Hochzeit zu begegnen. Andererseits brauchte es sie nicht zu scheren, was der Bräutigam und seine Eltern von ihr hielten. Vernichtender als Aarons Blick am Strand konnte ihr Urteil ohnehin nicht ausfallen. Hannahs Wangen röteten sich wieder, als sie an die Mischung aus abgrundtiefer Enttäuschung und Verachtung darin dachte.

»Ich fürchte, es hat alle Vorurteile seiner Mutter bestätigt«, fuhr Ada fort. »Sie hat mir nicht nur durch die Blume zu verstehen gegeben, dass sie mich für eine Glücksritterin hält, die voller Dankbarkeit zu Kreuze kriechen sollte. Wenigstens hat Edward die Nachricht von deinem Kind am Ende mit Fassung getragen. ›Stille Wasser sind tief‹, hat er nur gemurmelt.« Sie grinste.

»Oh nein«, sagte Hannah und wusste nicht, ob sie amüsiert oder entsetzt sein sollte. *Wie schnell aus der Jungfrau ein gefallenes Mädchen wird.*

»Ich glaube, er liebt dich wirklich«, sagte sie.

»Ja, ich denke, das tut er«, erwiderte Ada zufrieden.

KAPITEL 14

E s ist so unglaublich, dass man darüber lachen könnte. Wenn es doch nur ein Aprilscherz wäre!« Simons Ausruf unterbrach das Gespräch der Frauen.

»Haben die Yankees ein Spiel verhauen?«, fragte Hannah schmunzelnd.

Ihr Onkel ließ die Zeitung sinken. »Schlimmer! Erst König Haakon, und nun wollten Naziagenten die niederländische Königin entführen! Damit ihre Armee dort in Ruhe einmarschieren kann.«

»Die Niederlande?« Erschrocken dachte Hannah an ihre Eltern, die weiterhin in Amsterdam festsaßen. »Wie ist es denn ausgegangen?«

»Keine Sorge. Man ist ihnen auf die Schliche gekommen. Bei den Polen haben sie noch ein Auge zugedrückt, aber niemand wird zulassen, dass sie gen Westen marschieren.«

»Wieso hält sie dann keiner davon ab, sich Skandinavien einzuverleiben?«, widersprach Hannah. »Ist ihnen das vielleicht zu weit nördlich?«

»Hannah«, ermahnte ihre Tante sie.

»Entschuldigung, Onkel Simon. Ich bin ein wenig angespannt. Ich habe an unsere Eltern gedacht.«

»Schon gut, es war wohl nicht besonders feinfühlig von mir, die Nachrichten so herauszuposaunen.«

»Und wenn schon, wir können ohnehin nichts dagegen unternehmen.« Judith sammelte mit vorwurfsvollem Geklapper die Teller ein.

Hannah eilte ihr zur Hilfe. »Vermutlich nicht«, erwiderte sie leise.

Einmal hatte Hannah Ella zu einer Demonstration begleitet, bei der Studenten ihr Land aufforderten, mehr Juden aufzunehmen und in den Krieg einzutreten. Insgeheim gab Hannah ihrer Tante recht, dass Proteste vermutlich nichts ausrichten würden. Dennoch war es das Mindeste, was sie tun konnte – nicht die Augen vor dem Schicksal der Zurückgebliebenen zu verschließen. Ellas plötzliches Interesse an Politik hatte Hannah erstaunt – bis sie bei einem Treffen erkannte, dass dies nicht nur der Hilfsbereitschaft ihrer Freundin zu verdanken war, sondern auch ein engagierter Geschichtsstudent eine Rolle dabei spielte. Ella hatte Hannahs Neckereien jedoch entschieden von sich gewiesen. »Sieht er aus, als könne er eine Kuh einfangen? Ich brauche einen richtigen Mann, keinen hageren Bubi mit Nickelbrille.«

Was die wahren Schrecken in »The Reich« anging, hielt die Presse sich derweil ebenso zurück wie viele Politiker. Nur wer aufmerksam las, erfuhr, wie Juden dort für Zwangsarbeiten eingesetzt, enteignet, drangsaliert, in Ghettos eingepfercht und sogar exekutiert wurden. Hingegen hatte die Nachricht fast eine ganze Seite der *New York Times* ausgefüllt, dass die Nazis die Briten und Amerikaner als weiße Juden betrachteten, weshalb sie sich den Japanern näher fühlten. Hannah konnte daraus kaum etwas anderes schließen, als dass die Amerikaner sich durch die alberne Bemerkung beleidigt fühlten – und dass dies für sie schwerer wog als die Widrigkeiten, die tatsächliche Juden in Europa hinzunehmen hatten.

Nachdem Hannah seine Tasse abgeräumt hatte, erhob Simon sich ebenfalls.

»Oh.« Ein gepresster Ton entwich seinen gespitzten Lippen. Er fasste sich an die Stirn, dann stützte er mit glasigem Blick beide Fäuste auf dem Tisch ab.

Hannah umfasste seinen Arm. »Was ist mit dir, Onkel Simon?«

»Ich habe ein wenig Kopfschmerzen.« Seine Aussprache war verschwommen wie bei einem Betrunkenen.

»Bist du dir ganz sicher?« Hannah runzelte die Stirn.

»Ich werde mich nur einen Moment hinlegen.«

Schwankend setzte er sich in Bewegung.

Es verging eine gefühlte Ewigkeit, bis er die wenigen Schritte bis ins Schlafzimmer zurückgelegt hatte. Sogar Judith sah besorgt aus, als sie ihrem Mann hinterherschaute.

»Soll ich hierbleiben?«, fragte Hannah leise. Sie nahm Sarah auf den Arm, die bis dahin ihrem Lieblingsspielzeug hinterhergekrabbelt war – einer kleinen Maus, die Judith aus Wollresten gestrickt, mit winzigen Stoffohren versehen und mit Lumpenfetzen gefüllt hatte. Hannah hatte die braunen Knopfaugen hinzugefügt und eine Kordel gedreht, die als Schwanz fungierte.

»Sicher geht es ihm besser, wenn er sich ein wenig hingelegt hat.« Judith wandte sich Sarah zu. »Nicht wahr, meine kleine Maus, wir kommen hier bestens zurecht, solange Mama arbeitet. Heute steht euer Besuch im Bellevue auf dem Programm, oder? Wenn der Professor euch extra ausgewählt hat, solltest du ihn nicht verärgern.«

Mama. Hannah zuckte noch immer zusammen, wenn man sie so bezeichnete. Sie war sich sicher, dass sie Sarah keinen Deut weniger liebte als andere Frauen ihr leibliches Kind. Ebenso gewiss war, dass sie sich jederzeit wieder für Sarah entscheiden würde, ließe man sie noch einmal zwischen dem Kind und der Wahrheit wählen. Doch ein Stachel blieb. War sie nicht am Ende eine Hochstaplerin?

Vor der Klinik nahm sie ein junger Assistenzarzt in Empfang. Er kam Hannah recht aufgeplustert vor, und es schien ihn zu entzücken, eine Gruppe Studentinnen herumzuführen.

»Meine Damen, sehen Sie diese bemerkenswerte italienische Renaissancefassade? Dahinter hört allerdings jede Ordnung auf. Wappnen Sie Ihre sensiblen Sinne für den Anblick von Alkoholikern, Hysterikerinnen und anerkannten Irren«, raunte er.

Am Empfang bat er sie, dort auf ihn zu warten. »Ich werde mich nur rasch vergewissern, dass die Vorbereitungen für die Vorführung abgeschlossen sind.«

Hannah verdrehte die Augen, sobald er ihnen den Rücken zuwandte. *Vorführung?* Ein paar ihrer Begleiterinnen steckten kichernd die Köpfe zusammen, doch es beruhigte sie, in manchen Gesichtern ihre eigene Irritation wiederzuerkennen. Hannah fragte sich, nach welchen Kriterien die Teilnehmerinnen ausgewählt worden waren. Da entdeckte sie den nackten Mann, keine zwei Meter von sich entfernt. Die Frau am Empfang, die beruhigend auf ihn einsprach, nahm seinen Aufzug mit bemerkenswertem Gleichmut hin. Seine Haut war so bleich, dass die vielen schwarzen Haare auf seinem Körper sich überdeutlich abhoben. Hannah wollte ihn nicht anstarren, deshalb studierte sie angestrengt die nicht minder befremdlichen Bilder von Hengsten und Adlern an den Wänden. Und doch konnte sie nicht anders, als immer wieder zur Szene am Tresen zu schielen.

Die Frau winkte einen muskulös gebauten Pfleger herbei. »Fred, würden Sie sich um Mr. Thompson kümmern? Geben Sie ihm einen Teller Suppe, und sicher finden Sie noch einen liegen gebliebenen warmen Mantel für seinen Heimweg.«

Hannah erkannte in den Gesichtern der anderen Ekel, bei manchen auch Mitgefühl oder professionelle Neugierde.

Nachdem Fred den Mann fortgeführt hatte, beantwortete die Rezeptionistin Hannahs fragenden Blick. »Er ist überhaupt nicht verrückt.«

Hannah fühlte sich ertappt. Sie nickte verlegen.

»Nicht?«, sagte eine der Studentinnen zweifelnd. Ihre schmal gezupften Brauen schossen nach oben. »Er war nackt, oder nicht?« Zwei ihrer Freundinnen kicherten.

Die Frau nahm ihr albernes Getue ebenso gelassen zur Kenntnis wie die äußere Erscheinung Mr. Thompsons.

»Wissen Sie, die schlimmste Krankheit in New York ist die Armut. Die Rezession sitzt vielen noch in den Knochen. Manche tun dann halt verzweifelte Dinge, um es einmal warm zu haben, andere werden tatsächlich krank. Seien Sie dankbar, dass es Ihnen besser geht«, erklärte sie ruhig.

Der junge Assistenzarzt kehrte zurück. »Danke für deine kenntnisreiche Zusammenfassung, Felicity, dann werden wir Ärzte ja bald nicht mehr gebraucht. Ich bringe unsere Besucherinnen jetzt in den Konferenzraum.« Mit der Hand wies er ihnen den Weg. »Wenn wir angekommen sind, nehmen Sie bitte auf den hinteren Stuhlreihen Platz und geben Sie keinen Mucks von sich. Heute leiten Dr. Bowman und Dr. Schilder die Vorführung. Ich hoffe, niemand hier hat ›Alice im Wunderland‹ gelesen?« Er senkte verschwörerisch die Stimme. »Falls Sie aufmerksam die

Nachrichten verfolgt haben, wissen Sie, dass Dr. Schilder mehrmals vor dem verderblichen Einfluss des Buches gewarnt hat.« Er hob mahnend den Zeigefinger. Einige der Studentinnen lachten wieder, Hannah nicht. Sie fieberte schon jetzt dem Ende der Veranstaltung entgegen, um nach Simon und Sarah sehen zu können.

Auf dem Podium stand ein einzelner Stuhl, daneben ein Rednerpult. Hannah hatte nicht erwartet, tatsächlich eine Art Bühne zu sehen. Sie hatte die »Vorführung« nur der flapsigen Ausdrucksweise des jungen Mediziners zugeschrieben. Unter den anwesenden Ärzten machte sie immerhin drei Frauen aus, was sie nach Dr. Sallows Ausführungen über das weibliche Geschlecht überraschte. Amüsiert stellte Hannah fest, dass die Medizinerinnen ihren arroganten Kollegen trotz seiner Schuhe überragten. War am Ende dies seine Sorge? Dass solche Exemplare sich vermehrten, wenn er sie nicht schon als Studentinnen wegbiss?

Nach ein paar eröffnenden Worten von einem Dr. Bowman, der sie zu der monatlichen Begutachtung einzelner Patienten begrüßte, rief dieser Dr. Borsky auf die Bühne. Seiner Aufforderung folgte ein junger Mann, der einen Fall von Alkoholismus und Halluzinationen ankündigte. Er legte einen Stapel Zettel auf dem Pult ab und versuchte eine Weile lang vergeblich, das Licht daran anzuknipsen.

»Sie müssen den Stecker einstöpseln«, rief einer der Anwesenden.

»Würden Sie?«, bat Dr. Borsky den Mann neben der Tür, offenbar ein Pfleger.

Nachdem er endlich Licht hatte, räusperte sich Dr. Borsky. »Bevor wir meinen Patienten hereinholen – lassen Sie ihn uns

Herrn W. nennen –, fasse ich meine bisherigen Erkenntnisse für Sie zusammen: Herr W. schien lange Zeit ein annehmbares Mitglied der Gesellschaft zu sein. Er bezog ein durchaus passables Einkommen als Kellner. Doch dann berichtete er Bekannten plötzlich, schreckliche Verbrechen an jungen Kindern verübt zu haben. Dabei deutet alles darauf hin, dass die Ereignisse frei erfunden sind. Er trinkt, zeigt paranoide Tendenzen, fühlt sich verfolgt. Würden Sie den Betroffenen jetzt bitte hereinbringen?«

Der Pfleger öffnete die Tür und ließ einen seiner Kollegen an der Seite eines mageren Mannes im Bademantel eintreten. Der Blick des Patienten huschte nervös von einem Anwesenden zum nächsten, bevor er flackernd zur Decke wanderte. Er weigerte sich vehement, Platz zu nehmen, wobei sein Kopf vor und zurück ging wie der einer pickenden Taube.

»Bitte, lassen Sie mich. Tun Sie das nicht. Ich möchte nicht gegrillt werden.«

Er fuhr eine ganze Weile fort zu betteln, bis Hannah begriff, dass er fürchtete, die für ihn vorgesehene Sitzgelegenheit sei ein elektrischer Stuhl. Von dieser abscheulichen Erfindung hatte sie in Amerika zum ersten Mal gehört.

Das Flehen des Mannes ließ Hannah erschauern. Er verwandelte sich in eine Kreatur, die vom wissenschaftlichen Blick seziert wurde. Etwas daran beschämte sie. Als es Dr. Borsky gelang, den Patienten zu beschwichtigen, atmete sie erleichtert aus. Doch kaum hatte Herr W. sich hingesetzt, da flimmerte ein farbiges Licht mit einer Zahl in einem Glaskasten an der Wand auf. Sofort schoss der Patient wieder in die Höhe. Zeitgleich erhob sich einer der Ärzte. Vermutlich verriet ihm die Nummer, dass er anderweitig benötigt wurde.

Herr W. starrte den Kasten an. »Sie wollen wieder in meinen Kopf!«

Sanft drückte Dr. Borsky den Mann auf den Stuhl zurück. An die anderen gewandt erklärte er: »Und so reagiert er auf medizinische Vorrichtungen jeder Art.« Er zog ein Stethoskop aus seinem Kittel und ließ es in der Luft baumeln.

Herr W. bibberte, bis das Gerät zurück in die Tasche glitt.

Dr. Borsky zählte die Defizite des Mannes wie die Mängel eines defekten Apparates auf.

Sein Forschungsobjekt sah weiterhin mit aufgerissenen Augen in die Runde, zum rettenden Sprung bereit. »Du hast schon mal versucht, mit deinem Gerät da meine Gedanken zu klauen.« Der Mann deutete auf das Stethoskop in der Kitteltasche des Arztes.

»Weißt du, warum du hier bist?«, erwiderte dieser mit gesenkter Stimme.

Der Patient nickte betrübt. »Weil ich unmoralisch bin.«

»Inwiefern bist du unmoralisch?«

Der Patient antwortete nicht.

»Trinkst du sehr viel?«

Der andere nickte.

»Warum tust du das?«

»Weil sie mich dann weniger bedrängen.«

»Wer?«

Die Fäuste von Herrn W. fuhren mit groben Strichen über seinen Schädel. »Die Bande, die mir mein Gesicht stehlen will. Sie wollen sich dahinter verstecken, wenn sie weitere Schandtaten begehen. Sie wollen mich auslöschen.«

Kurz darauf gestand er seine angeblichen Angriffe auf sehr junge Kinder. Bei den rohen Beschreibungen wurde Hannah übel, selbst wenn sie nur der Phantasie entsprungen waren. Zugleich empfand sie Mitleid mit dem Mann, der am Ende seiner fahrigen Ausführungen mit dem Oberkörper nach vorne sackte und dabei den Kopf zitternd in den Händen vergrub.

»Was schließen wir daraus?« Dr. Borsky blickte aufmerksam in die Runde.

Hannah sah, wie der kecke junge Assistenzarzt die Hand hob.

»Ja?«, sagte Dr. Borsky.

»Ich habe an Homosexualität gedacht. Gerade weil immer wieder von der Misshandlung junger Knaben die Rede war.«

Dr. Borsky lächelte nachsichtig. »Diese Annahme kann ich Ihnen nicht verdenken. Ich hatte bei meinem ersten Gespräch mit Herrn W. die gleiche Vermutung. Allerdings fehlt das typische Anzeichen eines Kastrationskomplexes. Und so weit wir wissen, hat er bislang keine der geschilderten Taten begangen, dennoch müssen wir zum Schutz der Gesellschaft annehmen, dass er potentiell gefährlich ist. Was die Trinkerei angeht, so ist sie zum jetzigen Zeitpunkt nicht weit fortgeschritten. Aber wenn unsere Therapie nicht bald anschlägt, fürchte ich das Schlimmste.«

Ein älterer Arzt hob die Hand. »Sie haben uns berichtet, dass er nicht die typischen Anzeichen eines schweren Alkoholikers aufweist. Vielleicht lässt sich dafür eine rassische Erklärung heranziehen. Sind nicht fast 90 Prozent aller Alkoholiker Iren? Möglicherweise hat dieser Mann als gebürtiger Rumäne eine bessere Widerstandskraft gegen die zersetzende Wirkung von Alkohol. Was nicht die Paranoia erklären würde, wohl aber, dass bei ihm gewisse Anzeichen fehlen.«

Jetzt sprang eine Ärztin auf. »Ihr Ansatz ist – mit Verlaub gesagt – vollkommen unwissenschaftlich. Dass wir im Bellevue ein

Übermaß an irischen Alkoholikern haben, sagt weniger über die Gesamtheit der Alkoholiker aus denn über die Anzahl der Iren in unserer Stadt. Ein solcher Zusammenhang ist deshalb weit weniger plausibel als die ganz offensichtliche Beziehung zwischen Juden und Neurosen.«

Hannah biss sich auf die Lippe, um einen Aufschrei zu unterdrücken. *Offensichtliche Beziehung?* Dennoch entfuhr ihr ein kehliger Laut. Dummerweise fiel ihr leises Geräusch in einen Moment der Stille, weswegen sie missbilligend gemustert wurde, bis ihre Betrachter zu dem Schluss kamen, dass diese junge Frau keiner größeren Aufmerksamkeit wert war. Nur die Augen einer Ärztin verweilten etwas länger auf ihr. Hannah glaubte, in deren schmalem Lächeln einen Anflug von Spott zu erkennen, der allerdings nicht der jungen Besucherin, sondern den übrigen Ärzten zu gelten schien.

»Den nächsten Fall präsentiert uns Dr. Lauretta Bender.« Die Ärztin, die Hannah gerade noch angesehen hatte, stand auf. Sie verließ den Raum persönlich, um den achtjährigen Jungen hineinzubegleiten, von dem jetzt die Rede sein sollte.

Dr. Bender ließ Zeichnungen herumgehen, die das Kind von seinen Albträumen angefertigt hatte. Hannah erschreckten die rot-schwarzen Kritzeleien, die aufgerissenen Münder und Augen inmitten chaotischer Wirbel, die den Betrachter in einen Abgrund zogen. Mit aller Kraft hoffte Hannah, dass Rudis Inneres niemals so aussehen würde, trotz all der Unsicherheiten und Ängste, die ihre Familie in Holland auszustehen hatte.

Ihr gefiel die Ruhe, mit der Dr. Bender übereifrige Kollegen davon abhielt, ihren kleinen Patienten mit Diagnosen zu überschütten. Statt sich dem Publikum zuzuwenden, richtete Dr. Bender ihre ganze Aufmerksamkeit auf das Kind und seine Reaktionen. Dabei begab sie sich mit ihm auf Augenhöhe, indem sie eine unbequem wirkende Hockstellung einnahm, statt ihn dem Verhör einer bedrohlichen Riesin auszusetzen. Es war faszinierend zu sehen, wie sie den Jungen mit Hilfe eines Stoffkrokodils zum Reden brachte. Zuerst fand Hannah diese Herangehensweise seltsam, doch dann ging ihr auf, dass er seine Geheimnisse einem weißen Kittel wohl weniger willig anvertraut hätte. Dem Plüschtier jedoch berichtete er, dass er häufig gehauen und beschimpft wurde.

»Seine Tagträume wurden mit schweren körperlichen Züchtigungen bestraft. Er ist von seinen Eltern eingewiesen worden, da er offenbar Gewaltphantasien gegenüber ihnen entwickelt hat«, erklärte Dr. Bender.

»Verständlich«, murmelte Hannah und erntete dafür weitere missbilligende Blicke sowie ein kleines Lächeln von der Ärztin.

»Deshalb bin ich froh zu berichten, dass er gerade anfängt, seine Scheu vor Gleichaltrigen abzulegen. Inzwischen interagiert er mit ihnen mitunter über Stunden, ohne aggressives Verhalten zu zeigen.«

Nachdem sie sich bei dem Jungen freundlich für seine Teilnahme bedankt hatte, geleitete sie ihn zur Tür, hinter der ihn ein Pfleger in Empfang nahm. Erst jetzt erlaubte sie den anderen, darüber zu streiten, ob der kleine Patient durch Masochismus oder Sadismus geleitet werde.

Im Anschluss wurde eine Frau hereingeführt, deren Alter unmöglich zu schätzen war. Ihr voller Mund und die hohen Wangenknochen deuteten verblichene Schönheit an, die aber in dem aufgedunsenen Gesicht mit dem leeren Blick eine ungute Verbindung eingegangen war. Ihr wurden Hysterie und Homosexualität bescheinigt, wobei man sich nicht einig schien, ob nicht das eine nur ein Symptom des anderen sei, und je nach Redner vermutete man die eigentliche Krankheit in der einen oder der anderen Diagnose.

»Seien wir doch ehrlich«, forderte ein Befürworter der Hysterie-These. »Im Grunde können wir nicht einmal sicher sein, dass es sich bei der Homosexualität überhaupt um eine Krankheit handelt. Ist es nicht zumeist der männliche Perverse, der solchen abartigen Vergnügungen nachgeht? Und spielen ihm nicht fast immer Geld und Privilegien in die Hände? Wie sollte eine Therapie dagegen helfen?«

»Unseren Erfahrungen nach kann eine Behandlung durchaus wirksam sein«, widersprach eine Ärztin. »Die wichtigste Voraussetzung ist allerdings, dass der Patient sich wünscht, wieder normal zu sein. Andernfalls bleibt uns nur zu verhindern, dass diese Menschen eigene Kinder bekommen oder welche in Pflege nehmen. Anders lässt sich der Kreislauf der Degenerierung nicht durchbrechen.«

Am Ende des Vormittags fühlte sich Hannah erschlagen von all den widersprüchlichen Eindrücken. Ihre Beobachtungen legten sich wie ein dunkler Schatten auf ihr Gemüt. Er ließ die Straßen schattiger, die Temperaturen frostiger und die Mienen der anderen Passanten abweisender erscheinen. Alkoholismus und Verzweiflung waren gewiss keine neuen Phänomene für sie. Im Krankenhaus in Frankfurt war ihr einmal ein Schwerverletzter untergekommen, der sich nach reichlich Fuselgenuss von einer Brücke gestürzt hatte – auf der Flucht vor wilden Tieren! Sie hatte Patientinnen mit langwierigen, quälenden Erkrankungen gesehen, deren Blicke so leer wirkten wie die Augen der Patientin an diesem Tag. *Hysterie*. Der Begriff schien vieles abzudecken. Sie hatte ihn schon mehrmals als ernsthaften Befund gehört, jedoch ebenso aus dem Mund von Männern, um eine Frau zum Schweigen zu bringen. Keinerlei Erfahrungen hatte sie hingegen mit der Homosexualität, aber natürlich fand sie im Verborgenen statt, schon allein weil sie im Gegensatz zum Trinken verboten war. Wenn man manchen Ärzten zuhörte, musste es sich um eine schlimme Krankheit handeln, denn man behandelte sie – das hatte sie heute gehört – mit Brechmitteln oder Stromschlägen. Sicher waren es wirksame Therapien, wenn erfahrene Ärzte darauf vertrauten, doch die Bilder, die sie in Hannahs Kopf heraufbeschworen, hinterließen einen galligen Geschmack.

Bei ihrer Heimkehr stand die Haustür offen. Da ihre Tante immer absperrte, fürchtete sie, es sei jemand eingebrochen. Nach einem solchen Vormittag war es schwer, noch an harmlose Erklärungen zu glauben. Sie stieß die Tür auf, trat aber nicht sogleich ein, sondern rief laut: »Simon, Judith?«

»Ich komme.«

Es beruhigte Hannah, die Stimme ihrer Tante zu hören. Sie fand Judith im Wohnzimmer vor. In der Hand trug diese einen Koffer, der nur oberflächlich – offenbar in großer Hast – von Staub befreit worden war. Ihre Verwandten reisten doch nie, dachte Hannah verwundert.

»Simon ist im Krankenhaus«, berichtete Judith stockend. »Sie sagen, es sei ein Schlaganfall. Er wird eine Weile bleiben müssen, deshalb habe ich ein paar Sachen für ihn zusammengepackt.«

»Oh nein«, entfuhr es Hannah. »Aber er wird sich erholen, oder?«

»Sie sagen, dass sie keine Prognose wagen, dafür sei alles zu ungewiss.«

In Judiths Gesicht zuckte es krampfhaft. Es schien, als hielten Schock und Würdegefühl die Tränen zurück. Hannah entwand den Koffer dem festen Griff ihrer Tante und umarmte sie, bis Judith den Kampf mit einem befreiten Schluchzen aufgab.

»Er wird es schaffen«, murmelte Hannah in das graue Haar.

Irgendwann löste sich Judith von ihr. »Schluss mit der Heulerei. Du hast recht. Wir holen ihn uns zurück.«

»Gut. Ich werde uns jetzt erst mal einen Tee machen, und dann fahren wir zusammen ins Krankenhaus.«

»Hannah?«

Sie drehte sich um. »Ja, Tante Judith.«

»Ich bin froh, dass du hier bist.«

Hannah lächelte. »Ich auch. Lass mich nur schnell Sarah begrüßen, bevor ich einen Kessel voll Wasser fülle. Wo ist sie denn?«

Ihre Tante schlug die Hand vor den Mund. »Oh Gott, es tut mir leid. Ich habe unsere Mieter gebeten, sie für ein paar Stunden zu hüten. Es war alles zu viel, und sie haben gesehen, wie aufgelöst ich war, und ...«

»Schon in Ordnung«, behauptete Hannah, um ihrer Tante nicht zu allem anderen noch ein schlechtes Gewissen zu machen.

Doch sie fand es keineswegs in Ordnung, wenn ihr Kind einfach ohne ihre Zustimmung Fremden überlassen wurde. Sie eilte zur Außentreppe, auf der sie immer zwei Stufen auf einmal nahm. Oben angekommen klopfte sie laut an die Tür der Stillers.

Sie musste nicht lange warten, bis die Frau öffnete. Sie lächelte. »Kommen Sie, um Sarah abzuholen?«

Hannah nickte.

Die Nachbarin strich über ihren sichtbar gerundeten Bauch. »Möchten Sie reinkommen und mir auf einen Tee Gesellschaft leisten? Ihre Kleine ist gerade eingeschlafen.«

Bedauernd schüttelte Hannah den Kopf. »Meine Tante wartet. Ich wollte nur schnell Sarah abholen. Vielen Dank, dass Sie sich um sie gekümmert haben.«

»Das hat mir nichts ausgemacht. Sie ist so ein liebenswertes Geschöpf. Ich kann es kaum erwarten, selbst Mutter zu werden. Mein Mann hat mich heute früher nach Hause geschickt, weil ich mich mehrmals übergeben musste. Nur deshalb war ich hier, als Ihre Tante mich aufgesucht hat. Ich sage Ihnen, langsam wird es anstrengend, den ganzen Tag in einer Metzgerei zu stehen. Seit ich ein Kind erwarte, finde ich den Geruch rohen Fleischs unangenehm. Kennen Sie so etwas auch?«

Hannah schüttelte verlegen den Kopf. »Nicht dass ich mich erinnern könnte. Sie arbeiten in einer Metzgerei?«

Seit fast einem Jahr wohnten sie unter einem Dach, und doch wusste Hannah nichts über ihre Nachbarn.

»Ja. Es ist aber keine koschere Metzgerei, sonst hätte ich Ihnen schon einmal etwas mitgebracht.«

Ein leises Wimmern unterbrach ihr Gespräch.

Die Frau lächelte. »Oh je, sie ist wach geworden. Kommen Sie, sicher wartet sie sehnsüchtig auf ihre Mama.«

Diesmal wehrte ihre Tante sich nicht, ein Taxi zu nehmen. Es war das zweite Mal, dass sie eines teilten, und wieder führte der Weg sie in ein Krankenhaus. Der Fahrer gab nach jedem Halt Vollgas und bremste genauso abrupt. Hannah umklammerte Judiths schreckenskalte Finger und verhinderte zugleich mit der freien

Hand, dass Sarah von ihrem Schoß plumpste. »Wenn das so weitergeht, werden wir selbst ein paar Betten in der Klinik brauchen«, murmelte sie.

Bei ihrer Ankunft erfuhren sie, dass es Simon besser ging. Doch seine Sprache klang noch so verwaschen, dass Judith und Hannah ihn fast nicht verstanden. Außerdem konnte er seine rechte Körperhälfte kaum bewegen, insbesondere seinen Arm und sein Bein.

»Wann wird das nachlassen?«, fragte Judith den Arzt.

»Wir wissen es nicht. Es kann Monate dauern.«

»Aber er wird sich erholen? Seien Sie bitte ehrlich!«

»Wir denken schon.«

»Gut«, presste Simon mit einem halbseitigen Lächeln hervor. Er bemühte sich sichtlich, tapfer zu sein, doch als es ihm nicht gelang, einen vollständigen Satz hervorzubringen, traten ihm Tränen in die Augen. Zum Glück schien Judith ihn trotzdem zu verstehen.

»Mach dir bitte um uns keine Sorgen. Wir kommen schon zurecht. Wir haben doch die Mieteinnahmen und notfalls werde ich mir eine Arbeit suchen.«

Er schüttelte ruckelnd den Kopf. Würde das Geld wirklich reichen, um seinen Ausfall zu überbrücken? Hannah würde zum Haushaltseinkommen beitragen, so viel ihr möglich war, aber was würde geschehen, wenn Simon nie mehr arbeiten konnte? Und was war mit seinen Schnitzereien? Wer ihren Onkel nicht kannte, hätte diese Frage als vergleichsweise unwichtig abtun können, doch Hannah hatte längst erkannt, was ihm die Holzarbeiten bedeuteten. Sie bewiesen ihm, dass er mehr war als seine schlecht bezahlten Jobs, in einer Welt, in der sich die Männer über ihre

Arbeit definierten und darüber, wie viel sie ihren Familien ermöglichen konnten.

Sarah klammerte sich stumm an Hannah.

»Ich glaube, ihr ist das Krankenhaus unheimlich«, murmelte sie, damit Simon die Reaktion der Kleinen nicht auf sich bezog.

Doch der schien sie kaum noch wahrzunehmen. Er gähnte und blinzelte.

»Wenn er stabil bleibt, können Sie ihn übermorgen mitnehmen. Vorerst sollte aber immer jemand bei ihm sein«, erklärte der Arzt ihnen zum Abschied.

»Natürlich«, erwiderte Judith. »Ich bin da.«

Auf ihrem Heimweg hatten es die Frauen nicht eilig, deshalb gingen sie zu Fuß. »Oh je«, sagte Judith nach einer Weile besorgt. »Was wird mit Adas Hochzeit?«

»Daran habe ich noch gar nicht gedacht«, stellte Hannah bekümmert fest. »Ihr werdet nicht kommen können.«

»Es tut mir leid.«

Hannah nickte. »Sie wird es verstehen.« Sie vermutete, dass sie selbst die Abwesenheit der älteren Verwandten stärker treffen würde als die Braut. So würde sie allein auf Aaron, Edward und deren Familien treffen.

»Das ist ja schrecklich«, sagte Ada, als sie von Simons Schlaganfall erfuhr. Die Nachricht, dass er und Tante Judith nicht kommen würden, nahm sie wie erwartet gelassener hin. »Dann muss ich dich um einen Gefallen bitten. Sag nicht nein! Dies ist die Hochzeit deiner einzigen Schwester, vergiss das nicht.«

Wenn Ada so einschmeichelnde Worte verwendete, stand Hannah keine angenehme Aufgabe bevor.

»Worum geht es denn?«

»Es ist üblich, dass die Eltern des Brautpaares uns auf dem Weg zur Chuppa geleiten.«

Hannah hatte mittlerweile herausgefunden, dass es sich dabei um eine Art Baldachin handelte, unter dem sich jüdische Paare das Jawort gaben.

»Und?«, fragte sie.

»Da Simon und Judith ausfallen, muss jemand für sie einspringen. Und da du ansonsten die einzige Familie bist, die ich hier habe ...«

»Natürlich, das mache ich gerne«, behauptete Hannah, auch wenn diese hervorgehobene Rolle bedeutete, dass sie unliebsame Aufmerksamkeit auf sich ziehen würde. Nur was hätte sie anderes tun sollen? Ada hatte recht, sie mussten füreinander da sein. Und eigentlich war es eine nette Geste, Hannah auf diese Weise einzubinden – trotz der Vorbehalte von Edwards Eltern.

»Die Sache ist nur die ...«, fuhr Ada fort.

»Ja?«

»Ich würde mich freuen, wenn Aaron an deiner Seite geht. Unter den Männern kenne ich ihn am längsten.«

Bitte, bitte nicht. Es hatte ihr schon Bauchgrimmen bereitet, Aaron bloß von weitem zu sehen. »Bist du dir sicher, dass es eine gute Idee ist? Ich glaube nicht, dass Aaron sich darüber sonderlich freuen würde.«

»Er hat sicher keine Einwände. Schieb es nicht auf ihn, wenn du nicht bereit dazu bist.« Adas Stimme klang jetzt schroff.

»Wenn er einverstanden ist, werde ich selbstverständlich auch mitmachen.« Sie würde ihrer Schwester nicht den mutmaßlich wichtigsten Tag ihres Lebens wegen ihrer Befindlichkeiten verderben.

»Und was Sarah angeht …«

»Sie bleibt bei Judith«, unterbrach Hannah sie. Hoffentlich würde es ihre Tante nicht überfordern, zugleich für ihren Mann und ihre Großnichte da zu sein. Simons Zustand hatte sie sichtlich verstört, egal wie sehr sie versuchte, sich nichts anmerken zu lassen.

»Gut.«

Auf den Geschmack ihrer Schwester war Verlass, befand Hannah, als sie am Tag der Hochzeit in das Kleid schlüpfte, das Ada für sie ausgesucht hatte. Der helle Blauton glich dem Meer an einem sonnigen Tag und ähnelte der Farbe ihrer Augen. Das Oberteil aus Seidensatin lag für Hannahs Empfinden ein wenig zu eng an, entsprach aber der Mode. Wenigstens ließ es nur die Arme frei und nicht das halbe Dekolleté, sonst hätte sie den ganzen Tag daran herumgezupft. Unterhalb der Taille fielen mehrere Lagen zarten Chiffons fast bis auf den Boden, ohne aufgebauscht zu wirken. Hannah erkannte die elegante Frau im Spiegel kaum wieder. Die feste Corsage zwang sie zu einer aufrechten Haltung. Dieses Kunstwerk würde ihr Panzer sein.

Judith schlug die Hände vor dem Mund zusammen, als sie ihre Nichte erblickte. »Wie hübsch du aussiehst. Wie eine Eisprinzessin.«

Simon nickte strahlend, versuchte aber vorsichtshalber nicht, etwas zu sagen.

Verlegen strich Hannah ein paar imaginäre Falten glatt.

»Es würde mich nicht wundern, wenn du heute Abend eine

annehmbare Bekanntschaft machst«, fuhr Judith fort. Offenbar hatte sie die Hoffnung doch noch nicht aufgegeben, dass man selbst eine studierende Frau mit unehelichem Kind an den Mann bringen konnte, wenn sie nur hübsch genug aussah.

Der Kommentar dämpfte Hannahs Freude über das überschwängliche Lob ihrer Tante. »Sehe ich so aus, als wolle ich mir einen Mann angeln?«, fragte sie besorgt. Auf keinen Fall wollte sie die Vorurteile von Edwards Eltern bestätigen.

Simon wackelte ungelenk mit dem Kopf und krächzte etwas, das man als »Wunderschön« deuten konnte.

»Danke«, erwiderte Hannah und drückte Sarah zum Abschied so fest, dass diese quietschte.

»Oh, Entschuldigung, Schatz. Mama ist ein bisschen aufgeregt.« *Welch Untertreibung!*

Und so begleiteten Aaron und Hannah die Braut gemeinsam zu dem Baldachin, Ada ging untergehakt zwischen ihnen. Sie hatte den Rabbiner beknien müssen, dieser Prozession zuzustimmen, da nur verheiratete Paare oder zumindest anderweitig eng verbundene Menschen die Brautleute begleiten sollten.

Nun sahen Hannah und Aaron mit unbewegten Mienen zu, wie das alles überstrahlende Paar unter blauem Himmel sein Gelübde ablegte. Der Garten war Teil eines für die Hochzeit gemieteten Anwesens am Meer. Von Ada wusste Hannah, dass Edwards Mutter Malka nicht müde wurde zu erwähnen, dass auch Roosevelt in Oyster Bay ein Sommerhaus besaß.

Sie standen neben der Chuppa, deren Gerüst und Baldachin von weißen und lachsfarbenen Blüten bedeckt war, und ein Teil von Hannah wünschte sich, in Aarons Augen einen Anflug von

Anerkennung für ihre Aufmachung zu entdecken. Das war natürlich lächerlich, und dementsprechend unbeteiligt wirkte sein Ausdruck. Das wiederum erschien Hannah unfassbar ungerecht, wo sie selbst ihre ganze Energie darauf verwenden musste, sich von seiner Nähe nicht aus der Bahn werfen zu lassen.

Edwards Eltern hatten sie bei der Ankunft dafür umso gründlicher gemustert, was nicht unbedingt dazu beitrug, dass Hannah sich sicherer fühlte. Unter den urteilenden Blicken war ihr, als betrete sie ohne einen Verbündeten an ihrer Seite Feindesland.

Nachdem der Rabbi Ada die Ketuba überreicht hatte, ein Dokument, in dem die Rechte der Ehefrau festgehalten wurden, trank das Paar ein letztes Mal vom gesegneten Wein. Als der Bräutigam das Glas zertrat, bewegte Hannah ihre Lippen zu den Rufen der anderen: »Mazel tov.«

Dann regneten Reis und Walnüsse auf die Brautleute herab. *Sie sehen glücklich aus.* Zum ersten Mal an diesem Tag spürte Hannah, wie ein echtes Lächeln ihre Mundwinkel erreichte und sie mit Wärme erfüllte. Sie missgönnte ihrer Schwester das Glück nicht, sosehr sie auch fürchtete, Ada endgültig an diese Welt zu verlieren, in der alles makellos wie in den Zeitschriften erschien.

Sie suchte in dem Durcheinander aus Plaudereien alter Bekannter, Gratulationen und den beschwingten Klängen einer Band nach einem Anker. Doch sie fand nur ein vertrautes Gesicht, Aarons. Der Strom hatte sie zueinandergetrieben – so nahe, dass sie einander nicht ignorieren konnten. Bevor er sich abwandte, folgte Hannah dem Impuls, Aarons Arm zu greifen. Wenn seine Ablehnung ihre einzige Gewissheit in dieser fremden Umgebung blieb, würde sie den Abend nicht durchstehen. Es musste einen Weg geben, diese und zukünftige Begegnungen mit mehr Haltung zu meistern, sie waren schließlich erwachsen. Und da ihre Schwester vor wenigen Minuten seinen Cousin geheiratet hatte, würden sie sich wieder über den Weg laufen.

»Aaron!«

»Lass es uns einfach in Würde hinter uns bringen«, sagte er und wandte sich ab.

»Wie du meinst«, antwortete Hannah betreten in seinem Rücken.

Ein paar Gäste, die direkt neben ihr standen, sahen sie neugierig an. Beschämt trat Hannah die Flucht an und verschwand durch eine bogenförmige, zweiflüglige Terrassentür aus dem Garten. Bei mehr als 200 Gästen dauerte es eine Weile, bis sie in dem riesigen Saal dahinter den Tisch mit ihrem Namenskärtchen darauf fand – weit entfernt von Ada, Edward und dessen Familie. Sie teilte einen großen runden Tisch mit sieben Fremden.

Hannah sagte sich, dass sie so zumindest nicht unter Menschen saß, die offenkundig wenig Wert darauf legten, aber insgeheim traf es sie doch, derart aus der Nähe ihrer Schwester verbannt worden zu sein. Sie tröstete sich damit, dass sicher nicht Ada so entschieden hatte, sondern Edwards Mutter auch die Tischordnung an sich gerissen haben musste.

»Ach, Sie sind die Schwester der Braut?« Eine griesgrämige Cousine dritten Grades schaute irritiert von Hannah zu dem Brautpaar, das mit Edwards Eltern und seinen beiden Geschwistern zusammensaß. An den Tisch daneben hatte man Aaron und seine Familie platziert. Die kleine Lydia winkte Hannah fröhlich zu, als sie ihre alte Bekannte aus der Zeit auf Ellis Island erkannte. Lächelnd erwiderte sie den Gruß, ließ die Hand aber wieder sinken, als sich der Rest der Familie zu ihr umdrehte.

»Mehr hätten ja gar nicht an den Tisch gepasst, außerdem sitze ich sehr gerne mit Ihnen hier«, behauptete sie an ihre Sitznachbarin gewandt.

Des Weiteren gab es einen geschwätzigen Patenonkel, der ihr beim Reden die Hand auf das Knie legte. Hannah wischte die Finger so oft sanft, aber bestimmt von ihrem Oberschenkel, bis er es aufgab. Sie fragte sich, ob er alle jungen Frauen derart bedrängte oder ob es sich schon bis in den letzten Winkel dieser Versammlung herumgesprochen hatte, dass sie ein leichtes Mädchen war. Schnell wischte sie diesen Gedanken als unsinnig beiseite. Es war unwahrscheinlich, dass Edwards Familie über sie redete. Falls sie überhaupt beschäftigte, was die Schwägerin ihres Sohnes trieb, sahen sie in Hannah am ehesten einen Schandfleck auf ihren seidenen Bankierswesten, den man besser verschwieg.

Der Vater des Bräutigams und einer von Edwards besten Freunden seit der Schulzeit hielten joviale Ansprachen, denen sie nur mit einem Ohr folgte. Es war seltsam zu hören, wie Unbekannte Adas Tugenden und Schönheit rühmten. Dass diese schön war, stand außer Frage, aber in keiner der anderen Attribute fand Hannah ihre Schwester wieder. Diese Erkenntnis weckte in ihr den Drang, die Entfernung schnellstmöglich zu überbrücken. Sie strahlte, als sie Ada in der Schlange am Buffet entdeckte, und zu ihrer Erleichterung winkte ihre Schwester sie mit einem breiten Lächeln zu sich heran.

»Sie erlauben?«, bat Ada den Herrn hinter sich. Der trat höflich einen Schritt zurück, damit Hannah in die Lücke schlüpfen konnte.

»Tut mir leid«, flüsterte Ada und nickte in Richtung des Tisches am anderen Ende des Raumes.

»Schon gut«, wiegelte Hannah ab. »Sie sind alle sehr freundlich.«

Ada schaute sie zweifelnd an. »Na dann. Wir mussten übrigens vor der Trauung fasten, das ist Teil des Rituals. Jetzt habe ich schrecklichen Hunger, aber dieses Kleid ist so eng, dass ich höchstens ein paar Weintrauben essen kann.«

»Oh je«, sagte Hannah mit verschmitztem Lächeln. »Muss ich mich schuldig fühlen, wenn ich mich für Wachteln und Karpfen entscheide?«

Sie war eigentlich davon ausgegangen, vor Aufregung keinen Bissen hinunterzubekommen. Doch die Köstlichkeiten auf dem langgezogenen Tisch mit der strahlend weißen Tischdecke, den Kerzen und dem Blumenschmuck regten ihren Appetit an.

Ada seufzte: »Wachteln. Ja, fühle dich gerne ein wenig schlecht.« Sie drückte ihre Schwester kurz an sich und senkte die Stimme: »Nur ein Spaß. Süße, bitte greif ordentlich zu, du hast es dir verdient.«

Beim Essen erkannte Hannah, dass es durchaus angenehm war, geschwätzige Tischnachbarn zu haben. Sie musste nichts weiter tun, als höflich zu nicken und verständnisvolle Geräusche hervorzubringen, während sie das köstliche Essen genoss. Das Geplänkel mit ihrer Schwester hatte ihr neuen Auftrieb gegeben. Ada schien keineswegs vorzuhaben, sie aufzugeben.

Nachdem die Teller abgeräumt und die Tische beiseitegeschoben waren, spielte die Band schwungvollere Stücke, und die Feier nahm Fahrt auf. Die Klänge der jüdischen Musik waren so mitreißend, dass Hannahs Fuß unter dem Tisch wie von allein im Rhythmus mitwippte.

»Verzeihen Sie bitte, wenn ich meine Schwester entführe«, bat

Ada die älteren Verwandten mit charmantem Lächeln, bevor sie Hannah vom Tisch weg zum Rand der Tanzfläche zerrte. »Entschuldige, dass ich dich erst jetzt von den Mumien erlösen konnte.«

»So schlimm war es nicht«, murmelte diese, da sie nicht wusste, ob sie schon bereit war, ihr sicheres Versteck am Ende des Raums aufzugeben.

Sofort entdeckte sie Aaron unter den jungen Männern, die einander die Arme auf die Schulter legten und mit tief gebeugten Knien tanzten. Die Umstehenden feuerten sie an. Einmal nahm Aaron einem verdutzten Musiker das Instrument ab und stimmte selbst ein paar Takte darauf an. Hannah hatte nicht gewusst, dass er neben der Oboe auch die Klarinette beherrschte. Er kam ihr so gelöst vor, so sehr wie der alte Aaron, dass sie für einen Moment vergaß, dass sie keine Freunde mehr waren. Sie klatschte wie die anderen in die Hände und sang mit ihnen »Hava, nagila hava«. Diesen Text kannte sogar sie.

Später stimmten die Musiker auf Edwards Wunsch hin die »Moonlight Serenade« von Glenn Miller an. Er zog seine Braut an sich und glitt mit ihr über die Tanzfläche. Hannah dachte an den Abend, an dem sie mit Aaron eng umschlungen getanzt hatte. Der hielt eine hübsche Brünette im Arm, die gerade über einen Scherz von ihm lachte. Beim folgenden Lied forderte er ein nicht minder hübsches blondes Mädchen auf. Die Band spielte »If I Didn't Care« von The Ink Spots.

And what makes my head go 'round and 'round
While my heart stands still?

Sie liebte dieses Lied und zog es dennoch vor, die anderen Gäste für eine Weile zu verlassen, um im Garten zu spazieren. Sobald sie durch die geöffneten Terrassentüren trat, atmete sie freier. Hannah schloss die Augen und sog den Duft nach Erde, den letzten Blüten des Winterjasmins und den ersten der Wicken ein. Es wurde bereits dunkel, und die Gehwege waren von Fackeln gesäumt, deren zuckende Flammen einen Schattentanz auf Boden und Blumen veranstalteten. Dass sie in der Lage war, all dies zu genießen, erinnerte sie daran, dass sie ein Leben außerhalb von alledem hatte, was sie im Saal beunruhigte. Sie würde den Abend überstehen.

Bei ihrer Rückkehr verließ Aaron gerade die Tanzfläche. Als er sie bemerkte, ließ er die Hand seiner Begleiterin los und legte stattdessen Hannah einen Arm um die Schultern. »Lass mich dir Suzy vorstellen.«

Suzy lächelte höflich. Hannah hingegen wäre am liebsten wieder nach draußen gerannt. Er war betrunken, und sie ahnte, dass er keine freundliche Wiederannäherung im Sinn hatte.

»Und das hier ist meine liebe alte Freundin Hannah«, sagte Aaron. Er ließ sie los und trat einen Schritt zurück. Dann legte er sich mit nachdenklicher Miene eine Hand ans Kinn. »Moment mal! Freunde? Wie komme ich denn darauf? Wer verschweigt Freunden, dass man ein Baby und den passenden Vater dazu hat? Und wer küsst sie dann auch noch?«

Hannah berührte zaghaft seinen Arm. »Aaron, bitte. Du hast getrunken. Sei von mir aus wütend auf mich, aber verdirb Ada und Edward nicht den Tag.«

Aaron stieß ihren Arm so grob weg, dass sie das Gleichgewicht verlor. Im Sturz prallte sie gegen den Arm einer vorbeieilenden

Kellnerin, die daraufhin ihr Tablett fallen ließ. Als sie sich plötzlich auf dem Boden wiederfand, bemerkte Hannah entsetzt die Glasscherben, während sich schäumender Champagner um sie herum ausbreitete. Dann spürte sie die Nässe auf ihrem Kleid. Als sie die Augen hob, erkannte sie Reue in Aarons Gesicht. Er hatte nicht vorgehabt, sie zu Boden zu werfen. Doch bevor er sich aus der Erstarrung löste, preschte Edward dazwischen und streckte Hannah eine Hand entgegen. Sie ließ sich aufhelfen und spürte dabei die Blicke der Schaulustigen wie versengende Strahlen auf ihrer Haut. Hannahs Wangen wurden heiß von der Demütigung, Mitleid und Schadenfreude erdulden zu müssen.

»Ich muss mich für meinen Cousin entschuldigen.« Edward sprach, als hätten sie nicht einen Großteil des vergangenen Sommers miteinander verbracht. Seine kühle Höflichkeit verriet Hannah, dass er insgeheim ihr die Schuld für den Makel auf seinem großen Tag gab. Sprachlos beobachtete sie, wie er Aaron einen Arm um die Schulter legte, um ihn zurück an seinen Tisch zu führen. Dieses Bild ließ in ihr ein Damm brechen. Sie wurde überflutet von einem übermächtigen Gefühl – nicht der vertrauten Scham, nein, es war eine Wut, wie sie sie nie zuvor verspürt hatte, so als züngelten die winzigen Flammen all der erlittenen Ungerechtigkeiten aufeinander zu, um sich zu einem gewaltigen Feuer zu vereinen.

Hätte ich die Hauptrolle in »Die Kameliendame« gewollt, wäre ich zur Bühne gegangen! Der Zorn pulsierte dunkelrot in ihren Adern, brachte ihr Blut zum Kochen. Er half ihr, die Schultern aufzurichten. Schon öffnete sie den Mund, um ihre Wut an den übrigen Anwesenden auszulassen, da gesellte sich Ada zu ihr.

»Wirklich, Hannah, es tut mir so leid. Oh je, dein Kleid ist voller Flecken. Ich bin mir nicht sicher, dass du sie herausbekommst.«

Adas bestürzte Miene erstickte die Flammen in ihr. Für einen Moment hatte Hannah befürchtet, ihre Schwester würde die unschöne Szene ebenfalls *ihr* anlasten.

»Oh«, sagte sie leise. Sie drehte sich so herum, dass sie den Schaden begutachten konnte.

»Ich würde dir gerne ein Kleid von mir anbieten, damit du hierbleiben kannst«, sagte Ada bedrückt. »Aber ich vermute, dass du nach Hause möchtest.«

Hannah nickte. »Wärst du mir böse?«

»Geh schon. Irgendwann werden sich alle wieder beruhigen. Bis dahin musst du wohl ertragen, der Schandfleck der Familie zu sein.« Ada lächelte zerknirscht.

»*Seiner* Familie. Damit komme ich klar, solange ich nicht mit ihnen leben muss«, erwiderte Hannah trotzig. Wem nützte es, wenn Ada erfuhr, wie sehr sie der Vorfall getroffen hatte. »Du lässt dich nicht unterkriegen, ja? Ach, was rede ich. Bislang hast du noch jeden becirct.«

»Schwiegermütter sind eine andere Liga«, erklärte Ada. Ihr Blick ging ins Leere. »Ich vermisse unsere Eltern so sehr.«

»Ich auch.«

Sie umarmten einander, dann ließ sich Hannah am Empfang ihren Mantel reichen. Sie bat darum, dass man ihr ein Taxi bestellte, und glitt allein in die Dunkelheit, ohne sich von irgendjemand anderem zu verabschieden.

KAPITEL 15

Zwei Monate waren vergangen, seit sie ihren Eltern den Brief mit einem Bericht von Adas Hochzeit geschickt hatte. Sie hatte die getrockneten Blätter einer weißen Chrysantheme beigefügt, die sie aus dem Blumenschmuck entwendet hatte. Außerdem hatte sie aus der jüdischen Tageszeitung *Forward* ein Foto des Paars ausgeschnitten. Adas neue Familie war nämlich so berühmt, dass man ihre Feste in den Zeitungen vermeldete.

In ihrem Brief hatte Hannah die Hochzeit als die schönste ausgeschmückt, die es jemals gegeben hatte – mit der Abwesenheit der Eltern als einzigem Makel. Bislang hatte sie jedoch keine Antwort erhalten, vielleicht weil vor einem Monat die Nazis in die Niederlande einmarschiert waren.

Hannah stürzte sich in die Arbeit, war dankbar, dass die Saison bei Dr. Couney wieder angefangen hatte. So blieb zumindest keine Zeit, sich den Kopf über Umstände zu zerbrechen, die nicht zu ändern waren. Doch ihr Körper konnte mit ihrem Eifer nicht mithalten. Er bekämpfte ihren Willen mit einer Müdigkeit, die sie selbst nach einigen Stunden Schlaf nicht mehr verließ. Bleiern legte sich die Erschöpfung auf ihre Glieder und Gedanken, bis Hannah sich eingestand, dass sie nicht dauerhaft in diesem Ausmaß arbeiten, studieren und Hausarbeiten übernehmen konnte. Andernfalls würde Sarah bald vergessen, dass sie eine

Mutter hatte, die sie liebte. Doch obwohl Sarah ihr das Liebste auf der Welt war, konnte Hannah sich zu keiner Entscheidung durchringen, welche ihrer anderen Tätigkeiten sie aufgeben sollte. Deshalb verzichtete sie vorerst auf Schlaf.

»Solange Ihre Arbeit nicht darunter leidet, hoffe ich doch, das Wachbleiben hat sich gelohnt«, sagte Dr. Couney eines Morgens zu ihr mit einem Blick auf die dunklen Schatten unter ihren Augen. Noch schmunzelte er, da Hannah bislang kein Fehler unterlaufen war.

»Sie hatten sicher den schöneren Abend«, erwiderte sie freundlich.

Bei aller Zugänglichkeit hielt er seine Mitarbeiter immer in einer gesunden Distanz, die es ihm ermöglichte, zu ermahnen und unliebsame Entscheidungen zu treffen. Deshalb fragte Hannah ihn nicht direkt nach dem Verlauf des gestrigen Abends. Dabei wusste jeder, dass die American Medical Association ihm zu Ehren ein Dinner abgehalten hatte. Sie hätte ein zufriedenes Lächeln erwartet, denn er war für derlei Schmeicheleien nicht unempfänglich. Im Gegenteil.

»Sie haben mir eine Platinuhr überreicht, in die mein Name eingraviert ist«, berichtete er seltsam regungslos.

»Ich freue mich für Sie, was für eine große Anerkennung«, sagte sie.

»Aber warum schmeckt sie so bitter?«, murmelte Dr. Couney.

Hannah sah ihm besorgt nach. Seit Wochen schlurfte er gebückter denn je über die Flure. Gerade erst hatte er wieder einen Gläubiger um Zahlungsaufschub angebettelt, wie sich rumgesprochen hatte.

»Wieso freut er sich nicht?«, fragte sie später Nathan.

»Ich vermute, er denkt, keine Zeit mehr für leere Gesten zu haben. Sie sagen, dass sie seine Erfolge schätzen, aber seine Inkubatoren wollen sie trotzdem nicht.«

»Das ist schade«, erwiderte Hannah. »Aber was ist mit der Weltausstellung? Die scheint doch so ein großer Erfolg zu sein! Vielleicht ergibt sich daraus ja etwas.«

Sie bekamen Dr. Couney kaum noch zu Gesicht, weil er auf der New York World's Fair seine Technologien präsentierte.

»Auf manche Branchen mag das zutreffen, aber er hat dort bislang nur Geld verloren.«

»Das ist schlimm«, erwiderte Hannah. »Ich erinnere mich, wie ich vor einem Jahr mit Sarah und Dr. Couney im Wagen saß und die Werbung für die Weltausstellung gesehen habe. Ich dachte: Hier wird also die Zukunft erschaffen.«

»Warst du noch nie dort?«

Sie schüttelte den Kopf.

»Dann weiß ich, was wir demnächst tun werden.«

Sie zögerte. »Wenn Sarah uns begleiten darf? Im Moment habe ich wenig Zeit für sie, und ich mag sie nicht andauernd bei Judith lassen. Meinem Onkel geht es nicht gut.«

»Tut mir leid, das zu hören. Natürlich nehmen wir Sarah mit. Eigentlich habe ich es nur darauf angelegt, meine Kleine mal wiederzusehen.«

Sie lachte laut auf. »Ach, Nathan. Dann würde ich gerne sehen, was die moderne Welt für uns bereithält.«

Seit Beginn der Saison hatte sich Hannah jedes private Vergnügen verkniffen. Weder war sie mit Nathan ins Kino gegangen, noch hatte sie sich mit Ella vor ihren Vorlesungen in der Milchbar getroffen, in der sie so gerne gesessen hatten. Stattdessen legte sie selbst die winzigste Entfernung im Stechschritt zurück und hoffte, dass beim Nachhausekommen keine Katastrophe auf sie wartete.

Doch als sie an diesem Tag von der Arbeit heimkehrte, hielt ihre Tante eine freudige Nachricht für sie bereit. »Deine Schwester schaut heute bei uns rein. Sie hat gerade angerufen.«

Ada hatte ihren Verwandten ein Telefon geschenkt. Wohl nicht nur aus Großzügigkeit, sondern auch um das schlechte Gewissen wegen ihrer seltenen Besuche zu lindern.

»Es fällt mir einfach schwer, Simon anzusehen«, hatte sie Hannah gestanden.

»Aber es ist doch schon viel besser geworden.«

»Trotzdem.«

Hannah versuchte, ihrer Schwester diesen Widerwillen nicht übelzunehmen. Viele Menschen kamen mit körperlichen Beeinträchtigungen schwer zurecht, Simon hatte sich jedoch merklich erholt. Nur wenn er sprach, wirkte sein Mund seltsam verzerrt, die ganze rechte Seite bereitete ihm Schwierigkeiten.

Da Ada nicht kam, hatten sich die Schwestern seit der Hochzeit im April wenig gesehen. Hannah fehlte die Zeit, in die Upper East Side zu tingeln. Umso mehr freute sie sich jetzt über Adas Besuch.

Bevor diese sich allerdings in ihrem eleganten smaragdgrünen Kostüm auf die Couch sinken ließ, warf sie einen besorgten Blick auf die Polster, der Judith kränken musste. Der Stoff mochte alt sein, aber ein Staubkorn würde man darauf selbst mit der Lupe nicht finden. Sie tranken Tee und tauschten Nichtigkeiten aus. Am Ende ihres Besuchs zerrte Ada ihre Schwester in das kleine Zimmer, das sie geteilt hatten.

»Ich wollte nicht, dass die anderen uns hören«, erklärte sie. »Wie kommt ihr zurecht?«

»Es geht«, sagte Hannah.

»Ich könnte Edward bitten, euch mit Geld zu unterstützen.«

»Das ist lieb von dir, aber nicht nötig«, erwiderte Hannah freundlich.

Ada seufzte laut auf. »Von Stolz kann man sich nichts kaufen!«

»Ich weiß. Und du weißt, dass sie niemals Geld von Edwards Familie annehmen würden.«

Solange die Stillers pünktlich ihre Miete zahlten, kamen sie leidlich zurecht, doch vorsichtshalber hatte es Hannah übernommen, den Kühl- und Vorratsschrank so diskret wie möglich mit ihren Einkünften zu füllen.

»Ist es das Richtige für Sarah, mit ihnen zu leben?«, fragte Ada.

»Jetzt interessiert dich das?«

»Ich dachte nur, wie schwierig es für ein kleines Mädchen sein muss. Simon ist ...«

»Immer noch Simon. Und es geht ihm doch schon viel besser.«

Sarah jedenfalls schreckten die Einschränkungen ihres Großonkels nicht ab. Sie krabbelte gerne auf seinen Schoß, kitzelte ihn und störte sich nicht daran, dass sich sein Lachen anders anhörte als früher. Aber für sie klang vermutlich jede Art von Sprache gleich, solange sie selbst nur ma-ma-ma-ma oder da-da-da-da hervorbrachte. Ihr schien es zu genügen, dass er sie liebevoll behandelte. Und ihre Zuneigung war wie Medizin für ihn.

»Am nächsten Sonntag besuche ich die Weltausstellung«, berichtete Hannah, um auf ein anderes Thema zu kommen.

»Etwa mit deinem Arzt, mit dem Aaron dich gesehen hat?« Ada zog die Augenbrauen hoch.

»Er ist nicht *mein* Arzt. Wir sind Freunde.«

»Männer und Frauen sind niemals Freunde, das solltest du mittlerweile wissen. Du hast auch Aaron für einen Freund gehalten.«

Da war er wieder, dieser Schmerz. Jeder Gedanke an Aaron versetzte ihr einen tiefen Stich. »Ich habe mich geirrt. Das heißt aber nicht, dass es immer so sein muss.«

»Wenn du meinst«, sagte ihre Schwester zweifelnd. Zum Abschied wünschte sie Hannah viel Spaß bei ihrem Ausflug. »Ich war mit Edward dort. Es wird dir gefallen, es ist wirklich beeindruckend.«

Schon als Hannah die beiden Wahrzeichen der Ausstellung, Trylon und Perisphere, aus der Ferne sah, musste sie Ada zustimmen. Das Weiß der riesigen Kugel und des spitz zulaufenden Pfeilers blendeten im Sonnenlicht. Die Straßen waren bunt gestrichen, und überall wehten Flaggen im Wind.

»Was möchtest du dir zuerst ansehen?«, fragte Nathan.

»Den Medizinkomplex natürlich.«

»Perfekt, dann haben wir es nicht weit. Da vorne steht das Gebäude.«

Malereien bedeckten die Außenwände der monumentalen Klötze und nahm ihnen die Nüchternheit. Das größte und auffälligste Bild zeigte einen Arzt in seinem Laboratorium, der ein Reagenzglas in der Hand hielt. Um ihn herum prangten die wichtigsten medizinischen Errungenschaften, ein Sterilisator und eine Destillieranlange. Im Hintergrund wartete eine lange Schlange Hilfesuchender darauf, von ihm behandelt zu werden. Die Welt von morgen mit dem Mitteln von heute zu formen, lautete das Motto der Ausstellung. Kein Wunder, dass Dr. Couney seine große Chance gewittert hatte.

Der Medizinkomplex erstreckte sich über mehrere Hallen, die sich vielfältiger Themen annahmen – Hippokrates war genauso vertreten wie die moderne Heilkunde.

Hannah beäugte fasziniert den Inhalt der Vitrinen und die Lehrplakate. Sie passierten künstliche Organe, die größer als sie selbst waren, und erkundeten ein begehbares Auge. In einer weiteren Halle stießen sie auf seltsame Exponate. In großen Gläsern schwammen missgebildete Föten in verschiedenen Stadien der Entwicklung. Unheimliche, bleiche Kreaturen, die man nicht sofort der menschlichen Art zuordnen konnte. Es missfiel ihr, dass diese Zurschaustellung darauf ausgerichtet schien, Grauen zu erregen. Ein Plakat, auf dem anhand eines verzweigten Baumes die Eugenik erklärt wurde, warb wieder einmal für das Überleben des Stärkeren. *Armer Dr. Couney.*

»Und sie finden es verwerflich, dass er lebendige, genesende Babys zeigt. Die Welt von morgen scheint sich von der heutigen nicht unterscheiden zu wollen.«

Nathan wirkte ähnlich betroffen. Er ergriff ihre Hand. »Weißt du was? Lass uns hier und jetzt einen Eid ablegen, es besser zu machen.«

»Wie bitte?«

»Einen Eid!«

Hannah lachte nervös und sah auf ihre Hand in seiner. »Was denn für einen Eid?«

Er schwieg eine geraume Zeit, dann hellte sich sein Gesicht auf. »Sprich mir nach.« Er drückte ihre Hand fester. »Ich gelobe hier und heute, jedes Leben, egal von welchen Einschränkungen es begleitet wird, als wertvoll zu erachten, von seinen frühesten Anfängen bis zu seinen letzten Atemzügen.«

Ein älteres Paar schaute ihnen zu. Sie stupsten einander lächelnd an, und Hannah ahnte, was sie glaubten zu beobachten: einen Mann, der mit feierlichem Ernst um die Hand einer Frau anhielt. Doch seine Worte berührten sie tiefer als der Anflug von Verlegenheit, deswegen folgte sie seiner Aufforderung.

»Ich verspreche hier und heute, jedes Leben …«

Sie stockte, und er wiederholte seinen Eid in kleinen Abschnitten, die sie sich merken konnte. Am Ende blickten sie sich mit glühenden Gesichtern an. Wenn die Mittel von heute nicht taugten, musste die Welt von morgen mit anderen Mitteln erschaffen werden. Hannah erkannte, dass sie ihr Studium nicht abbrechen konnte, selbst wenn es bedeutete, nie wieder zu schlafen.

Diese Überzeugung kam allerdings schon bei ihrer Heimkehr wieder ins Wanken, als sie vor der Haustür von Mrs. Stiller abgefangen wurde. Ihrem Bauchumfang nach zu urteilen, musste diese kurz vor der Geburt stehen.

»Gut, dass ich Sie treffe. Es tut mir leid, Ihnen das zu sagen, aber ich schaffe das alles nicht mehr.«

»Was meinen Sie?«

»Dass Ihre Tante Sarah so oft zu uns nach oben bringt. Ich habe das Mädchen gerne um mich, aber es kann jetzt jederzeit so weit sein, dass ich mein Baby bekomme. Es wird zu viel für mich, einem Kleinkind hinterherzujagen.«

Mittlerweile hatte sich Sarah zu einer quirligen Einjährigen entwickelt, die erste Schritte an der Hand ging, sich an allen Möbeln hochzog und den halben Tag über brabbelte.

»Das kann ich gut verstehen«, stammelte Hannah verwirrt. Sie hoffte, dass man ihr weder ihr Entsetzen anmerkte, noch dass sie von einem solchen Arrangement gar nichts wusste.

Dennoch wartete sie, bis Sarah schlief, um mit ihrer Tante darüber zu reden. »Die Nachbarin hat mir erzählt, wie oft Sarah bei ihnen ist.«

Judith rang sichtlich mit sich. »Ich wusste nicht, wie ich es dir beibringen sollte. Du warst so froh zu studieren. Aber wir schaffen es nicht mehr. Besonders jetzt nicht. Ich habe eine Arbeit gefunden.«

»Was für eine Arbeit?«, fragte Hannah erstaunt.

»Eine Bekannte von Esther hat ihre schwarze Putzfrau entlassen, weil sie meinte, bei mir müsse sie wenigstens nicht befürchten, dass ich stehle.« Judith lachte bitter. Es musste sie große Überwindung gekostet haben, mit Esther über ihre Lage zu sprechen. Aber immerhin handelte es sich um Simons Cousine.

»Oh nein!« Hannah ließ sich auf das Sofa sinken. »Ich wünschte, du hättest es mir gesagt.«

Schweigend saßen sie nebeneinander, ohne sich anzusehen. Keine wollte eine Zumutung für die andere sein, und doch scheute Hannah sich, das unvermeidliche Thema anzusprechen. Sie fürchtete die Konsequenzen, die es unweigerlich nach sich ziehen würde.

An ihrer Stelle sprach Judith weiter. »Ich wollte dich nicht vor die Wahl zwischen Sarah und dem Studium stellen. Ich dachte, wir halten so bis zu deinen Ferien durch und dass es Simon danach wieder gut gehen würde.«

Hannah ließ den Kopf in die Hände sinken. »Ach, Judith, es tut mir so leid.«

»Mir auch.«

Hannah sah wieder auf und zwang sich zu einem Lächeln. »Du musst dich für gar nichts entschuldigen. Ich bin dir dankbar für deine Mühe. Und am Ende bist gar nicht du es, die mich vor eine Wahl stellt. Gestern hätte ich fast übersehen, wie weit bei einem Baby die Temperatur gesunken ist. Ich kann nicht länger so tun, als wäre mir alles möglich.«

Es gab keine Wahl mehr, vor die man sie hätte stellen können. *Ich würde alles dafür geben, Ärztin zu werden.* Wie leicht sich so etwas sagte, wenn man nichts zu verlieren hatte. Aber sollte Hannah weiter so wenig schlafen, gefährdete sie ihre Schützlinge. Das wollte sie nicht, außerdem war sie darauf angewiesen, Geld zu verdienen. Und Sarah würde sie sicher nicht aufgeben. Trotzdem schob sie das Unausweichliche hinaus. Voller Verzweiflung und Fatalismus nahm sie Sarah sogar mit in das College. Sollten doch die Dozenten ihr die Entscheidung abnehmen, indem sie sie hinauswarfen. Wider Erwarten reagierten viele von ihnen verständnisvoll und ermutigten sie sogar weiterzustudieren, »solange das Kind die Veranstaltungen nicht stört.«

Das gab ihr neue Hoffnung. Couney ließ sie die Nacht- oder Frühschichten übernehmen, die Sarah größtenteils verschlief, so dass Judith nicht viel zu tun hatte. Hannah nutzte ihrerseits den Mittagsschlaf des Kindes, um sich ebenfalls auszuruhen, und trank außerdem reichlich Kaffee. So schlug sie sich beinahe bis zu den Ferien durch. Danach wäre die Saison bei Couney bald beendet, so dass sie nicht beide Verpflichtungen zugleich zu schultern hätte. Aber natürlich war es Dr. Sallow, der solche Pläne zunichte machte. Eines Abends nahm er sie beiseite, um ihr mitzuteilen, dass Sarah sehr wohl seine Veranstaltungen störte.

»Mutterschaft und Egoismus vertragen sich nun einmal nicht. Sie haben es sich eingebrockt, also seien Sie gefälligst für Ihr Kind da. Abgesehen davon stören Sie Ihre Kommilitonen nicht nur, sondern liefern ihnen auch ein schlechtes Beispiel in Sachen Moral.«

Bevor Hannah eine Erwiderung einfiel, sprang ihr Ella zur Seite. »Lassen Sie sie doch«, forderte sie ihn munter auf. »Sehen Sie nicht den Vorteil? Sie ist uns das beste Mahnmal, uns von den Männern fernzuhalten und eifrig unseren Studien nachzugehen.«

Sicher hatte ihre Freundin es gut gemeint, aber es überraschte Hannah nicht, dass deren Worte den Dozenten nur noch mehr aufbrachten. »Und bald sitzt hier ein ganzer Saal voll Bälger und strickender Mütter!«

»Haben Sie Kinder?«, fragte Hannah leise.

Er nickte zufrieden. »Es geht Sie zwar nichts an, aber es sind sogar fünf. Ich weiß also, wovon ich rede. Nur falls Sie vorhatten, das in Frage zu stellen.«

»Und trotz Ihrer fünf Kinder sind Sie Dozent.« Aus Hannah sprachen der Mut der Verzweiflung und diese neue Wut, die in ihr wohl nicht erst seit der Hochzeit schwelte.

»Ich habe eben eine verantwortungsbewusste Frau geheiratet«, erklärte Professor Sallow.

»Hoffen wir, dass Ihre Frau dasselbe über Sie sagt«, erwiderte sie.

Bevor sie sich noch mehr im Ton vergreifen konnte, ließ Hannah den verdatterten Mann stehen und zerrte Ella und den Kinderwagen mit sich. »Ich bin dir dankbar, dass du für mich Partei ergreifst, aber es nutzt nichts, wenn du es dir auch noch mit ihm verdirbst.«

»Aber es ist so ungerecht, du bist eine der Besten! Und ich will nicht, dass du gehst. Sarah macht doch kaum einen Mucks.«

Wie um sie zu widerlegen, begann Sarah zu weinen, sicher hatte sie die Anspannung um sich herum gespürt. Hannah nahm sie hoch und wiegte sie unter leisen Gurrlauten hin und her. Dabei fing sie einen letzten vernichtenden Blick ihres Dozenten auf, der hinter ihnen den Saal verließ.

Auch Ella war sein Gesichtsausdruck nicht entgangen. »Irgendwie ist es schon lustig. Trotz deiner dunklen Vergangenheit habe ich dich immer für die Brave gehalten. Nicht für jemanden, der einen solchen Aufruhr verursacht.« Sie kicherte.

»Ja, wer hätte das gedacht«, murmelte Hannah.

»Es hat mir gefallen, wie du ihm Paroli geboten hast.«

»Mir auch.« Überrascht erkannte sie, dass es die Wahrheit war. Dummerweise würde sie niemandem nützen, am wenigsten ihr selbst.

»Beinahe bedaure ich, dass ich dich zu einem Studium ermutigt habe«, stellte Nathan bei einer ihrer nächsten gemeinsamen Schichten fest. »Du siehst so müde aus.«

»Damit ist es bald vorbei«, erklärte sie gelassener, als ihr zumute war. »Ich habe dir erzählt, dass es meinem Onkel nicht gut geht. Er braucht meine Tante, so dass sie mich mit Sarah nicht mehr wie bislang unterstützen kann.«

»Gibt es niemanden sonst?«

Hannah schüttelte den Kopf.

»Was ist mit deiner Schwester?«

»Sie war von Anfang an der Meinung, wir sollten Sarah in eine Pflegefamilie geben. Aber das kann ich nicht.«

Hildegarde unterbrach ihr Gespräch. »Hannah, kommst du bitte mal kurz? Ich glaube, Sarah braucht dich.«

Da Judith an diesem Morgen Simon zu einem Arzttermin begleitete, hatte Hannah keine andere Wahl gehabt, als die Kleine mitzunehmen.

»Ich komme sofort«, sagte sie beunruhigt. Über die Schulter warf sie Nathan einen letzten Blick zu. *Siehst du? Es ist aussichtslos.*

»Sie ist gestürzt und lässt sich nicht von mir beruhigen.« Ihre Kollegin schaute bedauernd auf das kleine Mädchen, das auf dem Boden saß und weinte. Hannah nahm Sarah in den Arm und hauchte tröstende Koseworte in das feine dunkle Haar. »Ich bin da, meine Süße.«

»Mamama.« Schluchzend legte Sarah ihr Köpfchen auf Hannahs Schulter ab.

Was habe ich mir nur dabei gedacht? Hatte Rosis Beispiel nicht bewiesen, dass es schon schwierig genug war, zu arbeiten und ein Kind zu haben?

Als sie Nathan verkündete, dass sie ihr Studium nicht würde abschließen können, bat er sie, nach ihrer Schicht einen Spaziergang mit ihm zu unternehmen. »Ich möchte dich etwas Wichtiges fragen.«

Hannah lachte. »In Filmen und Büchern würde das bedeuten, du willst mir einen Antrag machen.«

»Möglicherweise habe ich mir da die Redewendung abgekuckt. Nun schau nicht so erschrocken drein. Warte doch erst mal, was ich dir vorschlagen will.«

»Sei mir nicht böse, aber ich bin heute so erschöpft, und Sarah ist mindestens genauso müde.« Sicher würde die Kleine im Wagen einschlafen.

»Nanana«, machte Sarah und streckte die Arme nach Nathan aus.

Der grinste. »Mir scheint, sie hat nichts dagegen, noch ein wenig Zeit mit mir zu verbringen.«

»Also gut«, sagte Hannah. »Willst du uns ein Stück auf dem Heimweg begleiten?«

Nathan willigte ein. Sie einigten sich, den Umweg am Wasser entlang zu gehen.

»Komm, wir setzen uns dort vorne hin.«

Er deutete auf einen Felsen am Strand mit Meerblick. Sie nickte stumm und setzte sich neben ihn auf den Stein. Sie spürte seine Wärme durch den Stoff. Bis eben hatte sie nicht mitbekommen, dass es Sommer geworden war. Schweigend sahen sie Sarah dabei zu, wie sie in den Sand fasste und ihn durch die Finger rieseln ließ, immer wieder.

Schließlich griff Nathan nach Hannahs zitternder Hand. »Du hast mich durchschaut vorhin.« Er lächelte verlegen.

Sie zog ihre Hand weg und schaute bedrückt zu Boden. »Ach, Nathan, ich war mir immer sicher, dass wir uns nicht auf *diese* Art zueinander hingezogen fühlen.«

»Ich bin so froh, dass du es genauso empfindest.«

Hannah musterte ihn verwirrt. Er wirkte tatsächlich erleichtert.

Etwas fester fuhr er fort: »Andernfalls wäre mein Vorschlag undenkbar. Bist du sehr beleidigt, wenn ich dir versichere, dass du sicher nicht mein Typ bist?«

»Aber warum willst ... Du willst mich aus Mitleid heiraten?«

Er schüttelte den Kopf. »Ich habe ausreichend Geld für uns drei. Ich wäre gerne für Sarah da, wann immer es mir möglich ist. Und wenn wir mal beide keine Zeit haben, können wir uns das netteste Kindermädchen New Yorks leisten. Du müsstest nicht arbeiten, sondern könntest dich auf dein Studium und Sarah konzentrieren.«

»Wieso solltest du das tun?«, fragte Hannah ungläubig. »Das klingt für mich vollkommen verrückt.«

Sarah kicherte vergnügt und hielt Nathan einen Stein hin, den sie gefunden hatte. »Da, da, da.«

»Der ist aber schön. Ich werde ihn in Ehren halten. Danke, Sarah.«

Hannah kratzte sich an der Nase. »Sie mag dich.« Sie zögerte, bis sie gerührt von seiner Freundschaftsbezeugung fortfuhr: »Ich bin dir für das Angebot unendlich dankbar, aber ich kann es unmöglich annehmen. Du wirst jemanden treffen, an dem dir wirklich etwas liegt. Und ich kenne dich, du bist viel zu anständig, um mich dann zu verlassen. Ruinier nicht meinetwegen dein Leben.«

Seine Augen wirkten plötzlich matt. »Das Gegenteil ist der Fall. Du würdest mich ebenso retten. Wir wären nicht das erste Paar, das eine Vernunftehe führt. Und wir kennen uns besser als die meisten Paare bei ihrer Hochzeit. Wir haben ähnliche Ziele und verstehen einander, oder nicht? Wenn du mich nicht willst, werde ich niemals heiraten.«

Sie hatte keine Ahnung, wovon er sprach.

»Und deine Eltern?« Aus irgendeinem Grund gingen ihr Adas Schwiegereltern durch den Kopf.

»Du erfüllst schon deshalb all ihre Ansprüche, weil du eine Frau bist.« Er klang bitter.

»Was meinst du?«

»Es wäre schön, ganz und gar ehrlich zu dir sein zu können, aber ich habe Angst, dass es unsere Freundschaft beendet.«

»Das wird nicht passieren.«

»Ich fühle mich zu Männern hingezogen. Mein Vater hat es herausgefunden. Er droht mit einer Anzeige und drängt den Rest der Familie dazu, sich von mir loszusagen. Außerdem will er mich zu einer Therapie zwingen.«

Hannah war hin- und hergerissen. Das, worauf er anspielte, stand in Amerika ebenso wie in Deutschland unter Strafe. Doch zugleich handelte es sich hier um *ihren* Nathan. Der stahl niemandem etwas und schlug keinen Menschen. Im Gegenteil. Er sorgte sich um das Wohlergehen aller und war Hannah bislang als der Anstand in Person erschienen.

Er trat gegen einen kleinen Stein. »Ich sehe dir an, was du denkst. Nein, wir sind nicht alle darauf aus, kaum erblühte Knaben zu verderben.« Seine Stimme klang bitter. »Ich bevorzuge Gleichaltrige und feiere keine Orgien. Ich wollte dir einen Deal anbieten, der uns beiden hilft. Habe ich dich beleidigt?«

»Wirken solche Therapien denn? Vielleicht wäre das besser, als sich an die falsche Frau zu ketten.«

Sein gequälter Ausdruck ließ sie ihre Frage bereuen. Aber falls es sich um eine Krankheit handelte, musste sie ihn als seine Freundin nicht darin unterstützen, sich Hilfe zu suchen?

»Als Arzt und Freund von Männern, die es schon hinter sich gebracht haben, kann ich dir ohne jeden Zweifel versichern: Nein. Höchstens hilft die Angst vor Schmerzen, besser zu heucheln.«

Im Bellevue hatten Ärzte etwas anderes gesagt. Andererseits

glaubte Hannah längst nicht mehr an Götter in Weiß. Wenn sie sich fragte, wessen Diagnosen sie eher traute – Professor Sallows oder denen ihres Freundes –, fiel ihre Entscheidung zu Nathans Gunsten aus. Sie wusste zwar noch nicht, wie sie zu seinem Geständnis stand, aber er tat ihr leid. In ihm steckte kein Heuchler. Einer sein zu müssen, erklärte seinen melancholischen Blick, wenn er sich unbeobachtet fühlte.

»Du wirst immer mein Freund sein, hoffe ich«, sagte Hannah. »Aber ich kann doch nicht auf deine Kosten leben. Ich will auf eigenen Beinen stehen.«

»Das wirst du. Sieh es als Stipendium eines Sponsoren, der an dich glaubt. Du darfst mir alles zurückzahlen, sobald du Ärztin bist.«

Sie lächelte schief. »Das ist das unromantischste und netteste Angebot, das man mir jemals gemacht hat. Ich brauche etwas Zeit, um darüber nachzudenken.«

KAPITEL 16

Nach ihrer anfänglichen Verwirrung kam Hannah nicht umhin, die Chance in Nathans unglaublichem Angebot zu erkennen. Wenn sie es annahm, hätte sie die Möglichkeit, ihren Traum zu verwirklichen. Und sie fürchtete, sich nicht mehr vollständig zu fühlen, sobald sie diesen aufgab. Sie räumte sich eine Woche für die Entscheidung ein. Sieben Tage, an denen sie es Sarah, ihren Kommilitonen und sich selbst zumutete, weiter mit einem Kind zu den Veranstaltungen zu erscheinen.

Dass Nathans Neigung wahlweise als krank oder strafwürdig galt, belastete sie wenig. Am College hatte sie gelernt, dass der eine für Humbug halten konnte, was der andere als unumstößliche Wahrheit ansah. Was Nathan anging, hatte sie entschieden, ihrem eigenen Urteil zu vertrauen. An ihm war nichts Böses oder Krankes. Er zählte zu den gesündesten und freundlichsten Menschen, denen sie jemals begegnet war. Es fiel ihr nicht einmal schwer, sich eine Ehe mit ihm vorzustellen. Andere Paare kannten sich nur wenige Monate, wenn sie heirateten. Wie viele von ihnen mochten das Glück haben, nach der Hochzeit in ihrem Ehemann einen guten Kameraden zu entdecken? Und wer war verrückt oder mutig genug, die Scheidung einzureichen, falls man einander das Leben zur Hölle machte? Sie und Nathan teilten ähnliche Überzeugungen. Niemals würde er in ihr die Begleiterin *seiner* Träume sehen, wie Aaron sich das an dem Abend in der Bar ausgemalt hatte. *Aaron.* Schnell richtete Hannah ihre Aufmerksamkeit wieder auf Nathan. Sie würden sich über ihre Arbeit austauschen und verstanden fühlen. Das war viel mehr, als sie in einer Ehe für möglich gehalten hatte.

Ausgerechnet Dr. Sallow gab ihr den letzten, entscheidenden Anstoß. Eigentlich hatte sie ihn nicht weiter gegen sich aufbringen wollen, doch sie konnte nicht schweigen, nachdem ihr Dozent sich über Homosexualität als pathologischen Entwicklungsfehler und Abartigkeit ausgelassen hatte. Es wäre ein Verrat an Nathan gewesen. Dr. Sallow ignorierte ihre erhobene Hand so beharrlich, dass sie schließlich von der Bank aufsprang. »Wissen Sie, was Freud sagt? Es sei gewiss kein Vorteil, aber auch nichts, wofür man sich schämen sollte. Es ist keine Sünde, keine Abartigkeit, keine Krankheit. Es ist eine Variante von ...«, an dieser Stelle errötete Hannah, »Sexualität. Freud hat darauf hingewiesen, dass sogar Plato, Michelangelo und Leonardo da Vinci ihr nachhingen. Waren die alle pathologisch fehlerhaft?« Sie hatte nach Nathans Antrag gründlich recherchiert.

»Dass lässt sich heute kaum noch feststellen, nicht wahr, *mein Fräulein*?« In die beiden deutschen Worte seiner Zurechtweisung legte Dr. Sallow allen Spott, zu dem er in der Lage war. »Wollen Sie hinausgehen, um sich zu beruhigen?«

Hannah schüttelte den Kopf und setzte sich wieder hin. Sie senkte den Blick, da alle Augen auf sie gerichtet waren. Sicher wäre es klüger gewesen zu schweigen. Doch seine herabwürdigenden Worte hatten sie verletzt, als hätten sie ihr gegolten. In diesem Moment wurde ihr bewusst, dass sie keine reine Vernunftehe eingehen würde, wenn sie Nathans Antrag annahm. Sie liebte ihn längst wie eine Schwester ihren großen Bruder. In vielem waren sie wie von einem Blut, und er war Sarah innig zugetan – warum sollten sie keine Familie bilden?

Am Ende der Vorlesung teilte ihr Dr. Sallow mit bedauernder Miene mit, dass es im Kollegium endlich zu einer Einigung gekommen sei: Man würde kein Kind mehr in den Veranstaltungen dulden. Es täte ihm sehr leid, ihr diese Nachricht zu überbringen.

Hannah revanchierte sich mit einem unschuldigen Lächeln. »Dann wird es Sie freuen zu hören, dass ich eine Lösung gefunden habe. Sie werden Sarah nicht mehr erdulden müssen, aber mich werden Sie noch eine Weile hier antreffen.«

Das war eine leere Drohung, da sie im folgenden Semester keine Veranstaltung mehr bei ihm belegen würde, doch sie konnte sie sich nicht verkneifen. Ella, die offenbar ebenfalls eine Zukunft ohne Dr. Sallow plante, pfiff anerkennend und durchdringend schrill auf zwei Fingern.

»Hast du sein entsetztes Gesicht gesehen?«, fragte Ella später. »Du weißt, was er nach deiner flammenden Rede denkt? Ich meine die über Menschen, die ihre eigenen Geschlechtsgenossen bevorzugen?«

»Dass ich keinen Platz an der Uni verdiene?«

Ella schnaubte. »Das sowieso nicht, *mein Fräulein*. Aber ich bin mir sicher, dass er dich jetzt außerdem für eine lesbische deutsche Spionin hält.«

»Ella!« Hannah hielt abrupt inne, so dass ihr ein junger Mann direkt in den Rücken lief.

Er fluchte. »Passen Sie doch auf!«

Hannah nahm ihn kaum wahr. »Du bist unmöglich, Ella. Was redest du da?«

»Es klang, als würdest du deinesgleichen verteidigen. Hast du?«

Ellas faszinierter Gesichtsausdruck ließ Hannah schmunzeln. Schön, dass nicht ganz Amerika die Moralvorstellungen eines Dr. Sallow teilte.

»Habe ich nicht, sorry, Ella.«

»Wenn du meinst. Bleibt immer noch die Spionin. Was meinst du, warum er dich *Fräulein* genannt hat. Nein, da hilft es dir bei unserem schlauen *little Sallow* gar nicht, die Judenkarte zu spielen. Er hat schließlich mehr als einmal deutlich gemacht, dass er euch für so käuflich und schwach hält, dass ihr gerne mit den Nazis gemeinsame Sache macht.« Ella drückte ihr einen Zeigefinger wie eine Pistole gegen die Brust. »Bist du eine?«

Hannah zog die Augenbrauen hoch. »Eine lesbisch-jüdische Spionin für Deutschland?«

Sie fiel in das Lachen ihrer Freundin mit ein, weil sie diese urkomisch fand, auch wenn ihre Bemerkung es eigentlich nicht gewesen war. Immer mehr Menschen, denen sie begegnete, zeigten sich misstrauisch gegenüber Juden aus Deutschland. Die Verständnisvollen nahmen an, dass sie durch ihre daheimgebliebenen Familien erpressbar seien, doch mehr als ein hochrangiger Politiker hatte behauptet, die dem Juden innewohnende Gier ließe ihn zum Verräter werden. Eine solche Einstellung blieb nicht ohne Folgen. Es wurden zunehmend weniger Visa vergeben – was die Aussichten ihrer Eltern weiter schmälerte. Hannah hatte immer noch nichts von ihnen gehört.

»Ach, Ella, ich bin weder das eine noch das andere«, erklärte Hannah wieder ernst.

»Ich wollte dich nicht vor den Kopf stoßen! Habe ich? Entschuldigung. Dabei hat mich Mum immer ermahnt, mein Plappermaul zu halten.«

»Ich mag dein Plappermaul«, erklärte Hannah. »Ich bin nur an diesem Punkt etwas empfindlich. Aber eine Sache würde mich interessieren. Du hast gar nicht schockiert gewirkt, als du dachtest, ich sei ... anders.«

»Also doch!« Ella grinste triumphierend.

»Nein, sicher nicht. Es hat mich nur gewundert. Die meisten Menschen scheint der Gedanke zu entsetzen.«

Ihre Freundin zuckte mit den Schultern. »Auf dem Teich in unserem Hof schwammen Stockenten. Davon haben einige ihre grünen Köpfe zusammengesteckt. Und wir hatten Schafböcke, die einander ebensowenig abgeneigt waren. Ich finde es schlüssig, was dein Freud gesagt hat.«

Der schockierende Pragmatismus ihrer Freundin hellte Hannahs Stimmung augenblicklich auf. »Ach, Ella, ich bin so froh, dass wir uns kennengelernt haben.«

Die rieb ihre Nase. »Ohne dich wäre es für mich wesentlich langweiliger hier. Aber hast du wirklich eine Lösung, oder wolltest du ihn nur ärgern? Nicht, dass ich es nicht verstehen könnte.«

»Ich habe sogar die perfekte Lösung. Ich heirate.«

»Wie bitte?«, rief Ella überrascht aus.

»Du scheinst dich nicht für mich zu freuen?«

»Du hast nie mitgemacht, wenn wir über die Jungs geredet haben. Und du hast mir nie erzählt, dass es einen speziellen Mann in deinem Leben gibt. Ich bin ein wenig beleidigt, muss ich gestehen.«

»Es hat sich ganz plötzlich ergeben«, wand Hannah sich heraus. »Ich wusste es bis dahin selbst nicht.«

»Ich würde mich ja gerne für dich freuen. Aber das war's doch dann mit deinem Studium. Sicher will er dich in seinem Haushalt einspannen.«

Hannah schüttelte den Kopf. »Ich werde vermutlich sogar mehr Zeit haben. Nicht viel, weil ich mich um mein Kind kümmern möchte, aber wir könnten gemeinsam lernen, während Sarah mit den Kindern deiner Professorin spielt. Wir könnten wieder einmal in der Milchbar sitzen oder ein Stündchen im Gras.« Hannah erwärmte sich immer mehr für eine derartige Ehe, so ungewöhnlich sie auch sein mochte.

Ella seufzte. »Wo hast du so ein Prachtexemplar aufgetrieben? Gibt es noch mehr von der Sorte?«

»Ich habe ihn bei der Arbeit kennengelernt.«

»Du Schwerenöterin. Aber wie sagt man so schön: Stille Wasser sind tief.«

Hannah dachte mit bitterer Erheiterung daran, dass Edward das Gleiche über sie gesagt hatte.

Mit Sarah im Schlepptau fing sie Nathan nach seinem Feierabend vor dem Frühchenhaus ab.

»Hannah«, rief er erfreut. »Hast du heute nicht deinen freien Tag?«

»Ich habe es mir überlegt.« Verlegen wich sie seinem Blick aus.

»Das habe ich mir gedacht. Bleiben wir trotzdem Freunde?«

»Das wäre von Vorteil für unsere Ehe, denke ich.«

»Im Ernst? Wir heiraten?«

Nathan verschränkte erst die Arme, dann kratzte er sich nervös am Kopf.

»Es sei denn, du bekommst jetzt kalte Füße. Ich mache dich nur zu einem ehrbaren Mann, wenn du es wirklich willst.« Sie zwinkerte ihm zu, um ihm zu signalisieren, dass sie ihm andernfalls nicht an die Gurgel gehen würde.

Zu ihrer Freude lachte er laut auf. »Es stimmt, es war ein spontaner Impuls. Aber je mehr ich darüber nachdenke, desto besser gefällt mir der Gedanke. Es wird schön sein, mit euch beiden zu leben.«

»Das hoffe ich.«

»Du hast gefragt, ob ich dir aus reinem Mitleid einen Antrag gemacht habe. Jetzt würde ich gerne dasselbe von dir wissen. Willigst du ein, weil du dich um mich sorgst?«

Hannah schüttelte den Kopf. »Wir können offenbar beide einen geschützten Raum gebrauchen, aber das allein ist es nicht. Ich glaube, wir sind uns ähnlich. Nach dem, was du mir erzählt hast, denke ich, dass du das Gefühl kennst, nicht dazuzugehören, sich Träume zu verbieten und zugleich nach Freiheit zu sehnen. Wir müssen uns nichts vormachen. Ich finde, das ist eine gute Voraussetzung für eine Ehe. Aber ich habe eine Bedingung.«

»Natürlich«, erwiderte er. »Ich lasse dich in keine Falle tappen. Wenn sich etwas ändert, bist du frei zu gehen. Verglichen zur Alternative wäre eine spätere Scheidung nur ein geringfügiger Makel für mich.« Er blinzelte ein paarmal. »Unglaublich, ich heirate.«

Sie lachten nervös.

»Aber erst, wenn du mich endlich aussprechen lässt und dir meine Bedingung anhörst«, fuhr Hannah dann fort. »Mir geht es nämlich gar nicht um eine schnelle Scheidung.«

»Möchtest du, dass ich zum Judentum konvertiere?«, fragte er.

Sie sah ihn verdutzt an. »Wozu? Ich bin protestantisch getauft.

Außerdem werden wir doch sicher nur auf dem Standesamt heiraten.«

»Habe ich dir schon gesagt, dass ich deinen Pragmatismus liebe?«

»Das freut mich«, erwiderte sie trocken. »Darf ich jetzt endlich meine Bitte äußern? Mir ist es wichtig, dass wir deine finanzielle Unterstützung als echtes Stipendium betrachten. Sobald es mir möglich ist, will ich es zurückzahlen.«

»Scheint mir ein fairer Deal zu sein. Es wird eine kleine Hochzeit?«

Hannah nickte. »Unbedingt. Ich habe mich nie in einem bauschigen Kleid gesehen. Sogar auf die Gäste könnte ich gut verzichten. Aber ein paar Menschen wären verletzt, wenn wir sie nicht einladen. Sie kennen unser Arrangement ja nicht. Ich hätte gerne meine Schwester, ihren Mann sowie Judith und Simon dabei. Außerdem möchte ich meine beste Freundin Ella dazubitten.«

»Und ich komme wohl nicht umhin, meine Eltern und meine Schwester Elizabeth einzuladen. Was ist mit den Kollegen?«

»Dr. Couney, Hildegarde und Louise?«

»Genau an die habe ich gedacht.«

»Na bitte.«

Er grinste: »Wir werden an Harmonie ersticken.«

»Sicher werden sie alle denken, dass ich schwanger bin und dich damit geködert habe.« Hannah seufzte.

»Was meine Familie scharf verurteilen und mit heimlicher Erleichterung zur Kenntnis nehmen wird.«

»Wir werden doch nicht bei ihnen wohnen?« Sie hatte kein Interesse daran, Adas Schicksal zu teilen. Schon gar nicht, wenn

Nathans Familie ihr ähnlich misstrauisch gegenüberstünde wie Edwards.

»Ganz sicher nicht«, rief er entsetzt aus. »Wir werden uns eine hübsche Wohnung mit ausreichend Platz für drei Personen suchen. Abgemacht?«

Aktuell lebte Nathan noch in einem kleinen Apartment in Brooklyn Heights. Als sie nun darüber nachdachte, wurde Hannah bewusst, dass er viele Freiheiten aufgab. Sie konnte nur hoffen, dass der Frieden, den er sich von einer Ehe mit ihr erhoffte, sich als der Sache wert erweisen würde.

Vor Hannahs innerem Auge tauchte unvermittelt Aarons Gesicht auf. Die Enttäuschung in seinem Blick. Trotzdem war sie sich sicher, die richtige Entscheidung getroffen zu haben.

»Gut«, sagte Hannah. »Dann bin ich einverstanden mit einer schnellen Hochzeit.«

»Du heiratest einen Arzt?«, rief Judith erstaunt aus, als Hannah sie in ihre Pläne einweihte. »Das ist großartig. Aber wozu diese Eile?«

»Wegen Sarah – und damit ich weiterstudieren kann. Wir werden uns ein Kindermädchen leisten können, und ich werde weniger arbeiten.«

Mit Dr. Couney hatte Hannah bereits gesprochen. Sie hatte entschieden, diese Saison zu Ende zu bringen, auch wenn es einen Kraftakt für sie bedeutete. Es war ihr schwergefallen, ihm zu gestehen, dass sie danach nicht zurückkehren würde. Sie versprach ihm aber, in Notfällen jederzeit einzuspringen.

Zu ihrer Überraschung hatte er beinahe erleichtert gewirkt. »Es ist anständig, dass sie bis zum Oktober bleiben. Und danach werde ich ohnehin nicht alle Kolleginnen zurückholen können. Sie tun mir im Grunde einen Gefallen. Und ich freue mich für zwei so formidable Menschen wie Sie und Dr. Green.« Er hatte ihre Hand ergriffen.

Verlegen hatte sie seine gedrückt und auf das hervortretende Geflecht aus Adern und braunen Flecken geschaut.

»Danke«, hatte sie gemurmelt und die Tränen unterdrückt. Sie sagte sich, dass sie ihre Arbeit bei ihm dem größeren Ziel opferte, Ärztin zu werden. Aber sie würde die Tätigkeit und das Team vermissen.

Ihre Tante schien zu ahnen, was gerade in ihr vorging. Tröstend erwiderte sie: »Sicher wird dein Leben dadurch einfacher. Ich hoffe doch, dass dieser Dr. Green ein anständiger Mann ist?«

»Ja, das ist er«, antwortete Hannah. »Es handelt sich um den netten Kollegen, von dem ich erzählt habe.«

Judith lächelte wissend. »Du hast immer abgestritten, dass sich etwas zwischen euch anbahnt.«

»Das stimmt. Ich habe ihn lange Zeit nicht so gesehen. Aber von allen Männern, die ich kenne, ist er der anständigste. Abgesehen von denen, mit denen ich verwandt bin.«

»Das ist gut«, behauptete Judith, obgleich sie traurig aussah.

»Was hast du?« Hannah musterte ihre Tante.

»Ich bin froh, dich versorgt zu wissen. Aber ich werde euch vermissen. Jetzt, wo ihr uns nicht mehr braucht.«

Hannah griff nach ihrer Hand. »Was denkst du denn! Dass ihr für mich eine preiswerte Unterkunft und Kinderbetreuung gewesen seid? Die Kleine liebt euch, ich werde euch ebenfalls vermissen. Wartet's nur ab. Es wird dir lästig werden, wie oft wir sonntagnachmittags auf einen Kaffee vorbeischauen.«

Judith sah lächelnd zu ihrem Mann. »Ein Arzt, Simon, ist das nicht großartig?«

Simon nickte mit seinem schiefen Lächeln. »Können wir gebrauchen.« Obwohl das Sprechen ihm mittlerweile viel weniger Mühe bereitete, zog er kurze Sätze weiterhin vor.

»Trotzdem kommt es etwas plötzlich«, wandte Judith ein. »Was werden die Leute sagen?«

»Es gibt nicht viele Leute, die etwas dazu sagen könnten. Wir heiraten jedenfalls nicht, weil wir keine andere Wahl haben, solltest du das denken.«

Judith wirkte erleichtert. »Und wie steht er zu Sarah?«

»Er vergöttert sie und wird sie schrecklich verwöhnen«, berichtete Hannah glücklich.

»Dann muss er tatsächlich ein besonderer Mann sein.«

»Das ist er. Wir werden aber nur auf dem Amt heiraten, ich hoffe, das stört euch nicht.«

Sie hatte genuschelt, weil sie sehr wohl davon ausging, dass es ihre Tante stören würde. Laut Nathan wünschten sich dessen Eltern eine katholische Hochzeit, und sicher hatte Judith ebenfalls eine genaue Vorstellung von einer *anständigen* Heirat. Doch Nathan und Hannah hatten beschlossen, diese Ehe von Anfang an nach ihren eigenen Bedingungen zu gestalten.

»Aber es wäre ja ohnehin keine jüdische Hochzeit geworden«, fügte sie entschuldigend hinzu.

»Das ist nicht so wichtig«, erklärte Judith mit einer Festigkeit, die Hannah überraschte. »Ich selbst habe zuerst nur Simon zuliebe in eine jüdische Zeremonie eingewilligt. Anfangs war es für mich, als würde ich konvertieren, weil eure Großeltern nicht jüdisch gelebt haben, wie du weißt. Aber ich hätte deshalb niemals auf deinen Onkel verzichtet«, sagte sie mit ungewohnter Zärtlichkeit in der Stimme.

»Wo wohnt ihr dann?«, fragte Simon.

»Wir werden weiter in den Nordosten ziehen. Es ist wichtig, dass Nathan seinen Arbeitsplatz schnell erreichen kann – und der liegt in Manhattan. Aber wir werden dennoch in Brooklyn bleiben, damit ich nicht Stunden für den Weg zum College brauche.«

»Gut«, sagte Judith zufrieden, die bei dieser Ankündigung die Chance zu wittern schien, dass Hannah ihr Versprechen regelmäßiger Besuche wirklich einhielt.

Ihre Schwiegereltern lernte Hannah erst am Tag der Hochzeit kennen, die keine drei Wochen später und wie geplant ohne Aufhebens im Rathaus stattfand. Ihre Trauzeugen waren Ada und Dr. Couney, die übrigen Gäste hatten sie erst für den Nachmittag eingeladen. Die Eltern des Bräutigams hatten es sich nicht nehmen lassen, ein ganzes Restaurant am Wasser zu mieten, obwohl sie doch nur eine kleine Gruppe waren.

Nathan spürte Hannahs Aufregung, als die anderen eintrafen. Er drückte ihre Hand und flüsterte lächelnd: »Jetzt ist es zu spät für einen Rückzieher. Aber mach dir nicht so große Sorgen, es ist egal, was sie denken.«

Hannah, die diese Bemerkung ganz und gar nicht beruhigte, war erleichtert, als sich ihre Befürchtungen nur teilweise bestätigten. Sie war sich sicher, eine Schwiegermutter wie Ada zu erhalten – kühl, streng und standesbewusst. Stattdessen stellte sich ihr eine herzliche ältere Dame mit mütterlichen Kurven und einem puppenhaften Gesicht vor. Nathans Vater hingegen klärte die Machtverhältnisse mit seiner Schwiegertochter, indem er ihr bei der Begrüßung beinahe die Finger brach, ohne sie eines Blickes zu würdigen. Er schaute zu Nathan, während er ihr seine Glückwünsche aussprach. In seiner Miene lagen Kälte und Spott.

»Ich hoffe, Sie wissen, worauf Sie sich einlassen, Mrs. Green.«

Aus seinem Mund klang ihr neuer Name wie eine Beleidigung.

»Robert«, bat seine Frau in besänftigendem Tonfall.

Er weiß, dass diese Heirat eine Farce ist, dachte Hannah. Sie konnten nur darauf hoffen, dass für ihn allein die Außenwirkung zählte und er seinen Sohn nach der Hochzeit in Ruhe lassen würde.

»Ich weiß genau, worauf ich mich einlasse. Und ich bin dankbar, mit diesem Mann mein Leben verbringen zu dürfen.« Hannah griff nach Nathans Hand, der sie mit einem warmen Lächeln bedachte.

»Wenn Sie meinen.« Nun endlich musterte der Mann sie, dann Judith und Simon. Für ihre Verhältnisse trugen sie feine Kleidung, die aber gewiss keinen Reichtum vortäuschte. Schließlich fixierte Nathans Vater das kleine Kind auf Judiths Schoß und sah dann wieder zu Hannah.

»Nun«, sagte er nachdenklich. »Offenbar hat hier jeder seine Eigenheiten. Vielleicht haben sich ja doch die Richtigen gefunden.«

»Da bin mir ganz sicher«, sagte Nathan und legte den Arm um die Braut.

Ohne ein weiteres Wort, aber mit einem Ausdruck verächtlicher Belustigung steuerte Hannahs Schwiegervater den großen, mit Blumen geschmückten Tisch an.

»Verzeihen Sie«, bat Nathans Mutter rasch, bevor sie ihm folgte.

»Danke, dass du die Fassung bewahrt hast. Tut mir leid, dich mit so einem Mistkerl zu konfrontieren«, sagte Nathan zerknirscht.

»Deine Mutter macht einen liebenswerten Eindruck«, wich sie aus, da sie nicht über seinen Vater herziehen wollte.

»Das ist sie. Sie hat einiges zu ertragen.« Er klang bitter.

Hannah senkte die Stimme. »Nathan, ich denke nicht, dass er glaubt, ich hätte dich geheilt.«

»Selbst wenn. Solange die Fassade intakt ist, darf ein Mann dahinter tun, was ihm beliebt.«

»Und mich hält er für eine dumme Erbschleicherin, die nichts von deinen – wie hat er es genannt – *Eigenheiten* ahnt?« Sie kicherte, weil sie trotz allem die Komik in dieser Posse bemerkte.

Selbst Nathan musste schmunzeln. »Ich bin froh, dass du es so gefasst aufnimmst.«

»Ich will es so aufnehmen. Und zu zweit ist es leichter.«

Kurz darauf traf Nathans Schwester ein. Sichtlich abgehetzt hielt sie an jeder Hand ein kleines Kind. Der Junge und das Mädchen – offenbar Zwillinge – stürzten sich johlend auf ihren Onkel und begrüßten dann überschwänglich ihre neue Tante.

Bestürzt betrachtete Elizabeth die Flecken, die ihre Kinder auf Hannahs schlichtem weißen Kleid hinterlassen hatten.

»Oh Gott. Wie schrecklich leid mir das tut. Ich habe versucht, sie mit Schokolade zu bestechen, damit sie sich gut benehmen. Ich war mir aber sicher, ich hätte ihre Finger ordentlich gesäubert.«

»Eine Ohrfeige von Zeit zu Zeit würde mehr bewirken. Du verziehst sie, Elizabeth«, mischte sich von hinten ihr Vater ein. »Ich kann mir nicht vorstellen, dass James damit einverstanden ist, wenn du dich so gehen lässt.«

Nervös strich sich die Angesprochene über ihre blonden Locken. Es erschrak Hannah, welchen Einfluss dieser Mann auf seine Kinder hatte. Trotz der Entfernung zwischen Elizabeth und ihrem Vater wich diese reflexartig zurück, so dass Hannah sich fragte, ob er früher die Hand gegen seine Sprösslinge erhoben hatte – und zwar über die Klapse hinaus, die Eltern ihren Kindern zu geben pflegten.

Es war erstaunlich, dass sich sowohl Nathan als auch Elizabeth unter seinem Regiment zu so angenehmen Menschen entwickelt hatten. Und Hannah fand, dass kein Schokoladenfleck die Bestürzung im Gesicht ihrer Schwägerin wert war.

»Ich habe nichts gegen Süßes. Um ehrlich zu sein, bin ich verrückt danach.« Sie zwinkerte den kleinen Rabauken zu. In verschwörerischem Tonfall fügte sie leiser hinzu: »Jedenfalls sind sie mir sehr viel lieber als Ohrfeigen.«

Elizabeth lachte erleichtert auf.

»Nathan, ich gratuliere dir von Herzen zur Wahl deiner Braut. Und Ihnen danke ich, dass Sie ihn genommen haben.«

Jetzt, da der gestresste Ausdruck aus ihren Zügen wich, erkannte Hannah, wie hübsch sie war.

»Leider ist mein Mann James auf Geschäftsreise in Europa. Er hätte sich sicher freigenommen, aber die Hochzeit war sehr kurzfristig angesetzt.«

»Das stimmt«, bestätigte Nathan. »Umso mehr freuen wir uns, dass du kommen konntest.«

Als sie später alle gemeinsam am Tisch saßen, erkannte Hannah an Adas steifer Haltung, dass diese sich inmitten dieser seltsamen Ansammlung von Menschen unbehaglich fühlte. Doch Ella brach das Eis, indem sie Adas Aussehen in ihrem glänzenden altrosa Kleid bewunderte. Genau wie Hannahs Freundin schienen auch Dr. Couney, Hildegarde und Louise die Spannungen in der Runde nicht zu bemerken. Jovial plauderten sie über dieses und jenes, und Hannah hätte Ella dafür abknutschen mögen, wie sie vollkommen Fremde aus der Reserve lockte und sowohl Elizabeth als auch Ada und ihren Mann mit ihrer Ungezwungenheit zum Lachen brachte. Derweil gelang es Dr. Couney, der an den Umgang mit schwierigen Menschen gewöhnt war, ein halbwegs manierliches Gespräch mit Mr. Green aufrechtzuerhalten, das nur gelegentlich von dessen Hang zu missbilligendem Räuspern gestört wurde.

»Ist das Lamm nicht vorzüglich?«, fragte Dr. Couney etwa.

»Ein wenig trocken, wenn Sie mich fragen«, entgegnete Mr. Green.

Nun, dachte Hannah, *wenigstens ist mein Schwiegervater berechenbar*. Sie und Nathan prosteten sich mit einem verschwörerischen Grinsen zu. Dr. Couney, dem die Geste nicht entging, zwinkerte ihnen zu, während er sich die Lippen mit einer Serviette abtupfte. Es beruhigte Hannah, dass es Nathans Vater nicht gelang, die Stimmung bei der Feier zu verderben. Nach und nach fanden, vom Sekt beflügelt, die unwahrscheinlichsten Gesprächspartner zueinander. Besonders die jungen Frauen – Ella, Elizabeth und Ada – schienen sich bestens zu verstehen, wenn die zusammengesteckten Köpfe und das Kichern nicht trogen. Es war ein bewegender Anblick, der Hannah zu ihnen hinzog.

»Entschuldigt ihr mich für einen Moment?«, bat sie Judith und Simon, denen sie gerade Gesellschaft geleistet hatte. Sarah hatte sich längst verzogen und lief lachend hinter Elizabeths älteren Kindern her.

Auf dem Weg sah Hannah aus dem Fenster. Das Wasser auf der anderen Seite verschmolz in der Scheibe mit der Spiegelung ihres Gesichts. *Eine verheiratete Frau.* Wie unwirklich sich das anfühlte! Es bereitete ihr Freude, *ihrem Mann* dabei zuzusehen, wie er auf alle Anwesenden achtgab und jedem die gleiche Aufmerksamkeit zuteilwerden ließ. So hatte er auch Judith und Simon sofort für sich eingenommen. Man spürte einfach, dass seine Zuwendung nicht aufgesetzt, sondern das Interesse echt war. Es war ihm sogar gelungen, dass Hannahs Onkel das erste Mal nach dem Schlaganfall laut und ohne Befangenheit lachte. Es war der schönste Klang, den sie seit langem gehört hatte. Nein, sie bereute nicht, diesen Mann geheiratet zu haben. Als sich ihre Blicke einmal über die Köpfe der Gäste hinweg trafen, versuchte sie, in den ihren alle Wärme zu legen, die sie empfand. Sie senkte kurz die Lider, hob sie wieder und hoffte, dass er ihr *Danke* verstand. Er lächelte.

Nun, da sie verheiratet war, zeigte sich sogar Edward ihr gegenüber so galant wie früher, als wäre nie etwas vorgefallen. Den unerschütterlichen Glauben an die Konventionen und die Reputation teilte er mit Nathans Vater, zum Glück aber nicht dessen Gemeinheit.

»Seine Schwester gefällt mir«, sagte Ada, nachdem sich Elizabeth aus der Frauenrunde verabschiedet hatte, um nach ihren Kindern zu sehen.

»Mir auch«, erwiderte Hannah.

»Und trotzdem habe ich bis zuletzt geglaubt, du würdest Aaron wählen.«

Wieder verspürte Hannah einen schmerzlichen Stich. Es war unvermeidlich, dass in Edwards und Adas Anwesenheit Bilder des letzten Sommers in ihr hochkamen. Dagegen hatte sie sich gewappnet, aber über ihn zu reden war noch einmal etwas anderes.

Zum Glück ließ Ada sie gar nicht zu Wort kommen. »Wenn ich beobachte, wie Nathan und du euch anseht, bin ich froh, dass ich mich geirrt habe. Aaron ist unausstehlich geworden. Wir bekommen ihn aber nur noch selten zu Gesicht.«

Aarons Familie hatte inzwischen ein eigenes Haus gefunden – in Washington Heights. Dort lebten mittlerweile so viele Einwanderer aus Deutschland, dass der Bezirk spöttisch »Viertes Reich« genannt wurde.

»Da hast du wirklich einen tollen Fang gemacht.« Ella seufzte. »Wenn man solche Jungs erobert, indem man vorgibt, keinen zu wollen, sollte ich mir vielleicht eine Scheibe bei dir abschneiden. Aber wer ist Aaron? Hast du mir noch mehr verschwiegen? Ich wusste doch, dass du skandalöser bist, als du zugibst.«

»Skandalös? Hannah?« Ada zog eine Augenbraue hoch.

»Wir haben sie schon für eine lesbische deutsche Spionin gehalten«, raunte Ella so leise, dass kein anderer es hörte.

Hannah runzelte peinlich berührt die Stirn, doch Ada brach in lautes Gelächter aus, so dass ihr Mann irritiert herumfuhr.

Ada beugte sich vor. »Herrlich, erzähl mir mehr.«

Wie hatte Hannah diese Seite ihrer Schwester vergessen können? So steif und angespannt wie in der ganzen Zeit hier hatte Ada vor ihrer Schwangerschaft nie gewirkt. Ruhig, ein wenig kühl, das ja – aber hinter der gelassenen Fassade hatte ein anarchischer Geist gewohnt. Und Ella hatte diesen Teil wieder wach gekitzelt.

Am späten Abend, als alle aufbrachen, nahm Judith ihre Nichten noch einmal zur Seite.

»Ich bin froh, dass ihr so gute Männer gefunden habt. Eure Eltern wären glücklich. Und es ist bewegend zu sehen, dass Nathan zu Sarah wie ein echter Vater ist.«

Schniefend presste sie sich eines der Taschentücher ins Gesicht, die Hannah ihr zu Weihnachten bestickt hatte.

Ada sah sich hilfesuchend um. Sie war zu früh ausgezogen, um die sentimentale Seite ihrer Tante zu entdecken. Verlegen tätschelte sie nun Judiths Schulter, während Hannah ihr ermutigend zunickte und sich dabei ein Grinsen verkniff.

═ TEIL 2 ═

Eine verheiratete Frau

KAPITEL 1
Dezember 1942

»Du kaufst ein pinkfarbenes Kleid für Sarah?«, fragte Ada. »Wirst du sentimental?«

»Was meinst du?« Hannah runzelte die Stirn.

»Ich dachte, in Amerika tragen die Jungs Pink. Andererseits habe ich in einer Zeitschrift gelesen, dass es Vorreiterinnen gibt, die es andersherum passender finden, genau wie damals bei uns«, fügte Ada hinzu.

Hannah lachte. »Darüber habe ich mir gar keine Gedanken gemacht. Sarah wünscht sich ein rosafarbenes Kleid mit Tüll – wie eine Ballerina.« Und Sarah war eine sehr willensstarke Dreieinhalbjährige. »Vermutlich hat sie sich das bei Saoirse abgeguckt.«

Saoirse war die Tochter ihrer Nanny Ailis, die fast täglich zu ihnen kam, um sich ein paar Stunden um Sarah zu kümmern. Hannah, der die Nöte einer berufstätigen Mutter bekannt waren, hatte ohne Zögern eingewilligt, dass Ailis ihre beiden kleinen Mädchen mitbrachte. Eine Bekannte hatte eingewandt, dass ihre eigenen Töchter die Nanny von Sarah ablenken könnten, aber Hannah sah darin eher einen Vorteil. So würde die Kleine andere Kinder treffen und lernen, mit ihnen umzugehen.

Da Saoirse schon vier Jahre alt war, nahm sich Sarah die Größere natürlich zum Vorbild. Saoirses kleine Schwester Elly, die noch krabbelte, wurde von ihnen wie eine Puppe behandelt.

Hannah bezahlte das Kleid und verließ danach rasch mit ihrer Schwester das Modegeschäft, um die übrigen Weihnachtseinkäufe zu erledigen. *Was waren das für Zeiten!* Wer in die Schaufenster und auf die Scharen von Kaufwilligen blickte, würde kaum meinen, dass sie sich seit einem Jahr im Krieg befanden.

In den Auslagen schwebten goldblonde Engel, überall funkelten kleine Lichter, und Straßensänger trällerten »Silent Night, holy Night«. *Stille Nacht, Heilige Nacht.* Das Lied erinnerte Hannah an die Weihnachtsfeste mit ihren Eltern, von denen sie nichts mehr gehört hatten, seit die Deutschen vor gut zweieinhalb Jahren in die Niederlande einmarschiert waren.

Sie hatten versucht, über die HIAS Kontakt herzustellen, und jeden angeschrieben, der mit ihren Eltern in Verbindung gestanden hatte. Doch niemand hatte ihnen etwas über den Verbleib ihrer Eltern berichten können. Von der Frankfurter Verwandtschaft hatten sie nicht einmal eine Antwort bekommen. Womöglich hatte sich der Schutz einer Mischehe als brüchig erwiesen, so dass auch sie hatten fliehen müssen.

Von den Mitarbeitern der HIAS hatten die Schwestern erfahren, dass andere Geflohene Briefe aus der alten Heimat erhalten hatten, in denen sie erfuhren, dass Verwandte an Typhus, Lungenentzündung oder anderen Krankheiten gestorben waren. Hannah und Ada hatten kein solches Schreiben bekommen. Doch die unfassbaren Berichte aus Europa mehrten sich. Der Finanzminister der polnischen Exilregierung sprach von einer Million ermordeter Juden, von Kammern, in die tödliches Gas eingeleitet wurde. Und aus Frankreich hörte man von der Vichy-Regierung nicht minder Schlimmes. Die Niederlande wurden seltener erwähnt. Hannah klammerte sich an die Hoffnung, dass keine Nachrichten zumindest auch keine schlechten Nachrichten bedeuteten, doch beschwichtigte dies kaum ihre Angst, die sie umso stärker peinigte, je länger eine Antwort ausblieb.

Sie hoffte, dass die Anti-Hitler-Koalition dem Schrecken bald ein Ende setzte – und es noch nicht zu spät war, ihre und unzählige andere Familien zu retten. Die USA hatten gerade Neapel bombardiert, die Briten die Philipsfabriken im niederländischen Eindhoven! Solche Nachrichten nährten ihre Zuversicht, dass bald jemand das Land befreien würde und damit auch ihre Eltern. Dabei teilte sie keineswegs die Euphorie mancher Kommilitonen, die das amerikanische Eingreifen als den Sieg von Anstand und Vernunft betrachteten. Unzählige Männer setzten nach Europa über. Diese Männer kämpften, töteten, starben. Darunter waren womöglich einige der blanken, noch weichkonturigen Gesichter, denen sie täglich am College begegnete. Alle Männer zwischen 18 und 64 waren registriert worden, Nathan genau wie Simon. Nicht wenige meldeten sich freiwillig, um so zumindest ihr Einsatzgebiet wählen zu können.

Anfangs sollten vor allem Männer zwischen zwanzig und vierundvierzig Jahren eingezogen werden, mittlerweile traf es auch schon Achtzehnjährige. Simon war aufgrund seines Alters und seines Gesundheitszustands in Sicherheit. Aber was war mit Nathan?

Und trotz alledem hielt sie hier mit ihrer Schwester nach Geschenken, Christbaumschmuck und Kerzen Ausschau, wie in einem ganz gewöhnlichen Jahr. Die Dezember-Erlöse der Geschäfte überstiegen bereits jetzt die des Vorjahres, hatte Hannah in der *New York Times* gelesen. Und das war nicht mehr der Panik zuzuschreiben, die Anfang des Jahres ganze Scharen von Menschen in die Läden getrieben hatte, als die USA gerade in den Krieg eingetreten waren.

Jetzt griffen die Kunden nicht mehr zu Hygieneartikeln oder Konservenbüchsen. Sie kauften Parfüm, Plüschtiere und Seidenkrawatten, während Benzin, Zucker, Kaffee und andere Produkte rationiert waren. Man hätte das als Zeichen einer unziemlichen Ignoranz deuten können, doch Hannah vermeinte darin etwas anderes zu erkennen: ein trotziges *Jetzt erst recht*, das sich auch in der neuen Solidarität der Bürger untereinander zeigte. Jüdische Polizisten, Soldaten und Krankenschwestern reichten über die Feiertage keinen Urlaub ein und stellten Anträge, im Dienst bleiben zu dürfen, um ihren christlichen Kollegen ein besinnliches Fest zu ermöglichen. Und was würde es schon bringen, den Kindern ein Weihnachten ohne Lichter und Lieder zu bescheren? War es nicht besser, das Dunkle mit allem Zauber zu erhellen, den sie zustande brachten?

Und so war auch Hannah entschlossen, ihrer Familie ein schönes Fest zu bereiten. Sie kaufte zwei Dutzend dieser neuen Kerzen mit den hellen Spitzen. Wenn man sie anzündete, tropfte weißes Wachs wie Schnee auf die Nadeln. In einem anderen Geschäft ergatterte sie einen prachtvollen samtartigen Stoff, um Vorhänge daraus zu nähen. Er war dunkelgrün und mit winzigen silbernen Sternen bestickt. Hannah hoffte nur, dass er nicht zu schwer war, um ihn sicher zu befestigen. Er sollte nicht nachgeben, falls Sarah sich in den Falten versteckte oder versuchen sollte, sich daran hochzuziehen.

»Das wird doch niemals etwas«, sagte Ada belustigt. Hannah folgte ihrem Blick und entdeckte eine Familie, die versuchte, sich mit einem hölzernen Schaukelpferd in einen überfüllten Bus zu pressen – und dabei von jenen beschimpft wurde, die gerade noch einen freien Platz ergattert hatten.

»Oh je«, erwiderte sie, wurde aber sofort von den Klängen einer Blaskapelle abgelenkt. Neben dem riesigen Weihnachtsbaum vor einem der nobleren Kaufhäuser spielte die Heilsarmee »Es ist ein Ros entsprungen«. Ein paar der Umstehenden sangen dazu. »Lo, How A Rose E'er Blooming«.

»Oh, lass uns einen Moment stehen bleiben, ja?« Hannah hakte ihre Schwester unter.

Jetzt stimmten die Sänger »Oh come all ye faithful« an. Von all den Weihnachtsliedern, die sie in ihrer neuen Heimat entdeckt hatte, war Hannah dieses das liebste.

»Ich hätte nicht geglaubt, dass ich in echte Weihnachtsstimmung komme, aber wie soll man sich dagegen wehren?«, fragte sie mit einem schmerzenden Kloß im Hals.

»Du bist eben zu weich.« Ada entschärfte ihre Worte mit einem Lächeln. Zugleich drückte sie die Hand ihrer Schwester fester. »Aber ich bin auch froh, dass wenigstens du hier bist. Und jetzt lass uns weitergehen, ja?«

Sie passierten einen der »War-Shops«, in denen es Uniformen und sogenannte »Victory-Kits« gab, die Spielkarten und Süßigkeiten enthielten. Die Heimatfront wurde nicht übergangen: Für sie gab es Accessoires wie ein »Victory-Fahrrad« oder das »Victory-Gartenset«.

»Die Amerikaner verstehen sich darauf, aus allem ein Produkt und eine Marke zu machen«, stellte Hannah belustigt fest.

»Was meinst du, trägt es zu einem schnellen Sieg bei, wenn ich mir das Strick-Set kaufe?«, fragte Ada.

»Seit wann strickst du?«

»Bislang gar nicht, aber vielleicht fange ich damit an. Manchmal ist mir so fade.« Ada nahm sich eines der Sets, um es an der Kasse zu bezahlen.

Hannah erstand danach noch ein Notizbuch mit Ledereinband und Goldschnitt für Dr. Couney sowie Kerzen in Tannenbaumform für Hildegarde und Louise. Zuletzt deckten sich die Schwestern mit Weihnachtskarten ein, die sie an Bekannte und Verwandte schreiben wollten.

»Edwards Mutter veranstaltet morgen einen Basar. Stärkst du mir den Rücken und unterstützt mich am Kuchenstand?«, wollte Ada wissen, kurz bevor sich ihre Wege trennten.

Zu ihrem Ärger teilte sich Ada immer noch das Haus mit ihren Schwiegereltern. »Bitte, ich gehe sonst ein zwischen all den Wohltätern.«

Hannah seufzte. »Wenn du unbedingt möchtest. Langsam bekomme ich Routine mit solchen Festivitäten.«

Sie hatte bei karitativen Feiern bereits Wollsocken verkauft, Kuchen gebacken und war mit einem Bauchladen voller Lose herumspaziert, weil Nathans Mutter oder die Ehefrau seines Klinikleiters sie darum gebeten hatten. Doch im Innern hegte sie gegenüber diesen Veranstaltungen ebenso zwiespältige Gefühle wie Ada. Nicht dass Hannah immun gegen all die bewegenden Aufrufe gewesen wäre, die in diesen Tagen die Zeitungen füllten. Kinder, deren Eltern so arm waren, dass sie ohne Spenden in Pflegefamilien unterkommen müssten, tuberkulosekranke Mütter – es nahm Hannah immer wieder mit, von den schweren Schicksalen zu lesen, die zum Teil mit exakten Summen beziffert waren, die es für die Betroffenen zu sammeln galt. Immer wieder befürchtete Hannah, Rosi unter diesen Menschen zu entdecken – andererseits hätte ihr ein solcher Appell womöglich geholfen. All diese Menschen verdienten es, dass man sie anhörte, doch es sollten nicht nur so wenige und dann bloß an Weihnachten Unterstützung erfahren.

Insgeheim bedauerte Hannah die Kinder, denen in eleganten Sälen kleine Gaben überreicht wurden – in Anwesenheit des Bürgermeisters LaGuardia persönlich. Genossen die Kleinen es, zumindest einmal den Lichterglanz und roten Samt zu bewundern? Oder fühlten sie sich vorgeführt, um den Anwesenden ihre Barmherzigkeit zu bescheinigen? Würden ihre Mägen nach all dem Zuckerguss nicht umso lauter knurren? Und sicher wurden auch im Frühjahr Mütter arbeitslos oder krank! Nicht dass Hannah eine Lösung für dieses Problem gewusst hätte. Deshalb gehörten Nathan und sie zu den großzügigen Spendern – doch beruhigten die verschenkten Summen ihr Gewissen weniger, als es bei anderen der Fall zu sein schien.

»Also dann«, sagte Hannah. »Wir sehen uns morgen.«

»Aaron hat sich freiwillig gemeldet«, entfuhr es Ada unvermittelt.

»Wie bitte?«

Ada nickte. »Wir konnten es auch kaum glauben.«

Auf dem Heimweg versuchte Hannah, sich Aaron als Soldaten vorzustellen – den Brückenbauer, Oboisten und Phantasten, den sie einmal gekannt hatte. In den vergangenen zwei Jahren waren sie sich selten begegnet. Das erste Mal nach Adas Hochzeit hatten sie sich auf einem Sommerfest wiedergesehen. Es war zu keinem Eklat gekommen. Seine Stimme hatte ruhig geklungen, als er sie dazu beglückwünschte, dass der Mann sie geheiratet und

Verantwortung für sein Kind übernommen habe. Bei ihrem letzten Aufeinandertreffen anlässlich Adas Geburtstag war Aaron dann mit einer eleganten jungen Frau am Arm aufgetaucht. Der Anblick hatte Hannah tiefer getroffen, als sie sich eingestehen mochte, doch lieber sah sie ihn am Arm einer höheren Tochter als in einem Schützengraben.

Das Rumoren in ihrem Magen ließ erst nach, als sie in die Straße einbog, in die sie mit ihrer Familie gezogen war. Sie liebte ihr kleines Reihenhäuschen in Brooklyn Heights, den rötlich braunen Sandstein, die Türmchen. Von hier aus musste sie nur einen kurzen Spaziergang zurücklegen, um auf das Wasser und die Südspitze Manhattans zu schauen.

Kein Wunder, dass es viele Künstler hierherzog. Nathan hatte ihr erzählt, dass auch W. H. Auden hier lebte – der englische Schriftsteller, der die Tochter von Thomas Mann geheiratet hatte. Aus halbwegs sicherer Quelle schien Nathan zu wissen, dass Auden ebenfalls Männer bevorzugte und Erika Mann von dem Autor vor allem einen britischen Pass gewollt habe.

Hannah hatte die Nase krausgezogen. »Schrecklich, wie pragmatisch manche Leute denken!«

Lachend hatte er den Arm um sie gelegt. »Fürchterlich, nicht wahr?«

Am Anfang war es ihr seltsam vorgekommen, sich plötzlich eine Wohnung mit einem Mann zu teilen, mit ihrem Mann. Nathan war es ebenso ergangen. Doch hatte die Befangenheit bald nachgelassen, und inzwischen lachten sie darüber. Mittlerweile kam es Hannah vor, als lebe sie mit dem phantastischen großen Bruder zusammen, den sie sich als Kind manchmal anstelle einer kühlen Schwester gewünscht hatte. Natürlich hatten sie getrennte Schlafzimmer, und an manchen Tagen sahen sie sich kaum, wenn Nathan von einer Schicht heimkam und sie gerade zur Universität aufbrach. An drei Abenden in der Woche ging Nathan aus und kehrte erst spät zurück. Bei anderen Paaren hätte dies sicher Anlass für Streitereien und Vorwürfe geboten, doch keines der Gefühle, die sonst eine Beziehung bestimmen mochten, brachte ihre aus dem Tritt.

Sie mussten einander nie Rechenschaft ablegen, knüpften keine Bedingungen an ihre Zuneigung – und doch lebten sie nicht bloß nebeneinander her. Ihre Freundschaft hatte sich vertieft, und die leise Melancholie, die Hannah bisweilen überkam, wenn ihr Aaron in den Sinn kam, fühlte sich manchmal gar nicht mehr anders an als das Glück – so wie man traurige Musik genoss.

»Ich sehe schon, du planst ein großes Fest«, sagte Nathan und nahm ihr die Einkaufstaschen ab, kaum dass sie den Flur betreten hatte.

»Ich habe mich verleiten lassen«, gab sie verlegen zu.

Er schmunzelte. »Ich würde deine Ausbeute gerne genauer begutachten, aber ich muss los, sonst komme ich zu spät zur Arbeit.«

»Wie spät ist es denn?« Erschrocken blickte sie auf die Uhr. Nur noch eine Stunde bis zum Beginn seiner Nachtschicht. »Tut mir leid, ich habe die Zeit vergessen.«

»Sarah und ich haben bereits zu Abend gegessen. Wir haben dir etwas Auflauf übrig gelassen, aber ich fürchte, es reicht nicht, um satt zu werden. Unsere Kleine hat einen gesunden Appetit.«

Sie verabschiedeten sich mit einem flüchtigen Wangenkuss, dann schlüpfte Nathan in seinen Mantel, und Hannah ging ins Wohnzimmer.

Sarah lag auf dem Teppich und sah sich die Illustrationen in einem Buch an. »Mama, liest du mir vor?«

»Guten Abend, meine Kleine. Wie wäre es, wenn wir uns erst mal begrüßen?«

»Hi! Liest du mir jetzt bitte vor?«

Lachend nahm Hannah das Buch in die Hand. »Wenn du so höflich danach fragst. Schon wieder die Enten? Na gut, kommst du zu mir aufs Sofa? Hier ist es bequemer.«

Eng aneinandergeschmiegt schauten sie in das Buch. Hannah wusste nicht, wie oft sie die Geschichte des Stockentenpaars, das inmitten eines Bostoner Parks Kinder aufziehen wollte, schon vorgelesen hatte. Es störte sie nicht. Sie genoss das Gewicht des kleinen Kopfes auf ihrer Brust, das gleichmäßige Heben und Senken des Brustkorbs an ihrer Seite, die brünetten Locken, die an ihrem Kinn kitzelten. Als Sarah die Augen zufielen, trug Hannah sie ins Kinderzimmer. Mit achtsamen Bewegungen entkleidete sie ihre Tochter – es fühlte sich nicht mehr seltsam an, dieses Wort zu benutzen –, wusch sie und ließ sie ihr Nachthemd überstreifen.

»Welches Lied möchtest du heute hören?«

Sarah wünschte sich »Weißt du, wie viel Sternlein stehen?« und »Twinkle Twinkle Little Star«. Hannah sprach Englisch mit ihr, ließ aber immer wieder deutsche Wörter und Sätze einfließen, damit das Mädchen die Sprache ihrer Großeltern kennenlernte.

Das Geräusch gleichmäßiger Atmenzüge unterbrach Hannah,

bevor sie die zweite Strophe des ersten Liedes beendet hatte. Lächelnd zupfte sie die Decke zurecht und verabschiedete sich mit einem Kuss von der schlafenden Sarah.

Danach setzte sie sich an ihren Schreibtisch. Schon der Ankleideraum ihrer Schwester war dreimal so groß, und doch kam Hannah ihr winziges Arbeitszimmer wie ein unglaublicher Luxus vor. Sie hatte den mit Schnitzereien verzierten Mahagonitisch auf einem Trödelmarkt entdeckt und sich sofort in das Stück verliebt. Es hatte ihren Mann amüsiert zu beobachten, wie sie ehrfürchtig über die Konturen des kunstvoll gearbeiteten Holzes strich. Es blieb ihr eine Freude, sich daran zu setzen. Zwar standen die Weihnachtsferien unmittelbar bevor, doch für Hannah kam es nicht in Frage, deshalb Zeit mit Müßiggang zu vergeuden. Sie las in den Lehrwerken und notierte sich ihre Erkenntnisse, bis die Konzentration nachließ und sie sich lieber den Weihnachtskarten widmete. Eine davon, die mit dem goldfarbenen Schutzengel, würde sie an die letzte bekannte Adresse ihrer Eltern senden. Eine weitere Karte wollte sie ihrem Weihnachtsgeschenk für Ella beilegen. Hannah hatte ihr einen neuen Füller und eine große Schachtel Alkohol-Pralinen besorgt, da sie wusste, dass ihre Freundin sich in schwierigen Situationen gerne mit Süßem tröstete. Eine solche schien Ella gerade bevorzustehen, da sie ihre Eltern und älteren Brüder in ihre Hochzeitspläne einweihen würde. Sie hatte sich wahrhaftig mit einem Jim verlobt, allerdings nicht dem Cowboy, sondern dem bebrillten Geschichtsstudenten aus der Bronx.

»Sie werden sagen, dass sein Studium brotlose Kunst ist. Dass man kein Geld verdient, indem man in der Vergangenheit wühlt«, hatte Ella gejammert und sich mehrere Stücke Schokolade in den

Mund geschoben. »Ein Arzt oder ein Anwalt, damit hätten sie womöglich noch etwas anfangen können.«

»Wo die Liebe hinfällt«, hatte Hannah mitleidlos erwidert und ihrer Freundin ein weiteres Stück in den Mund gesteckt. Sich selbst hatte sie ebenfalls eines gegönnt. Es gab keinen Grund, sich zurückzuhalten. Ella konnte sich einen gesunden Appetit leisten, sie stieg beinahe täglich ins Schwimmbecken, und Hannah legte fast jede Strecke zu Fuß zurück. *Außerdem verlangt meine Schwiegermutter nicht von mir, dass ich mich schlank hungere.* Die seltenen Kontakte zu Nathans Eltern verliefen höflich, aber distanziert. Nur mit seiner Schwester Elizabeth trafen sie sich mindestens einmal im Monat.

»Deine Eltern werden ihn sicher mögen, wenn sie ihn erst einmal kennenlernen«, sagte Hannah.

Es war unmöglich, Jim nicht zu mögen. Seine zurückhaltende, gelassene Art bildete einen Gegenpol zu Ellas Quirligkeit. Zum Glück ließ er sich von ihrem Überschwang nicht überfahren. Anfangs hatte sich Ella bemüht, ein paar seiner Eigenheiten zu ändern. Vor allem seinen eigenwilligen Bekleidungsstil empfand sie als Beleidigung ihres Geschmacks. Doch Jim parierte ihre Bemühungen mit einem herrlich trockenen Humor, der Ella in die Knie zwang.

»Ich muss ihn wohl nehmen, wie er ist«, hatte sie schließlich mit gequälter Miene festgestellt.

»Ich habe Mitleid mit dir«, hatte Hannah grinsend versichert. In Wahrheit war sie überzeugt, dass Ella ihren Jim für seinen Eigensinn umso mehr liebte.

Nachdem sie die letzten Zeilen verfasst hatte, schob sich Hannah den Rest von Nathans Auflauf in den Mund und kroch danach erschöpft ins Bett. Sie sehnte sich nach erholsamem Schlaf, doch stattdessen suchten sie die Gedanken an Aaron heim. *Soldat. Schützengräben. Gewehrfeuer.* Sie versuchte, sich dagegen zu wehren. *Gallenblasengrund. Gallenblasengang. Gallenblasenkörper.* Diesmal half nicht mal ihr alter Kniff, anatomische Details herunterzubeten. Sie bemühte sich gar nicht erst, stattdessen Schäfchen zu zählen.

KAPITEL 2

Nur noch eine Woche bis Weihnachten! Hannah hatte in den vergangenen Tagen all ihre Kräfte aufbringen müssen, um ihrer Familie eine festliche Adventsstimmung vorzugaukeln. Sie hatte die Zimmer dekoriert, Kekse gebacken und Pläne für die Feiertage geschmiedet. Doch ihr innerer Motor, der von purer Willenskraft angetrieben wurde, war ins Stottern geraten. Bald würde er zum Stehen kommen, das spürte sie, falls sie nichts unternahm. Dabei hatte sie sich vorgenommen, mit Sarah und Nathan ein friedvolles Fest zu feiern. Doch dass zur gleichen Zeit das Jahresende herannahte, erschien ihr wie eine zusätzliche Mahnung, ihre Angelegenheiten zu regeln. Sie würde keinen Seelenfrieden finden, falls sie Aaron in den Krieg ziehen ließe, ohne ihn noch einmal gesehen zu haben. Egal was zwischen ihnen stand.

Sie malte sich aus, wie es ihr gelänge, die richtigen Worte zu finden, um ihm sein Vorhaben auszureden. Falls es denn überhaupt ein Zurück gab, sobald man sich einmal gemeldet hatte. Er war Deutschland in letzter Sekunde entkommen – und nun wollte er freiwillig dorthin zurückkehren? Natürlich hatte er gerade deswegen mehr Grund zu kämpfen als andere. Sie stellte sich vor, dass er in die verlorene Heimat zog, um sie von dem Übel zu befreien, das sich anfangs schleichend, dann wie eine Epidemie ausgebreitet hatte. Aber hatte Aaron nicht behauptet, all das hinter sich gelassen zu haben?

Er war ihr immer so offen erschienen, nun fragte sie sich, was er hinter der Fassade verborgen hielt. Sie fasste eine Entscheidung.

Es wunderte sie nicht, dass Ada misstrauisch nachbohrte, als Hannah von ihr wissen wollte, ob Aaron weiterhin in dem Club auftrat.

»Jeden Mittwoch, glaube ich«, gab Ada schließlich nach. »Aber wir waren lange nicht mehr dort.«

Einen Tag vor Heiligabend.

»Danke.«

»Du wirst doch keinen Unsinn anstellen?«

»Ich hoffe nicht«, erwiderte Hannah zögernd.

Sie hatte sich entschieden, ihn im Club aufzusuchen. Sie wusste nicht, wo sie ihn sonst treffen sollte. Ein Anruf wäre vermutlich angemessener gewesen als ein solcher Überfall, doch sie ahnte, dass bereits ein falscher Ton in seiner Stimme ihr allen Mut nehmen würde. Im schummerigen Licht des Clubs konnte sie ihn vorsichtig aus der Ferne betrachten, um zu entscheiden, ob sie ungesehen wieder verschwinden oder mit ihm sprechen sollte.

Nathan hielt sie nicht auf. Zuerst hatte sie ihm gegenüber eine Verabredung mit Ella vorschieben wollen, weil sie sich ein wenig für ihr Vorhaben schämte. Doch dann sagte sie ihm die Wahrheit. Es war schließlich ihre Art der Treue, ehrlich zueinander zu sein. Da Hannah sich jedoch nicht sicher war, wie diese Wahrheit überhaupt aussah, erzählte sie ihm von einem Freund, der eigentlich keiner mehr war, nun aber in den Krieg ziehen würde.

Nathan zog die Brauen hoch. »Reden wir über den Mann, den wir am Strand getroffen haben?«

Hannah nickte.

Er runzelte die Stirn, kommentierte ihre Erklärungen aber nicht. Sie war ihm dankbar, dass er nicht nachfragte, was sie sich davon versprach. Hannah hätte keine Antwort gewusst.

»Soll ich dich morgen begleiten? Das ist eine dunkle Ecke, in die du da willst. Wir könnten Ailis bitten einzuspringen.«

»Das ist lieb von dir. Aber das ist etwas, das ich alleine tun muss.«

Wieder traf sie ein prüfender Blick, doch dann nickte Nathan. »Es ist gut, dass du rausgehst, du bist zu jung, um jeden Abend drinnen zu hocken.«

Sie schmunzelte, da er gerade einmal sieben Jahre älter war. Allerdings ging er viel häufiger aus.

»Manchmal fühle ich mich uralt.« Sie seufzte.

»Soll ich heute Abend lieber hierbleiben?«

Hannah schüttelte den Kopf. »Humbug.«

Er lachte. »Man merkt, dass du gerade Dickens' Weihnachtsgeschichte gelesen hast.«

Sie half ihm, die Manschettenknöpfe in Form eines Äskulapstabs zu befestigen, die sie ihm im vergangenen Jahr zu Weihnachten geschenkt hatte.

»Aber bitte mach keinen Unsinn und pass auf dich auf«, ermahnte sie ihn, während sie seine Fliege zurechtzupfte.

»So etwas wird nie wieder passieren«, erwiderte er ernst.

»Gut«, sagte sie. »Dann wünsche ich dir einen schönen Abend.«

Durch das Fenster beobachtete sie ihn, bis er außer Sichtweite war. Die beschwingten Schritte verrieten seine Vorfreude, umso schmerzhafter war es zu beobachten, wie er dabei gegen das Hinken ankämpfte.

Vor zwei Monaten war er einmal erst am frühen Morgen nach Hause gekommen und hatte sich direkt in seinem Zimmer verschanzt. Sonst war er nie die ganze Nacht fortgeblieben, schon Sarah zuliebe nicht. Hannah wusste sofort, dass etwas geschehen war. »Ich will nicht, dass die Kleine etwas hiervon mitbekommt«, hatte er gesagt, nachdem sie endlich eintreten durfte.

»Nathan«, hatte sie entsetzt ausgerufen.

Sein linkes Auge war zugeschwollen, am Kinn prangte eine Platzwunde, die Hosenbeine waren zerfetzt, das Knie voller Blut. Nach und nach konnte sie sich aus seinen zurückhaltenden Erklärungen zusammenreimen, was geschehen war. Es gab genügend Menschen, die Männer wie ihn hassten – und ihre Treffpunkte kannten. Hannah half ihm dabei, sich selbst zusammenzuflicken. Er sei auf der Treppe gestürzt, erzählten sie den anderen. Seine Kniescheibe hatte es jedoch schwerer erwischt, als sie anfangs vermutet hatten. Es bereitete ihm immer noch Schmerzen, das Gelenk zu bewegen. Hannah machte ihm keine Vorwürfe, sondern hatte ihn danach nur halb im Scherz, halb verzweifelt gefragt: »Und du bist sicher, dass du nicht den Oak Room vorziehst?«

»Ich werde noch vorsichtiger sein, schließlich habe ich jetzt eine Familie«, hatte er versprochen.

Hannah beneidete ihn nicht um seine zweite Existenz im Dunklen, zu der er gezwungen war. Er war nicht geschaffen dafür. Doch sie begriff, dass er keine andere Wahl hatte.

Sie wünschte sich nur manchmal, er würde sich stärker zu den wohlhabenden Männern mit Seidenkrawatten und Gamaschen hingezogen fühlen. Denn auch das hatte sie inzwischen herausgefunden: Es war wesentlich komfortabler, homosexuell zu sein, wenn man über eine Menge Geld verfügte. Die Wohlhabenden trafen sich im Old Metropolitan Opera House oder im Oak Room des Plaza Hotels. Auf der Galerie des Sutton Theater trugen sie eine rote Krawatte als Erkennungsmerkmal. Dass man sich in diesen Kreisen ein wenig sorgloser zeigte, hatte Dr. Sallow und manche seiner Kollegen wohl zu dem Trugschluss verleitet, Homosexualität sei ein Symptom der Dekadenz, eine Kreuzung aus Reichtum und Perversion. Wer keine Privilegien genoss, blieb nämlich besser unsichtbar. Ihm konnte es passieren, dass ein Polizist auf der Toilette eines verdächtigen Etablissements lauerte und prüfte, ob sein Opfer auf Annäherungsversuche einging. Dann nahm er es mit.

Nathan hatte alle Privilegien, fühlte sich aber dummerweise weder zu erlesener Kleidung noch zu standesbewusstem Gebaren hingezogen. Beides erinnerte ihn wohl zu sehr an seinen Vater. Hannah hatte all diese Dinge herausgefunden, weil sie danach fragte. Sie hatten einander eine ungewöhnliche Ehe versprochen, einen sicheren Raum, in dem jeder er selbst sein durfte. Deshalb sollte er dies alles nicht alleine durchstehen müssen, sich ihr gegenüber niemals schämen, sondern wissen, dass sie keinen Anstoß nahm.

Seine Abschiedsworte am folgenden Abend klangen wie ein Echo ihrer eigenen am Vortag: »Ich wünsche dir viel Spaß und bitte pass gut auf dich auf.«

»Das mache ich, versprochen.«

Es war kein Platz in ihr, um sich vor dunklen Gestalten in einsamen Gassen zu fürchten. Die Angst vor der Begegnung mit Aaron füllte noch den letzten Winkel ihrer Wahrnehmung aus. Und doch konnte sie ihn nicht gehen lassen, nicht mit all der Feindseligkeit zwischen ihnen.

Gleich der erste Schritt in den Innenraum des Clubs katapultierte sie in die Vergangenheit. Der süße Duft der Parfüms, die klirrenden Gläser und die Rhythmen der Band waberten um sie wie an dem Abend, an dem sie mit Aaron getanzt und ihn geküsst hatte. Mit den Erinnerungen wollte die altvertraute Befangenheit zurückkehren, doch Hannah war ihr nicht länger wehrlos ausgeliefert. Diese Situation war anders, weil sich mindestens ein entscheidendes Detail geändert hatte: sie selbst. Und so bang sie auch an die Begegnung mit Aaron dachte, stürzte es sie nicht mehr wirklich in Verlegenheit, sich allein an einen der Tische zu setzen. Nur kurz tauchte die Frage auf, was die anderen Gäste von der einsamen Frau in dem eleganten schwarzen Kleid hielten. Genauso schnell trieb sie wieder im Gedankenstrom davon, ohne Unbehagen zu hinterlassen.

Hannah hatte Säuglinge gerettet und sterben sehen. Sie hatte selbst ein Kind bekommen, auch wenn sie es nicht geboren hatte. Sie sah einen Weg vor sich, den sie unbeirrbar beschritt – die Zukunft war nun mehr als ein diffuses Flirren wie das Wüstenlicht. Und sie lebte in einer Familie, für die sie sich selbst entschieden hatte. Bei diesem Gedanken betrachtete sie beschämt den weißen Streifen an ihrem Ringfinger. Wieso war sie dem Impuls gefolgt, ihren Ehering abzulegen?

Hannah nippte an dem Martini, den die Kellnerin ihr gebracht hatte, und ließ den Blick durch den Raum schweifen. Da erblickte sie über den Rand ihres Glases hinweg *ihn* neben der

Bühne. Sie verschluckte sich und bekam einen Hustenanfall, der zum Glück von anderen Geräuschen überdeckt wurde. In diesem Moment wurde Aaron Lehman angekündigt. Er hüpfte die Treppe beinahe hinauf, keine Oboe, sondern eine Klarinette in der Hand. Er hob das Instrument in die Höhe, eine Triumphgeste in die Richtung des begeisterten Publikums. Der hämmernde Applaus verriet seine Beliebtheit. Auf der vorletzten Stufe schaute Aaron ihr mit einem Mal direkt ins Gesicht. Sie erstarrte. Sicher blendete ihn das Licht zu sehr, um sie zu erkennen, oder? Für einen Moment schien er zu wanken. Doch falls es so war, fing er sich schneller wieder als sie. Ihr war, wie wenn man beim Hinabeilen einer Treppe eine Stufe verfehlt. Ihr Körper fühlte den Sturz, bevor er eintrat. In solchen Momenten verlangsamte sich die Zeit.

»*Some things that happened for the first time*
Seem to be happening again«

Die Melodie in ihren Ohren wurde nicht von der Big Band gespielt. Sie erklang zart und leise in ihrem Innern und übertönte doch alle Dixieland-Klänge. Aaron lief jetzt über die Bühne und begrüßte lachend die anderen Musiker.

Der Kontrabassist tanzte hinter seinem wuchtigen Instrument wie von Sinnen. Aaron stimmte in sein Spiel ein. Auch bei ihm war dabei alles in Bewegung, angetrieben von dem drängenden Rhythmus. Als sie das erste Stück beendet hatten, hielt sich Aaron die freie Hand an die Stirn, um die Augen vor dem Scheinwerferlicht abzuschirmen. Er ließ die Hand wieder sinken. Offenbar war es ihm nicht gelungen, etwas zu erkennen. *Er hat mich entdeckt.* Sie hätte aufstehen und wegrennen sollen, aber sie konnte nicht. Wie gebannt schaute sie auf das Geschehen.

Sie trank ihren Martini in wenigen Schlucken aus und orderte einen zweiten.

»Haben Sie heute Abend noch etwas vor?«, fragte die junge Kellnerin mit einem Augenzwinkern.

»Außer mich zu betrinken?«, erwiderte Hannah trocken.

Mittlerweile hatte Aaron die Klarinette gegen eine Oboe getauscht. Sie spielten eine rührselige Ballade in Moll. Die Klänge führten Hannah durch all ihre gemeinsamen Erlebnisse, darunter den Abend auf Ellis Island, an dem sie ihn zum ersten Mal auf seinem Instrument gehört hatte. Am Ende verbeugte er sich lässig und verließ die Bühne so schwungvoll, wie er sie betreten hatte.

Es überraschte sie nicht, dass er kurz darauf an ihrem Tisch auftauchte, und doch war es ein Schock, der durch ihren ganzen Körper fuhr.

»Habe ich also richtig gesehen, Mrs. Green. Was verschafft uns die Ehre?« Er sprach ihren neuen Namen nicht mehr mit dem ätzenden Spott der ersten Male aus, eher wirkte er leicht amüsiert. Sie kam sich dämlich vor, wie sie hier saß und ihm ganz offensichtlich aufgelauert hatte.

»Möchtest du dich nicht setzen?«, fragte sie so gelassen, wie es ihr möglich war.

»Warum nicht?« Er ließ sich auf den Stuhl ihr gegenüber sinken.

Erwartungsvoll betrachtete er sie, und sie musste sich anstrengen, seinem Blick standzuhalten.

»Ich habe gehört, dass du dich freiwillig gemeldet hast«, brachte sie hervor.

Er sah sie ungläubig an. »Deshalb bist du hier?«

Sie schaute auf ihre Fingerspitzen.

»Du machst dir Sorgen, trotz allem.« Sein Tonfall verriet weder Genugtuung noch Rührung.

»Ja, trotz allem.« Sie zwang sich, ihm ins Gesicht zu sehen.

Er lachte, doch nun klang es wieder bitter. »Bist du nicht zufrieden mit dem, was du hast?«

»Doch, ich …«

»Oder streunt der Mistkerl wieder?«

»Egal was du denkst, Nathan ist alles andere als ein Mistkerl.«

»Immerhin hat er dich schon einmal mit einem Baby sitzen lassen, oder nicht?«

Er deutete ihr nervöses Blinzeln falsch. »Er ist nicht der Vater?« Verblüfft musterte er sie. Dann lachte er wieder, lauter als zuvor.

»Ach, Hannah. Ich habe dich völlig falsch eingeschätzt. Und ich habe mir immer etwas auf meine Menschenkenntnis eingebildet. Wie durchtrieben du bist.«

Sie krümmte sich zusammen. Wie gerne hätte sie ihm widersprochen oder ihn noch lieber geohrfeigt. Aber sie hatte selbst zu seinem Urteil beigetragen.

»Jetzt tut er mir beinahe leid«, sagte Aaron. Er stand auf.

»Bitte geh nicht«, bat Hannah leise.

»Entschuldigung, aber ich brauche jetzt einen Drink.«

»Bitte geh nicht zurück nach Deutschland, meinte ich. Du bist in letzter Sekunde entkommen.«

»Ich hole mir jetzt erst mal etwas zu trinken«, wiederholte er.

Sie beobachtete, wie er an den Tresen verschwand, mit dem Barkeeper scherzte und ihm zum Abschluss lachend auf die Schulter klopfte.

Mit einem Glas Bier in der Hand setzte er sich auf den Stuhl ihr gegenüber. »Du wunderst dich, dass ich nach Deutschland zurück will? Ich weiß ja nicht einmal, ob ich überhaupt nach Deutschland komme. Die Nazis sind jetzt in ganz Europa, wie du weißt.«

Er beugte sich so weit vor, dass sie sich beherrschen musste, um nicht zurückzuweichen.

»Ich würde dich verstehen, wenn du an dem Land gehangen hättest«, entgegnete sie. »Dann würde ich denken, dass du zurückkehren willst, um bei seiner Befreiung zu helfen. Aber du wolltest nie zurückschauen.«

»Es hat sich herausgestellt, dass Vergessen weniger leicht ist als angenommen.« Er sah sie nachdenklich an.

»Es kann nicht nur Krieg und Zerstörung geben, es braucht genauso Menschen, die wieder aufbauen. Was ist mit den Brücken, die du bauen möchtest?«

»Jetzt werde ich eben erst mal welche sprengen, sollte es nötig sein.« Seine Stimme klang matt, und sein Gesicht fiel ein, als habe jemand die Luft aus ihm herausgelassen. Hannah staunte über seine schnellen Stimmungsumschwünge. Gerade noch hatte er mit den anderen Musikern und dem Barkeeper gescherzt, nun wirkte er wie ausgehöhlt. Aus irgendeinem Grund traf sie das härter, als wenn er zornig war oder sie verhöhnte. Die Band spielte weiter. Zu ihr hatte sich eine schwarze Sängerin gesellt.

»*Strange dear, but true dear*
When I'm close to you, dear
The stars fill the sky«

Aaron hielt ihr seine Hand hin, ohne die Spur eines Lächelns im Gesicht. »Wo du schon einmal da bist, können wir auch tanzen!«

»Das ist nicht dein Ernst!«

»Lass es uns so beenden, wie es angefangen hat. Und gewähr einem verdammten Soldaten einen letzten Tanz.« *Verdammt.* Meinte er dies als launiges Schimpfwort oder sah er sich bereits als jemand, der zu etwas Schrecklichem verurteilt war? Sie hatte im Studium gelernt, wie Sprache in der Lage war, Wirklichkeit zu schaffen. Umso mehr bangte sie jetzt um ihn. Und so ergriff sie seine Hand, obwohl jedes seiner Worte ihr einen Schlag in die Magengrube versetzt hatte. *Einen letzten Tanz* lehnte man nicht ab, oder?

»So taunt me, and hurt me
Deceive me, desert me
I'm yours, 'til I die ...«

Hannah kam es vor, als sähe sie in einen doppelten Spiegel. Der an der Wand zeigte ihr das traurigste Paar von allen, die Körper sachte aneinandergelehnt, die Frau angespannt, der Mann müde. Zugleich gaben die Worte wieder, was sie fühlte, aber nicht an die Oberfläche kommen lassen durfte. Sie machte sich von ihm los. »Tut mir leid, Aaron, ich kann nicht.«

»Du tust so, als würde ich dich bedrängen, dabei bist du hier ungebeten hereingeplatzt. Was zur Hölle machst du hier überhaupt?« Er flüsterte beinahe, und doch klang es bedrohlicher als ein Aufschrei.

»Es tut mir leid.«

»Weißt du was, Hannah? Scheiß einfach drauf!«

Er wandte sich ab und ließ sie auf der Tanzfläche stehen.

Hier war er also, ging es ihr durch den Kopf. Dieser Moment der Entscheidung, so winzig, dass man ihn gerne übersah. Keine Wahl gehabt zu haben war allerdings eine Ausrede für Feiglinge. Hannah hingegen konnte nicht länger den Teil von ihr verleugnen, der genau wusste, was sie hier tat, warum sie ihm nacheilte und seinen Arm packte.

Er fuhr herum.

»Genügt dir denn ein letzter Tanz?«, fragte sie und versuchte, ihr Zittern unter Kontrolle zu bringen. Feigheit zahlte sich nicht aus, wenn er nach Europa verschwand und womöglich nie wiederkehrte. Sie bemerkte seine Erschöpfung, ahnte, dass er leichtfertig mit seinem Leben umgehen würde. Er durfte nicht gehen, nicht so. Es war wichtig, dass er glaubte, mit seiner Einschätzung von ihr richtig zu liegen. Sie brauchte seine Wut, nicht seine Resignation, damit er überlebte.

Ungläubigkeit stand ihm ins Gesicht geschrieben, doch dann glimmte etwas in seinen Augen auf, und sie wusste, was geschehen würde. Er griff in ihren Nacken und zog ihren Kopf zu sich. Dieser hatte nichts mit ihrem ersten Kuss oder den Küssen aus den Filmen gemein. Verzweifelt stießen Zähne gegeneinander, Zungen wurden grob zwischen Lippen geschoben. Eher glich es einem Ringen als einer romantischen Vereinigung.

»Bleib«, raunte sie in sein Ohr.

»Wie weit wirst du dafür gehen?«

»So weit du willst.«

»Wenn ich vorschlagen würde, dass wir uns hier ein Zimmer nehmen ...«

»... würde ich Ja sagen.«

Sie dachte kurz an die schöne junge Frau, die sie einmal an seiner Seite gesehen hatte, doch von Ada wusste sie, dass er sich an kurze, oberflächliche Affären hielt. Demnach schien es auch in seinem Leben niemanden zu geben, den sie verletzen konnten.

Hannah sah, wie er mit sich rang, und fürchtete, er würde ablehnen – allein schon, um sie zu beschämen. Aber dann gab er nach, und kurz darauf folgte sie ihm in einen winzigen Raum mit einem schmalen Bett. Seine Zweckmäßigkeit verriet, wofür er eingerichtet worden war. Hier hielt sich niemand eine ganze Nacht lang auf. Hannah störte es nicht. Als Aaron sie sanft auf das Bett drängte, ermutigte sie ihn mit einem festen Griff in sein Haar. Es gefiel ihr, sein Gewicht auf ihrem Körper zu spüren. Sie schob ihre Hand zwischen ihn und sich, um ihm das Hemd aus der Hose zu zerren. Dann streichelte sie seinen Bauch, spürte seine Berührung an ihren Oberschenkeln. Noch fehlte ihr allerdings der Mut, um nach der festen Wölbung etwas tiefer zu greifen, die ihr kleiner Finger aus Versehen gestreift hatte. Ihre Lippen lösten sich nicht voneinander. Nur einmal schnappte sie nach Luft, hielt sie an, während er ihren Rocksaum fast bis zur Taille hochschob. Der raue Stoff seiner Hose kratzte auf dem empfindlichen Streifen Haut, der nun über ihren Strümpfen freilag. Er zog ihr die Unterhose aus, doch sie wollte ihm nicht die alleinige Führung überlassen. Sie war zweiundzwanzig Jahre alt geworden, ohne jemals mit einem Mann geschlafen zu haben. Doch ihre Instinkte verrieten ihr, was zu tun war. Sie drängte Aaron zur Seite, um sich zu erheben. Erwartete er nicht eine verrufene Frau? Eine, die mit dem einen schlief, den anderen küsste und einem dritten ihr Kind unterschob? So war sie nicht, aber unter seinen gierigen Blicken fand sie in sich etwas von der Frau, die dazu in der Lage wäre. Sie ließ sich Zeit beim Entkleiden, bis sie nackt vor ihm stand. Sie verdrängte jeden Anflug von Scheu und die Frage, ob ihr Angebot seinen Erwartungen standhalten würde.

»Hannah.« Seine Stimme bebte.

Sie glitt zurück ins Bett, und als er nach ihr griff, genoss sie ihr eigenes Begehren so sehr wie seines.

»Jetzt du«, raunte sie. »Aaron.«

Er folgte ihrer Aufforderung ohne Zögern.

Dann war er nackt, und sie spürte, wie seine Hand zwischen ihren Beinen prüfte, ob sie bereit war. Plötzlich spürte sie sein Glied anstelle seiner Finger. Als er mit einem Ruck in sie eindrang, versteifte sie sich. Sie biss sich auf die Oberlippe, damit sie nicht aufschrie, doch er schien es trotzdem zu bemerken.

»Hannah!« Diesmal klang es entsetzt. Er löste sein Gewicht von ihr und sah sie verwirrt an.

»Hör nicht auf«, bat sie.

Zum zweiten Mal an diesem Abend gab er ihr nach, erst zögerlich, dann zunehmend ungehemmt. Zuerst tat es weh, doch schnell verwandelte sich der Schmerz in etwas so unerträglich Lustvolles, dass sie den Unterarm über ihre Augen legte. Sie wollte weder sehen, noch gesehen werden, sondern nur noch spüren. Zwischendurch unterbrach er seine Stöße, um sie mit seinen Händen zu reizen. »So wird es besser für dich«, flüsterte er. Sie hatte das Gefühl, sich in einer Explosion aufzulösen. Sie erschlaffte, nahm vage ein paar weitere Stöße wahr, und dann, wie er sich eilig aus ihr zurückzog, um sich auf das Laken zu ergießen.

»Ich verstehe das nicht«, sagte er, nachdem sie wieder zu Atem gekommen waren. Zwischen ihren Körpern prangte ein hellroter Blutfleck.

Hannah errötete, als sie ihren Fehler erkannte. Sie hatte nicht daran gedacht, dass er es bemerken würde. »Da gibt es nichts zu verstehen«, sagte sie leise.

»Ich denke doch.«

»Sicher glaubst du jetzt, ich hätte dich auf irgendeine Art reingelegt. Aber das hast du auch schon vorher getan, oder nicht?«

»Das hier ist etwas anderes.«

Sie drehte sich von ihm weg auf die Seite. »Erzähl mir etwas über Brücken.«

»Hannah!«

»Bitte, Aaron. Ich kann jetzt nicht darüber reden.«

Seufzend schmiegte er sich an sie. Er streichelte ihr Haar. Bevor er sprach, räusperte er sich. »Habe ich dir schon mal von Antonio da Ponte erzählt?«, flüsterte er in ihr Ohr.

Seine Hitze versengte ihren Rücken und ihr Gesäß.

Sie lachte zitterig. »Nein. Aber ich finde, er trägt einen sehr passenden Namen für einen Brückenbauer.«

»Als er seine erste Brücke gebaut hat, war er schon über 70 Jahre alt. Es war nicht leicht, in der Lagune Venedigs eine schwere Brücke aus Stein zu bauen. Das Gewicht ist hoch und der Untergrund nachgiebig. Doch da Ponte setzte sich in den Kopf, Eichenpfähle dicht an dicht in den nassen Grund zu rammen. Und erfand eine neue Art, das Mauerwerk schräg anzuordnen. Es entstand ein Aufruhr, weil man so etwas noch nie gehört hatte, doch er kämpfte um seine Brücke.«

Er küsste ihr Haar.

»Und?«

»Er bekam recht. Kurz darauf kam das heftigste Erdbeben, das die Stadt bis dahin erlebt hatte. Doch die Rialtobrücke blieb stehen.«

»Die kenne ich nur von Bildern«, sagte Hannah sehnsüchtig.

»So wie ich. Aber irgendwann, wenn in Italien keine Faschisten mehr sind, werde ich hinfahren und sie betrachten.«

Sie drehte sich zurück auf den Rücken, um ihn anzusehen. »Und du wolltest Brücken sprengen?«

Er fuhr sich durch die Haare. »Ich begreife es wirklich nicht. Du hast doch ein Kind.«

»Ja, ich habe ein Kind.« Sie wusste nicht, was sie sonst erwidern sollte. »Wirst du bleiben?«, fragte sie.

Er schüttelte den Kopf. »Du wirst mir dafür dankbar sein, wenn du eines Tages deine Eltern wiedersiehst.«

»Du hast mich gefragt, wie weit ich gehen würde, um dich zum Bleiben zu bewegen. Und ich bin dir gefolgt.«

»Ich habe dich gefragt, wie weit du zu gehen bereit bist – dass ich dann bleiben würde, habe ich nicht versprochen.«

Sie setzte sich ruckartig auf.

Aaron griff nach ihrem Arm. »Bitte, Hannah! Es tut mir leid. Das war unfair. Aber ich dachte, du wärst eine andere. Eine, die andere täuscht und die es verdient, hereingelegt zu werden. Dabei verdient das niemand. Und ich hätte mich ganz bestimmt niemals so verhalten, wenn ich gewusst hätte, dass ...«

Als sie nicht antwortete, fragte er mit gequältem Ausdruck: »Bereust du es?«

Sie zog ihre Beine an sich und schlang die Arme fest darum. »Ich sollte, aber ich kann nicht.«

Er seufzte. »Selbst wenn ich wollte, kann ich nicht bleiben. In kaum einer Woche bin ich auf dem Weg nach Nordafrika.«

»Nordafrika?«, rief sie aus, und dann: »So bald schon!«

Sie hatte nie eine Chance gehabt. Aber würde sie mit diesem Wissen rückgängig machen wollen, was gerade geschehen war? Sie wusste es nicht.

»Der Wüstenfuchs setzt unseren Trupps ganz schön zu, trotz der Erfolge in El-Alamein«, erklärte Aaron.

Sie versteifte sich. »Wüstenfuchs! Zauberer der Wüste! Es klingt für mich beinahe respektvoll, wenn ihr Rommel so nennt.«

»Sein militärisches Geschick nicht anzuerkennen hieße, ihn zu unterschätzen«, entgegnete er gefasst.

»Aber es klingt so, als würdet ihr ein Können würdigen, das allein auf Vernichtung abzielt.«

Aaron lachte auf.

»Was belustigt dich so?«, fragte Hannah empört.

»Ich kann es nicht fassen, dass wir hier nebeneinanderliegen und kurz davor stehen, uns wie ein altes Paar zu streiten. Du hast mir gefehlt. Du und deine klaren Ansichten.«

Er zog sie an sich, streifte mit den Lippen ihre Wangen, ihre Stirn, ihr Haar, bevor er in ihr Ohr raunte. »Hannah, Hannah, werden wir jemals darüber reden?«

Sie wusste, dass er nicht mehr über Afrika sprach.

»Ich kann nicht«, sagte sie leise.

Er rückte ein Stück von ihr ab. »Wir wiederholen uns, oder?« Gerade noch war seine Stimme heiser vor Erregung, nun klang sie erschreckend ruhig. Er war dabei zu resignieren.

Hannah erschrak über das große Bedauern, das sie dabei empfand. Dennoch schwieg sie.

»Was auch immer da zwischen uns ist, muss aufhören, nicht wahr? Es tut uns nicht gut«, erklärte er.

Noch sah er sie an, als erwartete er, dass sie widerspräche, doch was hätte sie sagen sollen?

»Du hast recht«, erwiderte sie matt.

Seine Züge verzerrten sich, alle Muskeln schienen angespannt, doch sogleich fiel alle Spannung wieder von ihm ab. Statt sie zu packen und zu schütteln, ließ er sich auf den Rücken sinken und schaute zur Decke. Die Leere war in sein Gesicht zurückgekehrt.

Zum ersten Mal, seit sie dieses Zimmer betreten hatten, spürte sie Scham darüber, dass sie beide nackt waren. Sie sah ihn nicht an, während sie sich anzog. Doch selbst nachdem sie die Tür hinter sich geschlossen hatte, gab sie keinen Mucks von sich. Sie würde sich die Heulerei für ihr Schlafzimmer aufheben und hinterher nie wieder jammern, nahm sie sich vor.

Sie hielt sich an das Versprechen, das sie sich selbst gegeben hatte, so gut es ihr eben gelang. Dabei war es unmöglich, Aaron aus ihren Gedanken zu verbannen. Sie konnte noch immer seine nackte Haut auf ihrer spüren, sich an seinen Duft erinnern und daran, wie es sich angefühlt hatte, mit ihm verschmolzen zu sein. Was, wenn er nicht zurückkam? Egal wie sehr sie seine Existenz manchmal peinigte, konnte sie sich eine Welt ohne Aaron darin nicht vorstellen. Ihr wurde kalt, wenn sie daran dachte.

Doch weder Nathan noch Sarah sollten bemerken, wie aufgewühlt sie war. Hannah setzte alles daran, ihrer Familie besinnliche Weihnachtstage zu bescheren, und hoffte darauf, dabei auch selbst wieder Frieden zu finden.

Sie hatten sich bereits im Jahr zuvor entschieden, Bräuche aus

Hannahs und Nathans Heimat zu verbinden. An Heiligabend aßen sie Gans und besuchten eine Christmesse, aber die Bescherung fand am Morgen des 25. Dezember statt.

Sarah konnte es kaum erwarten. Trotzdem ließ sie sich Zeit, als sie endlich ihr Geschenk in den Händen hielt. Sie öffnete es langsam und vorsichtig, so wie sie sich auch beim Essen das Beste für den Schluss aufhob.

Nathan und Hannah hatten ihr eine Eisenbahn zum Aufziehen gekauft, weil Sarah immer aus dem Häuschen geriet, wenn sie einen Zug beobachtete. Das Mädchen kreischte auf, als es erkannte, was es in den Händen hielt. »Mami, Papi, schaut nur, was ich bekommen habe.«

Nachdem Nathan mit ihr die Schienen gelegt hatte, ließen sie die Eisenbahn unermüdlich um den Tannenbaum kreisen. Sarah füllte die Waggons mit Nüssen. Sie häufte sie derart an, dass sie während der Fahrt hinausflogen, was ihr jedes Mal ein Kichern entlockte. Später machten sie einen langen Spaziergang am Wasser, bis ihre Nasenspitzen gerötet und ihre Finger trotz der Handschuhe eiskalt waren. Danach setzten sie sich auf den Teppich vor den Kamin und tranken heiße Schokolade, bis die Wärme sich kribbelnd in ihnen ausbreitete.

Sarah kuschelte sich zwischen ihre Eltern, während Nathan für sie »The Night before Christmas« las.

'Twas the night before Christmas, when all thro' the house,
Not a creature was stirring, not even a mouse;
The stockings were hung by the chimney with care,
In hopes that St. Nicholas soon would be there;

Eine tiefe Ruhe überkam Hannah. Was hatte sie nur geritten, an dem Abend, als sie Aaron aufgesucht hatte?

So wie es sich mittlerweile ganz natürlich anfühlte, »Mama« genannt zu werden, zuckte Hannah kaum noch zusammen, wenn Sarah nach ihrem »Papa« rief. Ihre Tochter schien keine Erinnerung an eine Zeit ohne Nathan zu haben.

Am Abend, nachdem sie Sarah ins Bett gebracht hatten, schenkte Nathan ihnen ein Glas Wein ein und setzte sich zu ihr auf die Couch. Sie blickten in die Flammen, während Bing Crosby »White Christmas« sang.

»Es gibt etwas, das ich dich fragen möchte«, sagte Nathan. Er stand auf, ging zum elektrischen Grammophon und hob die Nadel von der Schellackplatte.

»Gleich werde ich nervös. Als du das letzte Mal so angefangen hast, haben wir kurz darauf geheiratet«, sagte sie lächelnd.

Statt zu ihr zurückzukehren, setzte er sich auf den Hocker vor seinem Klavier. Sie liebte es, ihn darauf spielen zu hören – nur eine der zusätzlichen Qualitäten, die sie nach der Hochzeit an ihrem Mann kennengelernt hatte. Mit einer Hand klimperte er gedankenverloren ein paar Töne.

»Hättest du gerne noch ein Kind?«, nuschelte er dann.

Entgeistert sah sie ihn an. »Wie stellst du dir das vor?«

»Ich denke, Kinder sollten Geschwister haben. Ich liebe meine Schwester so wie du deine. Und wenn ich sehe, wie du Sarah anschaust, möchte ich dir das nicht vorenthalten.«

»Und was ist mit dir?«

»Es wäre sicher schön, noch ein Kind zu haben.«

Wie sehr sie ihn dafür liebte, dass er »noch ein Kind« gesagt hatte, als wäre Sarah sein eigenes.

»Aber wie stellst du dir das vor?«

»Ich habe am Ende meiner Schulzeit einmal mit einer Frau geschlafen. Es gibt viele ... Männer wie mich, die eine Familie gegründet und sogar mehrere Kinder bekommen haben.«

Sie ging zum Klavier, nahm sein Gesicht in ihre Hände und küsste seine Stirn. »Ich danke dir für dieses Angebot.«

»Also hättest du gerne ein Kind?«

»Diese Männer, von denen du redest ... Sind sie glücklich? Kennen ihre Frauen die Wahrheit?«

»Sicher nicht, obwohl manche es wohl ahnen.«

Es wäre nicht schwer, diesen attraktiven Mann zu küssen, sich auf sein Angebot einzulassen, dachte Hannah. Aber genauso leicht könnte es das Gleichgewicht zerstören, das sie gefunden hatten.

»Zum Glück haben wir das nicht nötig, du und ich.« Sie legte ihre Hände auf seine Schultern und massierte sanft die verspannten Muskeln. »Es gibt genügend Kinder, die uns brauchen.«

Er drehte sich um und sah zu ihr hoch. »Ich weiß nicht, ob ich enttäuscht oder erleichtert bin. Selbst diejenigen, die eine unglückliche Ehe führen, bereuen zumindest nicht ihre Kinder, denke ich.«

Fragend betrachtete sie ihn, doch er schüttelte den Kopf. »Nein, Hannah«, erwiderte er. »Denk nicht mal dran. Hör auf, es allen recht machen zu wollen. Und wenn ich vernünftig darüber nachdenke, halte ich es auch für keine sehr gute Idee. Es ist besser so für uns.«

Er legte beide Hände auf die Tasten und spielte und sang.

»Some day, when I'm awfully low
When the world is cold
I will feel a glow just thinking of you
And the way you look tonight

With each word your tenderness grows
Tearin' my fear apar
And that laugh wrinkles your nose
Touches my foolish heart.«

Hannah liebte diesen Song. Gerührt lauschte sie, bis der letzte Ton verhallt war. Dann wischte sie sich lachend Tränen aus den Augenwinkeln. »Wir sind solche sentimentalen Idioten.«

Er nickte. »Manchmal denke ich, du hättest mich niemals heiraten dürfen.«

»Red keinen Unsinn, du hast mir nichts genommen, aber viel geschenkt. Ich bin dankbar, dass Sarah eine Familie hat. Ich bin froh, dass *ich* eine Familie habe. Ich habe meinen besten Freund geheiratet. An seiner Seite kann ich Ärztin werden. Ich weiß nicht einmal, ob ich dem traue, was sie Liebe nennen. Aber ich vertraue dir, ganz und gar. Und du hast mir geholfen, dass ich inzwischen oft genug an mich und meine Fähigkeiten glaube.«

Jetzt wurden seine Augen feucht. »Dafür solltest du eigentlich niemanden brauchen.«

Nach einer flüchtigen Umarmung verabschiedeten sie sich in ihre jeweiligen Schlafzimmer.

KAPITEL 3

Ganz schön wild für eine junge Dame«, murmelte Judith, ohne dass es sonderlich missbilligend klang. Anlässlich ihres Neujahrsbesuchs bei den Mindels hatte Sarah darauf bestanden, der Großtante und dem Großonkel ihre Vorwärtsrollen vorzuführen. Ihre Freundin Saoirse hatte sie ihr gerade erst beigebracht.

»Wir bekommen es ihr einfach nicht ausgetrieben«, hatte Hannah lächelnd behauptet – als hätten sie es jemals versucht. Es war nicht so, dass Nathan und Hannah ihrer Tochter alles durchgehen ließen. Sie legten Wert auf gute Manieren und Freundlichkeit, erwarteten, dass Sarah »bitte« und »danke« sagte und anderen Menschen mit Respekt begegnete. Aber wie sollten ausgerechnet sie ein Mädchen darauf vorbereiten, seine vorgegebene Rolle auszufüllen? Die Frage, welche Freiräume sie Sarah gewähren durften, beschäftigte Hannah seit geraumer Weile. Es lag den Menschen im Blut, Teil einer Gemeinschaft sein zu wollen. Die meisten schmerzte es, wenn dieses Bedürfnis nicht befriedigt wurde, deshalb war es wichtig, sich einfügen zu können. Aber was, wenn die Konventionen und das eigene Wesen so weit auseinanderklafften, dass sich beides nur in einem Akt der Selbstverleugnung verbinden ließ wie bei Nathan? Sicher wäre es dann besser, das Selbstvertrauen zu besitzen, den Regeln notfalls zu trotzen? Doch wäre das kein leichtes Leben. Manchmal fürchtete Hannah, sie würden Sarah genau dorthin lenken, wenn sie ihr den Eindruck vermittelten, ihre Möglichkeiten seien nahezu unbegrenzt.

Die Türglocken läuteten.

»Das muss Ada sein.« Judith lächelte. »Dann sind ja alle versammelt.«

»Ich mache ihr auf«, sagte Hannah. Sie hatte sich auf das Treffen mit der ganzen Familie – zumindest der, die sie in Amerika hatten – gefreut. Doch diesmal riss Adas Anwesenheit sie nicht aus ihrer Nachdenklichkeit, im Gegenteil.

Hannah dachte daran, wie Ada einmal erklärt hatte, dass nur eine verheiratete Frau ein gewisses Maß an Freiheit erlangte. Und sie konnte nicht abstreiten, dass ihr Leben unkomplizierter war, seit sie Nathan geheiratet hatte. Auch war es eine Illusion zu glauben, man könne sich ohne einen Cent in der Tasche jemals frei fühlen. Das hatten sie die Begegnungen mit den ärmeren Eltern von Couneys Schützlingen ebenso wie die Kinder bei den Wohltätigkeitsveranstaltungen gelehrt. Und dennoch erschien Hannah die finanzielle Absicherung allein nicht als vollkommene Freiheit. Vielleicht würde sich ja bald etwas für die Frauen ändern. Jetzt, da man sie so dringend in der Rüstungsindustrie benötigte, kam man immerhin auf die Idee, ihnen eine Kinderbetreuung anzubieten.

»Können Sie einen elektrischen Mixer bedienen? Dann können Sie auch lernen, mit einem Bohrer umzugehen«, lockten die Werbeplakate. Allerdings schien man nur widerwillig auf die Arbeitskraft des »zarten Geschlechts« zurückgreifen zu wollen. Warum sonst sollten die Werbenden im gleichen Atemzug versichern, dass die weiblichen Patrioten nach dem Krieg als Hausfrauen in ihr Heim zurückkehren würden.

»Mama.« Sarah schluchzte auf.

»Was ist denn, meine Kleine?« Hannah streckte die Arme aus und ließ ihre Tochter hineinklettern.

»Ich habe mir ganz doll das Knie gestoßen.«

»Soll ich pusten?«

Sarah nickte und hob den Rock ein wenig hoch. Früher hatte Hannah in solchen Momenten besorgt zu Ada geschielt. Doch auch diese schien längst vergessen zu haben, dass sie die eigentliche Mutter war.

»Sie hat die Augen meines Bruders und deine«, erklärte Judith oft. Und Hannah war glücklich darüber, dass es stimmte.

»Jetzt wollen wir uns aber zusammenreißen«, ermahnte Judith das weinende Kind. »Komm mit in die Küche. Sicher finden wir noch einen Cookie.«

Schlagartig verebbte das Schluchzen. Eilfertig folgte Sarah ihrer Großtante in die Küche und kehrte kurz darauf mit einer Keksdose in den Händen zurück. Bevor sie selbst hineingriff, bot sie allen anderen einen Keks an, was Hannah freute.

»Ist bald wieder Nukka?«, fragte Sarah.

»Chanukka?« Judith lächelte. »Bis dahin musst du noch beinahe ein Jahr warten.«

Sarah lernte nicht nur zu dem Englischen einige Brocken Deutsch hinzu, sondern neben den christlichen die jüdischen Traditionen kennen. Und die fetthaltigen Speisen hatte sie an Chanukka gierig verschlungen. Vor allem die in Öl gebackenen Kartoffelpuffer, die Simon Latkes nannte und zu denen Judith ihr köstliches Apfelkompott auftischte.

Hannahs Tante war überzeugt, dass Sarah möglichst schnell ein Geschwisterchen haben sollte, damit sie nicht zu sehr verwöhnt wurde. Natürlich ahnte sie nichts von dem besonderen Arrangement zwischen Nathan und ihrer Nichte, genausowenig wie Ada. Aber selbst wenn die Umstände andere gewesen wären, hätte Hannah nicht unbedingt sofort schwanger werden wollen. Sie war wie die Jungfrau zum Kinde gekommen, was in ihrem Fall keine bloße Redewendung war. Dennoch liebte sie Sarah so innig, dass sie alles andere für sie aufgegeben hätte. Sicher würde sie jedes weitere Baby ebenso lieben. Aber verriet sie wirklich ihre wahre Bestimmung, wenn sie sich erst einmal einer Arbeit widmete, die sie als sinnvoll empfand?

Als Ada sich von ihnen verabschieden wollte, platzte es aus Hannah heraus: »Habt ihr schon etwas von Aaron gehört?«

»Er müsste gerade in Libyen angekommen sein.« Ada zog die Augenbrauen zusammen und musterte ihre Schwester nachdenklich. »Weißt du eigentlich, dass er sich verlobt hat?«

Hannah spürte, wie ihre Wangen heiß wurden. »Wann?«, fragte sie tonlos.

»Gerade erst, einen Tag vor seiner Abreise. Es war für uns alle eine Überraschung. Kate und er hatten sich schon vor einer ganzen Weile getrennt, und plötzlich verloben sie sich über Nacht. Ich nehme an, das ist es wohl, was Soldaten tun, wenn sie in den Krieg ziehen. Noch einmal ein schönes Mädchen in den Armen halten.«

Hannah spürte, wie sich etwas Scharfes in ihren Brustkorb bohrte.

»Ada«, ermahnte sie Judith. »Es sind Kinder anwesend.«

Doch Sarah, die auf dem Fußboden zufrieden mit einem Kochtopf spielte, blickte nicht einmal auf.

Auf dem Heimweg verfolgten Hannah Adas Worte. Sie wusste,

was sie bedeuteten. Aaron hatte sich entschieden, einen endgültigen Schlussstrich zu ziehen. Hannah konnte es ihm nicht verdenken. Eines von Judiths Lieblingssprichwörtern kam ihr in den Sinn: »Du kannst deinen Kuchen nicht gleichzeitig behalten und ihn essen.«

Wenn sie doch für Aaron nur das Gleiche empfinden könnte wie für Nathan. Dann würde sie sich über jeden Zipfel Glück freuen, den er zu fassen bekam. Ja, sie sollte seine Verlobung feiern, denn sie gab Aaron einen Grund heimzukehren! Eine anständige Frau würde das tun, und bislang hatte sie sich immer für eine gehalten.

Wenige Tage später endeten die Weihnachtsferien. Ella und Hannah fielen sich überschwänglich um den Hals, als sie sich auf dem Campus das erste Mal wiedersahen.

»Es kommt mir wie eine Ewigkeit vor«, rief Ella. »Danke für dein schönes Geschenk. Es war mir so unangenehm, dass ich nichts für dich hatte. Deshalb habe ich zu Hause etwas gebastelt, was du aber wohl erst Ende des Jahres wieder gebrauchen kannst.«

Sie wühlte in ihrer Tasche und brachte fünf leicht geknickte Strohsterne zum Vorschein. »Oh je, ich hätte sie besser verpacken sollen. Aber sie werden dich immer an mich erinnern. Das Mädchen, das aus dem Stroh kam.«

Hannah lachte. »Sie sind schön. Ich werde sie in Ehren halten, vor allem wenn es Stroh von eurer Farm ist. Nun sag mir aber erst mal, wie deine Eltern die Nachricht aufgenommen haben.«

»Besser als gedacht.« Mit von der Kälte geröteter Nase und

dem breiten Grinsen erinnerte Ella an eine beschwipste Weihnachtselfe. »Vermutlich wäre es etwas anderes, wenn ich der älteste Sohn wäre. Vielleicht habe ich auch seine glänzenden Aussichten ein wenig übertrieben.« Verlegen kratzte sich Ella an der Nase.

»Das ist unwichtig«, sagte Hannah. »Ich freue mich für dich. Du bleibst doch am College?«

Ella wäre nicht die erste junge Frau, die aus Ferien, die sich als Flitterwochen entpuppten, nicht zurückkehrte.

»Sicher, sonst wäre die ganze Quälerei umsonst gewesen. Das letzte Jahr stehen wir nun auch noch durch. Wobei du Streberin uns ja schon im Sommer verlassen willst.« Ella knuffte ihrer Freundin gutmütig in die Seite.

Hannah seufzte. »Hoffentlich. Ich habe danach immerhin noch einige Jahre am Medical College vor mir, falls sie mich überhaupt nehmen.«

Ella schnaubte. »Zweifelst du ernsthaft daran?«

Hannah schwieg verlegen. Tatsächlich hatte sie wahre Lernrekorde aufgestellt und sogar einige naturwissenschaftliche Kurse belegt, die ihr den Zugang zum Medizinstudium erleichtern sollten.

»Mal schauen, was Asch diesmal für uns bereithält«, sagte Ella. »Ich weiß gar nicht, warum ich einen weiteren Kurs bei ihm belegt habe.«

»Vielleicht weil seine Vorlesungen die spannendsten sind?«

»Mir macht er Angst. Ich fühle mich so oft ertappt. Da ist mir Maslow lieber, der will immer nur alles über unsere Bedürfnisse wissen. Und da habe ich einige.«

Hannah lachte. »Das kann ich mir vorstellen.«

Sie winkten einer Gruppe Jungs zu, die mit ihnen studierten. Mittlerweile erachtete man die männlichen und weiblichen Studenten als reif genug, um ohne Gefahr gemeinsam unterrichtet werden zu können. Tatsächlich nahmen Hannah und Ella die Männer mit großer Gelassenheit zur Kenntnis, da sie aus verschiedenen Gründen kein tieferes Interesse an ihnen hegten. Trotzdem bedauerte es Hannah, dass sich manche ihrer Kommilitoninnen nun seltener und leiser zu Wort meldeten.

An diesem Tag stellte Asch ihnen das Experiment eines türkischstämmigen Forschers namens Muzafer Sherif vor. Der war im Alter von zwölf Jahren während des griechisch-türkischen Krieges nur knapp dem Tod durch eine Gewehrkugel entronnen. Kein Wunder, dass er beschlossen hatte, sich den Konflikten zwischen und innerhalb von Gruppen zu widmen.

Einmal, so berichtete Professor Asch, setzte Sherif die Teilnehmer seiner Untersuchung in einen abgedunkelten Raum. Dort projizierte er immer wieder einen Lichtpunkt an die Wand. Zunächst sollte jeder Proband alleine, dann gemeinsam mit den anderen einschätzen, wie weit sich das Licht bewegte. In Wahrheit blieb es an der gleichen Stelle, doch war es nahezu unmöglich abzuschätzen, wo sich ein Punkt im Raum befand, wenn man nur den Lichtfleck selbst sah. Es zeigte sich, dass fast alle ihre eigene Bewertung schnell aufgaben, um mit der Gruppe übereinzustimmen.

»Sie begreifen sicher, worum es geht«, sagte Asch. »Dass möglicherweise unser soziales Umfeld festlegt, was wir als Realität empfinden. Aber wie aussagekräftig ist dieses Ergebnis?«

Hannah grübelte eine Weile, dann hob sie die Hand.

»Ja?« Asch deutete auf sie.

»Es kann sein, dass die Teilnehmer aus reiner Unsicherheit eingelenkt haben, da es ohnehin keine Gewissheit gab. Aber wenn es erkennbar eine richtige oder falsche Antwort gäbe und die Versuchspersonen sich plötzlich einer eindeutig falschen Antwort anschlössen, könnten wir feststellen, dass sie sich manipulieren ließen.«

»Sehr gut, Mrs. Green.« Er nickte ihr anerkennend zu. »In der Tat ist es das eine, wenn wir in einer uneindeutigen Situation andere Gruppenmitglieder für unsere Bewertung heranziehen. Aber was passiert, wenn das Empfinden der Gruppe objektiv falsch ist? Wenn einer sicher sieht, dass der Punkt sich nicht bewegt, aber seine Überzeugung im Gespräch mit der Gruppe verliert? Ich neige dazu, Sherif zuzustimmen. Unsere Umgebung beeinflusst, wie wir unsere Realität konstruieren. Aber um das zu untersuchen, müssen wir die Methode verfeinern.«

Nach der Vorlesung wirkte Ella ungewohnt nachdenklich. »Glaubst du, dass das möglich ist? Dass wir dazu gebracht werden können, etwas Falsches für wahr zu halten? Den Gedanken finde ich beängstigend.«

Hannah überlegte nicht lange. »Ja, das halte ich für möglich. Wenn du entsprechende Botschaften wieder und wieder hörst, sie auf der Leinwand siehst und in den Zeitungen liest? Wie gerne die Menschen in Deutschland sie aufgesaugt und sich versichert haben, dass Juden weniger wert seien. Dabei kann jeder sehen, dass sie Menschen wie alle anderen sind.«

»Wenn ihr uns stecht, bluten wir nicht? Wenn ihr uns kitzelt, lachen wir nicht?«, murmelte Ella.

»So ähnlich.« Hannah schmunzelte. »Allerdings kommt dieser

jüdische Kaufmann, den du da zitierst, bei Shakespeare auch nicht besonders gut weg. Es haben ja nicht nur die Deutschen diese Vorurteile. Sie haben daraus nur die schlimmsten Schlüsse gezogen.«

»Das ist furchtbar.« Ella hakte sich bei Hannah unter. »Ich glaube, es ist das erste Mal, dass du davon sprichst, wie es in Deutschland für dich war. Ich weiß fast nichts darüber.«

Sie betraten gefährliches Terrain. Selbst mit Nathan sprach Hannah kaum über ihre Vergangenheit. Wie sollte ein Außenstehender ihre Empfindungen in Bezug auf ihr Geburtsland begreifen, wie sollte sie das Erlebte schildern? »Ich hatte mal einen guten Freund, der meinte, wir sollten lieber in die Zukunft blicken. Apropos, wann werden du und Jim denn heiraten?«

Auf Ellas linker Wange zeichnete sich ein Grübchen ab. »Glaub nicht, dass ich nicht merke, wenn du versuchst, mich abzulenken. Wir besuchen die gleichen Psychologiekurse, schon vergessen?«

Hannah sah sie betreten an.

»Schon gut«. Ella winkte ab. »Du musst nicht mit mir darüber reden. Aber du solltest wissen, dass du es kannst, wenn du das Bedürfnis danach hast. Ich kann nicht nur quasseln, sondern auch ganz gut zuhören.«

Dankbar drückte Hannah den Arm ihrer Freundin. »Das weiß ich doch.«

»Gut. Also, wir stellen uns eine Septemberhochzeit vor. Ich liebe das Licht und die Farben im Frühherbst. Bei uns zu Hause ist es die schönste Jahreszeit.«

»Das kann ich mir vorstellen. Ich glaube, mir ist trotzdem der Frühling am liebsten.«

Plötzlich sehnte Hannah sich nach Ada. Ella war ihr ans Herz gewachsen. Genau genommen verstand sie sich mit ihr sogar besser als mit ihrer eigenen Schwester. Aber das Band zwischen Ada und ihr – die Familie, die gemeinsame Vergangenheit – war bei aller Fadenscheinigkeit nicht zu kappen. Dennoch wunderte sich Hannah, als ihre Schwester sie schon bald darauf, kaum mehr als zwei Wochen nach ihrem Neujahrstreffen bei Judith, anrief, um ein Treffen vorzuschlagen. Sie sahen sich selten häufiger als einmal im Monat.

»Ich würde dich gerne morgen sehen. Kannst du es einrichten?«, bat Ada.

Hannah zögerte. Dadurch, dass sie fast jede Minute des Tages verplante, um ihr Pensum zu schaffen, fiel es ihr schwer, spontan zu reagieren. Andererseits vermisste sie ihre Schwester. Und Adas Eindringlichkeit weckte ihre Neugierde. »Sicher, können wir uns am frühen Nachmittag treffen? Nathan ist morgen nicht da, aber gegen zwei Uhr kommt Ailis zu uns.« *Damit ich in die Bibliothek gehen kann.* Vielleicht würde sie beides schaffen.

Als sie sich am folgenden Tag im Café zu ihrer Schwester setzte, nahm sie sogleich eine seltsame Schwingung wahr. Eine Irritation, wie Hannah sie lange nicht mehr in Adas Nähe empfunden hatte. Fahrige Handbewegungen, flackernder Blick – die Nervosität übertrug sich sofort auf Hannah selbst.

»Habe ich dir schon erzählt, dass wir frühestens im Herbst umziehen werden?« Ada klang aufgedreht. »Edward sagt, es sei nun einmal praktisch und seine Eltern hätten ausreichend Platz. Falls er eingezogen wird, werde ich reichlich Zeit mit meiner Schwiegermutter verbringen.« In Adas Atem lag ein süßlich scharfer Geruch.

»Hast du getrunken?«, fragte Hannah entgeistert. Es war gerade einmal halb drei.

»Nur einen kleinen Brandy zum Mittagessen«, wiegelte Ada ab. »Wen stört das? Edward arbeitet, und seiner Mutter kann ich hoffentlich bis zum Abendessen aus dem Weg gehen.«

Hannah nickte geistesabwesend. Gerne hätte sie etwas über Aaron gehört, wagte aber nicht, danach zu fragen.

»Seit wann trinkst du deinen Tee mit Zucker?« Ada sah sie erstaunt an.

Hannah hielt in der Bewegung inne. Ohne es zu merken, hatte sie einen Löffel nach dem anderen in ihre Tasse gehäuft. »Mir war nach etwas Süßem«, behauptete sie. »Hast du eigentlich jemals das Strickset ausprobiert?«

»Habe ich.«

»Dann bekomme ich zu Ostern einen Schal?«, lachte Hannah.

»Ach was soll's, du wirst es ohnehin erfahren.« Ada öffnete ihre Handtasche und offenbarte den Inhalt. Hannah entdeckte Nadeln und Strickzeug, das sich mit etwas Phantasie als ein winziges Söckchen deuten ließ.

»Ada!«, rief sie und schlug sich eine Hand vor den Mund.

»Psst!« Ihre Schwester legte einen Zeigefinger auf ihre Lippen. »Es muss ja nicht jeder gleich erfahren.«

»Edward ist sicher außer sich vor Glück.«

»Das wäre er. Gut, dass er keine Ahnung hat.«

»Du verschweigst es ihm? Warum?«

»Sobald er es weiß, erfährt es seine Mutter. Ich bin mir sicher, dass sie mich dann noch strenger überwacht.«

»Auf jeden Fall solltest du auf den Aperitif zum Mittagessen verzichten«, schimpfte Hannah.

Ada schüttelte den Kopf. »Mein Frauenarzt sagt, ein kleiner Brandy hier und da entspannt die Mutter.«

Sie zog ihr silberfarbenes Zigarettenetui aus der Handtasche und ließ es aufschnappen. »Und die sollen helfen, das Gewicht zu wahren, meinte er.«

Hannah erinnerte sich daran, dass Ada die gleiche Methode angewandt hatte, um in ihr Hochzeitskleid zu passen.

»Es schadet dem Kind nicht, wenn die Mutter etwas mehr wiegt. Dafür gibt es deutsche Wissenschaftler, die sagen, man könne davon Krebs bekommen.«

»Sieh es als meinen Kampf gegen Hitler.«

»Indem du dich umbringst?«

»Weil er das Rauchen hasst, obwohl er selbst früher Raucher war.«

Hannah seufzte, ermahnte ihre Schwester aber nicht weiter. »Das Traurigste ist, dass wir es unseren Eltern nicht sofort sagen können.«

»Ich glaube nicht, dass wir sie je wiedersehen. Sie würden sich melden, egal an welchen Ort man sie gebracht hätte.«

»Du weißt doch von den Lagern. Vielleicht erlauben sie ihnen nicht, Briefe zu schreiben.«

»Ach, Hannah. Du machst dir selbst das Leben schwer mit deinen Illusionen. Höchstwahrscheinlich sind sie längst tot.« Ada nahm einen tiefen Zug von ihrer Zigarette.

»Wie kannst du das sagen?« Hannah sprang auf.

»Setz dich hin. Mach jetzt bitte keine Szene«, zischte Ada.

Hannah blieb stehen.

Ihre Schwester seufzte, dann fuhr sie leise fort. »Edward hat mit einem seiner Politikerfreunde gesprochen. Es war von Abhörprotokollen die Rede. Es ist wahr! Sie vernichten Juden, überall.«

»Wenn das wirklich wahr ist, warum wird nicht mehr dagegen unternommen?«

»Sie wollen nicht, dass der Feind weiß, dass er abgehört wird.«

»Pragmatisch, wie immer«, sagte Hannah bitter. »Ich gebe unsere Familie nicht auf, hörst du? Niemals!«, fauchte Hannah. »Egal was ein betrunkener *Politikerfreund* für Horrorgeschichten erzählt. Sicher wollte er sich nur wichtig machen.«

»Wenn du dich nicht sofort wieder hinsetzt, werde ich dich hier stehen lassen.«

Ada setzte *diesen* Gesichtsausdruck auf, unter dem man sich in einen Wurm verwandelte. Doch anders als früher würde Hannah sich nicht mehr winden. Sie hielt stand, ohne sich ein Blinzeln zu erlauben. Am Ende war es Ada, die den Blick senkte und den Tisch schweigend verließ. Hannah sah ihr mit einem brennenden Gefühl der Scham hinterher. Mit kindischem Benehmen würde sie ihrer Schwester kaum beweisen, dass sie keine Bevormundung mehr brauchte. Doch die Nüchternheit, mit der Ada über das Schicksal ihrer Eltern gesprochen hatte, hatte Hannah den Atem geraubt.

Am Abend kamen Dr. Couney, Hildegarde und Louise zu Besuch. Von Zeit zu Zeit sprang Hannah bei ihnen noch für eine Schicht ein, wenn Not am Mann war. Es erleichterte sie, dass niemand Nathan und ihr zu verübeln schien, dass sie nun anderen Aufgaben nachgingen. Stattdessen saugte Dr. Couney auf, was sein ehemaliger Assistenzarzt ihm über die geplante Eröffnung eines

Zentrums für Frühgeborene am Cornell Medical Centre berichtete.

»Dann ist es zu spät für mich, um Südamerika zu besuchen, aber früh genug, um eine Weile in Ruhe aufs Meer zu schauen«, sagte Dr. Couney vergnügt.

»Es verläuft bislang alles andere als reibungslos«, berichtete Nathan. »Ein paar der Kinder, die wir jetzt schon behandeln, sind erblindet. In den zwei Jahren, in denen ich bei Ihnen war, habe ich dergleichen nie beobachtet. Ich kann mir nicht erklären, warum es hier gehäuft auftritt.« Er wies nicht darauf hin, dass sich sein neuer Arbeitgeber eine weitaus bessere Ausrüstung als Dr. Couney leisten konnte.

Dieser runzelte die Stirn. »Solange ich dieses Geschäft betreibe, sind mir nur wenige Kinder untergekommen, die nicht sehen konnten. Und in den seltenen Fällen schien es sich um angeborene Behinderungen zu handeln.«

Nathan nickte. »Wir müssen unbedingt herausfinden, wo es hakt.«

»Ich werde über das Problem nachdenken und alles zur Lösung beitragen, was in meiner Macht steht«, versprach Dr. Couney. Dann wandte er sich Hannah zu. »Haben Sie diese Lammkeule gekocht? Sie schmeckt vorzüglich.«

»Das muss an den Unmengen von Weißwein liegen, in denen sie gegart wurde«, erklärte Hannah. »Und um ehrlich zu sein, haben wir uns die Arbeit geteilt.«

Hildegarde seufzte sehnsüchtig. »Dr. Green, Sie kochen?«

»Sie klingen überrascht?« Nathan lächelte.

»Sie sollten ihn sehen, wenn er Zwiebeln schneidet. Dabei kommen mir die Tränen, aber nicht wegen der Dämpfe, sondern aus blanker Panik«, erzählte Hannah. »Ich habe noch nie jemanden so rasant das Messer schwingen sehen.«

»Sind nicht ohnehin die besten Köche Männer? Mein Koch jedenfalls vollbringt wahre Kunststücke«, sagte Dr. Couney, während er versonnen aus dem Fenster sah. »In Europa habe ich einmal bei Escoffier gegessen.«

»Ich kenne zu wenig Köche, um Sie zu widerlegen«, erwiderte Hannah höflich.

»Dass es mehr berühmte Köche als Köchinnen gibt, liegt wohl eher daran, dass Männer sich weniger schämen, im Topf zu rühren, wenn es mit Ruhm und Geld entlohnt wird«, erklärte Nathan trocken.

»Hört, hört.« Hildegarde erhob ihr Glas und prostete ihm zu.

»Ist es Ihnen inzwischen gelungen, Ihre Verwandtschaft nach Amerika zu bringen?«, fragte Hannah.

»Diejenigen, die ausreisen wollten, ja«, sagte Dr. Couney. Seine betrübte Miene verriet, dass dies nicht auf alle Menschen zutraf, die ihm einmal am Herzen gelegen hatten.

Nachdem ihre Gäste sich verabschiedet hatten, sprachen Nathan und Hannah noch eine ganze Weile über die blinden Säuglinge. »Unsere Ausstattung ist besser. Und dennoch können wir nichts dagegen tun. Die Eltern vertrauen uns voller Hoffnung ihre Frühgeborenen an – und erhalten ein Kind zurück, das nicht sehen kann.« Nathan fuhr sich erschöpft durch die Haare.

»Aber sie leben«, stellte Hannah fest. »Wir hatten uns doch darauf geeinigt, dass jedes Leben wertvoll ist.«

»Aber wo sie schon einmal mit ihrem Augenlicht geboren wurden, wäre es nicht besser, sie behielten es? Für viele ist es unmöglich, ein Kind mit einer Beeinträchtigung wie dieser angemessen zu betreuen.«

»Du hast recht«, entgegnete Hannah ruhig. »Und ich hoffe, dass ihr eine Lösung findet. Alles, was ich sagen wollte, war, dass ihr eure Arbeit deswegen nicht in Frage stellen solltet.«

Er fuhr mit dem Finger über den Rand seines Weinglases, ohne sie anzusehen. »Ich fürchte, ich habe vergessen, dir zu sagen, dass ich gleich noch verabredet bin.«

»Peter?«, fragte sie lächelnd.

Er nickte, bevor er hastig einen weiteren Schluck nahm. Hannah ahnte längst, dass ihn mit dem stillen Tischler, mit dem er sich seit einiger Zeit traf, nicht nur Freundschaft verband. Einmal hatte Nathan von einem seiner Besuche sogar eine kleine Puppenstube aus Holz mitgebracht, die Peter für Sarah gebaut hatte. »Darf ich sie ihr geben?«, hatte Nathan beinahe scheu gefragt.

Hannah hatte genickt, beeindruckt von der feinen Arbeit, die sie auf schmerzliche Weise an ihren Onkel erinnert hatte, der zu solchen Kunststücken nicht mehr in der Lage war. »Sarah wird sich freuen. Das Häuschen ist wunderschön.«

Nach kurzem Überlegen schlug sie vor: »Lade ihn doch einmal hierher ein.«

»Ich weiß nicht, ob das eine gute Idee ist.«

Sie hatte geahnt, dass er sich sträuben würde. Dabei ging es ihr nicht darum, einen Wettbewerb in Sachen Toleranz zu gewinnen, sondern um seine Sicherheit. »Ich bin dir wirklich dankbar, dass du so diskret bist, schon wegen Sarah.« Mit dem Zeigefinger tippte sie sanft auf die kleine Narbe an seiner Stirn, die ihm vom Zusammenprall mit den miesen Kerlen in den Brooklyn Docks geblieben war. »Aber mir ist alles lieber, als mich zu sorgen, weil du dich an gefährlichen Orten herumtreibst.«

Er lachte auf. »Womit habe ich dich verdient?«

»Ich weiß nicht genau, Liebling.«

»Peter hat eine Wohnung für sich alleine, ohne Nachbarn, die Fragen stellen.«

»Dann ist es ja gut.«

Er musterte sie. »Und gibt es Neuigkeiten von Aaron?«

Halb belustigt, halb resigniert schüttelte Hannah den Kopf. *Was für eine Ehe!*

KAPITEL 4

Für Hannah vergingen die Tage in einem unaufgeregten Gleichmaß. Eines Morgens sah sie auf dem Campus die Narzissen blühen und erschrak darüber, wie viel Zeit schon wieder vergangen war. Am gleichen Tag erhielt sie überraschend einen Anruf von Judith, die ihr Telefon so gut wie nie benutzte. »Ich muss dich bitten, mich heute zu besuchen.«

Hannah hatte inzwischen gelernt, dass Judith vor allem dann so kalt und förmlich klang, wenn sie aufgewühlt oder unsicher war. »Ist mit Simon alles in Ordnung?«

Sie hörte ein Krächzen, dann ein Husten, schließlich ein Rauschen und vermutete schon, die Verbindung sei abgebrochen, als Judith endlich weitersprach. »Ja, Simon geht es gut. Ich würde mich trotzdem über einen Besuch freuen.«

»Einverstanden«, sagte Hannah. »Wenn es dir recht ist, fahre ich lieber gleich los. Am späten Nachmittag muss ich am College sein.«

»Hast du denn jemanden, der auf Sarah aufpasst?« Jetzt wusste Hannah sicher, dass etwas Unangenehmes auf sie wartete. Unter normalen Umständen hätte Judith darauf beharrt, dass sie die Kleine mitbrachte.

»Nathan ist heute zu Hause.«

Unterwegs kaufte Hannah einen Strauß Tulpen. Über das leuchtende Gelb der Blüten züngelte Rot, als stünden sie in

Flammen. Die reizenden Frühlingsboten würden Judith aufmuntern. Doch als Hannah mit dem Strauß in der Hand eintrat, bemerkte ihre Tante das kaum. Sie saß mit durchgedrücktem Rücken auf dem Sofa und umklammerte den Brief auf ihrem Schoß.

»Ich lasse euch alleine«, sagte Simon und verschwand im Schlafzimmer. Von seinen Einschränkungen waren ein leichtes Nachziehen des rechten Beins zurückgeblieben und eine Schwere in der Schulter, die es ihm unmöglich machte, den Arm zu belasten.

»Was ist passiert?« Hannah musterte ihre Tante – und wusste mit einem Mal Bescheid, noch bevor diese es aussprach.

»Mama oder Papa?«, flüsterte sie.

»Es tut mir so leid, Hannah.«

»Kann es ein Irrtum sein? Wer hat die Nachricht geschrieben?«

Mit schlaffer Hand reichte Judith ihr den Brief. Hannah nahm ihn und ließ sich neben ihre Tante sinken.

Sie zog eine Postkarte aus dem Bündel. »Das ist Mamas Handschrift«, rief sie aufgeregt. Rasch überflog sie die Zeilen. Ihre Mutter schrieb, dass es ihr gut gehe, sie ausreichend zu essen bekäme und sie sich darauf freue, an diesem Tag sicher Tante Rebekka wiederzusehen. Dass die Männer auf Reisen seien und so das Treffen verpassten.

»Wer ist Tante Rebekka?«

Tränen liefen über Judiths Wangen. »Eine Verwandte von deinem Vater und mir. Sie ist schon lange tot.«

»Das verstehe ich nicht.«

»Ich nehme an, deine Mutter musste verbergen, was sie eigentlich sagen wollte.«

Und da fing Hannah an zu begreifen. »Sie war sich sicher, dass sie sterben würde.« Sie fasste sich an den Hals. »Was ist dann mit Papa und Rudi? Anscheinend wurden sie getrennt.«

Vorerst war es dieser Gedanke, der ihr am meisten zusetzte, denn dass sie ihre Mutter wahrhaftig verloren hatte, überstieg ihre Vorstellungskraft.

»Schau dir den Rest an«, bat Judith leise. »Eure Tante aus Frankfurt hat all dies geschickt. Ihre Familie hat Glück, weil ihr Mann als deutschblütig gilt.«

Hannah erkannte die Namen ihrer Eltern auf den Sterbeurkunden, die in einem Abstand von fünf Monaten ausgestellt worden waren. Ihre Mutter war irgendwo in Österreich an einem Hirnschlag gestorben, ihr Vater später in Bergen-Belsen an Typhus.

Sie sind allein gewesen.

»Aber wie konnte Mama wissen, dass sie einen Tag später an einem Hirnschlag sterben würde?«

Judith presste die Lippen aufeinander.

»Sie ist gar nicht an einem Hirnschlag gestorben«, stellte Hannah fest.

»Vermutlich nicht.«

Hannah schoss in die Höhe, die Unterlagen fielen zu Boden. Dann betrachtete sie ihre Hände, als klebte daran das Gift, das ihre Eltern getötet hatte. Immerhin waren diese Schreiben von denjenigen berührt worden, die für ihren Tod verantwortlich waren.

Judith stand auf und schloss ihre Nichte in die Arme. Es war das erste Mal, dass eine Umarmung von ihr ausging. Diesmal war es Hannah, die sich bei der Berührung versteifte. Sie war nicht bereit, Trost anzunehmen. Es durfte keinen geben. Sich auffangen zu lassen wäre ihr wie ein Verrat an ihrer Familie vorgekommen, für die niemand da gewesen war. Wie oft hatte sie im vergangenen halben Jahr aufs Meer geblickt und sich vorgestellt, durch irgendeine Magie Kontakt zu ihrer Familie aufzunehmen. Dabei waren ihre Eltern längst an einen Ort verschwunden, an dem kein Zauber und kein Schiff sie erreichen konnte. Jetzt verstand sie Aaron. Was hätte sie darum gegeben, mit einem Gewehr in der Hand diesen Schweinen gegenüberzutreten. Ihr Vater hatte nichts von Rache gehalten, aber er war nicht hier, um sie zu maßregeln.

»Ist schon gut.« Judith strich ihrer zitternden Nichte über den Rücken, bis diese nachgab und sich in die Arme ihrer Tante fallen ließ.

»Wirst du es Ada sagen?«, fragte Judith, nachdem Hannahs Schluchzen verebbt war.

»Ja. Ich gehe gleich zu ihr. Sicher haben die Professoren Verständnis, wenn ich heute einmal nicht zu den Vorlesungen erscheine.«

Sie nahm das Taschentuch, das Judith ihr reichte, und schnaubte laut aus. Dann hellte sich ihre Miene ein wenig auf. »Sie haben gar nichts über Rudi gesagt.«

»So bleibt uns, das Beste zu hoffen.« Judiths Lächeln wirkte gezwungen.

Auf dem Weg zu ihrer Schwester verbot es sich Hannah, über das Erfahrene weiter nachzudenken, damit sie nicht auf halber Strecke zusammenbrach. Sie weigerte sich, den Tod ihrer Eltern mit den Schreckensnachrichten in Verbindung zu bringen, in denen von Kammern voller Gas, Zwangsarbeit und Erschießungen die Rede war. Stattdessen stieg eine ungerechte Wut in ihr auf, in der sie Ada eine Mitschuld am Tod ihrer Eltern zuwies, da sie nicht an deren Überleben geglaubt hatte. Doch dieser vernunftwidrige Zorn verpuffte, sobald sie ihrer Schwester gegenüberstand.

»Was machst du hier, und wie siehst du überhaupt aus! Hast du geweint?«, fragte Ada.

Besorgt schaute sie dem Dienstmädchen hinterher, das Hannah eingelassen hatte. »Sicher wird sie es gleich Malka erzählen.«

»Sie sind tot«, brach es aus Hannah heraus.

»Was?« Ada blinzelte.

»Unsere Eltern. Sie leben nicht mehr.«

»Komm, wir gehen in den Salon.« Das war alles, was Ada sagte. Mit ausdrucksloser Miene führte sie ihre Schwester in den riesigen Raum mit hohen, stuckverzierten Decken und deutete auf einen der brokatbezogenen Sessel. Am Anfang hatte sie immer ein ironisches Lächeln aufgesetzt, wenn sie den »Salon« erwähnte, doch mittlerweile hatte sie sich anscheinend an ihr Leben als Angehörige der New Yorker Oberschicht gewöhnt.

»Ich bitte Ruth, uns etwas Tee zu bringen.«

»Ich will jetzt keinen Tee trinken. Mama und Papa sind tot.«

Ada blinzelte ein paarmal, dann nahm sie in einem der anderen Sessel Platz. Wortlos sah sie die Unterlagen durch, die Hannah ihr gereicht hatte. Diese konnte beobachten, wie langsam die Erkenntnis in das Bewusstsein ihrer Schwester einsickerte. Dann verschwamm auch Adas Blick.

»Was ist hier los?«, fragte eine etwas schrille weibliche Stimme. Edwards Mutter war eingetreten. Sie runzelte die Stirn, als sie ihre aufgelöste Schwiegertochter bemerkte. »Wie ich sehe, haben wir Besuch.« An Hannah gewandt, fuhr sie fort: »Meinst du, dies ist der richtige Zeitpunkt, um deine Schwester aufzuregen?«

Die Schwiegermutter wusste also inzwischen Bescheid. Schuldbewusst betrachtete Hannah den Bauch ihrer Schwester, der nicht mehr zu übersehen war.

»Unsere Eltern wurden getötet«, erklärte Ada leise.

Malka schien das zornige Vibrieren in der gesenkten Stimme ihrer Schwiegertochter nicht wahrzunehmen.

»Ich bedaure euren Verlust«, sagte sie höflich. »Aber wem nützt es, wenn du es deiner Schwester jetzt sagst? Was, wenn du das Kleine gefährdest?«

»Wir wären gerne für einen Moment allein«, bat Ada mit trügerisch sanfter Stimme.

»Wie ihr meint«, erwiderte Mrs. Lehman – Hannah konnte sie nicht einmal in Gedanken beim Vornamen nennen – mit säuerlichem Gesichtsausdruck. »Ich werde Ruth auftragen, euch einen Tee zu bringen.«

»Danke«, sagte Ada.

Die Schwestern sprachen nicht, bis das Dienstmädchen das Tablett mit dem Tee hereingetragen und das Getränk in zwei verschnörkelte Tassen mit Goldrändern eingeschenkt hatte.

Hannah beobachtete die junge Frau verlegen bei ihrer Arbeit. Sie war den Umgang mit Dienstboten nicht gewohnt, Ailis konnte man wohl kaum so bezeichnen. Sogleich verspürte sie den Drang, sich übertrieben freundlich zu bedanken. Ruth sollte nicht auf den Gedanken kommen, der Gast hielte sich für etwas Besseres. Zugleich fürchtete Hannah, auf diese Weise sie beide zu beschämen. Also beließ sie es bei dem höflich distanzierten »Dankeschön«, das sie sich bei ihrer Schwester abgeschaut hatte.

Nachdem Ruth den Raum nahezu geräuschlos verlassen hatte, blickte Hannah zu Ada. »Entschuldigung. Ich hätte dich nicht so überfallen dürfen. Ich fürchte, ich war nicht ganz bei mir. Entwickelt sich deine Schwangerschaft gut?«

»Ich denke schon. Der Doktor ist jedenfalls zufrieden«, sagte Ada.

Sie schwiegen.

»Wirfst du es mir wirklich nicht vor?«, fragte Ada dann.

»Was meinst du?« Hannah fühlte sich ertappt.

»Dieses Kind. Weil ich das andere nicht wollte.«

Damit hatte Hannah nicht gerechnet. Beinahe erleichtert schüttelte sie nach kurzem Überlegen den Kopf. »Nein. Das hieße zu bedauern, wie du dich entschieden hast, und das kann ich nicht.«

Sich um Sarah zu kümmern hatte ihr Leben gewiss nicht einfacher gemacht, es aber auf eine Art bereichert, die sie sich vorher nicht hätte ausmalen können.

Sie trat hinter ihre Schwester und schlang die Arme um sie. Eine Hand legte sie vorsichtig an den Ansatz von Adas Bauch. »Ich bin froh, dass etwas von ihnen weiterlebt.«

Ada entzog sich nicht. Sie schmiegten die Köpfe aneinander und trauerten stumm um das, was ihnen genommen worden war. Die Eltern, die ihre Enkel niemals sehen würden. Die Abschiedsworte, die nie ausgesprochen wurden. Die letzten Augenblicke, die wohl keinen Frieden gekannt hatten.

»Wo bist du gestern gewesen? Bist du krank? Du siehst gar nicht gut aus!« Ella betrachtete ihre Freundin beunruhigt, als sie sich am folgenden Tag auf dem Weg zu einer Vorlesung trafen.

Hannah dachte darüber nach, eine Krankheit vorzutäuschen. Sie mochte nicht über den Tod ihrer Eltern sprechen. Je häufiger sie es aussprach, desto wirklicher würde es ihr vorkommen. Und sie war noch nicht bereit loszulassen. Andererseits hatte ihre beste Freundin keine weiteren Lügen verdient.

»Meine Eltern sind tot.«

Ella kratzte sich am Kopf. »Oh Gott, das ist schrecklich. Alle beide? War es ein Unfall?«

»Kaum«, erklärte Hannah bitter. »Sie sind nicht am gleichen Tag, nicht einmal am gleichen Ort gestorben.«

Sie berichtete Ella das wenige, was ihr bekannt war. Dass es eine Weile gedauert hatte, bis die Tante in Frankfurt die Adresse von Judith in Erfahrung gebracht hatte. Dass in der Zeit auch noch die zweite Sterbeurkunde bei ihr eingetroffen war.

»Ich kann mir nicht vorstellen, wie du dich fühlst«, gab Ella zu. »Aber wenn ich etwas tun kann, sag mir bitte, was du brauchst, egal was.«

»Dass du da bist, reicht mir.« Sie tauschten ein warmes Lächeln aus. »Das Schlimmste ist die Hilflosigkeit. Vielleicht ist Rudi noch irgendwo da draußen. Ich hoffe, dass es so ist. Doch dann ist er allein und hat sicher fürchterliche Angst. Und ich kann rein gar nichts tun, um ihm zu helfen.«

»Das muss schrecklich für dich sein. Lass uns hoffen, dass dieser Krieg schnell beendet ist.« Ella lachte nervös. »Eigentlich wollte ich mich gestern ja bei dir ausheulen, weil sie Jim eingezogen haben. Ich mache mir solche Sorgen. Aber nach der Sache mit deinen Eltern kommt mir das nun lächerlich vor. Er lebt ja noch.«

Hannah legte einen Arm um ihre Freundin. »Ach Ella, das ist

kein Wettkampf, wer mehr zu ertragen hat. Natürlich hast du Angst um ihn. Ein Freund von mir ...« Sie zögerte. War Aaron ein Freund? »Er ist schon eine Weile drüben. Er hat sich freiwillig gemeldet, dabei kann ich ihn mir gar nicht als Soldaten vorstellen. Ich habe pausenlos Angst, eine schreckliche Nachricht zu erhalten.«

Sie hielten sich an den Händen, als sie das Gebäude betraten. Nach der Vorlesung trafen sie sich mit Kommilitonen in der Cafeteria, wobei das Gespräch auf die Erfahrungen kam, die sie während ihrer praktischen Phase im Winter gesammelt hatten. Hannah hatte sich für das Bellevue entschieden, obwohl ihr erster Eindruck von dem Krankenhaus so abschreckend gewesen war. Da sie nicht vorhatte, als Psychotherapeutin zu arbeiten, sondern Ärztin werden wollte, zog sie es vor, Erfahrungen in einer Klinik zu sammeln. Und so hatte sie sich unter die Fittiche der Kinderpsychiaterin Lauretta Bender begeben, die ihr von dem Ausflug im Gedächtnis geblieben war. Die arme Ella hatte derweil die Akten eines Psychoanalytikers abgestaubt und sortiert, während er selbst hinter verschlossenen Türen mit seinen Patienten deren Kindheit aufarbeitete.

»Ich habe nichts gelernt«, berichtete Ella frustriert. »Ich habe mir ausgemalt, wie wir zumindest ein paar Fälle besprechen, er hätte doch die Namen ändern können. Der Gedanke kam ihm gar nicht. Stattdessen hat er mich als zweite Sekretärin ausgenutzt. Dabei habe ich mich bei ihm beworben, weil er eine solche Koryphäe sein soll.«

Eine andere Mitstudentin, Isobel, hatte Aufregenderes zu berichten. Sie hatte es in eine private Suchtklinik in den Rocky Mountains verschlagen, wo sie einer berühmten Filmdiva begegnet war. »Sie trug einen Turban aus Seide und eine riesige Sonnenbrille. Und ihr Mann! Der war so schön, dass ich ihn gar nicht ansehen konnte.«

»Oh, ich liebe ihre Filme«, rief Ella. »War sie denn nett?«

»Schon, solange wir nicht vergessen haben, dass die Grapefruit zum Frühstück exakt in der Mitte geteilt werden musste«, erwiderte Isobel trocken.

Alle lachten.

»Aber Kinderpsychiatrie. Brrrr ... Mich schaudert's, daran zu denken«, fuhr Isobel fort. »Ich stelle mir düstere kleine Wesen in Zwangsjacken vor, die den Kopf gegen die Wand schlagen. Hannah, hast du nicht ›Das Cabinet des Dr. Caligari‹ gesehen? Es ist doch ein deutscher Film.«

Selbst halb im Scherz geäußert, empfand Hannah diese Bemerkungen in vielerlei Hinsicht als irritierend ignorant. Trotzdem erwiderte sie ruhig: »Eher nicht. Ich habe von dem Film gehört, aber in Deutschland war er verboten. Er galt als entartete Kunst.« Sie verzichtete darauf zu erwähnen, dass sie ohnehin nicht ins Kino gedurft hatte.

»Als was für Kunst?«, fragte Isobel irritiert.

»Schon gut«, wiegelte sie mit einer Handbewegung ab. »Aber du darfst dir eine Psychiatrie nicht wie in einem Gruselfilm vorstellen. Dort arbeiten normale Ärzte. Die Menschen dürfen an die frische Luft, und im Sommer kommt sogar der Zirkus zu Besuch, habe ich mir sagen lassen.«

Dabei hatte es durchaus schaurige Momente gegeben. Das Erlebte beschäftigte Hannah immer noch, taugte aber nicht für eine Plauderei bei einer Coca-Cola.

Wie sehr sie Dr. Benders brillanten Verstand bewundert hatte!

Das Selbstbewusstsein, mit dem sie ihre drei Kinder zur Arbeit mitbrachte, ohne sich dafür zu entschuldigen, dass sie beides wollte – Karriere und Kinder. Bender schien vom Urteil anderer unabhängig zu sein. Sie widersprach sogar den Kollegen, die meinten, dass afrikanische Menschen und ihre Nachfahren weniger weit entwickelt waren als Weiße. In der Klinik gab es viele afroamerikanische Kinder. Und wenn Bender das gerne verwendete Wort »primitiv« aufgriff, sprach sie ihnen damit nicht intellektuelle Fähigkeiten ab, sondern bezog sich darauf, wie wenig Zugang zur Bildung diese Kinder im Vergleich zu weißen Altersgenossen erhalten hatten.

Vor allem aber beschäftigte sich Bender mit jungen Patienten, bei denen man autistische Schizophrenie diagnostiziert hatte. Solche, die von vielen Ärzten als hoffnungslose Fälle aufgegeben worden waren. Doch Bender weigerte sich, diese Kinder aufzugeben. Sie wollte Zugang zu ihnen finden und scheute dafür vor keinem Experiment zurück. Sie teilte nicht die allgemeine Überzeugung, kindlicher Autismus sei eine frühe Form von Schizophrenie, sondern vermutete biologische Ursachen dahinter. Demnach bezog sie den Körper in die Behandlung mit ein. Gerade hatte sie angefangen, eine neue Therapieform auszuprobieren, bei der Elektroschocks verabreicht wurden. Es hatte Hannah mitgenommen, der Prozedur beizuwohnen, besonders bei sehr jungen Kindern.

Bender, der die erschrockenen Blicke ihrer Praktikantin nicht entgangen waren, erzählte ihr von einem Pariser Experiment. Dort hatten die elektrischen Impulse eine gute Wirkung bei Kindern und Jugendlichen gezeigt. Sie seien danach weniger erregbar und angespannt gewesen und zugänglicher für Gespräche.

Die Eindringlichkeit von Benders Schilderungen ließ Hannah nicht daran zweifeln, dass ihre Vorgesetzte von dem intensiven Drang getrieben war zu helfen. Dennoch waren ihr die Sitzungen lieber, in denen Dr. Bender andere Techniken verwendete, zum Beispiel die Kunst einsetzte. Es faszinierte Hannah zu beobachten, wie viel die Ärztin anhand der Bilder herausfand, die sie ihre kleinen Patienten malen ließ.

Die Zeit in der Klinik hatte Hannah nachdenklich gemacht. Vorher hatte sie stärker dazu geneigt, nur in Schwarz und Weiß zu unterscheiden. Nun ahnte sie, dass Grautöne nicht bloß Abstufungen auf einer Skala waren. Sie waren ein Dickicht aus Licht und Schatten, in dem Richtig und Falsch nicht so leicht auszumachen waren.

KAPITEL 5

Hannah hatte bittere Tränen geweint, als im Jahr zuvor Lübeck bombardiert worden war. Sie sehnte den Sieg der Anti-Hitler-Koalition herbei. Trotzdem schmerzte sie die Vorstellung, dass die Gassen, durch die sie als Kind mit ihrer Familie flaniert war, in Schutt und Asche lagen. Dass die alten Kirchen und das Rathaus gebrannt hatten – und vor allem die Altstadt, in der die Zivilbevölkerung ihren Geschäften nachging. Inzwischen hatte es noch mehr Städte getroffen – Köln, Danzig, Berlin.

»Sie haben es verdient«, stellte Ada fest, als Hannah mit ihr über die Luftangriffe auf den Kurfürstendamm sprach. Die beiden Schwestern sahen einander nun häufiger, suchten die Nähe der jeweils anderen.

»Trotzdem erscheint es mir schrecklich, etwas zu zerstören, das so lange Bestand hatte. Es ist, als würde man die Geschichte tilgen.«

»Sieh, wohin diese Geschichte geführt hat. Ein Neuanfang würde nicht schaden, oder? Ich kann nicht um einen Haufen Backsteine trauern.«

»Und die Menschen hinter den Backsteinen, die Kinder, die niemandem etwas getan haben?«

»Noch nicht! Es sind genau die Menschen, die uns aus Travemünde vertrieben haben! Die unsere Familie zerstört haben und anderen, sogar Kindern, Schlimmstes antun. Die Menschen, die während *The Blitz* London in Brand gesetzt haben – eine Stadt voller Unschuldiger!« Adas Augen funkelten zornig. »Es ist notwendig. Die Hände bleiben halt nicht sauber, wenn man einen Krieg gewinnen muss. Aber was wäre die Alternative?«

»Du hast recht«, gab Hannah zu. Mutlos ließ sie den Kopf sinken. Ada hatte unangenehmen Tatsachen schon immer furchtloser ins Gesicht geblickt. Es war feige, den Kampf gegen Nazis zu befürworten, aber die eigene Weste reinhalten zu wollen, indem man die Konsequenzen ablehnte. »Es ist nur alles so eine schreckliche Vergeudung von Leben.«

Ada lächelte nachsichtig. »Dann wird es dich freuen, dass zumindest ein Leben vorerst gerettet ist.«

»Was meinst du?«, fragte Hannah.

»Aaron.«

»Was ist passiert?« Ihre Hände zitterten.

»Er wurde von einer Granate verwundet. Sein Knie ist zertrümmert – und ein Auge wurde von einem Splitter getroffen. Er sieht aus wie ein Pirat.«

Etwas Schweres legte sich auf Hannahs Brust. »Das ist furchtbar«, sagte sie gepresst.

»Er wohnt wieder bei seinen Eltern. Seine Mutter hat Malka erzählt, dass er gar nichts tut. Er steht morgens nicht auf, liegt den ganzen Tag im Dunklen.«

»Sicher braucht er ein wenig Zeit. Wer weiß, was er erlebt hat.«

»Offenbar hat er nicht vor, an die Universität zurückzukehren, obwohl er so kurz vor dem Abschluss stand.« Ada sah an ihrer Schwester vorbei und senkte die Stimme, als sie weitersprach. »Und da ist noch etwas.«

»Was denn?«

»Am Anfang hatte er schreckliches Fieber wegen der entzündeten Wunde am Bein. Da hat er mehrmals deinen Namen gemurmelt. Jetzt hofft Aarons Mutter, dass du ihm helfen kannst. Sie bittet darum, dass du ihn besuchst.«

Hannah starrte ihre Schwester entgeistert an. »Habt ihr ihnen nicht erklärt, dass ich die Letzte bin, die ihm helfen könnte? Vermutlich hatte er einen Albtraum.«

»Da bin ich mir nicht so sicher«, widersprach Ada. »Wirst du es zumindest versuchen? Ihr habt euch einmal so gut verstanden.«

»Ich denke nicht«, sagte Hannah gequält.

Niemals würde sie Aaron ihre Hilfe verweigern, wenn er selbst darum bat. Aber eine ungefragte Einmischung würde er sicher nicht hinnehmen.

»Was ist mit seiner Verlobten? Ist sie denn nicht für ihn da?«

Ada schüttelte den Kopf. »Zumindest bei seinen Eltern hat sich das Mädchen nie wieder blicken lassen. Sie will offenbar keinen Versehrten. Wirst du darüber nachdenken?«

Hannah zögerte.

»Gut, ich denke darüber nach. Was macht eigentlich meine kleine Nichte?«, fragte sie, um auf ein leichteres Thema auszuweichen.

»Wie kommst du darauf, dass es ein Mädchen wird?«

»Ich weiß nicht. Irgendwie habe ich mir die ganze Zeit eines vorgestellt.«

»In den vergangenen Tagen hatte ich Blutungen.«

»Oh nein, dann hatte Edwards Mutter doch recht. War es ein Fehler, es dir zu erzählen?«

»Ich glaube nicht, dass es daran liegt. Der Arzt meinte, es kommen alle möglichen Ursachen in Frage. Außerdem wäre ich stocksauer, wenn du mir Nachrichten über unsere Eltern vorenthalten hättest.«

»Machst du dir Sorgen?«, sagte Hannah.

Ada seufzte. »Ich wünsche mir für Edwards und meine Ehe, dass es gut geht. Kinderlosigkeit ist doch immer mit einem Makel behaftet.«

»Aber was ist mit dir?«

»Ich wäre eine Weile traurig, das ja. Aber ich würde darüber nicht verbittern, wie es bei Judith geschehen ist. Ich wette, das klingt für dich kalt, aber es sind nicht alle Frauen zur Mutter geboren.«

Hannah empfand diese Aussage tatsächlich als ein wenig kaltschnäuzig. Doch als sie sich fragte, ob sie das Recht hatte, ihre Schwester wegen ihrer Ehrlichkeit zu verurteilen, kam sie zu dem Schluss, dass dem nicht so war.

Nathans Vater erinnerte sie schließlich immer wieder daran, wie viel Übles sich hinter einem mustergültigen Anschein verbergen konnte und dass es dort zersetzender wirkte als offene Worte.

»Ich habe gedacht, du hättest genau deshalb geheiratet«, sagte Hannah nachdenklich. »Um ein Leben zu führen, wie es für uns vorgesehen ist.«

»Ich habe dir gesagt, warum ich heirate. Ich bin nicht dafür gemacht, in Armut zu leben oder mich abzukämpfen, wie du es tust. Ich habe keine tiefgehenden Interessen oder Leidenschaften. Mein größtes Plus ist mein Äußeres.«

»Oh, Ada, sag so etwas nicht. Du bist so schlau – und erinnerst du dich, wie gerne du früher gezeichnet hast? Du hast Talente.«

»Das war Kinderkram. Aber ich bringe auch eine gute Nachricht mit. Wir haben ein kleines Haus in Yorkville gefunden. Edward hat eingesehen, dass wir etwas Eigenes brauchen, wenn wir eine Familie gründen.«

»Endlich«, sagte Hannah erfreut. Yorkville lag zwar ebenfalls auf der Upper East Side, aber zumindest würde Ada sich ein Stück weit aus den Fängen ihrer Schwiegermutter befreien.

Hannah sah auf die Uhr an der Wand. »Oh nein, ich muss jetzt leider los.«

»Vergiss nicht, was du mir versprochen hast.« Ada bedachte sie mit einem bohrenden Blick.

Hannah schüttelte beklommen den Kopf. »Ich werde darüber nachdenken, versprochen!«

Sie hielt ihr Versprechen. Adas Bitte begleitete sie, wenn sie mit Sarah spielte, das College oder ihre Tante besuchte oder in ihrem Arbeitszimmer lernte.

Nathan entging ihre Geistesabwesenheit nicht. »Nimm dir Zeit«, riet er. »Du musst den Verlust deiner Eltern verarbeiten. Es macht nichts, wenn du dein Studium etwas später abschließt. Ich sehe doch, dass du an nichts anderes denken kannst.«

»Das ist es nicht.« Sie knetete verlegen ihre Finger. »Ich trauere um meine Eltern, jeden Tag. Es ist immer da, ohne dass ich darüber nachdenken müsste.«

»Was ist es dann?«

Sie berichtete von ihrem Gespräch mit Ada und von ihrem schlechten Gewissen.

Nathan zog die Augenbrauen hoch. »Du bist nicht verantwortlich für seinen Zustand.«

»Ich weiß.«

»Aber du wirst niemals Ruhe finden, wenn du nicht nach ihm gesehen hast, oder?«

Hannah stritt es nicht ab.

»Dann quäle dich nicht, sondern bring es rasch hinter dich. Selbst Sarah ist schon aufgefallen, dass etwas nicht stimmt.«

»Wirklich?«, fragte Hannah erschrocken.

»Du hast sie gestern dreimal gefragt, ob sie ihrer Puppe schon einen Namen gegeben hat, und sie hat dir dreimal gesagt, dass sie Eliza heißt.« Mit einem Lächeln nahm er seinen Worten die Schärfe.

»Oh nein«.

Nathan nahm ihre Hand und zog Hannah in seine Arme. »Das ist menschlich. Es sollte nur kein Dauerzustand werden.«

»Mir graut vor einem Treffen mit Aaron. Was, wenn ich alles nur noch schlimmer mache? Gleichzeitig weiß ich, dass du recht hast. Wenn ich mich weigere, werde ich mich immer fragen, ob ich nicht doch etwas hätte ausrichten können.«

Nathan hatte keine Fragen gestellt, nachdem Hannah an dem Abend vor Weihnachten weit nach Mitternacht betrunken ins Haus gestolpert war. Deshalb wusste er nicht, dass seine Frau damals zum ersten Mal mit einem Mann geschlafen hatte. Aber im Februar hatte sie ihm gestehen müssen, dass ihr Aaron immer noch nicht gleichgültig war. Er hatte ihre verweinten Augen gesehen, nach der vernichtenden Schlacht am Kasserinpass in Tunesien. Mehr als sechstausend Amerikaner waren gefallen, und Ada hatte ihr berichtet, dass Aaron auf einer Vermisstenliste stand. Das hatte sich zum Glück kurz darauf als Irrtum entpuppt, doch seither hatte Hannah ihn andauernd vor sich gesehen, wie er in sengender Hitze durch Feindesland marschierte. In der Wüste gab es keine Deckung, keine Verstecke.

»Ich kann nicht einschätzen, was zwischen euch ist«, murmelte Nathan. »Vergiss aber nicht, dass ich bereit bin, dich freizugeben.«

Hannah schüttelte den Kopf. »Das will ich ja gar nicht. Was wäre mit unserer Familie? Und was mit deiner?«

»Als geschiedener Mann mit einer entzückenden Tochter wirke ich unverdächtiger als der Dauerjunggeselle, der ich vor unserer Ehe war.«

Nathans Familie glaubte inzwischen, Sarah sei sein eigenes vor der Ehe gezeugtes Kind. Warum sonst sollte er sich so fürsorglich ihr gegenüber zeigen? Niemand hatte ihnen das ausgeredet, da ja selbst Sarah dachte, Nathan sei ihr Vater.

»Unsere Tochter liebt dich, sie würde mich erdolchen«, sagte Hannah. Sie lehnte den Kopf an seine Schulter. »All diese Lügen, wie sollen wir die Fäden jemals entwirren?«

Er zuckte die Achseln. »Vorerst ist es das Beste für Sarah, nehme ich an. Sie hat einen Vater, eine Mutter, und sie ist glücklich.«

»Aber was ist, wenn sie älter wird? Können wir sie auf Dauer im Unklaren über ihre Herkunft lassen?«

Sie fürchtete immer noch, Sarah zu verlieren, falls diese eines Tages erfuhr, wer in Wahrheit ihre Eltern waren – und wie lange man sie belogen hatte. Beinahe war sie Ada dankbar für das Versprechen, das diese ihr abgenommen hatte. So konnte Hannah sich einreden, dass sie nur aus Loyalität gegenüber ihrer Schwester schwieg.

»Lass uns einen Schritt nach dem anderen machen«, sagte

Nathan sanft. »Mir scheint, im Moment hast du genug, was dich beschäftigt.«

Sie schnitt eine Grimasse. »Du hast recht. Ich sollte mir auch noch ein paar Probleme für später aufheben.«

Recht hatte Nathan auch in einer anderen Sache. Es nützte niemandem, wenn Hannah den unausweichlichen Besuch bei Aaron weiter hinauszögerte. Diesmal leider ohne Martini-Cocktails intus. Ihr Herz raste, als sie vor der Tür des schmal geschnittenen Stadthauses inmitten einer Reihe kaum zu unterscheidender Häuser stand. Wenigstens hatte dieses nicht die einschüchternden Ausmaße des Zuhauses von Edwards Eltern.

Sie war sich nicht sicher, wie die Lehmans – sie hatten inzwischen die englische Schreibweise ihres Namens, mit nur einem »n«, angenommen – sie empfangen würden. Bestimmt hatte Malka sie ausführlich über Hannahs Verfehlungen informiert. Selbst wenn Aarons Mutter um ihren Besuch gebeten hatte, war es vielleicht nur das widerwillige Klammern an einen Strohhalm.

Mrs. Lehman öffnete selbst die Tür. »Danke, dass Sie gekommen sind.« Ihr stand nichts als Erleichterung ins Gesicht geschrieben.

Es stimmte Hannah verlegen, dass die Frau so große Hoffnungen in sie zu setzen schien.

»Kommen Sie doch herein«, bat Mrs. Lehman und führte ihre Besucherin in ein gemütliches Wohnzimmer. Der ausladende persische Teppich und ein einzelnes Ölgemälde über dem Sofa verliehen dem Raum dezenten Schick. Seine Wände waren in einem freundlichen Pfirsichton gestrichen. Die zerknautschten

Samtkissen auf der Couch verrieten, dass man hier nicht nur in steifer Haltung am vorderen Rand der Sitzgelegenheit saß, sondern sich auch mal gemütlich hinfläzte. Offenbar hatte Mrs. Lehman gerade in dem Buch gelesen, das aufgeschlagen mit dem Rücken nach oben auf dem Beistelltisch lag. Daneben stand eine Vase mit Pfingstrosen, die einen süßen Duft verströmten.

»Wir haben uns lange nicht gesehen. Schade, dass Lydia in der Schule ist. Sie hat so oft von Ihnen gesprochen. Darf ich Ihnen einen Tee anbieten?«

Hannah schüttelte den Kopf. Sie wollte die Gastfreundschaft dieser freundlichen Frau nicht überstrapazieren, da sie sie am Ende enttäuschen würde. »Ich würde lieber gleich nach Aaron schauen, wenn es Ihnen nichts ausmacht.«

Man sah Mrs. Lehman an, wie sehr es sie freute, dass Hannah derart auf eine Begegnung mit Aaron zu brennen schien.

»Nein, gar nicht. Gehen Sie im Flur die Treppe hinauf, und nehmen Sie die erste Tür rechts. Ich werde Ihnen den Tee gleich bringen.«

Hannah folgte der Anweisung und nahm langsam eine Stufe nach der anderen.

»Mrs. Green?«

Hannah drehte sich um.

Mrs. Lehman zögerte einen Moment. »Es tut mir leid, was auf der Hochzeit geschehen ist. Wir haben Sie als hilfsbereit und freundlich in Erinnerung, mein Mann und ich. Wir werfen Ihnen nichts vor. In diesen Zeiten hat jeder seine Geschichte, und manches liegt im Verborgenen.«

Hannah stiegen die Tränen in die Augen. »Danke, dass Sie das sagen. Das bedeutet mir viel.«

»Dann lasse ich Sie jetzt in Ruhe. Miss Marple wartet auf mich. Es ist beruhigend, dass zumindest in Büchern sogar die schwierigsten Fälle gelöst werden.«

Hannah lächelte, dann klopfte sie zaghaft an Aarons Tür.

»Komm rein.«

Sie zog noch einmal alle Gesichtsmuskeln zusammen, löste sie wieder und trat ein.

»Du?« Er richtete sich mit einem Ruck in seinem Bett auf.

Hannah versuchte, sich ihr Entsetzen nicht anmerken zu lassen. Obwohl nur wenig Licht durch die vorgezogenen Vorhänge fiel, war nicht zu übersehen, wie dünn und bleich er war. Die schwarze Klappe über seinem rechten Auge bildete einen scharfen Kontrast zu der fahlen Gesichtshaut. Sein verletztes Bein konnte sie nicht sehen, da sein Unterkörper unter der Decke lag. *Wieso können die Männer in meinem Leben nicht besser auf ihre Beine aufpassen?* Erst hinkte Simon, dann Nathan und nun Aaron. Aber im Gegensatz zu den anderen war Aaron ja gar nicht Teil ihres Lebens. Sie war soeben mal wieder ungebeten in seines geschneit.

Sein gestreifter Pyjama war knitterig und befleckt, als habe er ihn lange nicht gewechselt. Der muffige Geruch ließ sie die Luft anhalten.

»Hallo Aaron«, sagte sie.

»Was machst du hier?«

Sie ließ die Krankenschwester in ihr die Führung übernehmen. »Zunächst einmal für Licht und Sauerstoff sorgen«, erwiderte sie. Mit beherzten Schritten trat sie ans Fenster und öffnete es. Sie nahm ein paar tiefe Atemzüge, bevor sie sich mit verschränkten Armen zu ihm umdrehte. *Keine Gefühle. Die beiden Bestandteile des Kniegelenks: Femorpatellargelenk. Femorotibialgelenk.* »Ich habe gehört, du weigerst dich aufzustehen.«

»Ich habe so wenig Grund dazu, Schwester Hannah«, erwiderte er in ironischem Tonfall.

Gelassenheit, Freundlichkeit, Distanz! Dass es sich um Aaron handelte, tat nichts zur Sache, auch wenn sie ihn am liebsten ins Leben zurückgeschüttelt hätte.

»So wenig Grund?«, wiederholte sie. »Du hast eine nette Familie, die sich um dich sorgt, und du bist am Leben, wo so viele Menschen beides verloren haben.«

»Bezichtigst du mich des Selbstmitleids?«

»Natürlich nicht«, sagte sie schnell. Sie seufzte. »Oder vielleicht doch, ein wenig.«

Zu ihrer Überraschung huschte ein kleines Lächeln über sein Gesicht. »Na, wenigstens erinnerst du dich manchmal noch daran, was Ehrlichkeit ist. Ich sehe gewiss nicht wie der Held aus, der ich sein wollte!«

»Du hast etwas Wichtiges versucht. Und falls es gelingt, dann nur, weil ausreichend Menschen wie du bereit waren, ihr Leben aufs Spiel zu setzen.«

»Schwarzsehen liegt dir wohl nicht.«

Sie schüttelte den Kopf. »Ich denke gar nicht daran, mir alles von ihnen nehmen zu lassen.«

»Ich wünschte, ich hätte dir deine Eltern zurückbringen können.« Seine Stimme klang jetzt sanft.

»Was das angeht, hattest du nie eine Chance. Sie waren schon tot, als du das Land verlassen hast. Alle beide«, sagte sie schroff, um nicht zu weinen.

»Das tut mir leid«, erwiderte er.

»Verstehst du jetzt, warum ich nicht akzeptiere, dass du keinen Grund zum Aufstehen siehst? Deine Mutter sorgt sich um dich.«

Sein frustrierter Aufschrei ließ sie zusammenzucken. Seine Faust schlug auf die Matratze. »Ich fühle mich wie ein Versager, begreifst du das nicht?«

»Du bist keiner.«

»Ich habe kaum mehr als ein paar Monate durchgehalten.«

»Du warst Teil einer Maschinerie, die vorsieht, dass man tötet oder getötet wird. Die einen erwischt es früher, die anderen später und andere nie. Es ist ein Glücksspiel ohne Helden. Alles, was Einzelne erreichen, machen andere möglich.«

Er lachte gequält auf. »Ach, Hannah, dich sollte man auf Rezept verschreiben. Also schön, wo du schon einmal da bist, setz dich doch einen Moment zu mir.« Er deutete auf den Stuhl neben seinem Bett.

Hannah hatte gerade Platz genommen, als seine Mutter die Tür öffnete, wobei sie ein Tablett auf den Armen balancierte. Sie stellte es auf dem kleinen Tisch neben dem Bett ab. Schwarztee in Tassen mit blauen Ornamenten und frischgebackene Cookies auf einem dazu passenden Teller.

Hannah lächelte. »Danke.«

»Vielen Dank, Mutter«, sagte Aaron.

»Gern geschehen«, erwiderte Mrs. Lehman verlegen. »Braucht ihr sonst noch etwas?«

Aaron schüttelte den Kopf.

»Nein, vielen Dank«, sagte Hannah.

»Dann lasse ich euch jetzt mal wieder allein.« Leise schloss sie die Tür hinter sich.

Hannah hielt Aaron den Teller mit Keksen entgegen.

Der schüttelte den Kopf. »Ich habe keinen Appetit. Nimm du einen.«

Sie griff zu, um ihre Verlegenheit zu überspielen, obwohl sie keinen Hunger verspürte. Weder seine Verletzungen, noch seine Ungepflegtheit änderten etwas daran, dass alles in ihr in seiner Gegenwart ins Schwingen geriet. Sie hatte es fast vergessen, dieses Gefühl, tief zu fallen. Sie ermahnte sich, Haltung zu bewahren. »Wieso ist deine Verlobte nicht bei dir?«

Sie traute es ihm zu, dass er der jungen Frau aus Stolz seine Verletzungen verschwieg. Dass sie irgendwo verzweifelt auf eine Nachricht wartete und nicht wusste, warum er sie plötzlich verschmähte.

Er presste die Lippen zusammen. »Ich habe die Verlobung gelöst. Sie war zu jung, um mit einem Invaliden zu leben.«

»Hast du ihr denn die Wahl gelassen?«

»Nicht wirklich. Aber ich hatte das Gefühl, sie war erleichtert. Sie konnte mich kaum ansehen.«

Er tippte gegen seine Augenklappe.

Ehe Hannah es sich versah, drückte sie sanft seine Finger zur Seite, um die Klappe nach oben zu schieben. Sie würde nicht zurückschrecken, egal was sie dahinter vorfand. Er hatte es nicht verdient, sich wie ein Monstrum vorzukommen.

Er erstarrte unter ihrer Berührung, hinderte sie aber nicht daran.

Hannah hatte sich die Schrecken einer leeren Augenhöhle ausgemalt, doch der Bereich war zugeschwollen, voller roter Wölbungen und Nähte. Vorsichtig strich sie über eine weniger mitgenommene Stelle.

Kurz ließ er es geschehen, dann zog er rasch wieder die Augenklappe darüber. »Willst du mir beweisen, wie hart im Nehmen du bist?«

»Nein, ich wollte schauen, wie schlimm es ist.«

»Und?«

»Ich habe im Krankenhaus Schlimmeres gesehen. Wenn alles verheilt ist, kommt für dich vielleicht ein Glasauge in Frage«, fuhr sie geschäftig fort. »Ich bin mal einem Mann begegnet, der eines trug. Aus der Ferne war kein Unterschied zu erkennen.«

Auch wenn es niemandem gelingen würde, den Ton seiner meergraublauen Augen einzufangen, dachte sie bedauernd.

Er lachte, nun wieder bitter. »Du findest es also doch so schrecklich, dass du die Spuren schnell kaschieren willst.«

Verärgert schüttelte sie den Kopf. »Keineswegs, aber du denkst, es sei so schrecklich.«

»Und, hast du es über dich gebracht, eine Brücke zu sprengen?«, fragte Hannah dann.

»Ich habe keine Gelegenheit dazu erhalten.«

»Weiter welche bauen willst du nicht?«

»Weißt du, was ich will?«, erwiderte er grob. »Ich möchte in Ruhe gelassen werden! Vor allem von dir will ich kein Mitleid, verstehst du das? Und jetzt solltest du verschwinden.«

Verletzt wich sie zurück. Für einen Moment hatte sie geglaubt, einen Zipfel vom alten Aaron erhascht zu haben. Dabei hatte sie doch vorher geahnt, dass es anmaßend wäre zu glauben, ausgerechnet sie könnte helfen. »Es tut mir so leid, Aaron«, wisperte sie und stand auf.

Er wandte den Kopf ab. »Wie ich meine Familie kenne, hat sie dir keine Wahl gelassen.«

Wie abfällig er klang! Unter seinem Tonfall bäumte sie sich ein letztes Mal auf. »Sie lieben dich, sei zumindest dafür dankbar. Ja, sie mussten mich überreden zu kommen. Aber nicht, weil ich fürchtete, deinen Anblick nicht zu ertragen, sondern weil ich weiß, dass du meinen nicht erträgst. Ich habe versucht, ihnen klarzumachen, dass du keinen Wert auf meine Gesellschaft legst, doch sie haben mir nicht geglaubt.«

»Weil es nicht stimmt«, sagte er heiser, ohne ihr sein Gesicht wieder zuzuwenden. »Ich hätte dich auch mit Kind genommen, weißt du?«

Seine Stimmungswechsel gaben ihr das Gefühl, in den Schleudergang einer elektrischen Waschmaschine geraten zu sein.

»Aber du hast sehr deutlich gemacht, dass du nicht daran denkst, dir eine Familie ans Bein zu binden, erst recht keine Frau, die eigene Träume hat.«

Nun schaute er sie doch an. »Wie kommst du auf so etwas?« Er klang ehrlich verblüfft.

»Weißt du das denn nicht mehr? An dem Abend, an dem wir ... ich dich zum ersten Mal geküsst habe.«

Man sah, wie er die Erinnerungen in seinem Kopf durchging, bis er eine zu fassen bekam, die zu ihrer Aussage passte. Seine Augen weiteten sich. »Wir waren betrunkene Kinder. Zum ersten Mal seit Jahren in echter Freiheit. Da sagt man viel. Ich hatte keinen Grund, mich ernsthaft mit solchen Fragen auseinanderzusetzen. Von deinem Kind wusste ich ja nichts.«

Jetzt war es an ihr, ihn anzustarren. Doch er hatte sich bereits wieder abgewandt. »Es ist müßig, darüber zu reden. Du hättest es mir erzählt, wenn du es gewollt hättest. Aber du hast es vorgezogen, ihn zu heiraten. Gut so, wie man jetzt sagen muss.«

»Aaron ...«

»Schließt du bitte die Tür hinter dir, wenn du gehst?«

Sie war zu aufgewühlt, um der Kälte in seiner Stimme etwas entgegenzusetzen, daher folgte sie stumm seiner Aufforderung. Doch der Anblick von Aaron in seinem abgedunkelten Zimmer ließ sie nicht los.

KAPITEL 6

»Wollen wir einen Spaziergang machen?«, flüsterte Ada, als sie sich wieder einmal zum Sonntagnachmittagstee bei den Mindels trafen.

Judith war gerade mit Sarah in der Küche verschwunden, um nach den Keksen im Ofen zu sehen.

Hannah, die ahnte, warum Ada mit ihr allein sein wollte, schaute hilfesuchend in Richtung Küche.

»Ich bin mir sicher, die beiden kommen prima ohne uns zurecht«, sagte Ada trocken.

»Gut.« Hannah hatte keinen Zweifel daran, dass Sarah und Judith hervorragend ohne sie auskamen. Nur wäre sie selbst lieber in der behaglichen Stube geblieben, statt Ada von ihrem Gespräch mit Aaron zu berichten.

Doch ihre Schwester hatte bereits den Vorhang zur Küche beiseitegezogen. »Hannah und ich machen einen kleinen Spaziergang. Wir sind rechtzeitig zum Tee wieder hier.«

»Geht ruhig«, sagte ihre Tante. Auch Sarah schien keine Einwände zu haben, zufrieden kaute sie auf einer Möhre. Seit einer Weile verwendete Judith in ihren Cookies kleingeriebene Karotten statt Zucker, da dieser rationiert war. Sie hatte erzählt, wie ihre Freundin Esther fortwährend über die Lebensmittelmarken jammerte. Das überraschte Hannah genauso wenig wie Judiths Meinung dazu: »Wir haben während der Großen Depression gelernt, uns einzuschränken, dann werden wir es jetzt auch schaffen.«

Hannah fand die Sache mit den Marken in ihrem *Ration Book* in erster Linie unübersichtlich. Darauf waren Zahlen abgebildet, die weder verrieten, was und wie viel man dafür erhielt, bis die Tageszeitung darüber aufklärte, dass man beispielsweise für die Nummer zweiunddreißig aktuell drei Pfund Zucker kaufen dürfe. Außerdem standen Fleisch, Käse, Fisch und Milch aus Büchsen sowie viele andere Lebensmittel auf der Liste. Am schmerzlichsten vermisste Hannah den Kaffee. Wie oft hatte sie sich selbst mit Hilfe der braunen Brühe durch die nächtlichen Lerneinheiten getrieben. Mehrmals aufgegossen hatte er schlicht nicht dieselbe Wirkung.

Hannah verabschiedete sich von ihrer Tochter mit einem Kuss auf die Stirn. »Wir sind gleich wieder da, meine Süße.«

»Sonst essen wir die Kekse ohne euch«, gab Sarah zurück.

»Na na«, ermahnte Judith sanft ihre Großnichte. »Nicht so vorlaut, junge Dame.«

Sarah grinste unbeeindruckt.

Schmunzelnd dachte Hannah an ihre erste Zeit bei den Mindels zurück, in der sie Judith für einen Drachen gehalten hatte, dem man besser aus dem Weg ging. Für Sarah, die ihre echten Großeltern niemals kennenlernen würde, waren Simon und Judith die besten Stellvertreter, die man sich nur wünschen konnte.

»Konntest du etwas ausrichten?«, fragte Ada, gleich nachdem sie das Haus verlassen hatten.

»Nein.« Sie sehnte sich nach etwas, woran sie sich festhalten konnte. »Ich war lange nicht mehr am Wasser. Macht es dir etwas aus?«

Ada schüttelte den Kopf. »Nicht mehr. Es geht mir wie dir, ich fühle mich ihnen dort näher.«

Jede in ihre eigenen Gedanken versunken, spazierten sie durch die Straßen, bis sie einen Zugang zum Wasser fanden. Sie ließen sich auf der Kaimauer nieder und blickten zum Horizont.

»Wahrscheinlich habe ich es mit meinem Besuch bei Aaron nur schlimmer gemacht.« Hannah biss sich auf die Lippe.

»Das ist schade«, sagte Ada ohne jeden Vorwurf in der Stimme. »Aber es war einen Versuch wert.«

»Als wir Ellis Island verließen, war ich mir sicher, alles könne nur besser werden. Nun ist vieles besser, aber anderes auch so viel schlimmer.«

»Ich fürchte, so ist das Leben. Unberechenbare Verluste und Gewinne – es ist wie an der Börse«, sagte Ada.

Wider Willen musste Hannah lachen. »Man merkt wirklich, dass dein Gatte Geschäftsmann ist.« Dann seufzte sie. »Aber ich bin trotz allem froh, dass unsere Kinder hier aufwachsen, in Freiheit und ohne einen Stern an der Brust, der sie zum Abschuss freigibt. Was sagt der Arzt?«

»Alles sieht normal aus. Keine weiteren Blutungen.«

»Das freut mich.«

»Ach ja? Ich habe solche Angst. Mehr als beim letzten Mal.«

»Wie das?«, fragte Hannah erstaunt.

»Beim ersten Mal war alles unwirklich. Ich glaube, ich habe bis zum letzten Moment verdrängt, dass ich wirklich schwanger war. Und ich habe damals nichts von den Schmerzen geahnt, die auf mich zukamen.«

»Aber diesmal hast du Edward an deiner Seite.«

»Ja«, sagte Ada leise.

»Denkst du noch an Emil?«

»Wie könnte ich ihn vergessen!« Ada klang bitter.

»Entschuldigung. Ich hätte nicht danach fragen sollen. Sicher erinnert dich Sarah an ihn. Bereust du es, sie mir überlassen zu haben?«

Ada blinzelte verwirrt. »Nein. Ich habe sie immer als dein Kind betrachtet, nicht als meines, zumindest nicht mehr, nachdem mein Körper die Geburt vergessen hatte. Daran wird sich nichts ändern. Judith hat recht. Sie hat sogar deine Augen.«

»Papas Augen«, korrigierte Hannah wehmütig.

»Ihr beide habt sie, genau wie Rudi.«

Hannah erinnerte sich nicht daran, wann sie zum letzten Mal so offen miteinander geredet hatten. Sie konnte diese Gelegenheit nicht verstreichen lassen, ohne auszusprechen, was ihr noch immer auf der Seele brannte.

»Ich habe dir geschworen, dass Sarah nie erfährt, wer ihre wahren Eltern sind. Es ist mir leicht gefallen, als sie ein hilfloser Säugling war. Jetzt sehe ich diese kleine Persönlichkeit und frage mich, ob wir ihr nicht irgendwann reinen Wein einschenken müssen.«

Adas Züge wurden hart. »Ich habe dir damals gesagt, dass es nun dein Problem ist. Wenn du Gewissensbisse hast, wirst du mit ihnen leben müssen. Ich habe nichts gegen Sarah, aber ich kann nicht ihre Mutter sein.«

»Du hast nichts gegen sie?« Wie brutal das klang. »Aber hat sie nicht ein Recht auf eine Vergangenheit?«

»Ihre Vergangenheit?« Adas Hände ballten sich zu Fäusten. »Du willst ihr alles sagen? Dann viel Vergnügen, du Psychologin!

Sicher spürt sie ihre Wurzeln besser, wenn du ihr erzählst, dass ihr Vater ihre Mutter vergewaltigt hat. Dass ihre Mutter nicht wegen der Morgenübelkeit gebrochen hat, sondern wegen all des Petersilientees, den sie getrunken hat, um das Baby nicht bekommen zu müssen.« Sie lachte trocken auf. »Und du denkst, dieses Wissen würde sie weiterbringen?«

»Ada!« Hannah starrte ihre Schwester schockiert an. »Ist das wahr?«

Ada mied ihren Blick.

»Warum hast du es mir nie erzählt?«, wisperte Hannah.

»Dir? So unschuldig und anständig, wie du warst! Niemals wärst du in eine solche Situation geraten. Ich habe mich geschämt.«

»*Du* hast dich geschämt?«

»Vielleicht habe ich ihn ermutigt. Jedenfalls habe ich es genossen, ihn zu küssen. Vermutlich hätte ich ihm ohnehin irgendwann nachgegeben. Leider haben ihm seine Freunde vorher erklärt, dass man eine Jüdin nicht um Erlaubnis fragen muss.« Ihr Mund wurde schmal. »Er hat zwei Stunden lang nicht um Erlaubnis gefragt und war so voller Wut. Als müsse er mich auch noch dafür bestrafen, dass er seine deutschblütige Fassung verlor – wegen einer wie mir.«

Vor Hannahs innerem Auge formte sich aus Schemen ein erschreckendes Bild. »Die blauen Flecken an deinem Hals und in deinem Gesicht, als du meintest, du wärst vom Fahrrad gefallen.«

Ada nickte. »Solange Sarah dein Kind bleibt, kann ich daran glauben, dass sie nichts mit dem Mann zu tun hat, der mir das angetan hat. Dann kann ich sie um ihrer selbst Willen akzeptieren. Mehr darfst du nicht verlangen.«

»Es tut mir so leid«, sagte Hannah. Sie hätte ihre Schwester gerne umarmt, wusste aber nur zu gut, dass Ada in dieser Verfassung jede Berührung verweigern würde.

»Du kannst am wenigsten dafür«, sagte Ada.

Hannah trug vielleicht keine Verantwortung für die eigentlichen Geschehnisse, jedoch hatte sie ihre Schwester unabsichtlich gezwungen, mit der andauernden Erinnerung daran zu leben. Nicht Herzlosigkeit, sondern Verzweiflung hatte hinter Adas Ablehnung gegenüber ihrer Tochter gesteckt. Hanna konnte nur erahnen, was es sie gekostet hatte, ihrer Schwester dieses Geschenk zu machen – Sarah. Doch zugleich wusste Hannah, dass sie unter keinen Umständen anders entschieden hätte. Nicht nachdem sie die kleinen Bewegungen auf dem kalten Metalltisch gesehen hatte. Aber hätte sie sich gegen eine Pflegefamilie gesträubt, wenn Ada ehrlich zu ihr gewesen wäre? Es war müßig, darüber nachzudenken.

»Du kannst ebensowenig dafür«, sagte Hannah traurig.

»Wenn du meinst.«

»Sag das nicht in diesem Tonfall, als ob du daran zweifelst. Er allein ist schuld.«

Ada zuckte die Achseln. »Wo wir schon einmal die Karten auf den Tisch legen: Was ist das mit Aaron, Nathan und dir?«

Hannah schaute auf das Wasser. »Nathan und ich sind gute Freunde, die sich unterstützen.«

Ada lachte. »Und du warst schockiert, dass ich nicht unbedingt aus Liebe heirate?«

Hannah hatte insgeheim angenommen, dass Ada immer noch Emil nachtrauerte und sich deshalb nie ganz auf ihren Mann eingelassen hatte. Wie dumm! »Wir wissen wohl inzwischen beide, dass die Dinge nie so kommen, wie man es sich ausgemalt hat.«

»Es gibt nur einen Unterschied. Ich glaube nicht, dass ich überhaupt schon einmal leidenschaftlich verliebt gewesen bin. Nicht wirklich. Es schmeichelt mir, wenn sie mich begehren. Manchmal vielleicht so sehr, dass ich mir einbilde, ich empfände tiefer für sie. Aber zwischen Aaron und dir war etwas.«

»Mag sein«, gab Hannah zu. »Aber es ging nicht, schon allein wegen Sarah nicht. Er hat sie doch für mein Kind gehalten.«

»Dann habe ich dir die Chance vermasselt?«

Hannah schüttelte den Kopf. »Du hast ein großes Opfer für mich gebracht, das begreife ich jetzt. Ich werde dir immer dankbar dafür sein. Und irgendeinen Preis zahlen wir alle für unsere Wünsche.«

»Liebst du Aaron?«

War das Liebe, was sie neben ihm in seinem Zimmer empfunden hatte? Es hatte sich wie Verzweiflung angefühlt. »Ich weiß es nicht.« Sie ließ den Kopf in die Hände sinken. Als sie ihn wieder hob, lächelte Hannah gequält. »Es ist seltsam, bei Aaron habe ich das Gefühl zu sehen, wer ich bin. Bei Nathan bin ich die, die ich gerne wäre. Vielleicht brauche ich ja beide.«

»Weißt du, wie sehr ich dich manchmal beneide?«

»Du beneidest *mich*?« Hannah hatte immer angenommen, es wäre umgekehrt.

»Um deine Unbeirrbarkeit, deine Disziplin.« Ada blickte sie eindringlich an. »Du brauchst keinen von beiden. Falls der Tag der Entscheidung kommt, triff deine Wahl nicht, weil einer der beiden dich zu diesem oder jenem macht. Du hast all das in dir. Wenn du dich für einen entscheidest, dann weil du mit ihm *dein* Leben führen kannst.«

Hannah sah ihre Schwester erstaunt an. Diese Worte hatte sie nicht von einer Frau erwartet, die immer behauptet hatte, eine Heirat sei das einzige lohnenswerte Ziel.

»Ach, Ada, gleich fange ich wieder an zu weinen.«

Ihre Schwester verdrehte die Augen, aber sie schmunzelte dabei. »War ja klar! Du bist so nervig. Aber wen habe ich den sonst noch außer dir.«

Hannah schniefte. »Ich hoffe so sehr, dass wir außerdem Rudi wiederfinden, wenn alles vorbei ist.«

Ihre Schwester sah sie zweifelnd an, doch diesmal widersprach sie nicht. Sie verstanden einander jetzt besser. »Das wäre schön.«

Nach der Rückkehr in die Wohnung der Mindels drückte Hannah ihre Tochter fest an sich.

»Autsch! Was hast du, Mama?«

»Ich hab dich einfach nur so lieb.«

»Ach so. Darf ich einen Keks essen? Wir müssen warten, sagt Tante Judith.«

Hanna lachte. »Natürlich, mein Schatz. Wie nett, dass ihr gewartet habt.« Sie setzte das Mädchen vorsichtig wieder ab und betrachtete es zärtlich. Wie konnte ihre Kleine das Ergebnis von etwas so Scheußlichem sein? Emil hatte auf sie eitel, aber niemals wie ein durch und durch übler Kerl gewirkt. Hatte er sich von seinen Kameraden derart beeinflussen lassen, dass er selbst glaubte, er dürfe Ada weder echte Gefühle entgegenbringen noch Respekt zollen? Doch was auch immer ihn angetrieben hatte, das Ergebnis blieb das Gleiche: Er hatte sich entschieden, etwas Unverzeihliches zu tun, wofür Hannah ihn verabscheute.

Bei ihrer Heimkehr lag Nathan reglos auf dem Sofa, die Hände zusammengefaltet auf dem Bauch, darunter ein aufgeschlagenes Buch. Er war wohl nach seiner Schicht eingedöst.

Sarah ruckelte an seinem Arm. »Papa, wir sind wieder da.«

»Schön«, murmelte er schlaftrunken und zog sie in seine Arme. Sarah kuschelte sich an ihn.

»Hattest du einen schönen Tag?«, fragte Nathan.

»Ja, Papa.« Sie konnte kaum noch die Augen offenhalten.

»Wir waren viel länger unterwegs als geplant. Ich glaube, ich sollte sie gleich ins Bett bringen«, sagte Hannah und hob das Mädchen hoch, das sogleich heftig protestierte. »Es ist schon so spät, meine Kleine. Papa kommt gleich nach, um dir ein Gutenachtlied vorzusingen.«

Wenn Nathan zu Hause war, bestand Sarah darauf, dass er für sie sang. Hannah hatte nichts dagegen einzuwenden. Niemand würde abstreiten, dass ihr Mann der begabtere Sänger war. Sie genoss es selbst zuzuhören, wenn der warme Bariton durch den offenen Türspalt von Sarahs Zimmer drang.

Er ist ihr Vater. War dies nicht die bessere Wahrheit? Eine Wahrheit, die nicht im Blut, aber in der Liebe und Zuwendung lag, die man bereitwillig gab. Oder war sie nur wieder dankbar für eine Ausrede, die es ihr ermöglichte, Sarahs einzige Mutter zu bleiben? Hannah war sich nicht sicher. Manchmal hatte sie das Gefühl, dass es umso weniger Gewissheiten gab, je mehr man nachdachte und lernte.

KAPITEL 7

Was für ein Sommertag! Es war so hell, dass alle Farben ausblichen und man permanent mit zusammengekniffenen Augen herumlief. Es sei denn, man hatte wie Ella an eine schicke Sonnenbrille gedacht.

»Sonst bekommst du Runzeln. Oder ist dir das egal, jetzt, wo du es geschafft hast?«

»Ich glaube, du hast recht, ich glaube, ich habe es wirklich geschafft.«

Gerade hatte Hannah ihre letzte Prüfung absolviert – in Chemie. Dieses Fach hatte ihr am meisten abverlangt, sollte aber ihre Aussichten auf einen Platz an einem Medical College verbessern. Sie hatte ihr Bestes gegeben und konnte jetzt nur noch hoffen, dass es für eine gute Note reichte.

Ella grinste. »Du klingst so erstaunt! Wie wäre es mit einem Lächeln zur Feier des Tages.«

»Du hast recht. Ich kann es bloß noch nicht glauben.«

»Ich freue mich für dich.« Ella umarmte ihre Freundin. »Und ich beneide dich. Warum du freiwillig vier weitere Jahre ackern willst, kann ich aber nicht begreifen.«

Hannah lachte. »Ich habe sogar vor, noch viel länger zu ackern, wenn man mich lässt. Und in einem halben Jahr hast du es auch hinter dir. Ich finde es großartig, dass du Therapeutin werden möchtest.«

Ella nickte nachdenklich. »Jim schreibt nur zurückhaltend über seine Erlebnisse an der Front, aber ich denke, bald wird es genügend angeknackste Seelen in diesem Land geben, dass selbst für uns Frauen welche übrig bleiben.«

Bereits vor anderthalb Jahren – als die Vereinigten Staaten in den Krieg eingetreten waren – hatten die Psychologinnen ihre eigene Vereinigung gegründet. Sie waren verärgert, dass man ihre Fähigkeiten nicht in die Kriegsvorbereitungen einbezogen hatte, während die männlichen Kollegen zum Beispiel Tests für Rekruten entwarfen.

»Schau mal dort«, wisperte Ella. »Da vorne steht ein Kerl, der dich ganz seltsam anstarrt. Ich glaube zumindest, dass er das tut. Er hat nur ein Auge.«

Bei den letzten Worten fuhr Hannah herum. Aaron! Dort stand er tatsächlich, eine Hand auf seiner Krücke, die andere zu einem vorsichtigen Gruß erhoben.

»Aha, du kennst ihn«, sagte Ella mit hochgezogenen Augenbrauen. »Dann werde ich schon mal vorgehen. Aber glaub nicht, dass ich dich hinterher nicht darüber ausquetschen werde, was du mit diesem feschen Piraten zu schaffen hast.«

»Da bin ich mir sicher«, erwiderte Hannah trocken. Ihr Herz raste.

Ella sah sie streng an. »Aber wehe, du machst Dummheiten. Ich mag Nathan, weißt du.«

»Ich auch.«

»Dann ist es gut.« Mit einer schwungvollen Bewegung, die ihre braunen Locken wippen ließ, wandte Ella sich zum Gehen.

Hannah machte ein paar Schritte auf Aaron zu, erst zaghaft, dann schneller, um ihm die Anstrengung zu ersparen. »Was tust du denn hier?«, rief sie außer Atem, als hätte sie eine viel weitere Strecke zurückgelegt.

»Ich bin gekommen, um mich bei dir zu entschuldigen.«

»Wofür?«

»Weil ich ein Idiot war.«

»Wann genau?«

Er schmunzelte. »Die ganze Zeit, fürchte ich.« Seine Hand rüttelte an der Krücke. »Das Stehen ist nicht sehr bequem, können wir uns irgendwo hinsetzen?«

»Sicher«, sagte sie schnell. »Gleich um die Ecke ist die Cafeteria.«

»Dann lade ich dich auf eine Cola ein«, erwiderte Aaron.

Am Ziel angelangt, schweifte sein Blick durch die nüchterne Halle mit den zahlreichen Tisch- und Stuhlreihen. »Die Orte, an denen wir uns treffen, werden auch immer unglamouröser.«

Unwillkürlich errötete sie, als sie dachte, an welchem dieser »unglamourösen« Orte sie sich zuletzt begegnet waren. Trotzdem schmunzelte sie. »Du müsstest doch inzwischen wissen, dass Glamour nicht zu meinen vorrangigen Eigenschaften zählt. Wie geht es dir?«

»Körperlich meinst du? Das Bein kommt wieder in Ordnung, sagt der Arzt. Ein Auge wird mir aber leider nicht nachwachsen. Ich habe mich deshalb wegen eines Glasauges erkundigt.«

»Gut«, sagte Hannah, froh über diesen Anflug von Tatendrang und darüber, dass er sich nicht mehr in seinem Zimmer verbarrikadierte. »Was ist mit deinem Studium?«

»Ich werde es nicht wiederaufnehmen.«

»Oh«, sagte sie bedrückt. »Es war dir so wichtig.«

Er zuckte mit den Schultern. »Da gibt es nichts zu bedauern.

Mir ist klar geworden, dass mich Brücken immer faszinieren werden, aber ich sie nicht zwangsläufig bauen muss.«

»Was willst du stattdessen tun?«

»Ich möchte Lehrer werden.« Er klang beinahe verlegen.

»Lehrer?«, fragte sie überrascht. Doch je länger sie darüber nachdachte, desto weniger abwegig erschien ihr die Idee. Falls wirklich noch ein Funken des alten Aarons in ihm steckte, würde er seine Schüler mit Leichtigkeit mitreißen. Fast beneidete Hannah sie, wenn sie sich an ihre eigenen spröden Schullehrer erinnerte.

Aaron nickte. »Ich wollte als Soldat die Welt verändern. Dabei sollte man damit beginnen, bevor es zum Krieg kommt.«

»Der Gedanke gefällt mir.« Sie lächelte.

Er hob seine Colaflasche und sie stieß mit ihm an.

»Ich weiß, dass Sarah die Tochter deiner Schwester ist«, fuhr er unvermittelt fort.

»Wie bitte?« Vor Schreck warf sie ihre Flasche um, die lärmend auf dem Boden zersplitterte. Sie spürte die Blicke der anderen Anwesenden auf sich. Schnell holte sie einen Stapel Servietten und versuchte, der klebrigen Flüssigkeit Herr zu werden.

Aaron half ihr, so gut ihm das möglich war. »Verzeihung«, sagte er dann. »Ich habe dich mal wieder überrumpelt.«

»Wie kommst du darauf? Dass Sarah nicht meine Tochter ist, meine ich.«

»Von Ada. Sie ist plötzlich bei mir aufgetaucht, um mir die Leviten zu lesen. Dafür, dass ich sie immer für einen Eisklotz gehalten habe, kann sie ganz schön eindringlich sein.«

»Ada«, murmelte Hannah überrascht. Bei ihrem letzten Gespräch war etwas geschehen. Sie standen einander nun näher als je zuvor, aber niemals hätte Hannah es für möglich gehalten, dass Ada alles für sie aufs Spiel setzen würde. Sie wusste nicht, ob diese Einmischung sie rührte oder erzürnte. Hatte nicht ausgerechnet Ada ihr eingeschärft, nur Hannah selbst solle über ihr Leben entscheiden?

»Edward darf es nicht erfahren.«

Aaron nickte ernst. »Ich glaube, ihr traut meinem Cousin zu wenig zu. Aber es ist nicht meine Angelegenheit, sondern Adas.« Etwas leiser, mit einem Anflug der alten Gekränktheit, fügte er hinzu: »*Ihm* hast du es erzählt.«

»Er war Arzt auf Coney Island und wusste von Anfang an Bescheid.« Sie senkte den Blick. »Und ich gebe zu, dass es schön war, jemanden zu haben, dem man nichts vormachen musste.«

»Ich verstehe«, sagte Aaron. »Und ich kann dir nicht vorwerfen, dass du ein Versprechen gegenüber deiner Schwester gehalten hast. Wir hatten gar keine Chance, was?«

Sie schüttelte den Kopf. »Wohl nicht.«

»Hättest du mich sonst geheiratet?«

»Wie soll man so etwas im Nachhinein wissen?«

»Ada hat außerdem gesagt, zwischen Nathan und dir handele es sich um eine Art freundschaftliches Arrangement. Sie scheint aus irgendeinem Grund überzeugt davon zu sein, dass du eigentlich mich liebst.« Er lächelte zerknirscht, als sei dieser Gedanke selbst für ihn zu weit hergeholt.

»Warum sollte sie dir so etwas erzählen?« Im gleichen Moment begriff Hannah, warum ihre Schwester so gehandelt hatte. Dass Ada ihr voll und ganz vertraut hatte, dass sie ihr Versprechen niemals brechen würde. Und dass sie sich mit einer solchen Lüge niemals auf Aaron eingelassen hätte. Dies war Adas Art, ihr die Chance einer echten Wahl zu geben.

Aaron streckte vorsichtig die Hand aus, bis seine Fingerspitzen ihre berührten. Auch wenn die Berührung nur zart war, sandte sie elektrische Impulse durch Hannahs Nervenbahnen. Sie zog die Hand nicht weg.

»Ich weiß nicht, ob es stimmt, was deine Schwester sagt. Selbst wenn, will ich nicht, dass du für einen Halbblinden mit ungewisser Zukunft aufgibst, was du hast. Aber ich bin gekommen, weil es einmal ausgesprochen werden musste«, sagte er.

Er räusperte sich, bevor er fortfuhr. »Verdammt, das kostet mich jetzt mehr Mut als mein Beitritt zum Militär. Ich liebe dich, Hannah. Ich habe dich sogar geliebt, als ich wütend auf dich war. Ich erwarte nichts, aber ich will, dass du weißt, dass ich da bin.«

Hannah sah ihn ungläubig an. Sein unversehrtes Auge schimmerte. Er drehte seine Hand, die immer noch an ihrer auf dem Tisch lag, so dass die Handfläche nach oben zeigte wie eine Einladung.

Hannah ignorierte sie schweigend und versteifte sich. Doch die äußere Starre täuschte. Ihr war, als würde ihr Innerstes durch eine Mangel gedreht. Wenn sie jetzt den Mund öffnete, hätte sie keine Ahnung, was herauskäme. Sie wollte weinen, lachen und schreien zugleich.

»Ach, Hannah. Du wirst mir keine Antwort geben, oder?«, fragte er beinahe zärtlich.

»Gerade habe ich keine, die ich dir geben könnte«, presste sie hervor.

»Ich verstehe«, sagte er. »Ich werde dich nicht noch einmal bedrängen. Aber ich bin da – auch für Sarah, wenn du das möchtest.«

Hannah schaute ihm nach, wie er davonhumpelte, so stark und zugleich gebrochen. Sie wischte die Tränen nicht weg, die ihr hinunterliefen.

»War das gerade unser erster Ehekrach?«, fragte Nathan verblüfft.

Sie saßen nebeneinander auf dem Sofa und sahen sich ratlos an. Sie hatten keine Übung darin zu streiten. Anders vielleicht als Paare, deren Motor die anfängliche Leidenschaft gewesen war und die dann erleben mussten, wie ihr Partner im grellen Licht des Alltags seinen Charme einbüßte.

»Wer hätte gedacht, dass du so eine Harpyie sein kannst!«

»Das wusste ich auch nicht«, erwiderte Hannah mit schiefem Lächeln.

Sie hatte ihm erzählt, was vorgefallen war. Danach hatte er ihr die Wahl abnehmen wollen, worüber eine heftige Auseinandersetzung entbrannt war.

»Dann gehen wir zum Scheidungsrichter?«, fragte Nathan vorgeblich gelassen.

»Nach unserem ersten Streit? Ich bin nie davon ausgegangen, von dir pausenlos auf Rosen gebettet zu werden.«

»Nein, aber vielleicht verzichtest du auf zu viel.«

»Hörst du endlich auf, so zu tun, als hätte ich dir einen Gefallen getan? Wie oft habe ich dir schon erklärt, dass es umgekehrt war. So weit wäre ich sonst nie gekommen. Und was du für Sarah tust, ist unglaublich.«

»Bleibst du deswegen?«, fragte er sanft. »Wegen Sarah?«

Sie schwieg.

»Aaron scheint ein faszinierender Typ zu sein«, stellte er fest.

Sie war nicht blind. Sie erkannte die aufgesetzte Leichtigkeit in seinem herausfordernden Lächeln, und doch ließ es Hannah aufbrausen. »Dann können wir ja gleich zu viert hier wohnen, sollen wir Peter auch noch einladen?«

Nathans Mundwinkel zuckte – und Hannah, die während ihres ganzen Streits zwischen Weinen und Lachen geschwankt hatte, kicherte erleichtert. Kurz darauf brachen sie in schallendes Gelächter aus, bis sie sich mit schmerzenden Bäuchen und tränennassen Gesichtern auf dem Sofa wanden.

»Das würde dir wohl so passen, hier mit drei Männern zu leben«, sagte Nathan, nachdem sie sich beruhigt hatten.

»Manchmal wünschte ich, ich wäre nur halb so verrucht, wie manche denken. Habe ich dir erzählt, dass Aaron dachte, ich hätte dir das Kind eines anderen untergeschoben, während ich zugleich mit ihm geflirtet habe?«

»Es wäre ungeheuer fortschrittlich, zu viert hier zu leben.«

»Ach, Nathan.«

»Na gut, ich gebe zu, dass eine solche Gemeinschaft untragbar wäre.«

Gehen wir zum Scheidungsrichter! Es war wie damals, als Nathan sie ermutigen wollte zu studieren. Bei ihm klang es so leicht. Eine schnelle Entscheidung, ein bisschen Bürokratie, und schon sind die Dinge im Lot. Er wünschte ihr Freiheit, und dennoch schubste er sie in die Richtung, die er für richtig hielt. Noch in einem anderen wichtigen Punkt irrte er sich: Er war keineswegs die Fessel.

Natürlich sorgte sie sich um ihn, auch wenn er versicherte, dass er als geschiedener Mann mit Kind weniger Repressalien zu befürchten hätte. Aber zwischen Aaron und ihr stand mehr als ihre Zuneigung zu Nathan und eine alte Lüge. Die Liebe ihrer Tochter zu dem einzigen Vater, den sie kannte, ging tief. Hatte Hannah das Recht, die Familie zu zerstören? Denn sie waren eine, trotz allem.

»Ich muss darüber nachdenken, Nathan.«

Er sah auf die Armbanduhr. »Gut, wir müssen jetzt ohnehin los, wenn wir rechtzeitig da sein wollen.«

»Ist es schon so spät?«

Nathan nickte. »Wieso nur habe ich das Gefühl, ich wäre einer seiner Sargnägel?«, fragte er bedrückt.

An diesem Tag war es so weit: Dr. Couney würde seine Ausstellung endgültig schließen. Ihm fehlte es mittlerweile an der Kraft und dem Geld, sie weiter aufrechtzuerhalten. Außerdem hatte inzwischen das Cornell Medical Center, an dem Nathan arbeitete, die Aufgabe übernommen, auch den kleinsten Babys ein Leben zu ermöglichen. In einem solchen Krankenhaus war man wesentlich besser aufgestellt, was die technischen und finanziellen Möglichkeiten anging, auch wenn dort immer noch Säuglinge erblindeten.

Hannah ergriff Nathans Hand. »Wir wissen beide, dass Dr. Couney diesen Tag herbeigesehnt hat. Aber du hast recht, es ist ein komisches Gefühl, ihn sich irgendwo anders als bei seinen Kindern vorzustellen.«

Auch sie überkam Melancholie bei dem Gedanken an den Ort, der ihnen verloren gehen würde. Dass sie hierhergekommen war, hatte ihr Leben vollkommen verändert. Ohne Dr. Couney wäre Sarah damals gestorben. Hannah wäre niemals ihrem Mann begegnet und wohl auch nicht im Begriff, Ärztin zu werden.

Nathan drückte ihre Finger. »Ich mache mir Sorgen, wie er es wegsteckt. Er tut so, als falle es ihm leicht, doch diese Säuglinge haben über 40 Jahre lang sein Leben ausgefüllt.«

Sie weckten Sarah, die Mittagsschlaf hielt, und machten sich mit ihr auf den Weg nach Coney Island. Obwohl Nathan ein Auto besaß, fuhren sie mit Bus und Bahn, da der verfügbare Treibstoff für den Krieg gebraucht wurde und Privatleute mit winzigen Mengen zu haushalten hatten. Ihr gemeinsamer Traum, die Arbeit eines Dr. Couney überflüssig zu machen, war in Erfüllung gegangen – und doch schmerzte der Abschied. Während der Fahrt schwiegen sie, nur Sarah plapperte munter vor sich hin.

Am Ziel angelangt, fanden sie heraus, dass noch andere bereitstanden, um Couney auf diesem Gang Gesellschaft zu leisten. Neben Louise und Hildegarde war der Elektriker Jimmy mit seiner Frau, der ehemaligen Krankenschwester, erschienen. Er hielt ein winziges Baby im Arm, und an ihrer Hand klammerte sich ein etwa zweijähriges Mädchen fest. »Schau, hier wurde dein Papa zum zweiten Mal geboren«, flüsterte er dem Säugling ins Ohr, als sie kurz darauf zusammen in der leeren Halle standen.

Sein Kind antwortete mit lautem Weinen.

»Er ist müde«, erklärte die Mutter.

Seine Schreie hallten von den Wänden wieder. Wenn Hannah die Augen schloss, glaubte sie, zugleich ein Echo des geschäftigen Treibens von früher zu hören. Das Wimmern der Säuglinge, das Scherzen der Schwestern, das aufgeregte Gemurmel der Besucher. Nur wenn man hinsah, war kaum noch zu erahnen, wie zwischen diesen angegrauten Wänden mit rissigem Putz das Leben gefeiert worden war.

»Können wir wieder gehen?«, fragte Sarah, die nicht verstehen konnte, was die Erwachsenen an diesem leeren Raum fanden.

»Gleich, meine Süße«, versprach Hannah. »Hier hast du auch mal gelegen.«

»Hier? Auf dem Boden?«, fragte Sarah erschrocken.

Hannah schüttelte den Kopf. »Nein, damals standen hier ganz viele Betten für Babys, die zu klein waren nach der Geburt.«

»Aber ich bin groß.«

»Das bist du.« Hannah hob ihre Tochter auf den Arm. »Und du ahnst gar nicht, wie froh ich darüber bin.«

Sie fing Couneys Blick auf und erwiderte ihn mit einem warmen Lächeln. »Danke«, formten ihre Lippen stumm.

Er nickte.

»Ich wäre jetzt gerne für einen Moment alleine.«

Seine treuesten Gefährtinnen, Louise und Hildegarde, zögerten am längsten, schlossen sich aber schließlich doch den anderen an.

Als sie noch einmal über die Schulter auf seinen Rücken sah, erschrak Hannah. *Er ist so alt geworden.* Dr. Couney hatte den Hut abgenommen, wie es sich beim Abschiednehmen gehörte, und wirre weiße Haarsträhnen standen von seinem Kopf ab. Die Wölbung seines kleinen Buckels hatte sich verstärkt. Hannah fragte sich, was dem Arzt durch den Kopf ging, wenn er so konzentriert auf die Wand starrte.

Ohne die Kinder hätte die Stimmung draußen vor der Tür an eine Beerdigung erinnert. Keiner der Erwachsenen sprach ein Wort. Aber Sarah versteckte auf Hannahs Arm immer wieder ihr Gesicht hinter den Händen und rief laut »Buh«, wenn sie es freigab. Das Baby lachte jedes Mal. Auch das kleine Mädchen neben Jimmys Frau kicherte.

Als Dr. Couney aus der Halle trat, war sein Gesicht leer. Er verschloss die Tür und sagte: »Meine Arbeit ist getan.«

Danach setzte sich der Tross in Bewegung, und Sarah rannte neben Jimmy und dem Baby her.

Hannah wollte ihnen folgen, doch Nathan hielt sie zurück. »Was meinst du? Hier hat es angefangen für uns, wäre es nicht passend, wenn es hier endet? Wir waren immer Freunde, und wir bleiben es.«

»Für Sarah bist du ihr Vater, den sie liebt.«

»Ich habe ganz sicher nicht vor, aus ihrem Leben zu verschwinden, ich liebe sie nämlich auch. Aber glaub mir, Kinder sind ungeheuer anpassungsfähig. Irgendwann wird es ihr gefallen, von drei Elternteilen verwöhnt zu werden.«

Hannah schwieg.

»Keiner von uns weiß, was kommt, wenn es auf der Erde für uns vorbei ist«, fuhr er fort. »Wir sollten am Ende dieses, unseres vielleicht einzigen Lebens nicht bedauern, dass wir es nicht gelebt haben.«

Sie lächelte traurig. »Du meinst, wenn wir das Glück haben, nicht dafür verfolgt oder gar verhaftet zu werden?«

»Du hast eine Wahl, die ich nicht habe.« Er pustete sanft gegen ihre Stirn. »Flieg.«

EPILOG
Sommer, fünf Jahre später

Nathan hielt das Tablett in der Hand, und Aaron füllte die Gläser darauf mit Sekt. Hannahs großer Tag sollte mit einem Picknick am Meer gefeiert werden. Sie fing den Blick ihres ehemaligen Mannes auf und erwiderte sein Lächeln. Gerade hatten sie gehört, wie bei ihrer Abschiedsfeier der hippokratische Eid rezitiert wurde. Ganz sicher hatte auch Nathan dabei an den feierlichen Schwur gedacht, den sie bei der Weltausstellung geleistet hatten. Nun war es an Hannah, ihren Beitrag zu leisten. Sie konnte es kaum erwarten, ihre erste Stelle anzutreten. An Nathans Seite hatte sie beobachtet, dass selbst erfolgreiche Ärzte nicht um schmerzhafte Kompromisse herumkamen – und hatte zugleich erlebt, wie viel man dennoch bewirken konnte. Er und seine Kollegen hatten schließlich herausgefunden, warum die Kinder bei ihnen erblindeten. Ironischerweise war es Dr. Couneys Geldmangel gewesen, der seine Babys davor bewahrt hatte.

Er hatte es sich nicht leisten können, unaufhörlich Sauerstoff zuzuführen. Ohne es zu wissen, hatte er so eine Überdosis vermieden. Und genau die schadete offenbar der Sehkraft.

Seinen Freund Peter hatte Nathan nicht mitgebracht, obwohl Hannah ihn eingeladen hatte. Es war ihr wichtig, die innige Beziehung der beiden anzuerkennen. Nathan hatte ihr jedoch versichert, dass es aufreibender wäre, die Art ihrer Verbindung in der

Öffentlichkeit zu leugnen, als sie nur im Geheimen leben zu können. Außer Aaron und Hannah kannte niemand in der Runde die Details der Männerfreundschaft.

Nathan verstand sich gut mit seinem Nachfolger. Manchmal verbündeten er und Aaron sich sogar gegen Hannah, wenn diese ihre ungestüme Tochter wieder einmal besorgt davon abhalten wollte, auf die höchsten Bäume zu klettern. In solchen Momenten zog sie missbilligend die Augenbrauen hoch. »Nun gut, aber auf eure Verantwortung.«

In Wahrheit zerfloss sie jedes Mal vor Rührung und gab ihnen insgeheim sogar recht. Warum sollte Sarah die Ängste ihrer Mutter ausbaden?

Aaron und Hannah hatten vor drei Jahren in einer jüdischen Zeremonie geheiratet, genau wie Ada und Edward vor allem der Familie ihres Mannes zuliebe.

Gerade nahm Aarons Mutter Ruth eines der Gläser von dem Tablett und drückte kurz die Hand ihres Sohnes. Aus der Ferne sah er wie früher aus, doch von nahem erkannte man das Glasauge wegen des starren Blicks und seiner leicht abweichenden Tönung.

Endlich war ihr Leben ruhiger geworden. Gemeinsam mit Sarah lebten sie in einem geräumigen Apartment ganz nahe bei Nathans Wohnung, die er behalten hatte. Sarah sollte unkompliziert Zeit mit dem Mann verbringen können, den sie für ihren Vater hielt. Und mittlerweile schien das Mädchen nicht mehr viel dagegen zu haben, sich von drei Elternteilen verwöhnen zu lassen.

Doch nachdem sich Hannah für ihn entschieden hatte, waren Aaron und sie einander keineswegs stürmisch in die Arme gefallen, um dann direkt ein Happy End zu zelebrieren. Es war ein vorsichtiges Herantasten gewesen, in dessen Verlauf einige Verletzungen zu heilen waren. Auch hatte es seine Zeit gebraucht, bis Sarah zu Aaron Vertrauen gefasst hatte. Hannah erinnerte sich nicht gerne an die Zeit der Wut und der Tränen. Lieber schaute sie jetzt ihrer Tochter dabei zu, wie sie mit Adas beiden Söhnen barfuß durch das Wasser watete. Die Jungs bewunderten Sarah wie eine große Schwester, ohne zu wissen, wie nahe sie der Wahrheit damit kamen.

Hannah ahnte, dass noch turbulentere Zeiten auf sie zukommen würden, und hoffte, dass sie dafür gewappnet wäre. Aaron und sie versuchten seit einer Weile, ein zweites Kind zu bekommen. Bislang war eine Schwangerschaft ausgeblieben, doch hatten sie entschieden, keine medizinischen Untersuchungen vornehmen zu lassen. Sie wollten dankbar sein für die Familie, die sie hatten, und es dem Schicksal überlassen, ob diese sich weiter vergrößerte. Schließlich hatten sie Sarah. Und Rudi. Da war er also, endlich wieder bei ihnen. Hannah sog den Anblick ihres jüngeren Bruders in sich auf, der mit zusammengekniffenen Augen aufs Meer schaute. Sie wusste nicht, ob er tatsächlich zum Wasser oder an jenen dunklen Ort sah, an dem er für sie unerreichbar wurde.

Hannah und Aaron waren nach dem Krieg gemeinsam nach Deutschland gereist. Ada, die zu der Zeit wieder schwanger war, blieb in Amerika, genau wie Sarah, die so lange bei ihrer Tante Judith unterkam. Ohne Aaron an ihrer Seite hätte Hannah die Rückkehr in das Land, das einmal ihre Heimat gewesen war und später ihre Eltern getötete hatte, kaum ertragen. Doch als sie es erreichte, erkannte sie, dass sie nun endgültig Abschied von Deutschland nehmen konnte. Sie sehnte sich nicht nach den

Orten zurück, sondern nach der Zeit, die sie dort mit ihrer Familie verbracht hatte. Alles schien ihr vertraut und fremd zugleich. Mit der Zeit waren ihr die selbsternannten Deutschblütigen als mächtige Dämonen erschienen, doch nun erkannte sie, dass der wahre Schrecken darin lag, dass sie ganz gewöhnliche Menschen waren. In diesem Land gab es nichts mehr, was sie hielt. Es galt nur noch herauszufinden, was ihrem Bruder zugestoßen war.

Das Rote Kreuz hatte einen Suchdienst eingerichtet – und tatsächlich fanden sie ihn in einem der DP-Lager, den Auffangbecken für *Displaced Persons*, also heimatlos Gestrandeten. Als Hannah ihrem Bruder das erste Mal gegenüberstand, wurde ihr übel vor Enttäuschung, weil sie überzeugt war, es müsse sich um einen Irrtum handeln. Sie fühlte sich wie damals auf Ellis Island, als sie erwartet hatte, ihre Eltern zu sehen, und dann den zwei Fremden gegenüberstand, die sich als Simon und Judith entpuppten. Der fremde junge Mann hatte reglos an ihr vorbeigesehen und nicht auf sie reagiert. Doch schließlich hatte sie ihn erkannt, anhand des hellen Blaus seiner Augen, das ihr Vater auch Hannah und Sarah vermacht hatte. Die Farbe bildete einen scharfen Kontrast zu den schwarzen Schatten, die sie umgaben. Sechs Jahre lang hatten sie einander nicht gesehen, mehr als ein Drittel seines bisherigen Lebens. Hannah war ihm schluchzend um den Hals gefallen und hatte ihn umklammert, ohne dass er ihre Umarmung erwidert hätte. Wenigstens hatte er sie nicht weggestoßen. Und er hatte eingewilligt, sie nach Amerika zu begleiten.

Noch immer erinnerte nichts an diesem abgemagerten, düsteren jungen Mann an die pausbäckige Frohnatur aus ihrer Erinnerung. Auch diese Wiederannäherung war schmerzhaft gewesen.

Dass sie Psychologie studiert hatte, mochte Hannah im Umgang mit fremden Patienten eine Hilfe sein, aber es war unmöglich, ihren Bruder mit der gleichen Objektivität zu betrachten. Der Blick der Schwestern auf Rudolph, wie er jetzt genannt werden wollte, war getrübt durch widersprüchliche Empfindungen. Da war die Scham, weil dem Kleinen das Schlimmste zugestoßen war. Die Sehnsucht nach dem Rudi, den sie gekannt hatten und der ausgelöscht schien, als wäre er gestorben wie ihre Eltern. Vielleicht strengten sie sich zu sehr an, ihm sein neues Leben so schön und sorglos wie möglich zu gestalten. Die Dunkelheit, der Rudolph nicht vollständig entronnen war, ließ sich nicht mit bunter Farbe übertünchen. Zudem weigerte er sich, mit ihnen die Zeit zu teilen, die er noch mit den Eltern gemeinsam verbracht hatte. Zumindest das war etwas, was er seinen Schwestern voraushatte, die sich ein neues Leben aufgebaut hatten, während seines von immer mehr Zerstörung heimgesucht worden war.

Aaron hatte als Erster einen Zugang zu dem jungen Mann gefunden und zu Hannahs Freude entschieden: »Er lebt bei uns.« Er schien zu wissen, wie man Rudolph in Frieden ließ und ihn dennoch mit einbezog. – Anstatt verzweifelt Zugang zu seinem Inneren zu suchen, bat Aaron seinen Schwager, ihm bei handwerklichen Tätigkeiten zur Hand zu gehen. Rudolph erwies sich dabei als überraschend talentiert, was sein Selbstvertrauen stärkte. Sie ließen ihn auch die kleine Sarah hüten, damit Rudolph erkannte, dass er ihr Vertrauen genoss, ohne ihnen seine Gefühle offenbaren zu müssen.

Und durch die Augen Aarons, der Rudi nicht gekannt hatte, lernte Hannah Rudolph besser kennen. Heute liebte sie den Mann, der er geworden war, selbst wenn sie ihn oft nicht verstand. Aber war es nicht ohnehin eine Illusion zu glauben, dass man einander wirklich kannte?

Ada jedoch – die sich als umsichtige, wenngleich nicht allzu zärtliche Mutter entpuppt hatte – war es immer noch nicht gelungen, den fremden Bruder anzunehmen. Sie sorgte sich, die jüngeren Kinder könnten Schaden durch den Umgang mit ihm nehmen, doch Hannah weigerte sich, Rudolph permanent zu beaufsichtigen. Er war lange genug eingesperrt gewesen. Außerdem war er bei den Kleinen anders als in Gegenwart von Erwachsenen. Er war niemand, der sie neckte oder mit ihnen fröhlichen Unsinn anstellte, aber er war liebevoll, auf eine ernste Art. Rudolph hob die Kinder auf, wenn sie fielen, pustete auf ihre Wunden und spielte ihre Spiele, es sei denn, es handelte sich um einen dieser Tage, an denen ihn nichts aus seinem Zimmer brachte. Doch in der Zeit, die er mit den Kindern verbrachte, war er ihnen ein großer Bruder, der sie beschützen würde, was immer auch geschähe. Eher mussten sich diejenigen vorsehen, die den Kleinen nicht wohlgesonnen waren. Manchmal zitterten Rudolphs Hände beim Sandburgenbauen, ein anderes Mal hatte er Tränen in den Augen, wenn er den Jüngeren beim Spielen zusah. Hannah dachte bei sich, dass er um seine eigene Kindheit trauerte und um die Kinder, die nie eine Sandburg gesehen hatten oder nie mehr eine bauen würden. Mittlerweile durfte Hannah in solchen Momenten ihre Hand auf seine legen, und manchmal ließ das Zittern dann nach.

»Wie geht es ihm?«, fragte Ella mit einem Blick auf Rudolph. Sie trank keinen Sekt, da sie schwanger war.

Hannah hatte Ella kaum etwas von dem bisschen, das sie wusste, erzählt, weil es die Sache ihres Bruders war zu entscheiden, was er preisgab. Aber ihre Freundin wusste, dass er in einem Lager gewesen war.

»Er kämpft«, sagte Hannah.

Ella nickte. »Ein Teil von ihnen bleibt im Krieg zurück. Jim redet auch nicht, und Rudi hat viel Schlimmeres durchgemacht.«

Jim war bei der Befreiung eines Konzentrationslagers dabei gewesen. Weniger feinfühlige Bekannte fragten ihn immer wieder danach, in ihrem Grauen und Mitleid steckte auch eine Prise Sensationsgier. Doch Jim weigerte sich, ihnen etwas anderes zu berichten, als dass es unaussprechlich gewesen sei. Ella hatte einmal angedeutet, dass er noch lange Zeit nach seiner Rückkehr weinend aufgewacht war. Wie musste es dann erst für diejenigen sein, die dem Schrecken wehrlos ausgeliefert gewesen waren? In den Zeitungen waren nach dem Krieg Bilder von nackten Leichen abgedruckt worden. Hannah hatte sich gezwungen, sie zu betrachten, getrieben von dem irrationalen Wunsch, ihre Eltern zumindest im Nachhinein durch das zu begleiten, was sie durchgemacht hatten. Sie hatte das Gefühl, nicht die Augen verschließen zu dürfen, sondern sich den Eindrücken ganz und gar aussetzen zu müssen – als eine Art Buße dafür, dass sie hier sein und Momente wie diesen erleben durfte.

Aaron kam auf sie zu und legte den Arm um seine Frau. »Ist alles in Ordnung?« Er küsste ihre Schläfe.

»Ja«, sagte Hannah und lächelte.

»Dann kommt, wir warten schon darauf, endlich auf dich anzustoßen.« Er hielt beim Reden die Gesichtshälfte mit dem Glasauge von Ella abgewandt, da er sich angewöhnt hatte, sie vor Außenstehenden zu verbergen. Tatsächlich reagierten manche Menschen betreten, wenn sie das Auge aus der Nähe sahen, und wandten den Blick ab. Dabei war Aaron immer noch schön. Aber die Leute neigten dazu, in den Augen das Wesen ihres Gegenübers zu suchen. Hannah hätte ihnen sagen können, dass die Kugeln in ihren Höhlen keineswegs die Spiegel der Seele waren. Es handelte sich doch nur um eine gallertartige Masse, bestehend aus Iris, Pupille und Linse. Sie waren bestenfalls hilfreiche Werkzeuge für ihren Besitzer. Was einen Menschen ausmachte, lag dahinter verborgen.

Nathan hielt noch immer das Tablett in der Hand, und Aaron nahm eines der Gläser, um es Hannah weiterzureichen. Diese erhob es, bedankte sich mit überschwänglichen Worten und zittrigem Lachen bei allen Anwesenden für ihr Kommen, und danach tranken sie. Sogar die Kinder hatten Sektgläser erhalten, die mit Limonade gefüllt waren.

Hannah ließ den Blick noch einmal über ihre Gäste schweifen. Sie sah zu Rudi, der zu oft still für sich litt. Zu Sarah, die nicht wusste, dass sie mit ihren Brüdern spielte, was Ada nur scheinbar unbeteiligt zur Kenntnis nahm. Zu Nathan, der seine Beziehung nur im Geheimen leben durfte. Zu Dr. Couney, der zu erschöpft war, um sein geliebtes Südamerika zu bereisen, und stattdessen in seiner Villa saß und wehmütig aus dem Fenster schaute. Zu Judith, die ihren Bruder verloren, und Simon, der sich zwar vom Schlaganfall erholt hatte, aber nie wieder ganz der Alte sein würde. Zu Aaron! Wie oft rangen sie miteinander, aber zumindest bestand keine Gefahr, dass sie irgendwann nebeneinanderher leben würden. Nein, sie würden nicht alle Tage glücklich und zufrieden bis an ihr Lebensende verbringen. Doch genau in diesem Moment durchflutete Hannah die Freude eines sonnigen Tags am Wasser, die Gelöstheit eines kleinen Schwipses, die warme Zuneigung zu all diesen Menschen. Solange es Momente wie diesen gab, war nichts vergebens. Hannah hatte die Gitterstäbe weit hinter sich gelassen. Noch einmal hielt sie ihr Glas in die Höhe und betrachtete, wie sich darin das Sonnenlicht brach und die kleinen Bläschen funkelten.

»Es ist nicht vorbei. Seht was ihr hinterlassen habt«, raunte eine Stimme in ihrem Innern. Falls die Essenz ihrer Eltern noch irgendwo um sie herumschwebte, würden sie auch stumme Worte verstehen.

Plötzlich stand Ada neben ihr, das Glas ebenfalls erhoben. »Das ist für euch«, wisperte sie.

Sie legte einen Arm um Hannah und diese schmiegte ihren Kopf an den Hals ihrer großen Schwester.

Mit geschlossenen Augen und einem langen Ausatmen ließ Hannah los. Danach sah sie erneut auf all das vollkommen unvollkommene Leben um sie herum und auf ihr eigenes. Sie würde mit beiden Händen danach greifen, es bis zur Neige auskosten. Und war das nicht ausreichend Grund zu feiern? Sie alle, die hier standen, hatten einander – und das Beste: Sie lebten. Jetzt.

NACHWORT UND DANK

Während meiner Zeit in einer großen Zeitschriftenredaktion ist mir vor beinahe zehn Jahren ein Artikel über Martin Couney in die Hände geraten. Ich war sofort gefesselt, wusste aber nicht gleich, was ich mit dieser Faszination anfangen sollte. Zuerst wollte ich diese schillernde Persönlichkeit zur Hauptfigur eines eigenen Romans machen, bis mir aufging, dass ich ihn seine Geheimnisse lieber wahren lassen wollte. Tatsächlich weiß man wenig über ihn. War er nun ein »echter« Arzt oder nicht? Unter welchen Umständen ist er aufgewachsen? Er selbst hat das Mysterium um seine Person genährt, indem er seinen Lebenslauf immer wieder umschrieb. Was jedoch klar ist: Er hat über 50 Jahre seines Lebens dem Überleben von Frühgeborenen gewidmet. Neben Martin Couney treten in meiner Geschichte noch weitere Figuren auf, die wirklich gelebt haben. Darunter Louise Recht, Hildegarde sowie Lauretta Bender. Auch unterrichtete Solomon Asch genau wie eine weitere Ikone der Psychologiegeschichte – Abraham Maslow – in jener Zeit tatsächlich am Brooklyn College. Aber ich habe mir dabei dramaturgische Freiheiten im Dienste meiner Geschichte herausgenommen. So war zum Beispiel Hildegarde vor allem für die Zweitausstellung in Atlanta verantwortlich, während Dr. Couney 1939 auf der Weltausstellung war, aber ich wollte die Familie gerne in der Keimzelle ihres Wirkens – auf Coney Island – zeigen.

Aus heutiger Sicht ist es natürlich untragbar, Säuglinge in einer Ausstellung zu präsentieren. Und ja, Couney hat zumindest anfangs auch noch gut daran verdient. Andererseits: Ist diese Variante nicht zumindest viel besser, als Kinder sterben zu lassen? Irgendwoher musste das Geld schließlich kommen, solange seriöse Kliniken es nicht für sonderlich seriös befanden, die Kleinsten zu retten. Moral und Wertvorstellungen sind eben wandelbar – in vielen Fällen muss man sagen: zum Glück.

So musste ich etwa für die Szene in Bellevue, in der Patienten und Patientinnen vorgeführt werden, nicht groß meine Phantasie spielen lassen. Ein Reporter des großartigen Magazins »The New Yorker« hat in der Zeit, in der mein Buch spielt, die Szenen (fast) genauso festgehalten. Tatsächlich wurden zum Beispiel verschiedenen Nationalitäten, Hautfarben, Religionen jeweils bestimmte Störungen zugeschrieben.

Und auch in den USA hing man der darwinistischen Lehre vom Überleben der Stärkeren an. Nicht wenige Mediziner machten Couney Vorwürfe, weil er »weaklings«, vermeintlich nutzlose Schwächlinge, der Gesellschaft aufbürde.

Für die wunderbare Chance, eine Geschichte um den Mann herumspinnen zu dürfen, dem kein Leben zu klein war, danke ich der großartigen Carla Grosch von den S. Fischer Verlagen. Ebenso danke ich meiner aufmerksamen Lektorin Ilona Jaeger, die genau die richtigen Fragen und Einwände formuliert hat, damit meine Geschichte – hoffentlich auch in Ihren Augen – rund wird. Sehr viel Dank gebührt außerdem meiner genialen Agentin Eva Semitzidou. Irgendwie gelingt es ihr spielend, die für die Qualität der Geschichten benötigten klaren Worte mit dem für die Autorinnenseele notwendigen Charme zu verbinden.

Es ist so toll, dass es Menschen gibt, die sich mit so viel Leidenschaft und Überzeugungskraft für unsere Bücher ins Zeug legen. Außerdem danke ich meinen Autorinnen-Kolleginnen von DELIA, die immer so großzügig mit ihren Ermutigungen und ihrem Rat sind. Ein ganz herzliches Dankeschön geht an meine Familie und Freunde, ohne die dies alles nicht möglich wäre, und an Sie, liebe Leserinnen und Leser, die sich auf diese Reise eingelassen haben und ohne die unsere Worte ungehört verhallen würden.